马本斋

马国超　张鸣　著

中国青年出版社

（京）新登字083号

图书在版编目（CIP）数据

马本斋/马国超，张鸣著．—北京：中国青年出
版社，2015.7
ISBN 978-7-5153-3496-7

Ⅰ.马...　Ⅱ.①马...②张...　Ⅲ.①传记小说—中
国—当代　Ⅳ.I247.5

中国版本图书馆CIP数据核字（2015）第155578号

本版责任编辑：叶施水

出版发行：中国青年出版社
社　　址：北京东四12条21号
邮政编码：100708
网　　址：www.cyp.com.cn
编辑部电话：（010）57350406
门市部电话：（010）57350370
印　　刷：山东德州新华印务有限责任公司
经　　销：新华书店经销
开　　本：850×1168　1/32
印　　张：14.25
插　　页：5
字　　数：350千字
版　　次：2015年8月北京第1版
印　　次：2017年10月山东第2次印刷
印　　数：4001-7000册
定　　价：48.00元

本书如有印装质量问题，请凭购书发票与质检部联系调换
联系电话：（010）57350337

1933年马本斋任驻烟台21师3团团长，兼任烟台市公路局局长

马本斋同志不死

——毛泽东为马本斋题词

民族英雄，吾党战士

——周恩来为马本斋题词

壮志难移，汉回各族模范

大节不死，母子两代英雄

——朱德为马本斋题词

风云多变山河愁，雁叫霜天又一秋；
空有满腹男儿志，不尽苍浪付东流。

1935年日寇占领了我国东北三省，国民政府不抵抗，激怒了时任团长的马本斋，于是写下了这首诗，解甲归田，另谋抗日出路

1946年回民支队整编时，营级以上干部留影

当年回民义勇队队员在操练

　　1954年经中央决定，马本斋将军的遗体由山东省莘县张鲁集迁至河北省石家庄华北军区烈士陵园安葬。图为安葬大会实况

目　录

第一章　子牙河边

一九〇二年农历大年初三的清晨，早已冰封的子牙河，又铺上了两尺多厚的大雪。这场大雪从除夕的晚上伴着稀疏的爆竹声就开始下了，雪片像鹅毛一样，纷纷扬扬整整下了三天。一眼望去，蜿蜒曲折的子牙河成了一条银光闪闪的白带子。

在子牙河的北岸，一片白茫茫的盐碱地上，坐落着一处回民居住的村子，叫东辛庄。如今下了这场大雪，更点染得白光耀眼，成了一片银色的世界。这里是冀中平原一个较大的回民居住点。相传在很早很早以前，居住在黄河上游的西域回民，由于黄河泛滥，灾荒连年，闹得家破人亡、尸骨遍野。有经验的老人说，太阳是温暖的，朝着太阳升起的方向走去，才会找到安居乐业的宝地。为了求生，于是这伙穷回回们，三家一伙，五家一群，搭帮结队沿路讨食，黑夜白天地往东赶路。一路上，贫困、饥饿、风雨、寒冷不断侵吞着他们的生命，当子牙河挡住去路的时候，他们仅仅剩下四户人家了。

俗话说："天下黄连最苦，世上回回最穷。"回民是被人瞧不起的民族，按当时的"王法"，穷回回是没有资格居住那些富庶之地的。他们只好选了这块兔子不拉屎的盐碱地定居下来。这块贫瘠的处女地，是用他们勤劳的血汗和辛酸的眼泪开垦出来的，因此，他们给自己这个新生的小村落起了名字，叫"东辛庄"。随着时代的推移，这东辛庄由开始的四户，发展到现在的五百多户。当人们走进这东辛庄，可以看到在村中间有一个天然的小水湖。村落被这湖水分成了两个小自然村。水湖东边的一半叫东头，西边的一半叫西头。中间有一座小桥把东西两头连接起来。

今天，村东头南面的三间土坯房，被大雪封住了门。房前屋后，上上下下一片雪白。天刚蒙蒙亮，土坯房的主人马永长就起来了，他望着这封门的大雪，自言自语道："啊，今年的雪可真好呀！从年三十儿一直下到这会儿，下的要是白面就好啰。"他披上一件黑色的旧棉衣，手拿一把高粱秸儿扎的扫帚准备到院子里扫雪。他拉开门闩，轻轻地推了两下，可是两扇门被雪堵住了，没有推开。这时从院子西厢房里传来了几声婴儿的啼哭。马永长使尽力气，用膀子撞开一扇破门，将扫帚一扔，踏着膝盖深的积雪三步并作两步往西厢房里跑。进了房，他立即将火盆捅得旺旺的，乐得他不知说什么好。原来，他的第二个儿子呱呱坠地了。

马永长是个穷得拿着饭锅当钟敲的庄稼汉，斗大的字，识不了半升；可是他总是整天乐呵呵的，仿佛没有愁闷的时候，天塌下来也能当草帽戴，东辛庄人说他是个"天天乐"。三年前，他家生了第一个儿子守朋，如今又看见二儿子出生在这大年初三，他透过窗户，望着外面一片白花花的瑞雪，心想：在这动荡的世道，难混的年头，自己还能"连添贵子"，这一切乃是真主所赐。马永长从妻子手中接过婴儿，心中真有说不出的高兴。他请阿訇①给二儿子取了个吉利的回回名，叫"优素福"，学名叫"马守清"。他，就是后来成为名将的马本斋。

---

① 阿訇（音洪），伊斯兰教的教士，是宗教职业者。

本斋出生以后，清朝已日薄西山，奄奄一息。子牙河两岸，到处都可以听到反清的呼声。本斋十岁那年，中国最后一个皇帝（宣统），终于被孙中山领导的辛亥革命拉下了马。这一重大的变革，能给人民带来多少好处呢？这些天来，本斋的母亲总爱到子牙河边去遛遛，她总希望从行船人的口中能得到一些关于"改朝换代"的新道道。

　　本斋的母亲叫白文官，是河间城里人。她出生那年正是前清光绪元年。她父亲名叫白景奎，是个老老实实的庄稼汉。白文官落生后的第三年，母亲又给她生了个小妹妹，父亲白景奎自然有些不高兴。俗话说，多一个儿子多一个帮手，因为没有儿子，白景奎也为此常向自己的老伴发脾气。可是天不遂人愿，白家接二连三的一共生了五个女孩子，老老实实的白景奎也就认了命，从此再也不要了。

　　白文官的爷爷是位三代祖传的土中医，十里八乡的还有些小名气，穷苦老百姓有病有灾的，都愿意请他去给诊治。一来是好请，二来是钱给多给少他不计较。他治疗小儿天花最拿手。传说，只要你撩开门帘，他站在门口，一眼就可以看出躺在炕上的孩子，身上生的天花哪个好，哪个不好，然后，只开一付药就手到病除。因此，河间周围的穷百姓们凑钱给他送了一块匾，匾上写着四个大字："妙手回春。"

　　爷爷对自己的五个孙女并不讨厌，他常对儿子白景奎说："男子能顶家，女子也能过日子。"所以，他不仅教育自己的孙女们怎样勤俭持家，操劳家务，还经常给她们讲《说岳全传》、《徐母骂曹》、《孟母择邻》的故事。

　　后来，英国的传教士在河间城办起了一所教会学校，免费招生。爷爷对儿子白景奎说："女子读书，胜过男子汉大丈夫，咱就让小五儿去上学吧！"白文官的五妹白文瑞从此上了教会学校。往后，白文官经常把五妹叫到自己身边，让她教自己认字，天长日久，她也认识了不少的字。

春去秋来，岁月飞逝，白文官长到十九岁了。她高高的个子，匀称而苗条；清秀的脸上总带着温柔的笑意；她善良、纯朴、贤惠，是一个典型的中国农村姑娘。周围的回回村庄果子洼、务尔头，来白家给她提亲做媒的人踢破了门子；可是都被爷爷婉言谢绝了。因为他有他的心思。那还是在前两年，有一次爷爷到东辛庄去出诊，在返回河间的半路上，突然乌云滚滚，风雨大作，在前不着村，后不着店的野地里滑倒，疲劳的身体怎么也爬不起来了。在这叫天天不应，入地地无门的生死关头，一个过路的小伙子救了他，一直把他送到了家。老人又感激又喜欢这个小伙子。在日后的交往中，他更感到了这个小伙子的可爱。就在白文官十九岁这一年，由爷爷做主，把她嫁给了那个小伙子，——他就是东辛庄的马永长。自从她嫁到东辛庄，便和丈夫马永长种着几亩薄地，在皇朝官府的层层压榨下，日子过得就像盐碱地的水又苦又涩。因为丈夫马永长的小名叫连成，所以人们都亲昵地叫她连成婶子。她生下本斋的第六年，又生了第三个儿子，取名叫进坡。如今压在老百姓头上的皇帝被推倒了，连成婶子盼望有一天穷回回能过上好日子。可是，这些天，她在子牙河边听不到更多新消息，看到的只是一些清室遗臣们带着家眷，乘船在河中穿梭而过。远远望去，那一艘艘扁舟，如同秋后的落叶，瑟瑟地抖动着，顺流而去。

时间一天天地过去了，然而，苦日子还照旧折磨着东辛庄的穷回回。一九一二年深秋的一天拂晓，清真寺的阿訇还没有喊"萨吓"，母亲就把熟睡中的小本斋叫醒，手提一个破土瓦罐，带着小本斋到子牙河那片盐碱地去扫碱土熬盐。盐碱地那稀稀拉拉的干枯得低了头的野草在晨风中摇曳，黄土坡上的尘土被吹得直打转转，村中不时传来清真寺掌教的呼喊声，使东辛庄显得更加凄凉。母亲在前面把那些含有盐质的硝土扫成一堆，小本斋就把它装进土瓦罐里。他的动作利索，耐心肯干，不大一会儿，盐土就装满了一罐。母亲回过头来，看见小本斋满脸都是尘土，心疼地说："哎，皇上就不念咱百姓的苦哇，交皇租、纳地税，兵荒马乱，多少年来弄得咱回回就没有过过一天安生日子！"

小本斋听了母亲的话，手里停止了装土。他来到娘的身边问："娘，啥叫安生日子？安生日子能吃饱饭吗？"

母亲抚摸着小本斋的头发，心中好像充满着美好的希望，她说："孩子，安生日子会到来的！如今北京城的皇上给废了。昨天我听子牙河上跑船的人讲，有些地方已经兴起了新官府，也不知是真是假。如果是真的，那就好了。你可以上学去，读了书，识了字，好为咱穷回回争口气。"

"读书？"本斋眨眨那双机灵的眼睛，品味着在他那幼小的心灵中从来不曾想过的字眼，疑惑地望着母亲。他认为读书从来就是有钱人的事，咱穷回回根本连想也不敢想。于是，他又问母亲："娘，读什么书？什么时候去？"

母亲慈祥地对小本斋说："孩子，你别急。我已和你爹合计好了，只要一办学堂就让你去读书。你读了书，可以认识很多很多的字，学到很多很多的道理，先生可以给你讲很多很多的故事。"

听到真要让他去读书了，小本斋高兴得几乎跳起来，尤其提起讲故事，小本斋一双水汪汪的眼睛骨碌骨碌地转。母亲给他们哥儿仨，讲过很多很多的故事。"岳母刺字"，"苏武牧羊"，"花木兰从军"，讲了一遍又一遍，孩子们总是听不够。现在听母亲说上了学可以听更多的故事，小本斋那股高兴劲，就甭提啦！他拽着母亲的胳膊："娘，你先给我讲个故事。先讲一个嘛，先讲一个嘛！"

连成婶听了孩子的恳求，并没有立即回答。她看看眼前这白茫茫的盐碱地，再看看身后这沙尘滚滚的黄土坡，此情此景，激起她思绪万千。她的心情就像那子牙河的漩涡儿，难以平静。她向孩子讲个什么故事呢？她今年虽然才满三十八岁，可她和丈夫马永长一样，尝够了人间的辛酸苦辣！她把一切希望都寄托在儿子的身上，但愿儿子能有机会去读书，长大后，为贫苦的回民做点事。想到这里，她将小本斋拉到自己的身边，指着身后头一座高土墩问：

"孩子，你知道那高土墩子叫啥名字吗？"

小本斋立即回答："知道，叫'铁匠台'。"

"为啥叫'铁匠台'呢？"母亲问。

小本斋摇摇头，跟着母亲向铁匠台走去。

母亲拉着小本斋在铁匠台的土坡上找了个背风朝阳的地方坐下，便给本斋讲起那"铁匠台"的故事：

"那是很久很久以前，咱河间府北门大街有一个老铁匠，是条硬汉子。他十二岁进铁匠铺，手艺学得呱呱叫，整天铁锤擂得叮当响。他打出来什么刀呀，锄呀，耙呀，铁锹呀，火候合适，真是又好使又便宜，方圆百里都出了名。时间一长呀，来找他买农具的人就多起来了。老铁匠最喜欢同穷哥们交朋友，他常常把刀、锄、耙什么的，送给那些买不起家把式的穷苦百姓。在老铁匠六十岁的那一年，咱河间遇到了大旱天，子牙河干得见了底，地里的庄稼晒得直冒烟。穷百姓没吃没喝，子牙十八村的人们，拖儿带女，跑到河边烧纸求神，祈求皇天下雨。可是，那官府就是不管穷人的死活，越是灾年荒月的，他们就越来欺压咱穷百姓，催租逼债，摊派皇粮，逼得大伙确实活不下去了。当时那人心呀，就像那开锅的水直翻腾！就在这求天不应、入地无门的火候，老铁匠手拎大斧，向那些逃难的百姓吆喝一声：'穷哥们，咱找官府算账去！'难民们一呼百应,一块儿在老铁匠的带领下,把县衙门给烧了,监狱给砸了,官府粮仓给打开了,把里头的粮食分给了穷人。这件事,很快传到了沧州府,上面派了很多官军来打老铁匠。老铁匠很有骨气,在河间带领穷苦百姓硬同官军足足打了七七四十九天,最后由于寡不敌众,老铁匠手下的人,死的死,伤的伤……"

"老铁匠怎么样?"小本斋握着小拳头忙问。

"老铁匠且战且退,一直退到这黄土坡上。他率领着仅剩下的五十名勇士,又奋战了三天三夜,最后只剩下了老铁匠一人。他已多处受伤。当官军们又一次向黄土坡发起冲锋的时候,只见老铁匠手持大板斧,一个箭步蹿到黄土坡的最高处,大吼一声,抡起大板斧向官军的头顶抛去,只听'啊'的一声惨叫,官军的头领被砍下马去。官军们在慌乱中,向老铁匠万箭齐发,老铁匠身中数箭,仍然昂首挺立,稳如泰山。只见他双目圆睁,大吼一声,霎时乌云翻滚,电闪雷鸣,吓得官军们逃回了河间城。到第二天清晨,云开日出,彩霞万里,当乡亲们来到黄土坡寻找老铁匠时,老铁匠站在高高的坡顶上,已化作一棵枝叶挺拔参天的大松树。从此,这黄土坡就叫铁匠台了。"

小本斋听罢,望着坡顶上那棵苍劲的松树,果然像一个威武的汉子站在那里,那弯弯的树杈,就像老铁匠的斧子。

母亲继续说:"孩子,不管你将来做什么事,事事都要对得起咱穷苦人;不管你将来做什么人,处处都要做老铁匠这样的人!"

小本斋听母亲讲完这个故事,好像又在他幼小的心田里播下了一颗坚强的种子。从他懂事那天起,母亲虽然经常给他讲一些好听的故事,但是今天这个"铁匠台"给他的印象最深。他觉得"老铁匠"确实是个了不起的人物。他把小拳头攥得紧紧的,对母亲说:"娘,我长大了也要为穷回回争口气!"

第二章　母亲的心愿

冀中平原的深秋，刚到晌午，天上的日头已慢慢地失去了它的热量。

连成婶看看日头，说了声："本斋，咱回去吧。"小本斋拿着破扫帚，跟在母亲后面，深一脚浅一脚地往村里走。当他们母子俩走过水湖的小桥时，看到清真寺前面围满了乡亲们。有老的，有少的，有男的，有女的，挤挤拥拥地不知在干什么。连成婶拽着小本斋也往人群里挤。原来大伙儿是在看一张新的"告示"。只见一个戴着眼镜、叫哈二先生的，拖着三句六板的调儿在念：

> 破皇廷，兴民国，
>
> 废科举，兴学堂。
>
> 耕者有其田，
>
> 养子有书读。
>
> ……

听哈二先生一念完，大伙儿感到挺新鲜，当场议论纷纷。连成婶跑到哈二先生面前问：

"你念的这些都靠得住吗？天底下果有那么好的事？"

哈二先生用右手捏了捏他的眼镜腿儿，说："这告示乃是河间新官府所出，你还不相信么？"

小本斋钻在人群中，这里听几句，那里听几句，各有各的说法。现在听哈二先生说得这么肯定，恐怕事情有个八九不离十。他跑到哈二先生面前问："我能上学读书吗？"

"能哉！能哉！"哈二先生咬文嚼字地回答着小本斋。

"什么能哉能哉的？"小本斋指指哈二先生那后脑勺说，"要是我不能上学，当心剪掉你的辫子！"小本斋这一说，逗得大伙哄堂大笑。

……

小本斋果然有机会上学了。

那是第二年开春时节，子牙河的冰层逐渐溶化，岸边的垂柳慢慢地吐出了嫩芽。进学堂的那一天，连成婶给小本斋穿上头天晚上刚补好，并连夜烤干的小夹袄，领着他来到小学校。这学堂原是本庄姓马、姓哈两家财主办的私塾。前清年间，在这里进出的都是有钱人家的子弟。而今天，像马永长家这样穷回回的孩子也能到这个地方来读书，这世道确有点变了。连成婶很高兴地把小本斋带到学校里，有位先生坐在一张太师椅上，拿支朱笔在书上圈圈点点。那先生一抬头，小本斋才看出正是去年在清真寺门前念告示的那位哈二先生。哈二是慈禧和光绪下旨开"恩科"那年考中的秀才，一度在河间府做过师爷（文书），兴民国后失业，回到了东辛庄。时代变了，他却没有变，后脑勺那根辫子仍然拖着；不同的是，他穿的长袍马褂比去年好像干净了一些。哈二看见连成婶和小本斋来到跟前，他两手作了个揖，表示欢迎。接着他又酸溜溜地发表了一通议论：

"连成婶呀，你瞧瞧，当真有了世界大同之今日。你今天亲自送令郎本斋到学堂开卷启蒙，鄙人拱手欢迎。想不到孔夫子所谓之贤人中，也有今日咱穷回回之弟子矣。真是三生有幸！"

哈二说到这里，得意地将将胡子，他好像想起了小本斋扬言要剪他辫子的事，故意逗小本斋说："哈，哈，这回你可真有书读了，我这辫子还剪不剪？"

"剪！"小本斋两步跑到哈二的后面，做了个剪辫子的动作。

"且慢！且慢！"哈二先生连忙用手一挡说："这，这，这乃是先人所留，剪不得！剪不得！"

连成婶知道本斋这孩子爱闹，也不在意眼前这些事。她把跑了很多家，好容易借来的钱，按规定缴了一吊作为学费，然后对哈二先生嘱咐说："这孩子就交给先生了。"

哈二先生又拱手作揖："连成婶，令郎本斋乃是咱回回之弟子，我一定严加管教。"

且说小本斋自从上学以来，读书又用功又聪明，哈二先生给他教的书，他看上几遍，就能背出来。学校规定的启蒙读物，什么《三字经》、《千字文》和《弟子规》，他很快就背得滚瓜烂熟。

转眼间三个学年过去了，马本斋也逐渐长大了。他除了读懂背会先生规定的书以外，还读上几段《幼学琼林》和《水浒》、《三国演义》的精彩章节。在书林字海中，开始去探索这人世间的秘密。他慢慢地认识到这样一个道理：朝代虽然变了，但他们念的书还是皇帝钦定的那一套，尽是些替皇帝和有钱人说话的玩艺儿。像马本斋这样的学生，哈二对他既热心，又担心。因为哈二觉得，马本斋不仅能读会写，智力超群，而且他对事物的分析颇有其独到的见解，并非人云亦云。有一件事给他印象很深。那是半年之前，哈二先生为了摸一摸马本斋的底，一天晚饭后，他把马本斋叫到房里，从桌上拿出一副早已准备好的对联纸，题了上联，要马本斋对下联。哈二并半真半假地说，如果对得中，他就以个人的名义推荐马本斋到河间城去升学。哈二写的上联是："两城二塔双河水"。哈二还说，这上联是根据河间府的地理、风景而作，并要他也即景对下联。马本斋知道，这位哈二先生平时除了有浓厚的书呆子气以外，还爱信口开河，乱讲胡吹。今天对学生讲，这一个可以去考状元；明天又对学生说，那一个可以出洋去留学。因此，对他的许愿，马本斋毫不在意。只是，眼前这道题该怎么做呢？他认真思索了一下，接着挥笔工工整整写了下联。他递上去说："先生，写好了。"

哈二先生捧起对联，戴上眼镜念道：

两城二塔双河水，

孤村一寺独木桥。

哈二先生说："我上联'两城'河间与献县。"

马本斋回答说："我下联'孤村'回回村东辛庄。"

"河间有二个塔。"

"辛庄有一个清真寺。"

"河间有双河水。"

"辛庄有独木桥。"

对完，马本斋反问道："哈先生，这联对的行吗？"

哈二先生一时答不上来，只是用手扶了扶他那副眼镜腿儿。

马本斋又问："我这样作对不对？请先生指教！"

"嗯，嗯，这副对联唐、宋、元、明、清几个朝代都没有人对中过，你这样对嘛，嗯，嗯，也没有错。"哈二先生胡扯起来了。

马本斋开玩笑说："哈先生，我能中状元了吧！"说后就出门去了。

哈二先生望着马本斋的背影叹息着：哎，像这样的子弟，教得好是"才子"，弄不好是"逆子"啊。

时间又过去了一年。

小学堂又添了十几名穷回回的子弟。马本斋对这些小弟弟非常关心，经常帮他们复习功课，下课后又带着他们去为穷人家挑水、扫院或收割庄稼。过去，庄上马、哈二姓财主们的子弟，总是欺负穷人家的孩子。现在这些穷孩子也陆续上学了，不知怎的，他们都主动地靠拢马本斋，自发地把马本斋看成是个"头儿"。孩子们和马本斋在一起，那些有钱的学生就不敢随便动拳头。马本斋还把从书上看来的故事讲给小弟弟们听，他的话在孩子们面前特别灵。这一点，连哈二先生也是望尘莫及的。在一次期中考试中，哈二先生布置低年班默写《增广贤文》的一段话。这段话的内容是："君子固穷，小人穷斯滥矣。贫穷自在，富贵多忧。不以我为德，反以我为仇。宁向直中取，不可曲中求。人无远虑，必有近忧。知我者，谓我心忧；不知我者，谓我何求。"学生们很快写好了卷子送了上去。哈二先生拿着朱笔一份份地批改着。当他改完后，发现了一个奇怪的问题，在这三十二份卷子中，有二十一份把原文"贫穷自在，富贵多忧"答成"富贵自在，贫穷多忧"。哈二先生把朱笔往桌上一扬，喃喃自语："这不是偶然的巧合，一定有人作乱。真是岂有此理！"

哈二先生并没有把这件事立即声张出去。他想起去年对对联的事，又根据马本斋平时的表现，以及这些学生们经常喜欢和马本斋一起玩的情况分析，叫小学生改章句这件事，很可能是马本斋干的。于是，哈二明察暗访，最后查实是马本斋所为，是他在辅导同学时，要他们改过来的。

这天，哈二先生把马本斋叫到跟前，拿起这二十一份卷子让他念。马本斋明白是怎么回事，便故意单独高声朗读着"富贵自在，贫穷多忧"这两句，一连朗读了四五遍。

"马本斋，你为什么要改这两句话？"哈二捏巴捏巴眼镜腿儿在审问着马本斋。

"因为，它说得不公道！"马本斋回答道。

"胡说，这'增广'乃是千古名言，古人章句，岂能有错！"

马本斋站在哈二面前说："先生，你说古人章句名言没有错，咱们东辛庄的穷回回，吃不饱、穿不暖的，哪里会'自在'？！再看看哈老板、马少虎这些人，他们餐餐鱼肉不断，粮食吃不完喂马，多什么忧？！"

"住嘴！"哈二先生跳起来，"马本斋！你刚上学时，我还把你当作一块好料；现在，我看你肚子里尽是歪才、贱才、穷才。你小小的年纪竟如此大胆，大了还不翻天？"说完，他气急败坏地抓起一块砚台狠狠往地上摔去，黑墨溅了一地！

哈二先生这一招儿，可把马本斋吓呆了。他转身就往外跑，没跑多远，又被哈二先生抓回学校。哈二先生用打手心、跪"圣人"来"教育"马本斋，并扬言不让他读书，把他开除出去。马本斋开始意识到事情的严重性，这几年家里节衣缩食供自己来上学，特别是母亲更是为自己读书操碎了心。可是，自己却在学校闯下了大祸，如果让家里知道了可怎么办？他越想越害怕。

这件事，学生很快告诉了马永长和连成婶。连成婶一声不吭，拔腿就往学校里跑。小本斋一看母亲来了，立即跑上去，扑在娘怀里哭起来。本来平时温存善良的母亲，这回确实有点动火，她不客气地对哈二先生说："哈先生，看来我儿子这书没白念。他读了四年书，真正认识了'贫穷'、'富贵'四个字，我这为娘的心愿也达到了。当初，孩子是我领进来的；如今，你们既然不喜欢他，我还是把他领回去。"连成婶看看地上被砸碎的大砚台和攥着拳头的小本斋，指着哈二说道："你哈二也是个回回，前清年间，你在县衙门当了个芝麻大的狗官，大家念你为人还算清白，才保举你出来为咱穷回回办点事，没想到你还摆出个臭架子，给什么科甲功名糊住了你的眼睛！"

哈二先生用长衫袖子猛擦额头冒出的冷汗，嘴里念叨着："连成婶忠言逆耳，善哉！善哉！"

母亲把小本斋的手一拉："走，这书咱不念了！"

第三章　神奇的子孙梁

春回大地,气候转暖,子牙河又送走了严冬的残雪,迎来了河堤垂柳的新芽。

马本斋离开学校后,就帮助家里干些零碎活。这天吃过早饭,他背着柳条筐,到子牙河边割青草喂羊。按照回民的习惯,家家户户都养有几只羊,每年一开春,孩子们都跑到野地里割青草。马本斋一路上蹦蹦跳跳,心情特别欢畅。绿绿的青草,清清的河水,暖烘烘的日头,子牙河两边的沙子在阳光的照射下闪着星星点点的银光,眼前景物简直美极了!他快步跨上一个高土墩,望着那烟波飘渺的河水滚滚东流,望不到尽头,显得神奇莫测。马本斋想:天底下还有没有比子牙河更好的地方呢?河东那边又是个什么样的世界呢?他长这么大,活动的天地就是芦苇塘、独木桥、清真寺,一句话,最远也只有来到这子牙河边了。他又想:河那边的庄稼人是不是和咱们东辛庄的人一样苦,那边的孩子是不是都有书读?那边人的母亲是不是都像俺娘那样慈善可爱?

马本斋一边想一边割着青草,他沿着河堤往前走,割了一处又一处。割了个把时辰,筐子差不多装满了,他一看日头,快到晌午了,便挎着筐子往回走。当他转身时,不慎脚一滑,"嗖"地一下子,从河堤上滑到河里。马本斋被这突然的失足吓坏了，他抱着那个筐子，在涡流中打了几个转转，拼命挣扎着爬到岸上。他的心在激烈地跳动着，坐在河滩上，冻得胳膊和小腿不住地打哆嗦。他好不容易才爬上了河堤，一瞧筐子里只剩下几根湿淋淋的小毛毛草了。

谁料，马本斋在河堤摔了一跤之后，却得了个不明不白的病：躺在炕上，身上热得烫手，烧得厉害时，双手抽筋，脸色发黄，有时口里还直吐白沫。这下子可把母亲急坏了。她请来了当地的中医老先生诊脉，开方，给儿子连服了几剂汤药；可是马本斋仍然躺在炕上昏迷不醒。连成婶子这几天真好像一口吞了二十五个小兔子——百爪抓心啊！正在这个时候，村东头来了一位走江湖的"神医"，说他能妙手回春，包医百病。据说，当年北京皇城的皇亲国戚还请他去瞧过病哩。他一进村，就有人告诉他，连成婶的老二本斋得了种难医的"杂症病"。这位"神医"左手拎一个布兜，右手摇着串铃就往马本斋家走来。前前后后围着看热闹的一大群孩子，也熙熙攘攘地朝马本斋家跑来。开始，连成婶打心眼里不太乐意把这位"神医"请进家来的，主要是回民习俗不兴这一套。可是，街坊邻居都劝她：孩子病得这么重，就不要讲究那么多了，治孩子的病要紧。是啊，病重乱投医嘛，只好让这位"神医"来试试看。

"神医"一进门，撩开小本斋的被子，神秘地说："这孩子遇见了梳头鬼，中邪了！"

上了年纪的人都知道，这子牙河上有七个经常啼哭的梳头鬼的传说。讲起梳头鬼，老年人连连点头，仿佛真有这么回事；小孩子听了以后，晚上一个人不敢去睡觉。传说这七个梳头鬼在世的时候，都是些穷人家的女孩子，从小卖给人家当童养媳；长大了，她们忍受不了人间的羞辱和公婆的打骂，平时很要好的七姐妹，互相捆在一起含冤投河自尽。她们到了阴间，阎王爷说她们是含冤而死的，阴间不收，应放她们返回人间。从此，她们时常出现在子牙河的周围。每天早上坐在河滩上梳头，披头散发，口里唱着悲伤的冤魂歌；谁要是碰到她们，这个人的魂魄就会被她们摄去。……这就是由七姐妹投河，变成七个梳头鬼的故事。

"神医"说马本斋中了梳头鬼的邪，母亲是不相信的。她信仰的是真主，是古兰经，神和鬼是汉民中的事。再说，人死了不会有什么鬼，人间和阴间是不能相通的；可是眼前这孩子确实病得很重啊！此时此刻，母亲只好来个：宁可信其有，不可信其无。母亲正望着本斋发愁，只见"神医"抓了一把片、膏、丸、散之类的药，上面再添几粒小米，口里喃喃自语：

"乖，乖，乖，吃了我的灵丹好得快；好得快，好得快，好得快，谁家有病请我来；请我来……请我来……请我来……""神医"的声音由强到弱，最后如同睡着了一样。

母亲心焦地守在马本斋炕前，望着奄奄一息的孩子，瞧着这位昏昏欲睡的"神医"，更加心烦意乱。马本斋虽然病了几天，处于昏迷状态，但娘日夜守候在他的身边和刚才家里来了这位给他瞧病的医生，他还是知道的。这时，他微微睁开了眼，看见母亲熬红了的眼睛，消瘦了的脸。他嘴角抽动了几下，有气无力地对母亲说："娘，早知这样，我不该一个人到河边去割草。"本斋说到这里，眼睛惊恐地瞧着这位"神医"说，"娘，我怕！"母亲抚摸着本斋的头说："孩子，娘这就让他走。"正说着，马永长走进屋来，"神医"闭着眼睛还想说什么，马永长拿起"神医"的布兜子往他身上一扔："你快走吧，什么这个鬼那个鬼的！"说完，又扔给他几个小钱；"神医"拾起布兜和钱，知趣地溜了。

那以后几天，母亲继续给本斋服用草药。这些草药，有中医开的，有邻居送来的，这样一来二去，本斋的病倒也一天天地好起来了。

开耕的季节到了,子牙河边更是春意盎然。这天傍晚,马本斋和哥哥跟着父亲到地里去送粪,回到村西头,有一个外号叫"地老鼠"的中年汉子正从清真寺气喘吁吁地跑出来,对马永长大声喊道:

"大叔,你快去看,清真寺后院西厢房屋顶上有一根大梁老在'咚咚、咚咚'地响哪!真奇怪,它自己怎么会响的呢?"

"地老鼠"边比画,边学着梁响的声音。被他这么一渲染,马永长爷儿仨也感到很纳闷。

"走,咱们进去瞧瞧!"马永长领着本斋和守朋走进了清真寺,一进破落的大院,就听到一种似野狼嚎,又似婴儿啼哭的声音,既有节奏,又均匀,好不奇怪!爷儿仨三步并作两步地拐进了后院的西厢房,一看房顶上那根叫"子孙梁"的大梁果然正在震动。马永长为了证实是不是子孙梁发出的声音,走前听一听,靠后听一听。确实不错:震动的正是那根"子孙梁"。这时天已渐渐黑了,在这平时很少有人的地方,听着这奇怪的响声,实在令人毛骨悚然。本斋瞪着一双圆圆的大眼睛,惊异地望着父亲,希望能从父亲口里得知"子孙梁"为什么会响;可是,父亲对这怪事也是百思不得其解。

这"子孙梁"一震不打紧,却震动了整个东辛庄。特别一到了晚上,更加弄得人心惶惶。有的说,眼下世道混乱,"子孙梁"哭了,子孙后代就会遭孽呀;有的说,清真寺不干净了,要请阿訇来驱走邪气;还有的说,这"子孙梁"震动说不定和马本斋有关,前一段时间他在河边碰到了"七仙姑"的邪气,现在,他好了,可是清真寺闹起来了,是不是本斋身上的邪气已到了"子孙梁"那里。人们听了这些流言,自然而然联想到前些天那"神医"说的七个梳头鬼的故事。咳！这个年头，哪个寺庙没有冤鬼？眼前这"子孙梁"的颤动，真使人心里恐惧不安。有人说，清真寺不干净既然与马永长家有瓜葛，那就叫他请阿訇吧。

善良、忠厚的马永长听了这些议论，心中感到忐忑不安。他没有与妻子商量，第二天就把一个云游四方的阿訇请到家里来了。这天上午，一个头戴白帽、身穿黑衫的阿訇在马本斋家做"支赶"①，只见他跪在炕上，双手扶着膝盖，桌子上点着安子香，口里朗诵着古兰经。他的声音抑扬顿挫，悠然动听，一套套的古兰经冲口而出，使整个小院子充满着回族家庭宗教仪式的浓厚气息。阿訇念完古兰经后，双手捧起"接笃娃儿"②，接着双手摸摸脸，下了炕，说："清真寺干净了，万事平安！"

这时，马永长手里拿了一个用红纸包的东西送到阿訇面前说："你给俺家念平安经，这是给你的'经钱'，小意思。"

阿訇口里仍然像念经似地说：

"不用了，给咱们回民办事，不用了。"他的话音未落，"经钱"已落入他的口袋。

最后，马永长又将炸好的"油香"③送给了阿訇。

阿訇收了钱，吃了炸油香，走了。马本斋对几天来发生的一切，感到神秘莫测，尤其是对"子孙梁"更觉奇怪。吃了晚饭，他想去看看清真寺那根"子孙梁"还会不会震动。他从家里出来，顶着星星走进了清真寺的西厢房，仔细一看，"子孙梁"果然不震了！他心里还真有点佩服那个阿訇哩！村里的人也在说马永长请了个灵验的阿訇，为清真寺去了邪，现在大家可以放心啦。

---

① "支赶"：回民中的一种宗教活动，即求平安的意思。

② 接笃娃儿：即祷告的意思。是一种宗教礼仪。

③ "油香"：回族吃的一种油炸食品

可是，谁料在一个狂风怒吼的夜晚，"子孙梁"又闹起来了！各家各户的人都在家里祈祷，希望真主驱走邪气，祝愿他们的子孙免遭灾难。马本斋怀着既好奇又不安的心情悄悄地跟着几个大人溜进了清真寺，他们走进西厢房一看，"子孙梁"果然又在震动，而且震动的声音比先前更大，听起来更瘆人。这到底是什么原因呢？那几个大人看了一会儿，都抱着不安的心情各自回家去了；唯独马本斋没有走，他想看一看底细。他摸着黑，一会儿走到西墙根侧耳听听，一会儿又到东墙根用手摸摸；他还想找根木头架在"子孙梁"上，顺着爬上去看看。可是，他在院子里找遍了，除了几块石头和破芦苇席之外，什么也没有。石头也好嘛。他拣起一块拳头大的石头向梁上扔去，"当啷"一声，石头子正好打在"子孙梁"上。真奇怪，它不闹了。一刹那间，整个清真寺显得异常寂静，静得使人发毛。可是，过了一会儿，又"咚咚咚"地震起来，这声音真好像小孩在黑夜的荒野中啼哭。这时，马本斋觉得清真寺粗大的柱子也在震动，大门口上挂的那块刻有"经文"的牌匾也在晃动，寺内那些大松树也好像在呼啸……

马本斋此时更加感到迷惑、害怕。他想：自从自己在河里摔了一跤以后，家里父母不得安生，这清真寺也不得安宁。走江湖的"神医"说我碰到了什么梳头鬼，这难道是真的吗？可是，自己那天在河边什么也没看见啊！前天家里请来了阿訇做"支赶"，说赶走了我身上给清真寺带来的邪气，清真寺就会干净了，为啥现在这里又闹腾起来了呢？难道这里的邪气是我身上带来的吗？如果老这样闹下去，我该怎么办呢？不，非得弄明白不可！

马本斋知道，这清真寺可是穷回回虔敬真主的地方，有邪气可怎么得了？他听母亲讲过，这清真寺是方圆几百里最大的一个，行人在十几里路之外，就可以看到它的尖顶。尖顶是琉璃瓦砌成的，外面还加了一层铁丝网，听说一顶轿都放不下它。他还听父亲讲过，这个清真寺是在明朝永乐二年就开始有了，清朝年间又先后扩建了两次。现虽已破落，但每逢星期五，马本斋跟着父亲和村里的叔伯大爷还照旧到这里来做"主麻日"（礼拜），每年回历十月一日的"古尔邦节"，十二月十日"牺牲节"，也跟着大人到这里祈求"安拉"赐福。现在这清真寺进入邪气，"子孙梁"闹腾起来，又说与自己有关。他不敢再看这个清真寺。他觉得似乎眼前的一块块砖正向他飞来，头顶上的一片片瓦正向他砸下来，房屋、树木都冲着他说："马本斋，你把邪气带到清真寺，看你怎么办？"正当马本斋越想越害怕的时候，突然一只手把他拉住了。他吓得差点喊起来。只听那人说：

"本斋，天这么黑，你还不回家去，你再不走，梳头鬼从'子孙梁'跳下来要把你吃掉！"

马本斋回头一看，从黑影中模模糊糊认得出，这人原来是本村的二流子"地老鼠"。马本斋对地老鼠说：

"你听，'子孙梁'还响哪！"

"响，响，响，这都是你干的好事！"地老鼠以长辈的口气训斥着马本斋。马本斋打懂事那天起，就知道这个地老鼠爱拨弄是非，平日好吃懒做，喜欢凑热闹，还会吓唬小孩子。于是，他顶了地老鼠一句：

"你别吓唬我，它响与我有什么关系？"

"没关系？你家请了阿訇说什么来着？要让'子孙梁'不震动，你就别到这里来！"地老鼠连说带推地把马本斋推出门外。

夜，黑沉沉的，伸手不见五指。马本斋被推出西厢房的小门，身子碰到寺内一棵松树，差一点摔倒。他回头向地老鼠吐了一口唾沫，拔腿就往家里跑。

一连几天，清真寺西厢房后院没有人去了。村里的人嘴上不说，在心里嘀咕，大家见了面，都用眼神说话，或者向清真寺努努嘴，彼此就明白对方暗示的"子孙梁"这码子事。越是这样，马本斋的心情越不能平静。有时端起饭碗，也眼睁睁地想着这档子事。母亲对他说："傻孩子，你还把这事放在心上呀？你就别去理他。常言道，谁人背后无人说，哪个人前不说人。什么邪气，神鬼，我都不相信。我相信的是同咱们一样受苦的人；说咱们坏话的，你看他是个啥玩艺？！"

母亲的话，是有道理的，她相信的是穷人，体贴的是穷人，憎恨的是那些不三不四的坏蛋。可是母亲的话却勾起本斋许多联想：他在学校读书时，那个哈二先生向学生说什么"贫穷自在，富贵多忧"，自己因为不吃哈二先生那一套，被他撵出了学校。如今呢？什么梳头鬼、七仙姑、邪气、"子孙梁"之类的玩艺儿，又扣到自己的头上。马本斋是个好强的孩子，他想到这里，从地上拿起一块泥巴，狠狠地往芦苇塘一摔：我非要把"子孙梁"这个"谜"揭开不可。

打这以后，他白天仍然跟着父亲下地干活，一到晚上，他就悄悄地溜到清真寺西厢房，留心观察那根"子孙梁"的动静，接连观察了三个晚上，还是揣摸不出眉目。到了第四个晚上，天上挂月牙，虽然已到了春末夏初的季节，但还带着点凉意。马本斋带了根绳子又来到西厢房。这里的东墙根有一道狭窄的走廊，走廊有根柱子顶着"子孙梁"。马本斋将绳子往上一挂，壮了壮胆，拉着绳子爬了上去。"子孙梁"断断续续地在震动。说来也是，自从这玩艺儿闹起来之后，尽管马本斋来这里看了多次，但仍未看清这"子孙梁"是个啥样儿。他划了根火柴，这才看清楚，原来是一根比白瓷茶壶粗，比水桶要细的老槐木。因为它在主梁的下面，所以，当年盖清真寺的人，把它取名"子孙梁"。这梁约摸有三丈来长。他用手摸一摸，用耳听一听，划火柴看一看，也确实没有什么特别异常之处；只是梁上面落满了一层厚厚的灰尘，梁上周围有几处挂了好多蜘蛛网。马本斋经过这样一折腾，手、脸、脖子、衣服，全身上下都弄得黑乎乎的。可是真奇怪，这时候，"子孙梁"突然不震了。此时此地，黑咕隆咚，马本斋真有点害怕，心怦怦地直跳。他想赶紧下来。正当他要顺着绳子往下滑时，突然，发现房内东边的山墙"嚓嚓嚓"地响了几下。马本斋立即把手缩回来，趴在梁上一动不动，两眼朝发出响声的地方紧紧盯着。随着声响，山墙有一处慢慢地透进几丝亮光，接着从亮光的墙洞里钻出一个人头！

"哎呀，我的妈呀！"马本斋差一点喊出来，他被这突如其来的情况吓得几乎摔下来。他定了定神，心想：在这种情况下，千万不能有声响。他屏住呼吸，眼睛一眨也不眨地往东山墙瞧。不一会儿，那个人钻进屋来了。马本斋借着洞里射进来的光亮，认出此人正是那天把他从这里推出门外的地老鼠！

地老鼠从洞里爬进来后，在昏暗的房子中环视了一下，然后鬼鬼祟祟地走到西边的墙根，用手慢慢地撬开了几块砖，接着从砖下面地洞里提起一包东西，向门外看了看，仔细地封好了地洞，然后从刚才爬进来的洞又爬了出去。

等地老鼠溜出去后，马本斋立即从梁上爬下来。他意识到，这里的"鬼"，可能就是地老鼠。于是也顺着地老鼠爬过的那个洞钻了出去。马本斋知道，过了这道山墙不远的地方，就是地老鼠的家。他摸黑绕过几座土墙，悄悄跟踪着地老鼠，最后躲藏在地老鼠家屋外的窗子下面。只听地老鼠的老婆说：

"哎哟，又弄来一大包呀！算你有板眼！"

"嘿，你他妈的还不信，子孙梁够我们吃一辈子的了。"地老鼠的俏骂声带有几分得意。

"这件褂子可真好看，这两天你就捎出去卖了，……这条羊腿可真肥啊，趁晚上煮着吃了吧！该死的，没有被人看到吧？"地老鼠老婆的夸奖声里带有几分恐惧。

"老娘儿们真他妈的怕事，只要咱家的磨一推，'子孙梁'就叫唤，谁还敢出来！这是老子用的金蝉脱壳之计，神不知，鬼不觉。你就放心吃吧，我的娘子！"

地老鼠和他老婆的对话，马本斋听得清清楚楚。现在他明白了，什么清真寺的邪气，什么"子孙梁"哭闹，原来都是他家弄的鬼把戏。

马本斋听完后，拔腿就往家跑。回到家他把在西厢房发现地老鼠以及他和他老婆的对话，原原本本地向父母亲和乡亲们学说了一遍。大伙听后，都骂地老鼠不是个东西。

原来，这个外号叫"地老鼠"的人，姓白，本名叫长守，今年四十出头了。他九个月死父，九岁丧母，从小无人管教，养成游手好闲的恶习。成家后，不下地劳动，老婆埋怨他，村里的人不理他，说他是西瓜掉进油桶里——油头滑脑。可是，地老鼠对大家的议论，来了个"关云长放屁——不知脸红"。经常对他老婆吹："他们瞧不起我，我还瞧不起他们呢！老子动一下脑子，就有你的吃穿，愁什么！"于是，他整天在琢磨偷、占、拐、骗的邪门歪道。去年开斋节之后，地老鼠不知从哪里弄来一台石磨。在一个星期五下午，他到清真寺做礼拜。做完礼拜，他到西厢房的后院去溜达，发现西厢房那根"子孙梁"会震动，开始他也感到很奇怪。但他把这件事记在心里，没有向别人说，回到家里问他老婆是不是推磨了？他老婆说下午磨了几升小米。他听后把大腿一拍："妙！"他老婆问他"妙"什么；他就叫他老婆推磨做试验。果然，石磨一动，"子孙梁"就有震声；石磨一停，"子孙梁"震声也停。从此，地老鼠就利用这个石磨大做文章：什么清真寺后院的西厢房是真主的一个行宫，真主一来，"子孙梁"就震动；什么"子孙梁"是真主的筷子，真主吃饭，"子孙梁"就震动……从地老鼠制造了子孙梁哭闹的神话后，很少有人再敢去清真寺的后院了。于是这后院的西厢房便成了他窝藏赃物之地。他乘机大搞偷盗活动。村里的人，今天丢了一件衣服，明天丢了一筐瓜菜，后天又丢一只鸡，但都不知是谁干的；虽曾怀疑过他，却又捉不到赃。人们看到地老鼠三天两头地到清真寺去做礼拜，只当他对真主虔诚，时间一长，也就不多怀疑他了。

自从揭穿"子孙梁"的秘密，一场风波就这样过去了。清真寺的后院，经过一番打扫，又人来人往的热闹起来了。

村里上了年纪的老人们聚集在一起闲聊的时候，总还要提起马本斋和"子孙梁"一事。

有的老人说："别看本斋这孩子小小年纪，又有心计又有胆量，有种！"

"这孩子将来错不了，有出息！"

"古时候有个'孟母三迁'，现在咱东辛庄又出了个连成婶子，教养了个好儿子。"

有的老人犯愁地说："唉，虽说这'子孙梁'和地老鼠家的石磨有关系，可是，为什么石磨一转，'子孙梁'就震动呢？"

这个问题一下子又把人们难住了。有个老人眨着眼说："依我看，这里边还是有鬼！"

其中有个白胡子老头说："南格营学堂有个姓葛的老师，是保定洋学堂毕业的。听说，他上知天文，下知地理，咱们把他请来给看看吧。"

最后，还是南格营的葛老师，给东辛庄的乡亲们解开了"子孙梁"的谜。原来，地老鼠家的石磨和西厢房的地质层是紧密相连的，共振系数相等，因此，石磨转动，便和承托"子孙梁"的地层发生了共振，于是"子孙梁"就震动起来。葛老师还对大家说，如果石磨不搬家，时间久了西厢房有可能会被震塌了。

搬磨的那天，特别热闹，全村的男女老少都来了，小本斋跑前跑后，是最兴奋、最勤快的一个。

第四章　闯口外

河间城流传着一首古老的歌谣，词句是："瀛之南水漫漫，瀛之北水减减，瀛之西水澌澌，瀛之东水瀼瀼。"古代的河间处于黄河故道，河汊密布，在子牙河、滹沱河之间，故名河间。"河间河间，大水连天"。民国七年，河间发生了一场特大的水灾。子牙河的洪水波涛滚滚，席卷着田野、村庄，洪峰过后，子牙河两岸一片凄凉。难民们纷纷背井离乡，出外谋生。马本斋这一年刚刚十六岁，由于生活所迫，也只好跟着父亲出去找活路。

初秋，瑟瑟的寒风，吹动着子牙河边被洪水泡黄了的芦苇。马永长肩挑着一对土筐，土筐的一头放着一床破棉被，另一头放着几只粗瓷大碗和破麻袋片儿。本斋左胳膊挟着一件破棉袄，右手拿着一个枣木棍子，这就是他们逃荒度日的全部家产。母亲抹着泪送他爷儿俩出村好远了，还是不肯回去。

本斋停住步回身对娘说："娘，离村这么远了，你回去吧，大哥和三弟在家该不放心啦。"

"唉，娘就是不放心你那条腿呀，前几天为了救人摔伤了，还没全好，这又走远路，哪行呢？！"

"娘，我的腿全好啦，不信你看。"说着，马本斋使劲跳了两跳。其实，这受伤的腿疼得钻心，但是他为了使娘放心，他又强笑着跳了两跳，"娘，你看怎么样，是好了吧？"

"傻孩子，你还能瞒得住娘。"说着，母亲走到本斋跟前，"看你疼的这一脑袋汗！"母亲边说边爱抚地擦着儿子头上的汗水。

"娘，我真的不疼呀！"本斋抑制不住满眶的泪水。

"孩子，娘知道你的心。咳，又有什么办法，明知儿腿疼，也得让儿走，出去兴许能混碗饭吃……"说着，母亲又流下了热泪。

"娘，你别难过，等我在外面挣了钱，全都捎回来给你们过日子。"

忠厚老实的马永长，蹲在路边，只是一口接一口地抽着闷烟。

母亲给本斋正了正帽子，关心地说："你们快赶路吧，天不早了。"

马永长挑着担子，本斋跟在后面，他们走出去很远了，本斋回头看时，还见母亲远远地站在土岗上。

马本斋跟着爹顺着黄土小路朝前走着，"爹，咱们上哪去？"

"孩子，没个准儿，走到哪里算哪里吧。"

是呀，苍天荒荒何处去，大地茫茫哪里逃？

马永长父子出河间，过任邱，日行夜宿，这天来到了卢沟桥。父亲对精疲力尽的儿子说：

"孩子，这就是歌里和故事里常说的卢沟桥。"

本斋听父亲这么一说，拖着酸疼的双腿，紧走几步，来到桥头，好奇地抚摸着桥上的石狮子。

卢沟桥是古老久远的，有八百来年的历史了，远在金朝时，就列为燕京八景之一。到了清代乾隆时候，这位皇帝题了"卢沟晓月"四个字的石碑，至今还立在桥头。

本斋看着桥两边栏杆上的小石狮子说:"爹,这桥多长呀,小石狮子得有几百个吧?"

马永长把肩上的担子放下,擦了擦汗水,说:"北京自古流传着一句话,说是'卢沟桥的石狮子数不清';其实哪有数不清的数,听念书人们说有二百七十四个石狮子哩。"

本斋望着远处的北京城,向往地说:

"爹,都说北京是皇上住过的地方,进了北京城,爹可要带我好好玩玩,去看看金銮殿。"

"嘿!你小子还真有心劲儿。天不早了,咱们快赶路吧!"

"咳!"望着近在眼前的北京城,本斋嘘了一口气,满身疲劳好像减轻了一半。

马永长父子二人,一进北京城,就打听清真寺。一位好心的拉洋车的车夫,告诉他们出了宣武门,往西一拐到牛街就有了。父子二人顺着洋车夫指给的路,好不容易找到了牛街清真寺,正要进去做主麻日。谁知那些有钱的人,看到马永长父子衣服破烂,根本不让他们进入这祈祷真主的圣洁之地——清真寺的大门。

爷儿俩只好流浪在北京街头。他们走出牛街北口,往东一拐便是菜市口。正逢热闹的时刻,来来往往的大都是些忙忙碌碌的穷人,一个个衣衫褴褛、面呈菜色。有的挑着箩筐叫卖青菜,有的像唱歌一样的高喊着卖布头,有的高叫着收买破烂儿,也有的在用可怜的几个铜板买供菩萨用的香蜡纸马……

一个打板算命的先生口里不住地喊着:"人称小诸葛,算命批八字!男求家财旺运,女求儿女双全……"算命先生伸手拉住了从身边走过的马永长父子,"老哥,算一卦吧,这里有你们爷儿俩一卦。"说着,算命先生指着马本斋说:"这小伙子长得多好,天庭饱满,地阁方圆。算一卦吧!"

马永长向算命先生点了点头："先生，我们出门在外的，哪儿还有钱算卦，唉！"说着，拉着本斋朝宣武门方向走去。一路上，嘈杂的喊声吵得人头疼。

"买个丫头吧，便宜，五十元一个，杨柳青的大姑娘——漂亮！"

"卖花喽——"

"有破烂——我买——"

"……"

马本斋低着头，默默地跟着父亲朝宣武门走着。高大的宣武门，远远望去，就像是张开了血盆大口，要吞掉他们爷俩……进北京头一遭，就叫马本斋感到愤愤不平。他原以为来到皇城古都，日子会好混一些；可是，映入他眼帘的除了金碧辉煌的古老建筑外，就是成千上万的难民，露宿街头，啼饥号寒。"天底下的穷人都一样苦哇！"这就是马本斋走出家门后的第一个印象。

马永长爷儿俩穿过宣武门，正往前走，迎面跑来几个骑马的兵丁，如狼似虎地用棍棒驱赶着路旁的人们。其中一匹马窜到一家店铺门口，撞翻了卖老豆腐的大砂锅，差点砸着从这儿路过的马本斋。马本斋气得要出手拉那个骑马的兵丁，被父亲马永长一把制止住了。这时，一辆洋人的轿车驰过，几个耀武扬威的兵丁，立刻跳下马来，恭恭敬敬地站在路边，个个都是一副十足的奴才相。已经走远的马本斋回头朝那几个兵丁，"呸！"唾了一口唾沫。

这一天，马永长爷俩顺着西单大街往北走，街上冷冷清清，没有多少行人，偶尔有一辆二辆黄包车来来去去，两旁低矮的小铺子里，不时传出几声招揽生意的喊声。又走了一阵，绕过西四牌楼，流浪到了阜城门里的白塔下。本斋仰头看着这个像葫芦似的大白塔，感到非常新奇。他的脖子都仰酸了，可还是不住地观看。

只见塔身上高耸着一个圆锥形的长脖，上小下大，分成十三节。顶上有一个圆形的花纹铸铜伞盘，盘的周围挂着铃，风一吹就叮叮当当地响着；盘上安放着一座小铜塔，从地面上看去，这铜塔小巧玲珑。在塔的底座上，不知是谁，用刀尖刻了一行字："古人夸奖白塔，制作之巧，盖古今所罕有。"

本斋用手揉揉仰酸了的脖子说："爹，咱们休息一会儿再走吧。"

马永长见儿子累了，只好同意："好，歇一会儿再走。"说着，爷俩坐在背风的墙根下。

本斋见身边不远坐着一位晒太阳的老头儿，便向他身边靠了靠，问："老大爷，你晒太阳呢？"

"咳，今儿个天好。"

"老大爷，这白塔是啥时候修的呀？"

老头儿捋着胡子说："少说也有几百年了。相传这座塔是佛舍利塔。佛嘛，指的是佛教的开山始祖释迦牟尼，就是西山卧佛寺里躺着的那一位。佛教讲究火葬，火化后生成珠子一样的东西，就叫舍利。白塔里边相传藏着舍利二十粒，香泥小塔两千个，还有五部陀罗尼经呢。"

"老大爷，您知道得可真多。"

"我在这白塔下住几十年了，听的多啦！这白塔还有个故事呢。"

本斋一听还有故事，更是不想走了，他摇着老头儿的胳膊说："老大爷，您就给我讲讲吧！"

老头儿咳嗽了两声，清了清嗓子，说："好吧，这白塔流传着这样一个故事。一次，白塔的肚子上忽然裂了一个大口子。附近的居民非常发愁，怕塔会倒塌下来砸坏他们的房子，伤了人。白塔寺前有一家切面铺。有一个锔缸的老头儿，常到那里吃面，人们问他会锔什么，他总回答，锔大家伙。这一天，几个人正坐在面铺里，一边吃面，一边望着白塔叹气。老头一掀门帘走进来。有人灵机一动，问道：白塔这家伙可不小呀，您会锔吗？老头回答说：会锔。众人当作笑话听了，谁也不把老头的话当真。可是第二天，人们发现，白塔上真的打上了七道铁箍。那个老头儿，从此再也见不到了。后来，人们猜测说，那个老头儿八成是鲁班爷，他不忍心老百姓犯愁、遭难，就把塔给锔上啦。"说完，老头指着白塔的肚子说：

"你看，塔的肚子上不是有几条凸起的道道吗？"

本斋听了这个神奇的故事，暗暗点头，心想："要是真有鲁班爷，能把我们这个苦难的破日子给锔一锔，天天能吃上顿饱饭该有多好呀！"

"咚咚咚……"沉雷般的鼓声骤然响起，震得人心打颤。马本斋急忙举目向西四牌楼方向望去，只见隐隐出现了几辆囚车，囚车两旁有很多兵弁围护着，缓缓行进。

一阵冷风吹过，马本斋打了个寒战。冷风中飘来几片黑灰色云片，冉冉飘过白塔的塔顶。囚车越来越近了，第一辆囚车上昂然坐着一位五花大绑的人，目光炯炯，泰然四顾，毫无惧色。

马本斋回头低声问刚才讲故事的那位老头儿："老大爷，第一辆囚车上那人是谁呀，干吗要杀他？"

"听说是位劫富济贫的英雄，因为暗杀官府没有成功，被人家抓住啦！"

"闪开！闪开！"兵弁们高喊开路，突然发现了马路边的地上摆着一碗清水，两个馒头，一炷香。兵弁一脚把馒头和清水踢翻，那被踢歪的香炉，依然飘着袅袅青烟。囚车更近了，只见囚犯背后的"招子"上写着"大逆不道犯×××",名字都用红笔勾过,墨迹淋漓,一滴滴,一道道,像是泛着鲜血……刽子手们,身披红彩,左手提着鬼头大刀,凶神恶煞一般。

马本斋看着这恐怖的场面,不由得回想起母亲给他讲的"铁匠台"的故事。心想,第一辆囚车上的好汉不就是和老铁匠一样的人吗?

囚车缓缓向阜城门外驰去。

过了好一会儿,本斋对爹说:"爹,咱们走吧,我不愿在北京待了。"

"也好,这地方实在让人担惊受怕,咱们闯口外去!"说着,爷儿俩立刻上了路。

这样,他们爷儿俩又经过了半个多月的奔波,流落到了张家口。常言说:"穷回回,干三行,烧饼馃子宰牛羊。"马永长爷儿俩在穷回回弟兄们的帮助下,在上埠营城子,辘轳把胡同开了一个名叫"永庆奎"的小小馃子铺。小铺一开张,父子俩起早贪黑拼命干,再加上马永长向来有点手艺,出锅的馃子、烧饼色好味香,买卖总算过得去。马本斋除了每天帮父亲干活外,还得提着篮子到边路街、通桥、洋河边、火车站去卖馃子和烧饼。

为了多挣几个钱,他不怕跑路。张家口的名胜古迹是有钱人天天出入的地方,也是他做买卖的好地盘。像什么馒头山,刺儿山,朝阳洞,大荆门这些地方,他经常去卖馃子。尤其是大荆门外有座关帝庙,从早到晚都像赶庙会似的。推车的,挑担的,骑马的,坐轿的,卖小吃的,摆烟摊的,算命卜卦的,行行当当,应有尽有。庙里香烟缭绕,烧纸味熏鼻,善男信女,熙熙攘攘,好不热闹。因为相传庙内仍然存放着当年关公过五关斩六将时穿的战袍和战靴,所以,从早到晚去关帝庙烧香、拜神、看关公的战袍、战靴的人络绎不绝。

这天，马本斋又提了一篮油炸馃子来到关帝庙前，转了好半天，才卖了五个铜子儿。他看到关帝庙门前围了一堆人，便也挤过去。当他挤过人群，发现人们围着的是一个蹲在地上的瞎老头儿和一个身披破麻袋片的小女孩。这个小女孩骨瘦如柴，头上扎着一根小辫儿，小辫上插着一根卖身的草标，胸前还挂着一张纸牌，纸牌上写着四行字："家住坝上东乡，可怜父母双亡；今日流落此地，先生老爷赏光。"

马本斋看着这可怜的情景，长叹一声，欲行又止，回过头来又看了看这可怜的爷儿俩，不由得从篮子里拿起三个馃子递给了小女孩，又从兜里掏出那刚刚挣的五个铜子儿，递到了瞎老头儿的手里。

"谢谢大哥，我忘不了您的好处！"小女孩给马本斋连连叩起头来。马本斋急忙拦住了她，激动地说：

"小妹妹，不要这样，咱们都是穷人。"

这时一个巡警走过来，上下仔细地打量着马本斋，然后说："你把馃子白给她，你的买卖不亏本吗？"

本斋"哼"了一声说："什么本儿不本儿的，救命要紧！"

巡警一听，向本斋笑了笑，说："行，还真讲义气。来，我买你十个馃子。"说着把钱往篮子里一放，拿起十个馃子就走了。

本斋拿起钱来一数，多了五个铜子儿，他抬起头赶紧叫那个巡警，可已不知去向。

转眼秋去冬来。这天，马本斋依旧穿着那身已失去本色的破粗布单服，冒着刺骨的寒风，来到火车站的候车室卖馃子。破烂不堪的候车室四面通风，旅客都冻得缩成一团。马本斋挎着篮子，两手揣在袖筒里，在冰冷的地上不停地跺着双脚，不时地叫卖两声。

"喂！小兄弟，给我两个烧饼，三个馃子。"

一位刚下岗的巡警，边喊着边过来付了钱。马本斋伸出冻僵了的手，哆哆嗦嗦地给他找钱。这位巡警发现他穿得单薄，就将自己手里拿着的一件换洗内衣，顺手给他披在身上。马本斋见此情景，不由得倒退了两步。在马本斋的印象中，巡警买东西能给钱就已经不错了，怎么还会给人衣服穿呢？他对这位巡警先生的举动疑惑不解。

"别害怕，小兄弟，我认识你，你是永庆奎馃子铺的小伙计。"

"先生，你怎么认识我？"马本斋眨巴着那双机灵的眼睛问。

"你是回民，住在辘轳把胡同的东口。你忘了？有一次在关帝庙，我看到你把自己的五个铜子儿给了那个卖身的小女孩，对吧？"

马本斋用惊奇的目光仔细地打量着面前这位似曾相识而又陌生的巡警，只见他长得虎背熊腰，堂堂正正的脸庞上，五官端正，一双炯炯有神的眼睛，透露着和蔼可亲的目光。本斋突然醒悟地走上前去说：

"噢，我也认识你，上次就是你买我的馃子，还多给了五个铜子儿呢。"

"那么说咱们是老相识了。小兄弟，我在这里混了多年，这张家口的上埠下埠有多少人，人心怎样，我闭上眼睛就可以说出来。哈哈……"

"先生，你尊姓，啥大号？"

"噢，噢。"这位有趣的巡警说话总是"噢，噢"的，"小兄弟，你以后别叫我先生了，我姓刘，叫刘沛然。我比你大不了几岁，你以后就叫我刘大哥吧。"

"刘大哥?"马本斋寻思:天底下还真有这样的好人?!

从此之后,马本斋一到车站去卖馃子,总要同刘沛然拉拉家常。每次,本斋总要挑些又香又脆的馃子送给他;刘沛然呢,每次也都分文不差地付了钱。

在交往中,马本斋知道这位刘大哥也是河北人,老家在南宫县。他俩性格合得来,一拉起呱来,短不了要骂骂那些有钱的地主老财。本斋碰到有什么疑难的事,也总来向他请教请教。天长日久,两人真像亲兄弟一样了。

时间长啦,马永长的馃子铺生意越来越兴隆。俗话说:"人怕出名羊怕壮",永庆奎馃子铺远近有了点"名气",可就招来了一场灾祸。

在仁寿街北头南面,有一家"德正楼"皮货庄。市民们都知道,这皮货庄的老板姓陈,他家财万贯,良田万顷,骡马成群,妻妾数房。他经营这"德正楼"是够阔气的了,三层高楼兼有花厅。三、六、九逢集,花厅里的洋戏匣子播放着唱片,吸引着大批看"新鲜"的人们。这皮货庄是直隶、山西、奉天、绥远、热河、察哈尔各省官商汇集的场所,又是洋河畔笙歌烟花之地。每年重阳佳节,各省豪门巨户,冠盖云集,举办一年一度的所谓九月九的"皮货节"。这里的民间流传着这样两句话:"九月九晴,一冬凌;九月九阴,一冬温。"意思就是说,九月初九这天,如果天空晴朗,冬天必定特别寒冷,买皮货的人就多,皮货庄的生意就兴隆;如果九月初九这天,是个阴天,冬天就暖和,买皮货的就少,生意就萧条。

"皮货节",多少年来成为口外一个大节。这一天,有钱的巨商们在"德正楼"喝着人参酒,吃着鱼肉鸡鸭,品尝着新式果点,口里叨念着皮货行的生意经。这"皮货节"从九月初九开始,连闹三天三夜,每日每夜,笙歌鼎沸,梨园弟子献歌卖艺,好一派豪华气魄！这皮货庄的陈老板深居简出，豢养着一帮"钱棍儿"，终日为他奔忙口外，深入内蒙各地，到处搜刮皮货，欺压、讹骗、鱼肉乡民。"永庆奎"这个新开的小小馃子铺自然也成了"德正楼"皮货庄敲诈勒索的对象。

一九一九年，也就是马本斋十七岁的那一年，眼看着九月九的"皮货节"就快要到了，"德正楼"的"钱棍儿"杨献席，正为他的主子四处奔走。他四十开外，身穿长衫，头戴礼帽，长得人模狗样。因为，这家伙平日作威作福，坑害老百姓，人们都恨透他了，巴不得他死。他们说，"宰羊"（杨献席），我们要赶上一刀。故此人们给他送了个绰号叫"羊赶刀"。

九月初八这天傍晚，街上的行人零零落落，仁寿街、边路街一带的馃子铺都收摊上板关门了。"羊赶刀"来到永庆奎，对马永长说：

"马回回，明儿就是九月九皮货节了，我家老爷要你给他做一百斤馃子。"

"呵，一百斤？"马永长为难地说，"甭说一百斤，就是十斤我们也做不出来。"

"我家老爷说市面上的馃子，就数你手艺高。"

"这话倒实在，你杨先生也是常吃的嘛！"

羊赶刀听到这话，脸涨得像个猴屁股。自从马永长来到张家口开馃子铺，这羊赶刀是这里的"常客"。他连吃带拿，光赊账不给钱，这账真像哑巴拣了银，有口算不清了。过了会儿，羊赶刀要起了威风：

"马回回，筐归筐，篓归篓，'德正楼'的货，说什么你得做。"

"做可以，你欠的馃子钱得给我们。"马本斋向羊赶刀瞪了一眼说。

"瞎，你这个穷回子，我家老爷的一根汗毛比你腰还粗，吃你馃子是瞧得起你咧，愁没钱？钱，钱，钱，德正楼的钱压都压死你！"羊赶刀说着，鼻子朝天，满脸横蛮的神气。

"我们连本钱都给你吃光了，叫我们怎么活？"马本斋冲着羊赶刀说了一句。

"杨先生，说来也是呀，你们只顾要馃子，去年陈老爷在皮货节用的馃子至今还没有给钱呢！"老实的马永长也有点憋不住了。

"坑害穷人的人，不得好死！"马本斋看着羊赶刀，越看越有气，恨不得一脚把他踢出去。

"你，你，你这小子敢骂人！我……"羊赶刀抬手想打马本斋。

马永长立即上前拦阻："杨先生，别，别，这孩子不懂事。"他怕事情闹大，孩子吃亏，又连忙给羊赶刀赔礼道歉。

这下子，羊赶刀更来劲了，他唾沫横飞地冲着马永长嚷起来：

"我家老爷在仁寿街跺一脚，地皮都会颤三颤，当年的太后都要巴结我家老爷，你们这些穷回子还敢不依！馃子一百斤，一两不能少，明天交货！"说完把头上的礼帽一拽，扬长而去。

"呸！什么狗东西！"马本斋朝他背后狠狠地啐了一口。

夜深人静，寒气袭人，马永长在孤灯下教训着儿子：

"本斋呀，你真是个不懂事的孩子。你想想，咱们离乡背井，好不容易才来到这里找了个营生。对那些有钱有势的人必须顺着点，他要，给他点；他硬，咱们就软点。你听见那羊赶刀的话了吧？太后都还要巴结他们，何况我们呢！以后你可要忍着点儿！"

马本斋听了父亲这一"点"，那一"点"，心里虽然有点不舒服，可是他不怪这穷苦的父亲。父亲忍气吞声确实为了挣点钱养家糊口呀！他坐在灯前，没有再说什么。父亲看他不言语，只说："你去睡吧，我现在就动手做馃子，明早人家就来取货了。"

胳膊扭不过大腿，马永长慑于羊赶刀狐假虎威的权势，果然连夜和面烧锅，为那一百斤馃子忙活起来。

马本斋躺在炕上，翻来覆去睡不着，脑海里像过电影一样：一会儿是羊赶刀杀气腾腾的凶相；一会儿是父亲那张纯朴而忠厚的脸孔；一会儿又是火车站巡警刘大哥的音容笑貌；一会儿又出现了东辛庄的母亲，她身体可好？……他想了很多很多。自从跟父亲出来逃荒，见到这人世间有两种人：一种是好人，像刘大哥那样的；一种是坏人，像羊赶刀那样的。这一年多来，他根据自己所见所闻，得出一条结论：天底下的穷人总是受欺负，有钱人都是蛮不讲理的。至于那"德正楼"皮货庄的陈老爷同太后有什么瓜葛，他也曾听刘大哥模模糊糊地讲过。据说这个陈老爷的老家在山西省，当年有个叫慈禧的太后从北京避难到西安，一路上劳累奔波，又饥又渴。当她路过山西时，有个叫陈老歪的年轻人给她送去一盒"拌饭"。太后吃得特别香，问他是什么饭，他说是专门为太后做的"百宝饭"（其实是一些玉米、高粱、谷子之类的杂粮而已）。太后认为他很忠于朝廷，一年后，这位皇帝娘回到北京，就赏给他国宝十大盒，黄金五百两，以报其奉献"百宝饭"之功。从此，这位被人叫作"陈老歪"的就变成"陈老爷"，一跃为"德正楼"皮货庄的百万富翁。想到这儿，马本斋躺在床上感到又气又好笑。他默默地骂道："哼，明明是靠坑害穷人发了财的，又偏偏要说什么是太后的恩赐，完全是骗人的鬼话！"

这一夜，马本斋似睡非睡，迷迷糊糊一直到天亮。

马永长忙活了一宿，七拼八凑赶炸了一百斤馃子。来取货的当然是羊赶刀，照样分文不付。当人们知道这件事，都为马永长父子俩打抱不平，说羊赶刀狗仗人势，欺人太甚。可是谁又敢去太岁头上动土呢？！

重阳之夜，"德正楼"皮货庄的花厅灯火辉煌，觥筹交错，猜拳碰杯之声，伴着阵阵的寒风在仁寿街上空回荡，"皮货节"一直闹到深夜才散席。

第二天，马本斋照样提着一篮炸馃子沿街叫卖，清晨出去，晚上十点多才回来。当他走到洋河的通桥西头，看见那里围着一堆人，马本斋挤上去一看，原来在昏暗的街灯下，地上躺着一个喃喃自语的汉子，围着的人像看耍猴一样。有人问他：

"喂，你这倒霉鬼，躺在这儿干啥？"

"哎哟，我难受！"躺在地上的人说。

"喂，你家住在什么地方？"

"老子，住在，住在……哎哟，我胸口堵得慌！"

"喂，死不了的，你家有什么人？"

"老子家没有人，我有很多婊子……"

"哈哈哈！"围观的人哄堂大笑起来。

马本斋一看，这家伙不是别人，正是该死的羊赶刀。他定是今晚在"德正楼"喝得酩酊大醉，走到这里倒在路边，耍起酒疯来。

早就憋足了劲，要报复一下羊赶刀的马本斋，感到这正是个好机会，他指着他骂道："你这个大骗子，骗走我家一百斤油炸馃子，一分钱不给！"接着又转身对众人说，"大家听着，这个坏蛋就是德正楼的那个羊赶刀，他是喝人血的豺狼！"说完就朝羊赶刀猛踢了两脚。

人们听说他就是羊赶刀，都气愤得大骂他缺德，有的朝他脸上吐唾沫，有的往他身上撒土，弄得他在地上直叫唤："你们等着，你们等着……"

夜深风寒，当羊赶刀从沉醉中清醒过来之后，知道自己被人耍了一顿，心里感到很窝囊。在皮货节过后的第五天，他串通了市警察局的一伙打手，持枪带棒地闯进永庆奎馃子铺，逼着马永长交出儿子。

"你儿子呢？"

"卖馃子去了！"马永长不知出了什么事，有些紧张。

"他妈的，不砸掉你马回子的锅，不知道我杨某人的厉害！"说着，"叮叮咣咣"带头把馃子铺砸了个稀巴烂。

张家口是待不下去了。马本斋爷儿俩在刘沛然的帮助下，悄悄地逃出了张家口，来到内蒙古一个叫喇嘛庙的地方。那时，每年春天，内地有些大商人常到内蒙古一带贩马。本斋和父亲被这些商人雇佣，干起赶马的营生来。商人买好的马，按事先讲好的条件，交他们爷儿俩从内蒙古赶到山东、河南等地。常言说："贩马贩马，四处为家。"在两年多的时间里，马本斋走过了山山水水，经历了风风雨雨，受尽了人间的艰苦沧桑；但是他也从中受到了锻炼。马本斋已经出落成个棒小伙子。他长得高大魁梧，英俊洒脱，国字形脸上那对不大的眼睛明亮有神，使人感到他是一个精明而已成熟的青年了。他学会了骑马，骑术挺棒，在内蒙古草原上，可以与当地牧民驰骋争雄。

这年，大约是农历二月下旬，他们爷儿俩替马贩子把三十匹马赶往上海去卖。起程那天，马群过了闪电河，恰好碰上了一场大风雪，马群被风雪吹散，跑到正蓝旗的北岸。为了寻找跑散了的马群，马本斋去多伦的西边，父亲去东边。当时，这里由于草原牧主的争夺，凡是过了县境的马，要找回来，非得打官司不行。要赎回一匹马，往往得花上十匹马的钱。他们找了三天三夜，不但没找到马，父子俩却由此失散了。

草原上的天气瞬息万变，刚才还是晴空万里，顷刻又变得阴云密布。像是连绵起伏的山峦一样的乌云，拼命地向草原涌来，那云堆低得可怕，好像就要压到头上来。刺骨的寒风呼啸着，卷着沙石、乱草，一个劲儿地向人的脸上和身上抽打着。

马本斋已经和父亲失散三天了。三天来，他忍饥挨饿，到处寻找自己的老父亲。这一天，他又转回到喇嘛庙附近，又冷又饿，可是翻遍上下衣兜，仍然是和这大草原一样，空空荡荡的啥也没有。他想进镇子找点吃的，可是不行，因为给牧主赶丢了马，现在到处贴着告示正在捉拿他们父子。告示上写着："有知其下落来报案者，定有重赏，要钱要马随意挑选。"不进镇子，可该往何处去呢？他望着这茫茫草原，不禁心中怅惘，只好找了个背风的大土坑，先蹲到里面去避避风。

土坑里暖和多了，就像待在小屋子里一样，只是又渴又饿。心想，这会儿，要有两个热窝头该有多好呀。想着想着，眼皮沉得好像挂上了个秤砣。他隐隐约约地发现在离土坑不远的一条小路上，有一包闪闪发亮的东西。他马上跑出土坑，向那发亮的东西奔去，当他跑到跟前一看，啊！原来是一个丝绸的包袱皮，包着一大包东西。他向四周看了看，见没有一个人影，便蹲下去，慌忙把包袱打开。原来里边全是一些好吃的东西，有黄油，有奶酪，有烤得焦黄的馒头片。马本斋真是喜出望外，估摸这一定是哪家大牧主丢在这里的。不管他，先美美地吃一顿再说。他不管三七二十一，拿起馒头片，抹上黄油便大口大口地吃起来。正当他吃得带劲时，突然听到背后有人喊：

"好大的胆子，我正在到处抓你，你却吃起我丢的礼品来啦！

来人哪,快给我把这穷小子绑起来!"

一阵急促的马蹄声,跑来两个彪形大汉,跳下马来,紧紧地把他捆绑起来,拴在马背后。然后,那彪形大汉催马奔驰,拉着他跑。马本斋像是一根木头,被拖倒在地,拖呀,拖呀,顿时被拖得皮开肉绽。他哪里肯这样活活地被拖死呢。用劲一挣,他的头碰到了土坑的壁上。好疼呀!马本斋睁开了眼,原来是做了一场噩梦!因为冷,他的双臂还紧紧地抱在一起。

这时,他的肚子就更加饥饿难耐了。马本斋想来想去,把心一横,走,进镇子去找吃的,吃饱了再说!主意拿定,便跳出土坑,向镇里走去。

天空滚动着的乌云,这会儿已经连成了一大片,寒风中开始稀稀落落地飘起雪花来。

马本斋避开大街闹市,专走小街和那些僻静的小巷,因为他要时刻警惕牧主的搜索。走了几条胡同,串了几条小街,腰也酸了,腿也软了,仍然没有要到一点儿吃的东西。他踏着地上的白雪,又拐进了一个胡同。这是个东西走向的胡同,比较背风,他走得头发晕,眼发花,不得不赶紧靠在墙上喘息了一会儿。就在这时候,从大墙的后面传来猜拳行令的喧嚷声:

"八匹马呀,哥儿俩好呀,五魁首呀……"

"上菜,快上菜!"

"老兄,今天咱们要一醉方休!"

"他娘的,卖唱的小妞来一段,给老子助助兴。"

随后,传出了调弦声和草原小调。

呼和草原雁比翼,

老爷有钱续八妻:

两个骑马能射箭，

两个坐轿会下棋，

两个善舞赛嫦娥，

两个能歌唱小曲。

八娇妻，娇滴滴，

千里草原独无比，

都称老爷有福气。

听着听着，马本斋再也压抑不住对豪门的憎恨。他攥起拳头，咬紧牙关，把腰带使劲紧了紧，一跺脚，离开了这堵高墙。他刚走了几步，突然发现，在胡同西口的墙角处，有一个人正在注视他。马本斋不禁打了个寒颤，暗想："糟了，有人盯上了！"于是，他扭头向胡同的东口快步走去。

他走出胡同口又拐进另一条小胡同，回头一看，那个人也跟着他走进了这条小胡同。马本斋连忙加快了步伐。可是，他在前面走，那个人在后面紧紧跟，一步也不放松。

马本斋打定主意：决不能让这个人抓住去领赏。我和他拼了吧！他急走几步，拐到小胡同口外边，弯下腰去捡一块大砖头。还没等他站起身来，追赶的人已来到跟前，猛地一扑，把马本斋拦腰紧紧地抱住了，嘴里还不住地说着："我可找到你了！"马本斋先是一惊，正准备用捡起的砖头砍这人的手；可是突然感到这个人的声音是那么耳熟，扭头一看，不由得愣住了。停了片刻，才又惊又喜地叫道："刘大哥，原来是你！"

两个人紧紧地握着手。好半天，刘沛然才说：

"找到你可真不容易呵！"

马本斋急切地问道："你怎么也到了这里？"

"一言难尽，走！"刘沛然拉着马本斋边走边说，"咱们找个小饭馆，坐下来，暖暖和和地慢慢谈。"

他俩走进了一个名叫"一分利"的偏僻的回民小饭馆，找了个角落坐下来。刘沛然要了四两酒，一盘羊肝，八两饺子，两个人边吃边谈起来。

刘沛然为啥也跑到这里来了呢？话还得从头讲起。

原来，张家口的巡警局，经常封存、没收一些进步书刊，巡警局的仓库里堆了很多这方面的书。刘沛然是个喜欢看书的人，经常从仓库里拿书偷偷阅读。时间长了，书里的进步观点就像潮水一样涌进了他的脑海，他的思想慢慢地也就接受了这些新观点，对人对事都有了新的看法和态度。

刘沛然凑近马本斋身边坐了坐说："自从你离开张家口之后，不久，这个都统府所在地，变成了察哈尔省的省会。蒋介石派来了一大批抢钱司令接管了张家口，弄得个张家口乌烟瘴气。"刘沛然说到这里，喝了一口酒，"有一天，在我值勤的时候，一位阔老爷，听说是哪位大官的岳父，他的洋车撞倒了一个要饭的穷老头。我过去说了几句公道话，这位阔老爷张口就骂，还扬言让他的大官女婿派人来抓我。真是他妈的狗仗人势！我一气之下，决心不干了，打算到喇嘛庙来找位朋友，然后去东北找我的远房叔叔刘珍年。没想到从《告示》上看到了你们爷儿俩的名字，我就到处找你们。真是有缘千里总相会呀！"说得两个人都笑起来。

过了一会儿，马本斋又问："那你今后还准备到哪儿去？"

刘沛然说："我去找叔叔当兵。"

"当兵？"

"对，去当兵。手里拿着七斤半，谁再敢惹老子，老子就干掉他！你手里有了枪，羊赶刀那样的人就不敢欺负你了。"

提起羊赶刀，马本斋的旧恨又涌上心头，他蓦地一下站起来气愤地说：

"我要是也能当上兵，碰到羊赶刀，非用枪崩了他不可！"

刘沛然说："崩一个羊赶刀还不够，咱们要脚踢地头蛇，拳打坏政府，枪毙害人虫！"

刘沛然这几句话，说得马本斋浑身好像增添了一股子使不完的劲。他高兴地说："刘大哥，我听你的，咱们都当兵去！"说完，端起酒杯，一饮而尽，那酒就像一团火，滚烫滚烫的，直通到他的心窝里。

第五章 "五族共和"的幻想

马本斋当兵了。来到东北军张宗昌的部队。入伍的第一天,他就领到一支六五式步枪,左端详右端详,不时用手摸摸,爱得不得了。他想起在口外时刘大哥说的,手里有了这家伙,羊赶刀就不敢欺负咱们了,觉得枪这物件,可真是件宝贝。他得闲总是把枪擦得油光闪亮,一天三操两讲枪不离身,有空就琢磨射击要领,苦练射击动作。马本斋入伍头年隆冬,就赶上部队大搞"越冬野练"。风雪严寒的东北大地,土冻得像铁板一样,马本斋爬冰卧雪,一练就几个钟头。他的枪法越练越准。白天,他能打掉挂在树权上的一串串冰凌;晚上,能摸黑打掉朵朵灯花。这年冬天,他被提升为棚长[①]。不久,马本斋调到刘沛然所在的五连的二棚当棚长。刘沛然是五连的连副。

转眼两年过去了,这年初秋的一天,连长把马本斋叫到连部说:"上面要筹粮,团部命令我们连去运粮食。今天下午,你带二棚的兵士去豹子沟吃大户。"

"是!我们一定执行命令!"马本斋向连长敬了个礼,走出连部。

---

① 棚长,即班长。

吃过中午饭，马本斋套上连里两辆胶轮大车，"啪"的一声把鞭子一甩，向棚里弟兄们吆喝："走，咱们吃大户去！"

棚里的十来个弟兄跳上大车，说说笑笑地向豹子沟奔去。豹子沟在他们驻地的东南面，这是一个有两千来户人家的大村庄，有钱的财主不下十户。马本斋所在部队的粮食供养，多半是由本地有钱财主摊派，他们管这个叫"吃大户"。马本斋领了大伙儿，赶着大车来到豹子沟的一座青砖大院。他们打开粮仓，扛出一包包粮食。当他们正要把粮食往车上扛时，从院子里出来一个衣着整齐的人，向马本斋鞠躬作揖说："长官，少扛一点，我的粮食已摊派过了！"

马本斋怀着对地主老财的宿怨，向这人瞟了一眼："这豹子沟就数你家阔，粮食堆在仓里发了霉，不向你要，跟谁要？！"

"对啰！当兵吃粮，天经地义！你那么多粮食囤在家干啥？"操着东北口音的兵士们，边说边把粮食往车上装。

大家越扛越起劲，你一包我一包，满满登登装了两大车。马本斋把鞭子一甩："走！"大车出了村。

天近黄昏，当他们走到半道路过一个叫黑土屯的村子时，马本斋观察前后左右周围的动静，看看并无人走动，便悄悄地对弟兄们说："你们听我的，把车赶进黑土屯去！"进了村，他将村上的穷百姓集合在一起，偷偷地把其中一车粮食分给了穷人。

这件事，五连连长开始并不知道，觉得这个二棚，一出去就搞到一车粮食，任务完成得还不错。可是，一个星期之后，给老百姓分粮食这件事，慢慢地泄露了。有一些排长们认为，马本斋这样做，是吃里扒外，是过激行为，破坏粮饷纪律，应当军法从事；否则给上面知道了可不得了。可是，有的棚长说，马本斋的行动是狗撵鸭子——呱呱叫；兵士们私下议论说，穷人养肥了穿二尺半的，分点粮食给穷人有啥了不起！连长的耳朵里刮进了这些风言风语，为了应付上面，笼络下面，在全连的队列面前，吹胡子瞪眼睛，训斥了马本斋一顿，这件事就这样不痛不痒地过去了。

这天，马本斋吃完午饭回到棚里，拿起擦枪布将步枪的刺刀擦得寒光闪亮。当他正要抽出枪探子擦拭枪膛时，外面进来一位年青英俊的中尉军官，笑呵呵地对马本斋说："哈哈，老弟，我没进门就知道你在摆弄这宝贝。祝贺你啰，福星高照，双喜临门！"

马本斋回头一看，是刘沛然，便立即站起身来，招呼刘沛然坐下，然后倒了杯开水，笑着说：

"大连副，我的刘大哥，你别开玩笑了，我犯粮饷军纪不关我禁闭就恩典了，还有什么可祝贺的？"马本斋知道，他那次把粮食分给了穷人而没有军法从事，是这位刘大哥在暗中帮了很大的忙。可是，如今，刘大哥说出这没头没脑的话，心里还是有些纳闷。

刘沛然是个爽直的汉子，他看到马本斋眼下的表情，一把将他拉过来，坐在自己的身边说：

"我的好兄弟，咱们从当兵那天起，就发誓，要为实现'五族共和'这个伟大的目标而奋斗，直至肝脑涂地。如今咱们中国是国不成国，民不聊生，社会风气颓靡。咱们拿枪杆子的就应当为国为民，拯救百姓于水火。依我看，你上次分粮给穷人做得对，干得好。只是今后要小心，这是部队，违反军纪可不是闹着玩的呀！好了，言归正传，我现在向你报告两个好消息：你当棚长之后，手勤、脚勤、心正，团部提升你为排长；你脑子灵，有见识，有造就，大家认为你是一个人才，上面决定推荐你到讲武堂去练达练达。"刘沛然说到这里，不重不轻地在马本斋背后捅了一拳，"老弟，你说说，这叫不叫双喜临门？"

刘沛然历来话无戏言。几天之后，马本斋果然接到了要他去东北讲武堂"练达"的命令。临行这天，刘沛然和棚、排长们都来送别。

马本斋乘上由泥河子开往沈阳的火车。列车飞快地掠过了挺拔的白杨树，穿过了望海山，越过了大辽河。马本斋凝视着车窗外，心情久久难以平静。自己十七岁从军，三年多来，在部队与弟兄结下了深厚的感情。人生中，每到了一个新的地方，碰到的第一件事，往往给人的印象是最深的。记得他入伍后不久，团部教官来给他们讲课时，讲道：他们穿上军装，拿起枪杆子，是为了救国救民，为实现汉、满、蒙、回、藏五族共和……这些话虽然是出于官场中的高调，但，对于追求真理的青年人来说，是多么富有吸引力啊！马本斋就是按照教官讲的话去做的，练兵刻苦，埋头干活。如今，他要到讲武堂去深造，当然会感到无比的荣幸。然而，东北讲武堂到底是个什么样子？去那里学些什么？马本斋是不知道的。在部队里他曾听刘沛然讲过，还是袁世凯当皇帝那阵子，保定府有一个什么陆军行营军官学堂，说三营长、五连长都是那里毕业的，他的叔叔刘珍年也是从那个军官学堂步兵科毕业的。马本斋想：这个东北讲武堂也是个人才济济的地方吧？火车几声长笛的鸣叫，打断了马本斋的思绪。

马本斋出了沈阳火车站，来到一个叫东山咀子的地方。这里就是东北讲武堂的校址，也就是东北军常讲的"北大营"。马本斋走进校门一看，讲武堂的建筑果然具有兵营的气派：四周垒着高墙；操场的旗杆上飘扬着一面"红、黄、蓝、白、黑"的旗子，象征着"五族共和"；学员们头上戴的大檐帽儿，也缀着一个"红、黄、蓝、白、黑"五色五角帽徽。马本斋左顾右盼地往前走着。他看到有些穿着黄制服的日本军官挺神气地在出出进进，接着又发现这里的学员都穿着笔挺的军装，走起路来，昂首挺胸，目不斜视。他一下子就看出这些人身上有一种与众不同的优越感。

马本斋到教务处报了到。他被编入第三期学员班。这个讲武堂是参照日本士官学校的格局办的。教官大都是被聘请来的日本人。他们同中国教官一起，对东北军的士官进行严格训练。上课的第一天，教官手执教鞭，夹着皮包，板着脸孔，摆着一副神圣不可侵犯的样子，走进了课堂，学员"叭"地站了起来。教官先说了声"坐下"，接着就训了一通课堂注意事项之类的话。然后，转过身子在黑板上写字。正当教官在写《兵器学概述》的时候，学生们"唰"地从口袋里抽出金光闪闪的金笔，他们互相瞧瞧，有的挤眉弄眼，有的故意把金笔拧开，露出笔尖在面前晃了晃。这课堂上，唯独马本斋没有金笔。他只好将一支从部队带来的又粗又硬的铅笔端端正正握在手上。教官在黑板上写一句，他就用铅笔记一句。教官讲的，他一句不漏地记录下来。

三下钟声过后，教官夹着皮包离开了教室，学员也三五成群地走出去了。马本斋站起来，活动了几下胳膊腿，又坐回原位，看自己的笔记。和他同桌的一位姓曲的同学，好奇地问马本斋：

"你刚才怎么不亮牌子？"

"亮什么牌子？"马本斋不解地问。

"你别谦虚了，能进这讲武堂来的，哪个不是挖门子，搬窗户的？"

"这话怎么讲？"马本斋被弄糊涂了。

"咳，你果真不知道？告诉你吧，刚才大家掏出金笔晃了晃就叫亮牌子。你没看见，坐在你前面的是头号派克，他爹准是个大官儿；坐在你左边的是"福特"牌，他爹准是个大旅长；还有什么14K、皮老替。反正牌子越好，他爹的官儿就越大；官越大，人家就越瞧得起呗。"

经这位同学一点，马本斋才知道其中的奥妙：进这个讲武堂的，大部分都是身份高贵的权贵子弟，他们入学前"找门子"，入学后"亮牌子"。在他们看来，"亮牌子"这一着很重要，"牌子"一亮，等于把自己的身份告诉了人家，小则不受歧视，大则吃得开。像马本斋这样由部队直接保送而来，家境贫寒的士官，为数寥寥。

冬去春来，讲武堂庭前的杨柳吐出了新芽，古老的槐树焕发了它的青春。室外的阳光烘暖着校园中的各种花草。在这春光明媚的时节，讲武堂里血气方刚的学员更增添了青春的活力。一些胸怀大志的青年，总爱找马本斋畅谈自己的伟大抱负，马本斋也虚心地向一些学问比自己深、阅历比自己广的同学请教。每逢星期天，人家都串门、打牌、喝酒去了。可马本斋却在校园的大柳树下聚精会神地攻读《兵器学》、《战术概则》或《论带兵法》。他看了一本又一本，越看得多，越感到不满足。一些权贵子弟看马本斋老实巴交，有些"土"气，瞧不起他，有的甚至讽刺他是穿军装的乡巴佬。然而，这些并没有动摇马本斋刻苦学习的决心。讲武堂规定学习的课程，他读得滚瓜烂熟，兵器操练得得心应手，每项科目考核都取得了优异的成绩。他在讲武堂学习了两年，毕业时因为成绩优秀，被提升为连长。

回到部队，人事、局势都已发生了极大的变化。他一直思念的刘沛然大哥不见了。后来，他从一些熟人的口中知道，刘沛然被秘密逮捕了。据说他是个激进派的人物，有碍军心的嫌疑分子。这件事使马本斋的思想上产生了一股难以消散的疑团：刘大哥为人正直，爱国爱民，他对祖国前途忧心忡忡，对中华民族的共和抱有远大的理想，这样的人会犯什么罪呢？马本斋本想从讲武堂回来，与他一起好好地大干一番事业，不料，他竟遭到这样的下场，真叫人心中又难过，又气愤。

一九二四年夏末，爆发了以张作霖为一方，吴佩孚为另一方的第二次"直奉战争"。由于张作霖的后方较为稳定，奉军又素以"急行军"著称，再加上有日本帝国主义的援助，他的部队浩浩荡荡向山海关进军，给予直军以狠狠痛击。吴佩孚节节败退，最后退到鸡公山。这个在第一次"直奉大战"后叱咤风云、称雄一时的吴大帅，在第二次"直奉战争"中成了斗败的公鸡；不过还盘踞河南、湖北、湖南三省。一九二六年，国民革命军实行北伐，接连打垮吴佩孚、孙传芳、张宗昌这些老牌军阀。蒋介石联合冯玉祥和阎锡山，把矛头指向北伐的最后敌手——张作霖和他的奉军。由于战争残酷激烈，东北军（奉军）所属部队消耗了大量枪支弹药。为了保证部队的供给，各部队都加强了后勤运输力量。在新旧军阀混战中，马本斋被任命为担负后勤运输的"杠子营"营长。

一九二八年初春，东北军转战多年的刘珍年，拉着部队由河北到鲁西、鲁南，又转移到胶东，最后成为国民革命军胶东防御总指挥。马本斋率领的"杠子营"也开到了胶东莱阳。

马本斋到了胶东，更有趣的事情发生了：原属张作霖的"狗肉将军"张宗昌，被赶出山东后，带着他的心腹褚玉璞潜逃到大连，与日本军阀勾结，卷土重来，从大连乘船到胶东龙口登岸，以金钱、升官为手段，收买、纠集胶东的一些军阀残余，攻打刘珍年，妄图东山再起。这样，原来是刘珍年的顶头上司张宗昌，现在却成了他的敌人。张宗昌、褚玉璞一登上岸，就占领了牟平县城。刘珍年率部反攻牟平。但是，张宗昌纠集的都是些亡命之徒，且有一定的作战经验，攻城攻了三天没有攻进去。双方都打红了眼，谁也不肯退让一步。正在相持不下之际，一位身材魁梧的青年军官晋见刘珍年，对他说：

"师长，部下有言奉告。"

刘珍年认得，这位年轻军官正是"杠子营"营长马本斋。便问：

"你有何高见？"

"此城不能远取，只可近攻！"马本斋说。

"好，事不宜迟。我给你两个营的兵力，你给我攻下西门！"刘珍年以信任、期待的目光注视着马本斋。一声令下，马本斋带领两个营，运用强攻和奇袭相结合的战术，很快地越过了牟平县城外一道河，接着攻破牟平县城的西门。"杠子营"长驱直入，直捣敌司令部。张宗昌在慌乱中逃跑，褚玉璞当场被活捉。

战斗结束，马本斋手持一把"七星剑"来到刘珍年的指挥部，将"七星剑"捧上去，说：

"师长，褚玉璞已捆起来了，这件宝贝是从他手里夺过来的。"

刘珍年看着这把难得的宝剑，上前握着马本斋的手说："马营长，了不起！了不起！你为胶东军民立了战功，我任命你为团长。"

刘珍年收复了牟平，稳住了胶东的局势。马本斋当上了上校团长。刘珍年带领全师官佐回师烟台。这天下午，刘珍年为牟平之捷，在海岸街的"蓬莱春"大摆庆功宴。在灯红酒绿的宴席上，马本斋却闷闷不乐。随着时间的流逝，年岁的增长，阅历的丰富，马本斋对这十多年来的戎马生涯，常常感慨万分。他，一个穷回回，从进入兵营的第一天起，听到的是：什么军人的天职乃是为着实现"五族共和"啊，什么为着"民众自由幸福"啊，等等，听得耳朵都磨出茧子来了，可现实呢？！他所到之处，各方"司令"盘踞要津，大大小小的"土皇帝"多如牛毛，把偌大的中国弄得四分五裂，支离破碎，共和何有？他所耳闻目睹的是，军阀、政客、官僚，豺狼当道，作威作福；豪绅、恶霸、会党，横行乡里，鱼肉百姓；人民处于水深火热之中，自由幸福何有？特别最近几年来，他在军中卷入了一场又一场的军阀混战，今天打这个，明天打那个，打来打去，都是为这个或那个"司令"争地盘，替少数人谋求地位，到头来遭殃的还是中国千千万万的穷苦百姓！这活生生的社会现实，使马本斋认识到：为美好的"五族共和"而战，为穷苦回回求生存、谋幸福的理想，完全是一种幻想！

宴会还未散，马本斋就走出了"蓬莱春"，独自漫步在海滩上。此时，晚霞给茫茫大海披上了一件金波粼粼的彩衣，显得格外迷人。远处，片片归帆向海湾驶来，徐徐的海风里不时地送来"呜——呜——"的汽笛声。放眼望去，对面的芝罘岛和崆峒岛好像是少女鬓发上插戴的碧玉簪。暮色中影影绰绰的孤岛，也像是满怀忧愁一样地望着马本斋。海边捞海蛎子的人若断若续发出"哒哒"的敲打声……这一切都勾起了马本斋的乡思。

马本斋下意识地转过身向西边望去。啊！故乡，久别的故乡就在那个方向。飞鸟都知道寻踪迹飞回旧地，更何况漂泊东海、立志为穷回回争气的游子呢！他用手拍打着身边的礁石，不禁地吟起一首唐诗："四月南风大麦黄，枣花未落桐叶长。青山朝别暮还见，嘶马出门思旧乡。"

他沿着海滨走着，对海自叹自语："我当兵闯荡了十年，整整十个寒暑过去了，可是家乡的穷回回还是受穷受气受欺压，国家仍然处于四分五裂，黎民百姓苦不堪言，唉！"

这时，一阵海风吹来，从死灰色的夜市传来了阵阵歌女的柔调。马本斋随口说了声："红巾翠袖的歌女们，别再讴歌你那《后庭花》了！"说完，愤然转身，蹚着海滩碎沙阔步而去。

第六章　夹缝里生存

一九三一年初秋一个下午，在山东省烟台葡萄山下国民革命军胶东防御总指挥部里，一位年轻的将领在阅看一份密电：

"昌邑匪情严重，务除剿之！"

这位将领不是别人，正是胶东防御司令部的总指挥、十七军军长兼二十一师师长刘珍年。他阅看的这份除匪密电，是山东省主席、第三路军总指挥韩复榘打来的。

刘珍年放下电文，走到窗前，望着远处那片郁郁葱葱的松柏，听着从海边传来的一阵阵海浪冲击声，他的心情异常烦乱，电文像一只重磅的铁锤砸在他心上。刘珍年是河北省南宫县人，保定陆军军官学校第八期毕业生。毕业后在东北李景林的国民革命军见习，不久当上了预备军第一混成旅司令部参谋长。他率部从鲁南转战胶东，希望能在这胶东建立起一个人民安居乐业、丰衣足食的富庶之地。他对中国连年军阀混战、盗贼蜂起的局面非常厌倦。在胶东近四年来，他严格要求他的部队和各级官佐，不准大吃大喝、游娼、吸纸烟、赌博；严格禁止他的部下危害群众利益；他指挥部队以兵代工修建了许多公路，栽植了很多树木……

如今，在他管辖的胶东地区边缘昌邑县，却发生了严重的匪情,省府济南电令他们去除剿,这个任务该交给哪个部队去执行呢? 刘珍年在办公室里踱来踱去,然后回到办公桌,拿起铅笔在电文下写了"马守清"①三个字。接着他拿起电话说:"接驻防在掖县的二旅四团团长。"

电话立即接通了。刘珍年在电话中先询问了四团部队在驻地的防卫情况和训练情况,最后说:"马团长,你明天来军部一趟。务必速来!"

第二天深夜,烟台市一片寂静,只有秋风徐徐从山上掠过,海滩的岩石在海水轻轻拍打下,发出一闪一闪的粼光。在军部办公室里头一间密室里,刘珍年正同马本斋夜话。马本斋坐在刘珍年的左侧,看上去,他军容严整,仪表堂堂,坐如泰山,精神焕发。这年他只有二十八岁,是全师最年轻的一位团长。没有见过他的人,慑于他能征善战的声威,多认为他一定是个形态粗鲁、声色俱厉的草莽英雄。实际上他虽然性情刚毅,宁折不弯,但他为人态度谦和,言简语少,很像一位温文尔雅的书生。刘珍年望着身边的爱将,心想:我与他共事多年,彼此肝胆相照。他为人诚实,有正义感;治军素来严格,打仗有胆有识,不但指挥有方,而且身先士卒。想到这里,便把济南来电以及昌邑县靳县长报来的匪情,简单地告诉了马本斋,最后说:"守清,这次赴昌邑除剿之举,就交给你了,你要保持和发扬当年牟平之荣誉,将匪彻底歼灭之!"

"师长的一番话,实使部下受之有愧!"马本斋非常有礼貌地说,"多年戎马倥偬,师长的确是我的良师益友,在师长栽培下,深受教益。说到牟平之役,我只不过年少气盛,与'狗肉将军'张宗昌打了一场'争气仗'。"

---

① 马守清即马本斋。字"守清",名"本斋"

刘珍年非常激动地说："守清弟，过奖过奖。咱们是血性军人，应怜风雨同舟！对那些欺人太甚的家伙，只有三个字：不客气！"

马本斋站了起来："是呀，对这些人客气，他们得了势可就不饶人了。这次昌邑之匪，若有半点不老实，管叫他与'狗肉将军'遭到同样的下场！"

刘珍年削了一个苹果递给马本斋说："这苹果刚刚摘下来的，尝尝鲜，你们在下边，不容易吃到这些鲜东西。"

马本斋接过苹果，看了看，但他没有吃，用手捏着，深情地望着刘珍年，说："师长，我们在下面，消息很闭塞。这次我到司令部来，营、连长们都希望我给他们带回一些关于时局方面的新闻。大家特别关注'二南'方面对我们的态度。"

刘珍年一听提到"二南"，笑容可掬的脸上立即阴沉下来。二十一师的将士们都明白，这"二南"，指的是蒋介石的南京，韩复榘的济南。刘珍年坐在太师椅上哀叹了一声："别提了，南京的大流氓，是个'假革命'，视我为危险分子；济南的'大青天'，是个土皇帝，视我为眼中钉，他们连做梦也想吃掉咱们！"

马本斋深有同感地点点头，站起身来走到窗前，望着葡萄山漆黑的夜色，沉默着。可以看出他心中在为刘珍年鸣不平！是啊，刘师长与那些作恶多端的反动军阀是有泾渭之别的。他经常给部队的军官、机关官佐灌输为国为民的思想，他对祸国殃民的南京蒋介石政权和所有新旧军阀以及贪官污吏土豪劣绅，是切齿痛恨的。他在每次讲话中，一提到"假革命"，军官们就知道指的是南京蒋介石政权。马本斋从多年共事中了解到，他的师长是个正直人，经常为国事忧心忡忡。他明白二十一师在夹缝中生存的处境，一时不知说什么好。

停了一会，刘珍年将窗门掩闭，环顾了一下四周，向马本斋透露了最近一段时期经常扰乱他的两件事。

"我已经意识到两点。"刘珍年说，"南京正暗中勾结济南，矛头直指胶东。蒋介石这个人手狠心毒，他在中国连年军阀混战中，没有矛盾制造矛盾，有了矛盾利用矛盾。他视我们十七军和韩的三路军，为杂牌军；他想借韩的刀来杀我。我们在南京是没有靠山的，可是我们部队有一股内在潜力……"

刘珍年说到这里，又走到窗前巡视了一下，没有再说下去。

马本斋深情地望着刘珍年，小声问："师长，您刚才最后一句话是何意，请道其详。"

"马团长，你我亲如兄弟，我可以告诉你，在对面的芝罘岛，我办的那所陆军军官学校里有两种人：一种是白皮红心，另一种是黑心白皮。所谓白皮红心的，是一些共产党员，他们为陆军学校上政治课，给大家讲救国救民的道理，这种人我很欣赏，当然也要留心；所谓黑心白皮的，是那些老牌教官，这些人不干好事，两面三刀，我们要倍加提防。南京老蒋曾多次来电问我部是否有共产党；我说共产党遍地都是，谁还能保证咱胶东没有！最近从'二南'传来话，说刘珍年的部队被共党赤化啦。所以，在这个问题上，蒋介石对我更恨，他巴不得叫'韩青天'一口把我们吞掉。这是我意识到的第一点。第二点是，前不久，南京给我司令部派来了一位'客人'，叫李恒华，自称是我保定军校的同期同学。据他自己讲，在名牌部队'铁军'里头当过营长。他来了之后，为国为民的调头唱得比谁都高。他被上面指名做了我的参谋处长。"

马本斋听后说："来者不善，善者不来，师长您千万可要小心！"

刘珍年点了点头："对，这家伙，一可能为芝罘军官学校而来，二可能为监视我部而至。这些天，我还想过：韩草包电令我们去昌邑剿匪，是不是要引我们上钩，把我们引出去干掉。"

马本斋气愤地说："到昌邑如果发现是韩军，我们就用机关枪喂了他！"

马本斋从烟台回到驻地的第二天，就将部队从掖县沙河镇开到昌邑的东南方向。

昌邑北靠莱州湾，东邻潍河。由于胶东军阀连年混战，特别是旧军阀吴佩孚、张宗昌都是胶东人，他们的残余势力和喽啰遍布昌邑城乡，大大小小行帮和土匪多如牛毛。现在也搞不清这些匪是怎么形成的。但是，有一点这里的老百姓是知道的，这些匪是靠放"外队"放出来的。一些旧军阀为了扩充势力，招来一帮子人，加封连长、营长，讲好条件，暗中给他们一定数量的枪支弹药，放到这个地区来拉杆子。等到人枪一多，他们认为时机成熟了，就派人来收抚，这样，放出来的是一个连长，经过一段时期一拉，收抚时就给个营长；营长放出去一段时期，收抚时就给个团长。当地人民群众管拉杆子的"外队"叫"官匪"。这些匪徒钻进昌邑这个倚山傍海，山高皇帝远的地方，到处烧杀抢掠，奸淫妇女，半路"拉肉票子"，摸进村"下帖子"，抓到人"踩杠子"。这些匪徒多半是在旧军队混了多年的"兵痞"，能偷能抢，枪法又准，这个县的"民团"根本奈何不了他们。甚至土匪们还常常引诱民团来剿，每剿一次，土匪的枪支弹药就多一批，真是越剿匪越多。县衙门的大权常常落在这一帮"官匪"手中；否则，县衙门的政令几乎出不了县城。莱州湾一带也是三里一杆，五里一霸。明里捐款派差，暗里打家劫舍，全县几乎成了匪的世界，群众苦不堪言。当时莱州湾人民流传着这样一首歌谣："远看黑压压，近看是王八，多说要两担，少说一石八。大的咬他爹，小的吃他妈。"这个县几任的县长给土匪闹得待不下去。有一位刘珍年保荐来的靳县长，被这里严重的匪情闹的得了精神病。

马本斋掌握了这些具体匪情后，立即研究出了一种像赶"麻雀"一样的战术。他首先组织了四个营的兵力，全副武装，取名叫"赶杆队"。进剿前，马本斋对"赶杆队"的弟兄们说："你们赶杆队的任务，主要是去驱赶那一帮一伙拉杆子的'外队'。这些匪徒活动的地方，周围都有老百姓，为了使老百姓不受惊扰，得以安全，你们要先把这些杆子赶出匪窝。这一步很重要，只准搞好，不准搞坏。如果有谁不听命令，怕死，当心我的皮鞭！"

大泽山是土匪们的老巢，他们出没无常，来去诡秘。这天下午，马本斋派了一个连的兵力，开进了大泽山口。这个连在山里转了好半天也没有见着一个土匪的影子。连长刚要下令休息，忽然，在山坡巨石的背后，枪声大作，杀声四起。连长急忙下令抵抗。战斗进行了不到二十分钟，由于土匪众多，占的地势险要，马本斋这个连很快就撤下来向山口突围。他们在前面跑，土匪队就在后面追，边追边喊："追呀！不要让马本斋的大兵们跑掉，打死一个一块大洋，活捉一个三块大洋，全部消灭，放假三天！"

"追呀！抓活的！"

"白花花的大洋就要到手啦！"

……

马本斋的连队出了大泽山口，直奔海边。土匪们喊着，叫着，穷追不舍。就在临近海边的时候，两边的小山包上，枪声顿起，子弹如雨点般地向土匪群倾泻。与此同时，跑在前面的那个连，很快地消失在左边的丛林中。

原来，这个连到大泽山内去，就是为了把土匪引出山来。果然不出所料，土匪们上了钩。

受到这突然的打击，土匪意识到是中了马本斋的圈套。于是土匪头大声号叫道："快往回跑，我们他妈的上当了！"

"弟兄们快回山呀！"

"我们上当啦！"

土匪们吓得魂飞胆丧，哭喊着，拥挤着，掉头就往回跑。可是还没有等他们转回头来，后面也像刮风一样响起了枪声和喊杀声。

这三面夹击，如同暴风骤雨一般。土匪们死的死，伤的伤，霎时倒下了一大片。剩下的土匪，向海边仓惶逃去。当土匪们跑到距海边约有一里多路的地方时，只见海边上停靠着十几条大船。这时土匪头子像是见到了救命稻草一样，边跑边声嘶力竭地喊道：

"快跑，快去抢船！真是他妈的天无绝人之路，老子上了船，来日再和你马本斋算账！"

说话间，土匪们冲到渔船跟前，船上的渔民似乎吓慌了神儿。

土匪们一窝蜂似地挤上船来。十条船上的甲板上站满了土匪。他们一边拥挤着，一边朝渔民嚷嚷："快开船，快开船！开了船给你们大价钱！"船上的船老大忙上前对土匪们说：

"老总们，辛苦了，请到船舱里去休息吧，里面可以躺着，都在上面挤着，我们没法开船。"

"船老大够朋友，好，快开船。走，到他妈的舱里躺着去。"

"这回你马本斋有天大的本事，也追不到海上来了。"

土匪们一个个拖着疲乏的双腿钻进了船舱，像死猪一样刚刚躺下，就听到船舱口像打雷似地喊道：

"不准动！"

"谁动打死谁!"

"我们是马本斋的'赶杆队'!"

这伙土匪就这样被马本斋全部解决了。

"赶杆队"把土匪轰到沙滩上,匪徒们呆如木鸡,傻愣愣地站成几排等候发落。马本斋命令部下:"对无论是谁放出来的官匪,罪大恶极者,就地枪决;罪过一般者押送烟台;因穷为匪者,松绑放回家!"

昌邑县人民目睹马团长一心为老百姓办事,纷纷出村来慰劳他的官兵。他们知道那些官匪头子被马团长给宰了,人人拍手称快。有的村送来了"万民伞",有的给马团长做了"为民除害"的金字牌匾。

但是,昌邑县的土匪并没有彻底消灭。一天,有个姓刘的农民来向马团长报告,说柳林店有一股"特殊土匪"。他们听马团长的部队一来,就化整为零;等队伍走后,他们又化零为整。马本斋问这股土匪有多少人,刘老头儿说:"详细人数不摸底,反正人数不下几百。"

马本斋听了这个匪情,双眉扭成个疙瘩,心想:这是股什么杆的土匪?会不会又是漏网的"官匪"呢?这天傍晚,马本斋物色了一个叫吕扬明的胶东兵,给他布置任务说:"根据老百姓今天的报告,柳林店还有一股土匪;我们团来了之后,他们就潜伏起来。这次交给你一项特殊任务,你化装成给人家赶脚的,打进柳林店去,想办法摸清这股土匪的情况,七天以内回来向我报告。"

第二天一早,吕扬明头戴一顶半新半旧的草帽,上身穿了件白褂儿,肩上搭了块毛巾,下身是一条打满补丁的青粗布缅裆裤,脚蹬一双大布鞋上路了。他日夜兼程,第三天黄昏来到了柳林店。由于他这身打扮,和操着满口胶东话,没引起任何人的注意。他在一家姓柳的有钱人家落了脚，给他赶脚，挑盐，运粮。经过几天的秘密侦察，才知道，这个姓柳的有钱人，就是这股土匪的头子，外号叫"柳林霸"。吕扬明弄清了情况，按时回到了沙河镇团部。

马本斋立即把营长们叫来，听吕扬明介绍情况。吕扬明先将去的过程简单说了一遍，接着说："这是一支假借神教组织起来的土匪武装，闹腾的都是封建迷信那一套。对外的名称叫'柳条会'，就是打不透的意思。会主就是俺去给他赶脚那家姓柳的。他雇了一名'神术师'当教师爷。凡是要参加'柳条会'的人，先在神牌前焚香跪拜。他们的口号是'反贪官'，'治乱世'，'劫富救贫'；其实，老百姓的东西他们照样抢，所以，大家管他们叫'打土匪的土匪'。神术师带领着会徒，操练神术，说要把他们练成刀枪不入。他们说，练成后，只要头戴柳条帽，口里念着咒诀，就是光着膀子，坦露着胸膛，子弹也打不进去。"

"哼！都是些骗人的鬼把戏！"马本斋冷笑了一声。

吕扬明继续说："神术师还给他们每人发一把纸扇子，扬言说，过去民团、县警去打他们的时候，这伙人左手拿枪，右手拿扇子，民团一开枪，他们唰的一声将扇子打开，用力一扇，就能把子弹扇落在地上，所以怎么也打不着他们。"

"哈哈，他们比铁扇公主还神！"

"看来，我们还得去请孙悟空啰！"在场的营长们哄堂大笑。

有的营长听后不耐烦地说："简直都是胡扯淡，拿机关枪突突了他们得了！"

"不！"马本斋把手一扬说："像这样的组织，和那些官匪是不一样的。你们想一想，子弹打不进，扇子能将子弹扇落在地下，像这些玩艺儿只有那些愚昧无知的人才会上当。可他们也都是些受苦人啊！我们要想办法打破他们这个刀枪不入的迷信观念。这支

'柳条会'的土匪就会不战自垮！"

马本斋说完，顺手打开随身带着的地图，默默地看了一会儿，然后用铅笔在地图上果断地画了一个箭头和两个圈，说："好，明天我们就按这个计划去'会'柳林霸！……"

第七章 山谷逢"女侠"

　　第二天，马本斋亲自带着部队浩浩荡荡开进了柳林店。马团长的兵马一到，柳条会的人就不见了。可是一到了晚上，阴暗角落里，不断有人向马本斋的队伍开黑枪。有的士兵被打死，有的被打伤。就这样过了一天，营、连长们可憋不住了，他们嗷嗷叫，说要以牙还牙，要拿出点厉害让这伙匪徒们瞧瞧。他们大清早跑到马本斋跟前说："团长，你就下命令吧，我们不能老待在这里挨黑枪！"

　　"我们的血不能白流！"

　　"撂倒他几个狗娘养的！"

　　手下人再急，马本斋仍然很镇定。他已得到情报："柳条会"的人正在向一所营寨汇集。到了晚上，马本斋找来四个精干的士兵，让他们化装成"柳条会"的人，然后向他们交待了任务。士兵们按照马本斋的吩咐，踏着月色出发了。

　　黎明，头次剿匪组织的"赶杆队"悄悄包围了"柳条会"的营寨。马本斋一声令下，"赶杆队"向营寨发起了猛烈的进攻。

　　柳条会的会徒们听到枪声，就像是一窝蜂似地冲上了寨墙进行抵抗。

双方对打了一会儿，马本斋下令向营寨发起了冲锋，当冲到寨门时，由于对方火力很猛，封锁很严，没有攻下来。第一次冲锋没有成功，便退了回来。

这时"柳条会"的会首柳林霸高声喊道："马本斋的队伍被打下去了，打开寨门追呀！"

寨门打开，"柳条会"的会徒们如同一群猛兽冲了出来，一个个高喊着："刀枪不入，刀枪不入！"那场面，黑压压一大片，的确是吓人。

当"柳条会"冲到有效射程之内时，马本斋猛然喊道："打！"

一排子弹打出，会徒们倒下了一片。

这时，混入"柳条会"会徒中的四个人，在队伍后面大喊起来："刀枪不入是骗人的，我们上当啦！"

"马本斋太厉害啦，弟兄们被打死了！"

"快投降吧，不投降就要被打死啦！"

这样一喊，面对着刀枪仍然可入的事实，"柳条会"军心大乱，惶恐不已。霎时，这群乌合之众四散奔逃，纷纷缴枪投降。"神术师"也被生擒活捉，唯独没有"柳林霸"的踪影。

马本斋把这些人集合起来训话：

"乡民们，我知道你们都是些干庄稼活的，家里都有妻儿老小。你们是上了'柳林霸'和'神术师'的当才出来为匪的。现在你们应该回家好好种地。如今是兵荒马乱的年头，百姓够苦的了。我们人再穷，志不能穷，绝不能再去干那些伤天害理的勾当，危害百姓了。下次你们谁要再让我碰上，跟你们说话的就是我的机关枪！'神术师'说你们刀枪不入，那完全是骗人的鬼话；我的部队用机关枪一扫，你们一个个都得躺在地上。不过，我不希望你们再做出亲者痛、仇者快的事！"

马本斋的一番话柔中寓刚，说得"柳条会"的会徒们个个惭愧地低下了头。这时，有一个彪形大汉将头上的"柳条帽"摘下来，狠狠地扔到一旁，跑到马本斋跟前说："马团长，我有话说。"

"请！"马本斋欢迎说。

那个彪形大汉走上前，张开他那双铁钳般的手一把揪住"神术师"："你这个魔鬼，说我们刀枪不入，完全是匹养的扯蛋。原来，你是想骗我们替你们卖命，你们好发国难财，老子再不上你们的当了！"

他的话音刚落，又站出几个人来戳穿"柳林霸"和"神术师"的鬼把戏，揭露他们暗中指使会徒杀人越货、打家劫舍的罪行。

马本斋站在大伙儿面前说："我团奉行的政令历来是：罚必当罪，无罪不罚。对愚昧受骗的乡民一律给予宽大处理；'柳林霸'和'神术师'罪大恶极，一定要严加处置。"说完，他当即命令手枪连执法队，当众将神术师枪毙了，其他人全部释放回家。

马本斋看着混乱的人群，问身边的护卫：

"柳林霸找到没有？"

"马团长，弟兄们正在到处搜查呢！"

正说着，一名士兵从寨子里跑来，气喘吁吁地向马本斋报告说：

"报告团长，全村都找遍了，没有柳林霸的踪影！"

马本斋听罢，立刻吩咐手下在全寨再进行一次大搜查，但仍未发现。就在这时候，从寨子通往山口去的小道上跑来一位六十多岁的老头儿。只见这老人中等身材，脊背略有些驼，在他那古铜色的方脸上，布满了老树皮似的皱纹，已经花白了的左眉毛下，有道像被刀砍过的伤疤。这老人跑得上气不接下气地说不出话来。

马本斋见此情景，便向老人说："老人家，别着急，有话慢慢说。"

老人喘息了一会，断断续续地说："快，快追，柳林霸这狗日的，他，他骑着马逃跑了！……"

马本斋一听柳林霸逃跑了，急忙握住那老人的手问："老人家，柳林霸逃向何方？"

老人回头用手一指："进山啦！"

马本斋把手一挥，喊了声："拉马来！"

护兵闻声赶忙拉过枣红白蹄马。马本斋双脚一跺，"噌"的一下子跃上马去，双脚用力一夹，枣红白蹄马像离弦的箭一般，飞快地向青龙沟山口奔去。十多名随身护卫，扬鞭催马紧紧跟在他后面，如同旋风一般，转眼之间消失在绿树葱茏的山口深处。

这青龙沟山口，好像是个狭窄的胡同，两边是刀削绝壁，沟崖上古松参天，翠柏蔽日，沟底一侧，有一股清澈见底的流水。在一个叫作"通天台"的地方，湍急的流水跌下悬崖，形成一股气势磅礴的瀑布，由于年深日久，把"通天台"下边冲成了一个很深的水湾，因为形似游龙，所以人们就把这个水湾叫作青龙潭。这青龙沟里九曲十八弯，景色宜人，地势险峻。对沟里地形不熟悉的人，拐弯抹角，很容易迷路。

急促的马蹄声，敲击着青龙沟的青石板地，发出清脆的、有节奏的声响，如同悦耳的鼓点。马本斋不时地挥动着马鞭子，沿着青龙沟的地势向前追赶着。追了一会儿，前面豁然开朗，山谷骤然加宽，路面也变得开阔平坦了，一直可以望见几里路外的前方。又追了一段路，隐隐约约发现前面二里地之外，有一个黑色的小点在移动，马本斋判断那个黑点很可能就是柳林霸。这时马本斋活捉柳林霸的心情更加急切，他大喊一声："追呀，前面就是，抓活的！"于是，十几匹马，风驰电掣般地向前追去。

这条无穷无尽的无名路，在这幽谷间盘旋，忽高忽低，蒲公英在杂草丛里伸展，时隐时现。前面移动的黑点，越来越大，看得越来越清楚。

柳林霸骑的是一匹大黑马，由于急于奔命，他自己和大黑马跑得都已满身汗水。他不时惊慌地回头张望追赶他的马群。马蹄声越来越大，追兵越来越近，此刻柳林霸的大麻子脸上，神情紧张得青一块紫一块。跑着跑着，柳林霸的麻子脸上忽然掠过了一丝奸笑，豆粒般的大麻子也逐渐地由青紫变得发红了。因为他知道，再往前跑一段路，就到了羊肠谷，出了羊肠谷就是一片遮天蔽日的大树林，到那时，就如同石沉大海，你就是有天大的本事也休想再找到他。想到这里，柳林霸扬鞭催马，拼命奔跑。

马本斋不时地用双腿夹紧他的马肚，为它奔跑助力。他的枣红白蹄马，也好像明白主人的心情一样，四蹄翻飞，如同驾云一般。眼看着和柳林霸的距离越来越小了，马本斋放眼前望，只见前面山谷又逐渐窄了起来。那小路，有时直起直落，好像悬挂在山间的云梯；有时曲曲弯弯，若断若续，又像出没在乱草间的溪水；有时横铺在半山腰，仿佛缠山的带子。马本斋望着这诡奇的山谷，心想不好，这里地形复杂，又不熟悉，很可能要让他跑掉了。他边追边喊："快追，别让他跑了！"

就在这千钧一发之际，前面左侧的一个山岔峡谷中，突然蹿出一匹雪白的高头大马来。骑马的是一位身穿蓝衫青裤的姑娘。只见那白马跑起来如同一条白线，那蓝衣姑娘如同一团蓝色火焰，远远望去，就像武侠小说中的女侠一样，好不威武俊俏。不多时，那姑娘飞马赶到了柳林霸的身旁，和他并马而驰。说时迟，那时快，只见姑娘一伸手，抓住了柳林霸的左膀，顺势一拉，柳林霸"扑通"一声摔下马来。

这时，马本斋和十几名护卫也策马来到了跟前。只听姑娘厉声断喝："柳林霸，你也有今天！"说着，她扬起马鞭，朝着柳林霸劈头就是一鞭子。

蓝衣姑娘的泼辣举动，使马本斋意外地惊讶，而又由衷地钦佩。马本斋命令护卫把柳林霸捆绑起来，并缴了他的刀。这时马本斋转过身来，上下打量起这位马背上的姑娘。看上去，这姑娘也就是二十岁的光景，两道弯弯的黑眉，一双水汪汪的大眼睛，一条乌黑的大辫子甩在脑后；那湛蓝的粗布衫，虽然有几块补丁，但缝补得极为精巧，穿在她那健美多姿的身上，极为协调合体。蓝衣姑娘发现马本斋正深情地注视着自己，脸上不由得泛起一层羞怯的绯红。

马本斋刚要开口询问眼前这位神秘的姑娘姓甚名谁，家住哪里；话没有出口，只见姑娘用手一提马缰绳，双脚后跟儿轻轻地一磕马肚子，大白马立刻扬起四蹄，向青龙沟奔跑而去。马本斋望着那远去的少女背影，就像是一朵白云上托着一团蓝色的火焰，在那绿色的山谷中飞驰。清脆的马蹄声由近及远，渐渐淹没在山谷之中……

在押着柳林霸返回的路上，那"蓝衣女侠"的形象，不断地浮现在马本斋的脑海里："她，到底是谁呢？"

第八章　志在何方

自从消灭了山间土匪和"柳条会"以后，昌邑县的局面暂时稳定下来。

这天晚饭后，马本斋独自站在自己卧室窗前，望着窗外出神。他的卧室陈设简单、清洁，在屋门的左侧摆着一张单人床，床上铺的是白底蓝格的床单，在靠床的墙上，挂着一把七星宝剑。正面宽大敞亮的玻璃窗下，放着一张三屉办公桌，桌子上整齐地摆着文房四宝。右面墙边的大书架上，放着《孙子兵法》、《三国演义》、《东周列国》、《康熙字典》等书籍；书架的上方，挂着一幅《泰山古松》的山水画。外面，淅淅沥沥的雨在不断地下着，细小的雨点轻柔而均匀地打在玻璃窗上，铅灰色的云层笼罩着大地。整个庭院沉浸在阴霾暗淡的暮色中，唯独那几棵老苹果树，在雨中显得容光焕发，青春常在。风雨中，满树繁枝密叶飒飒作响。

此时，马本斋的心情，就像那天气一般沉闷窒息。那一幕幕难忘的往事，又展现在他的眼前：东辛庄的穷回回，一家家衣不遮体，一户户断了炊烟；张家口关帝庙前，那卖身的小姑娘和那乞讨的瞎眼老头儿流落在街头；昌邑县的山村里，"柳条会"和土匪们烧杀掠夺，无恶不作；军阀们为了争夺地盘，连年混战，到处抓兵抢粮；帝国主义的大兵们，在青岛的大街上，横冲直撞，铁蹄下的同胞四散奔逃……他想啊，想啊，院子里那几棵苹果树在昏暗中晃动着，顷刻变成了成群结队的逃荒难民，母亲、父亲、弟弟、叔叔、大爷、婶婶、大娘……啊，自己村中的穷回回们都在这贫困饥饿的队伍中，那无边无尽的难民，都伸着骨瘦如柴的胳膊，张着干涩无神的眼睛，向着马本斋呼喊着："你，马本斋，躲在这里享福！你当初说得好听，什么要为穷回回争气，为穷苦百姓闯出一条生路来。你闯的生路呢？……"

马本斋蓦然从怔忡中清醒过来。他擦着满头的凉汗，睁大眼睛望望窗外。这时天已经黑下来了，但细小的雨点，仍然轻柔而均匀地落在院子里的苹果树上，打落在玻璃窗上，发出了"刷刷"的响声。

马本斋定了定神，离开了窗前。他在屋里慢慢踱起步子来。那有节奏的"咯咯"脚步声，总是驱赶不走那些骨瘦如柴的可怜形象。"你闯的生路呢？"这震动心弦的呐喊，虽然是无声的幻觉，却总在敲击他耳朵的鼓膜。他长长地叹了一口气："啊，我们的民族！我们的国家！我们的人民！……为什么？这是为什么？他妈的，这兵再也不能当下去了，这团长再也不能干下去了，越干罪越大……"他不敢放开思路再想下去，他渴望呐喊，渴望爆发！但是，在这静静的雨夜，他只能让那愤恨的火焰在自己胸膛里翻动、撞击、燃烧；压抑住几乎夺喉喷射的怒吼，转为低沉的长叹。

他急步走回桌前，把煤油灯挑亮，然后，打开青铜墨盒，从笔架上抽出狼毫笔，展开桌子上的红格信笺，把浩茫的心事化作一首七言绝句，奋笔疾书于纸上：

风云多变山河愁，

雁叫霜天又一秋。

空有满腹男儿志，

不尽沧浪付东流。

他刚把毛笔放回笔架，忽听护兵在门外喊了声："报告！"马本斋漫不经心地说："进来！"护兵应声走进来，打了个敬礼，报告说："团长，二团的刘团长来了！"

马本斋急忙立起，说了声："快快有请！"说着，他便推开门迎了出去。这时，只见二团的刘玉福团长，由护兵给他撑着伞，已进院里，上了台阶。马本斋把手一拱，笑着说："唉呀，刘老兄，有失远迎。"

"岂敢，岂敢！"刘玉福的声音宏亮、粗犷，"今晚下雨，我这是和你风雨同舟来了！"说着，两人哈哈大笑起来。

进到里屋，两人在桌边一同落了坐。马本斋向屋外的护兵喊了声："泡壶茶来。"然后转对刘玉福说："尝尝我这铁观音。"

刘玉福把大手一摆说："不用不用。"说着，他从自己的衣袋里掏出一瓶包装精致的酒来："马老弟，今晚还是喝我的金奖白兰地吧，这可是烟台张裕酒厂的名酒哇。"他把白兰地往桌子上一放，又从另一个衣袋里掏出一大包东西来，边打开边说："马老弟，我知道你是个回回，特意从大饭庄'望春楼'，买来熏鱼块，还有一包五香花生米，绝对清真，怎么样？有酒有菜，咱们边吃边聊吧。"

"刘老兄，这阴雨连绵，你倒是酒兴大作呀！"

"马老弟，有道是'得即高歌失即休，多愁多恨亦悠悠。今朝有酒今朝醉，明日愁来明日忧。'"说着，他满满地倒了两大杯，"来，先干它一杯！"他自己一仰脖"吱溜"一声，一大杯酒喝下了肚。他把杯往桌子上一放，发现了马本斋写的那首诗，他拿起来轻声地读着：" '风云多变山河愁，雁叫霜天又一秋。空有满腹男儿志，不尽沧浪付东流。' 唉呀，马老弟，我刚才念的是唐代罗隐的诗句，你这首诗比他可高多了，哈哈哈……看来你又在忧国忧民了。"

马本斋把端起来的酒杯又放在桌子上，说："忧国忧民又有什么用？这风云变幻的年头，我们中华民族的前途到底在哪儿呢？"

刘玉福边酌酒边说："马老弟，你也想得太多了吧？上有总统，下有兵民，咱就给他来个'大肚罗汉瞧观音——睁只眼闭只眼'吧，何必费那份脑子。来，喝！"说着，"吱溜"又是一杯。他抹抹嘴唇接着说，"想当初，我也算是个满腔热血的男子汉大丈夫，也有着满腹的抱负，要为中华民族做出点惊天动地的大事来。可是，我跟着咱们的上司走南闯北，东荡西杀，到头来，我们的国家，还是千疮百孔，腐败贫困。你说，让人多寒心呀！"说着，往嘴里送了几粒花生米，"唉，还是借酒浇愁，当个团长混日子吧！"

"混？"马本斋把桌子一拍，说："国家兴亡，匹夫有责，大丈夫来到世上，不能为国为民做点事，活着有什么用！"

"算了吧，"刘玉福说着又"吱溜"一口酒，"马老弟，想当年我比你气还粗，可是到头来怎么样，还不是被这社会的潮流冲刷成了无棱角的卵石了。"说着，又夹起一块熏鱼放到嘴里。

马本斋在屋里来回踱着步子，说："刘老兄，不瞒你说，咱们这个军队我算是看透了，前途渺茫啊，我是一天也不想待下去了！"

"那你想干什么？"

"解甲归田，另闯生路！"

刘玉福又喝了一口酒，慢慢站起身来，双手抚摸着马本斋的肩膀，轻轻把马本斋按坐在椅子上，说："马老弟，你年轻有为，在咱门全师你数这个！"说到这儿，刘玉福把大拇指一挑，"从师长到战士，没有一个不佩服你的，再混上个一年二载的，弄个旅长干干不成问题，到那时你衣锦还乡有多气派！你何必不顺应潮流，非要断送自己的前程呢？"

马本斋说："我家世世代代都是穷光蛋，不盼望光宗耀祖；吃苦我不怕，怕的是对不起穷回回、穷乡亲们。我既然找不到救国救民的大道，就决心回家务农，与穷回回们同甘共苦。这样，心中也觉坦然！"

"马老弟志高如山，佩服！现在咱不谈政治了，好不好？今天特来登门拜访，马老弟，我可是有重任在身呀！"

马本斋见刘玉福说话时神情诡谲，不由地微微一笑，说："刘老兄，咱们之间无话不谈，请当面指教。"

刘玉福又呷了口酒，吃了口菜，满面春风地说："马老弟，我先给你贺喜啰！"

"笑话，喜从何来？"

"如果我没有记错，你今年整二十八岁了吧？"

"共事多年，还能瞒得了你！"

"二十八岁再不成家，也真有些说不过去了。最近，烟台市银行张行长托我为媒，他愿意把自己的黄花闺女许给你……"

马本斋连忙摆手说："刘老兄，你的一片心意小弟领情了，这件事目前我还不打算考虑。"

"唉呀，马老弟，机不可失，时不再来呀。张行长的令爱我是亲眼见过的，她美貌非凡，婀娜多姿，真好似当年的貂蝉一般。你们如果结发白头，真可谓郎才女貌，天生一对哟！哈哈哈……"

"刘老兄，你的心已经尽到了。只是我没那个福分，请你一定向张行长婉言谢绝。"

"老弟，青春过去无少年呀！金玉良缘，你可不能轻易放过哟！"

马本斋把酒杯一端，说："好了，咱不谈这些了，还是继续喝酒吧。来，干一杯！"

刘玉福把马本斋举着的酒杯夺过来放下，说："马老弟，我有一言不知当问不当问？"

"老兄今天如何这样客气，请吧！"

"据说，老弟在青龙沟追捕柳林霸时，碰到了一位蓝衣女侠，你是不是……"

"捕风捉影。来来来，咱们还是来个一醉方休吧！"

刘玉福见马本斋避而不谈，也就暂时作罢了。何况他又酒兴正浓，于是，兴高采烈地端起酒杯，边饮边转了话题。

窗外，风息了，雨停了。眉毛似的弯月，从渐渐消散的云层中钻出来，夜色显得格外深沉，静谧。

刘玉福被护兵用力搀扶着，脚底下绊着蒜，摇晃着走到了院子里，回头对马本斋说："马老弟，我，我说的那件事，请你一定要、要、要深思熟虑！一两天我还要登门拜访！"

马本斋把刘玉福送到大门外，把他扶上了马背，说："刘老兄，一路上要多加小心！"

回到院里，马本斋站在苹果树下，望着皎洁的弯月出神。刚才刘玉福说的几句话，真勾起了他的心事，就像是一颗火星，点燃了他的心，酿成了一团火焰。这团火，燃烧得那样的炽烈。那"蓝衣女侠"的形象，在他脑海里来回闪动着，闪动着……

他狠狠地甩了一下胳膊，让自己的心情尽量平静下来，然后，急步走回屋里，下意识地熄灭油灯，让黑暗吞没自己。

马本斋对自己部队，要求非常严格，每天除正常的出操、训练、瞄准、投弹之外，他自己还要亲自带着几名护卫，到他所驻防的管辖区内，骑马巡视，熟悉山河、树林、村庄。这一天，晴空万里，花木灿烂。晌午饭后，马本斋带着护兵纵马奔驰在山下的土路上。他们绕过一个山脚，进入了一座山口，虽然正值醉人的艳阳季节，可在这纷纷扰扰的社会里，满眼青山，正如欧阳修描写的那样，是"其色惨淡，烟霏云敛……其意萧条，山川寂寥"的凄凉景象。他们快马钻出老人山口，信马走进了一座百十户人家的村庄，这村庄名叫老人村。出了老人村又翻过一道山梁，马本斋策马顺着山根往回赶路，半道儿上远远发现一位老人坐在路中间休息。这老人看到飞驰而来的骑兵，便疲乏地站起身来，吃力地背起路边的一捆树枝。刚刚闪开路，飞奔的骑兵从他身边奔驰而过。可是没跑多远，马本斋忽然勒住马头，枣红白蹄马猛然立起前腿，"咴咴"叫了几声，停了下来。他回头向身后的老人喊了声："老大爷，还认识我吗？"

老人听到骑马的人喊他，抬头一看，不由得喜出望外："认识，认识，你就是为民除害，荡平'柳条会'的马团长。认识！"这老头儿不是别人，正是前些天，马本斋攻打"柳条会"时向他报告柳林霸逃进山去的那位六十多岁的老人。他姓罗，名叫罗老山。

马本斋跳下马来，走到罗老山的跟前问："老大爷，你这是……"

罗老山说："马团长，你就叫我罗老山吧。我这是到山上砍了点儿柴。"

"罗大爷，那一天幸好你告诉了我们，不然柳林霸就跑掉了。"

"唉，我们穷苦百姓还得感谢你马团长呢，是你为我们百姓除了大害呀！"

"罗大爷，你住在哪个村呀？"

罗老山用手往山坡上一指，说："那不，村子名叫靠山庄，才五户人家。马团长，你要是不嫌俺家脏，就请到家里坐坐吧！"其实，这是罗老山的一句客气话。

"好！"出乎罗老山的意外，这位戎装齐楚的大团长，竟然同意了。

罗老山背着柴不自在地在前面领路，马本斋拉着马跟在后边，不一会儿，来到了靠山庄。

靠山庄稀稀拉拉地住着几户回民人家。罗老山家坐落在一个背风朝阳的山窝里，围墙是用碎石土块垒起来的，有半人高。两间矮小的房子，也是用石块砌的，屋顶苫着茅草。院子中间有棵柿子树，时值秋季，树上结有寥寥可数的红柿子，衬着半绿半黄的叶子，倒也好看。树下，跑着两三只老母鸡。小院里虽显得有些破落、冷清，倒也有几分生气。

马本斋跟着罗老山走进院子之后，罗老山放下身上背的柴火，那松树皮似的面孔，不自然地笑了笑，说："马团长，俺家太脏，屋里更没有下脚的地方，就请在柿子树下坐一会儿吧。"说着，他用衣袖把柿子树下的石凳擦了擦。

马本斋刚刚坐定，就听罗老山向屋里喊："淑芳，来客人啦，快倒碗水来！"

"哎！"听声音，是那样的清脆，柔和。不一会儿，从屋里走出一个姑娘来。马本斋回头一看，不由得心头一颤："哦！是她。"

来人，身穿粗布蓝衫，青色粗布裤。她，正是前些天飞马活捉柳林霸的蓝衣姑娘。当淑芳发现坐在眼前的就是那天在青龙沟遇到的那位青年军官时，端碗的手不由得微微抖动了一下，幸好动作不大，水没有洒出来。她把碗轻轻地放在客人面前的小石桌上，随手将垂在胸前的乌黑发辫往身后一甩，低着因羞涩而泛起一层红晕的脸，转身跑回了屋里。

马本斋诧异地问："罗大爷，我好像……"

"团长好像见过她是吧？"

"对。"

"她是我的孩子。俺是穷回回，女孩子见了生人就害羞。那天你抓柳林霸，我们爷儿两个分了工，她去追，我去给你送信。"

马本斋听说他们也是回民，更好像到了家一样的亲切。但他并没有立即去拉近乎，而是又把话转到柳林霸身上。他问："罗大爷，你们是怎么知道柳林霸去向的？"

老人家掏出烟袋，拧了一锅烟，一边吸，一边说了起来："唉，这话说起来可就长啦！我们爷儿俩都是柳林霸家的长工，我一年四季在地里滚，她给柳林霸的小老婆'十里香'当丫头。我们爷儿俩在这狼窝里混，喝的是黄连水，干的是牛马活呀。要说淑芳这孩子，虽说是个女孩子，也真难为她了，从早忙到晚，一不如'十里香'的意，轻则骂，重则打。柳林霸和'十里香'都喜欢骑马打猎，每次还要淑芳跟着去保护那个臭娘儿们。起初，淑芳这孩子不会骑马，'十里香'非让她骑不可。就因为骑马，这孩子挨过多少次摔呀，有一次险些把命都丧了。听说你们攻打'柳条会'，可把我们高兴坏了。后来还是淑芳这孩子发现柳林霸骑马往山里逃。要不是她，我也给你们送不了那个信儿呀！杀了柳林霸，为我们百姓除了害，我们爷儿俩才能回到自己家这个小山窝里。马团长，你可真是我们的救命恩人呀！"

马本斋摆着手说："罗大爷，除暴安良，为民除害，这是我们的天职；可惜，我马本斋为天下父老们做的事还太少太少。"

罗老山感激地说："马团长，我们穷百姓也不会说个话，要是兵家都像马团长这样，那可就国泰民安啦！"

"罗大爷，不怕你笑话，我家也很贫寒，是生活所迫，才走了当兵这条路。可是，如何使国泰民安，我还没有尽到军人的天职，惭愧，惭愧！"说完，两个人都沉默了片刻。

罗老山抬头看了看天色，已近黄昏，便说："马团长，天也不早了，你就在我们这儿吃顿粗茶淡饭吧！"

马本斋立起身来，说："罗大爷，就不麻烦你了，咱们后会有期。"

罗老山把马本斋送出院子，护兵把马牵了过来。马本斋回头说了声："罗大爷，请回吧。"翻身上马，扬长而去。

这时，淑芳来到了罗老山的身旁，父女望着那快马如飞的背影，久久地站在那里，直到他渐渐进入那远处的山谷里。

罗老山转回院子里边走边说："天下少有哇，大团长进穷人的家，少有，少有，真是个好人呀！"

马本斋此刻的心情，非常兴奋，不知怎的，他骑在马上，怎么也按捺不住那颗怦怦跳的心。他放眼四顾，笼罩在暮色之中的山川大地，好像格外的美；路旁的谷子在微风中摆动，掀起层层波浪；火红的高粱婆娑摇曳，沙沙作响，一望无际……

月亮升起来了，银光满地。一缕缕数不清的淡青、幽白、深碧的光影，像织布机上的经线纬线，以姿态万千的奇妙组合，把天地织进一片寥廓、深远、静谧的意境之中。马本斋望着这一切，信马由缰，踏着月色向驻地从容归去。

从此以后，在这条幽静的小山路上，时常出现一行清晰的马蹄足迹……

第九章　解甲归田

几天之后，马本斋到烟台去见师长刘珍年，一进屋，刘珍年就递给他一份密电，上面写着："你部调防浙江，速来南京面洽。"马本斋看完电文，联想到近来接连发生的一系列事件，他预感到这个二十一师未来的命运。

刘珍年坐在太师椅上拍拍脑袋说："守清，我们这二十一师已是名存实亡了。那次我给你提到的那个参谋处长李恒华，他妈的是个特务，这家伙偷偷在张裕酿酒厂设了一个秘密电台，与南京密通情报，蒋介石说咱们师有共产党在活动，就是李恒华通过秘密电台告诉他的。由此看来，他要'请客了'……"

马本斋听了这些话，陷入沉思。在这沧海横流的动荡年代，自己从一个寻求出路的回族青年，直到混上个团长，从地位来讲，是够显赫的了，马弁、护兵随从一大串，在自己的地盘之内上马管兵，下马管民，谁还不知道当个团长的权势呢？但是，一个胸怀大志的人，难道就陶醉于这一官半职之中吗？不能！多年来，自己投身在这新旧军阀连年混战之中，难道还没有看透蒋介石的卑鄙无耻和官场上的腐败恶习？我不能忘记自己是个伊斯兰贫苦人民的子弟。河流归海，落叶归根。

想到这，马本斋猛地站起来，悲愤地说："他妈的，这搞的是什么鬼名堂！'放匪'、'收匪'，厮杀混战，弄得国弱民穷，十室九空。咱们二十一师凭良心为国为民办了点儿好事，他们还千方百计地想把这个部队整掉。整天剿共，剿共，连个共产党的影子也没见过，这共产党也不知是些什么人？一提共产党就如临大敌，真是活见鬼！我马本斋要讲的是正义，要走的是正道，我决不与这帮人同流合污。多少年来，戎马生涯，使我感到军队前途渺茫，如此下去，将会成为中华民族之罪人！师长，请求您批准我解甲归田。"马本斋说到这里，把腰间的武装带摘下来，双眼闪着激动的泪花。

刘珍年站起身来，紧紧握住马本斋的手说："守清，你的志向，我刘某人早已心领神会，你所说的我都非常之赞同。世道动荡，民族危殆，生灵涂炭。眼下我只好同意你的请求，你就走吧。我到了南方，也准备下野，像我的老前辈李景林那样，以剑术遨游四海，当一个燕赵的武士。"说完，两人双双落泪。

刘珍年为了表达对马本斋的惜别之情，第二天约他去游览蓬莱。蓬莱在烟台市的西面，相距几十里路。上午九点多钟，他俩和勤务兵骑马来到了蓬莱县城的丹崖山。山叫丹崖，是因为遍山赭色。面海的山阴，真是"断岸千尺"，"下临无地"。远远望去，碧海红岩，相映成趣。

神山八月，景色宜人。碧海清风，细浪微波，鱼跃鸥翔，舟楫穿梭，正是海上的"捞金"季节。和暖的阳光下，刘珍年和马本斋把马匹交给勤务兵在山下看管，他俩并肩沿着松柏掩映的卵石甬道，阔步走上丹崖山巅的蓬莱阁。阁前，东西一字排开三座山门，西为龙王庙，中为海神祠，东为蓬莱阁。刘珍年和马本斋举首仰望，只见那飞檐画栋，雄峙在山巅之上；高阁危栏，出没在云雾之中。所谓"仙阁凌空"确也不算虚言。登山远眺，水天一色，横无际涯，令人心胸为之豁然。

蓬莱阁，依丹崖山势刺天而起。周遭松柏成荫，壁间碑石琳琅，苏东坡、董其昌的手迹宛然尚在。此阁建于宋朝嘉祐年间，坐北面南，鸟瞰全城；背临渤海，遥对长岛。院内亭台楼阁，朱栏曲径，别有一番秀丽景象。

马本斋望着这仙境般的奇景，问："师长，这神山是指何而言？"

刘珍年兴致盎然地说："神山，原是传说中的尘外仙境，系指蓬莱、方丈、瀛洲，名曰'三神山'。此说虽不可考，但蓬莱、长山列岛的神山佳话，'八仙过海'、'海市蜃楼'的怪诞传说，却流传至今。"

"常言说，神山佳话多，此山此景，果然名不虚传呀！"马本斋万分感慨地说，"可是，历代帝王公卿，把它当作'圣地'，借宣扬神道以愚弄民众，置广大穷苦人民于水深火热之中！"

"是呀。"刘珍年感叹着，慢慢向前走去。

"师长，这一带有首民谣，人称'蓬莱曲'，你听到过吗？"

"没有，你说说看。"

"这首民谣的词是：'蓬莱山山不生草木，蓬莱地地不蕃五谷，蓬莱村村不见瓦屋，蓬莱民民不见饶足'。"

"说得好，说得好。"刘珍年指着眼前的建筑说："守清，你看这蓬莱阁，好端端的建筑，年久失修，无人管理，野草丛生，狼貔出没，这不正是'蓬莱曲'的写照吗？唉！"

两人边说边走，品评着一处处镌刻着历代游客赋诗题词的碑碣牌坊，漫步走进了卧碑亭，只见迎门一座石碑，高足有五尺，宽约二尺，上书十四个大字：

海市蜃楼皆幻影，

　　忠臣孝子即神仙。

　　马本斋看罢，叹息道："可惜，当今为国为民的神仙太少啦！"

　　刘珍年笑着说："希望你能当这个神仙。"

　　"我？"

　　"对，生当乱世，有血性的青年都应当争做这种神仙！"刘珍年面带期望的神情说，"守清，明日你就要踏上归途了，咱们就此时此景合作一首七绝，如何？"

　　马本斋兴致勃勃地说："好，分别前与师长联诗，再好也没有了。师长，你写头两句，我写后两句。"

　　"好吧，那我就不客气了。"说罢，他让勤务兵从随身带的皮囊内，取出笔墨纸张，铺在亭台的石桌上。他略为思索一下，随即信笔写道：

　　蓬莱虽美国门破，

　　神少妖多起悲歌。

　　马本斋接过师长的笔，默诵了两遍，然后接着写道：

　　扬眉挺剑斩乱世，

　　碧血一腔染山河。

　　刘珍年朗朗大声地念了一遍，高兴地拍着手说："联得好，联得好，好一个'碧血一腔染山河'！"

"守清，我劝你还要三思而后行，此去，也是前途渺茫呀！"

马本斋坚定地说："决心已下，绝不后悔！"

"好，真是威武不屈，富贵不淫。你是我平生碰到的第一个血性男子。好！"

两个人谈笑风生地走出蓬莱阁，下丹崖山，向水城北端的涌月亭城廓走去。

水城方圆四里，将蓬莱阁环抱怀中。城内有"小海"，可泊舟楫，通过涌月亭下的"天桥"闸门与渤海相连。水城原名刀鱼寨，为北宋庆历年间所修。明朝洪武九年，因倭寇屡犯沿海，遂增高加固，添置炮台，易名"备倭城"。倭乱平息之后沿用水城之名。自宋至清，历代均有水师驻此。经过八九百年的浪浸风打，除了在那近五丈高的城廓砖石上留下了斑斑浪痕，在那并排昂首翘立的土炮身上增添了锈迹外，当年雄伟气势丝毫未减。

马本斋抚摸着那古老的土炮，凝视着海面，正值涨潮，奔腾澎湃的潮水喧啸着，追逐着，由北向南而来，撞在涌月亭下的"天桥"闸门城廓上，即刻碎成飞溅的浪花，腾空而起，又迅速地跃入涛山浪谷间，融进滔滔的洪波之中。这情景，多么壮观啊！

刘珍年见马本斋站在土炮前出神，便问："守清，你在想什么？"

马本斋的眼睛仍然盯着那腾空而起的浪花说："我在想那大海的浪花。她在冲泥淘沙，而一身洁白；她在波涛之上飞跃，矫若游龙；她发出高亢雄壮的呼啸，与汹涌澎湃的海潮组成惊心动魄的天籁；朝潮夕汐，奔逐于乱石顽礁之中，磨砺就一往无前的性格；酷暑严寒，不畏烈日，不惧冰雪，狂风暴雨，适足增添它的战斗豪情。"

刘珍年倾听着马本斋那富有诗意的话语，敬佩地说："说得好! 但愿你此一去, 不怕风吹浪打, 永远做奔放的浪花! "

夕阳的余辉洒在微波荡漾的海面上, 闪烁着碎金细银般的光彩, 那远处的长山列岛沐浴在晚霞里, 显得分外瑰丽多姿。马本斋和刘珍年怀着依依惜别的心情, 跨上战马, 挥鞭向来路奔去。

马本斋要解甲归田的事, 像挡不住的风, 终于传开了, 团里的营长、连长们, 三三两两地登门惜别, 络绎不绝。他们有的含泪挽留, 有的难舍难分。在这些营连军官中, 要说哭得最痛心的, 还是二营长鲁贵兴。

鲁贵兴抹了一把眼泪说: "马团长, 你要是真的解甲归田, 你前脚走, 我后脚跟。"

马本斋立在窗前, 望着院里的苹果树, 好久好久才用低沉的语调说: "我们在一起同生死, 共患难, 说老实话, 我也不愿意离开相处多年的弟兄们。可是, 贵兴, 你看, 我们打了多年的仗, 死了多少弟兄, 结果肥了大军阀, 肥了南京的老蒋, 咱们的中华民族仍然是穷困饥饿。我们这样糊里糊涂地混下去, 百姓们要的国泰民安, 到底在哪里呢? 民族的前途在哪里呢? "

鲁贵兴睁大眼睛问: "团长, 你解甲归田, 难道就能使国泰民安, 民族有前途吗? "

马本斋无可奈何地摇了摇头。

"团长, 那你就不要走了吧! "

"不! 要走, 离开这没有前途的军队, 这是我当前的第一步; 至于下一步, 还要靠自己去闯。"

一阵沉默, 只有墙上的挂钟在"嘀嘀嗒嗒"地走着。马本斋决定下午一点钟起程, 先奔济南, 从济南乘火车返回故乡。时间就像飞一样, 还有三个小时就上路了。尽管归心似箭, 不知怎么的, 马本斋总感到有一件什么事没办，心里很不踏实。他几次想把那件事忘掉，总忘不掉；几次想把心中燃烧着的那团火熄灭，总也熄不灭。太仓促了，怎么办？马本斋把心一横："算了！"

鲁贵兴见团长好像还有什么心事似的，便问："团长，你还有什么事要办吗？小弟不才，愿尽力分劳。"

马本斋见鲁贵兴对自己如此忠心，激动之下，便把心里的话说了出来："贵兴，你是知道的，在攻打柳林会的时候，罗老山父女为咱们出了大力，他家境贫寒，我总想帮助帮助，可是一直没有做到。如今我要走了，就更没有机会了。我想，把这一点钱作为对他们父女的报答，烦劳你抽时间去送一趟，可否？"

"这个……"鲁贵兴拉长了声音想了想，立刻，脸上挂上了一层笑意，"团长，常言说，千里送鹅毛，礼轻情意重。依我看，你还是亲自去一趟，我陪你。"

"唉，不行，时间不允许。"

"骑马来回也就是两个多小时，足够了。"说着，鲁贵兴拉着马本斋就往外走，到了院里，他喊了声："护兵，备马！"

晴空万里，只有片片白云在缓缓游动。马本斋和鲁贵兴纵马奔驰在山间小路上。这条路随着山势地形向前展去，就像从长空飞下一条巨龙，在葱茏的山壑间盘旋翻腾。翻过山头，再绕过一片树丛，就可以看到靠山庄了。

鲁贵兴边打马边说："团长，就要到了，罗家父女怎么也想不到你今天会来看望他们。"

马本斋没有吭声，只是向前赶路。战马风驰电掣般地奔驰，可是他好像还是嫌马跑得慢，不时地抽打着马屁股。骏马似乎懂得了主人的心情，它蹬开四蹄，像长了翅膀一样向前飞去。

又走了一程，鲁贵兴策马与马本斋并行，他说："团长，你就别走了，罗家父女多好，我看……"

"别瞎扯，你这个家伙！"说着，马本斋望了望天色，天蔚蓝蔚蓝的，仿佛更加高远了。

他们勒了勒马缰绳，跑得大喘粗气的骏马，立刻放慢了速度。穿过一片茂密的树林，又绕过一座山脚，小小的靠山庄就在前面。骏马踏着石子小道，一路小跑着。马本斋看着这熟悉的小路、树林和小溪，前些天在此碰到罗老山的情景又浮现在眼前。他们飞身下马，急步走进了小村，直奔罗老山家那用石块垒起的小院落。走到近前，马本斋和鲁贵兴都愣住了。只见罗老山的院里，一片瓦砾，两间小屋的屋顶被烧成灰烬，山墙也都倒塌了，大柿子树下的小石桌被掀翻了，在房屋的墙角处，一堆鸡毛，在山风中打着转转儿……

见此情景，马本斋牵着马，就像被钉在那里一样，双腿怎么也动弹不得。他站在矮墙的外面，两只炯炯有神的眼睛，此刻就像蒙上了一层暗翳。他紧闭双唇，呆呆地站着不知如何是好。

鲁贵兴看了看马本斋，劝慰说："团长，走吧，咱们先去打听一下，这到底是怎么回事。"

正说着，从路西边走来一位老太太。鲁贵兴迎上前去，老远就打招呼："老太太，老太太！"

老太太迟疑地站住了。鲁贵兴走过去问："老太太，罗老山家这是怎么啦？人呢？"

老太太看了看他们的打扮，不禁神色紧张，哆哆嗦嗦地就要走开。鲁贵兴赶忙挡住说："老大妈，你别怕，我们认识罗老山，今天来找他有事。他们家出了什么事？"

老太太见这两个大兵说话倒还和气，神色也就缓和了下来。她环顾了一下四周说："唉，甭提了，前山有个土匪，都管他叫'草上飞'。白天很少有人见过他，都是晚上出来祸害人。'草上飞'看上了罗老山的姑娘淑芳，逼着罗老山在三天内把淑芳送到前山的山神庙去；要是不照办，谁也甭想活。两天过去了，淑芳姑娘哭得像泪人一样，罗老山也愁得死去活来。到了第三天，'草上飞'来领人了，可是到了罗老山家一看，屋里空空的。'草上飞'一怒之下，把罗家的房子给烧啦。唉，罗老山爷儿俩至今生死不明呀！"

听完老太太的一席话，马本斋的牙咬得咯咯作响，两眼喷射着愤怒的火焰。他向鲁贵兴一挥手，说："走，回去！"飞身上马，马鞭子在空中挥舞得"呜呜"作响。鲁贵兴催马紧紧跟在后边。

回到驻地，鲁贵兴一边给马本斋倒水，一边问："团长，你还走吗？"

马本斋气愤得把马鞭子"啪"的一声往桌子上一摔："走，马上就走！"

院子里挤满了送行的大小军官和士兵。马本斋收拾完简单的行装，来到了院子里，看到和自己朝夕相处的下级和士兵，激动地说："弟兄们，我走了，临走前我只有一句话奉送诸位，凡事都要对得起国家，对得起黎民百姓。"接着，他回头低声对鲁贵兴交代说："托老弟帮我打听罗家父女的下落，若有音信，请马上给我写信！"

"团长放心，我一定照办！"

"嗒嘀嗒……"在嘹亮的集合军号声中，士兵们蜂拥奔向团部门外的大操场。一阵杂乱的脚步伴随着"立正"，"向右看齐"的口令声，霎时近千人的操场上立刻静了下来，鸦雀无声。三个营的队伍按品字形整齐地排列开，枪明刀亮，好不威武。副团长军容整齐地站在指挥台上，环视了一下每个营、连、排，高声宣布道："弟兄们，马团长就要和咱们分手登程啦。马团长对咱们情深意厚，亲如手足。现在,请马团长给咱们训话!"

全体士兵齐声高呼:"请马一团一长训话!"

副团长向马本斋"叭"一个立正:"团佐,请!"

马本斋激动地登上指挥台,深情地看了看自己熟悉的士兵,说:"弟兄们,我现在是以四万万黎庶之一的身份,向你们留言几句:不有德者,无以任救国救民大业;不有死者,无以酬黎民百姓。我还是那句话,活着就要对得起国家,对得起黎民。"说着,他把手一拱,"弟兄们,再会了!"

马本斋身穿长衫,肩挎一个小布包,腋下挟着一把雨伞,甩开大步赶路。他走出村庄好远了,忽听身后传来杂乱的脚步声,回头一看,只见鲁贵兴和一群士兵又追了上来。马本斋含笑向跑得上气不接下气的弟兄们说:"咳呀,贵兴,弟兄们,看你们跑得满头大汗的,快快请回吧。送君千里终有一别,请回吧!"

鲁贵兴没有说话,士兵们也没有答腔。他们只是低头不语的陪着马本斋向前走着,走着。一阵微风吹过,从远远的山坡处传来牧童的悲歌:"小白菜呀,心儿里黄呀,两三岁上,没了娘呀……"这如诉如泣的小调,又给人们的心头上增加了一层分别之苦,使分离的人们流下了滴滴热泪。

早晨七点钟,马本斋来到了济南府。因为是转乘晚上的火车,所以,他决定利用白天的机会去拜访一位老朋友。这位老朋友是他在讲武堂时的同期同学,听说也是因为看不惯当今世道,解甲返里,闲居在家中。今天正是登门拜访叙旧的好机会。

马本斋步行穿过古城的大街小巷,觉着这街街巷巷,家家户户,颇有独特的风味。那大街小巷都是路挟垂杨。更有意思的是,每条小巷的石板下面,便是淙淙流水的小溪;家家户户的院里都有清澈的泉水，比那江南的风景，别有一番情趣。好不容易找到老同学家时，偏偏不巧，主人不在家，听家人说，他去逛大明湖去了。马本斋心想，反正时间富余，自己又从未游览过这名泉奇水，倒不如去大明湖寻觅老同学，岂不一举两得。他步行到一座叫作鹊华桥的水边，登上了一条游船，船家荡起双桨，不一会儿就来到了大明湖的历下亭前。

马本斋下了船，漫步走进了大门，大门的里面，就是一个亭子。亭子上的油漆，由于年久失修，大部分都脱落了。亭子上悬挂着一副对联，刻的是："历下此亭古，济南名士多。"这联语的出处在哪里呢？他想了一会儿，才想起这是杜甫的诗句。马本斋很喜欢游览名胜古迹，他转了好半天虽未找见老同学，但还不觉累，继续往前走，又到了一个叫作铁公祠的地方。他站在铁公祠前朝南望去，只见对面千佛山上，佛寺僧楼，在那苍松翠柏之中或隐或现，红瓦灰墙、白云蓝天，交相辉映，宛如神宫仙境；那大明湖的湖面，反映着千佛山的倒影，更加光彩夺目，十分迷人。马本斋此刻心潮澎湃，他暗暗感叹道："啊，祖国呀，你可真美！可惜你被当朝的败家子儿们糟踏苦啦。从古至今国家风云多变，往昔改朝换代，为的是争夺一家天下；如今军阀混战，无非是霸占个人地盘。就没有哪个帝王、哪个大帅是为着治理好这个古老祖国的。难道就真的没有个为国为民的什么党什么派，砸碎这个旧世界吗？……"

马本斋沉思着沿着荷花池往前走，突然，听到前面有呼救声，便急忙向前跑去。当他跑到湖边时，只见一个亭子旁边围了一大群人，不知在看什么。他登上旁边的台阶，跷着脚往人群中看，原来地上躺着一个人。这时又听到从人群里挤出来的人说："唉，是个年纪轻轻的姑娘，真可惜呀！"这时围观的人越来越多，里三层外三层，围得水泄不通。

马本斋的心中，本来就犯疑，又听别人这么一说，那颗激烈跳动的心，好似猛然提到了嗓子眼儿。他跳下台阶，不顾一切地使劲往密密层层的人群挤去，直挤得满身大汗，终于挤到了最前面。他低头一看，果然是个身穿蓝布衫的年轻女子，湿淋淋地躺在地上。他神情紧张地赶忙蹲下身去，仔细看了看，倒也不是自己思念的人。他长长地嘘了口气，擦了擦头上的汗水，这才神情恍惚地站起身来，挤出了人群。正要迈步，就听旁边的人们议论说："这位姑娘，是明湖居戏园子里唱大鼓书的。因为有个什么局长看中了她，要娶她做小老婆。姑娘不堪忍受污辱，就投湖自尽了。"

这眼前的人间悲剧，使得马本斋寻找同学和游览大明湖的兴致，早已飞到九霄云外去了。他拖着沉重的双腿，向市区走去。那无辜惨死的少女的影子，不时地在他眼前晃动着。他满腔悲愤地自言自语道："唉！怎么到处都有这样的事！"他低头慢慢地向前走着，罗老山父女俩的影子又浮现在他的脑海里，他心想："多么好的人呀，他们到哪里去了呢？恐怕再也见不着了……"他走呀，走呀，抬头一看，来到了一家回民饭馆门前，这时才感到肚子饿了，于是走了进去。饭馆里非常红火，大吃大喝的，划拳行令的，串馆卖唱的，人声嘈杂，好不热闹！

马本斋找了一个角落坐下，跑堂儿的挥动着毛巾走过来，边擦桌子边问道："朵斯提①，您吃点什么？"

"都有什么吃的？"

"朵斯提，咱们这饭馆花样俱全，天上飞的、地下跑的、河里游的，应有尽有。"

"请你给我报几样菜名吧。"

"好咧，鸡鸭类有锅烧鸡、炸春鸡、沸油鸡、香菇鸡、清蒸

---

① 朵斯提：回族的一种尊称，即先生或朋友的意思。

鸡、黄焖鸡、云片鸡、红扣鸡；水产类有红烧鱼、干烧鱼、辣子鱼、煎烧鱼、醋椒鱼、蛋煎鱼、虾仁汪豆腐、虾仁炒鸡蛋，还有爆肉、炒肉、木樨肉……"

跑堂儿的一口气说了这么多菜名，把马本斋给逗笑了："好，真不愧是位老师傅！"

"您过奖了。"

"我还是吃点简单的吧，请你给我来一个葱爆羊肉，一个汤，两个馒头就行了。"

"朵斯提不来二两吗？"

"不要了，饭菜来快一点儿。"

"好咧！葱爆肉一个，鸡蛋汤一碗……"跑堂儿的高声喊着走了。

不一会儿，跑堂儿的把饭菜端了上来。马本斋胡乱吃了一顿，把跑堂儿的叫过来，算了账，然后又额外地给了跑堂儿的一点小费，便信步向火车站走去。

第十章　芳草逢春

入夜，济南火车站昏暗的灯光，给这破旧的车站，更增添了几分凄凉之感。挤在月台上等车的人群熙熙攘攘，有的是西服革履的阔人，有的是身穿破衣烂衫的穷人，有的是妖里妖气的太太、小姐，有的是紧紧依偎在一起的孤儿寡母……火车的影子还没有，人们就做了挤车的准备。按时间，从南京开来的火车，应该在晚上九点钟到达济南，可是，现在都九点五十分了，火车还没有消息。人们伸长了脖子使劲向黑暗的远方望着，骂着，一片嘈杂。

又过了一段烦人的时间，直到车站大钟的时针指着十点三十五分的时候，火车才像一头疲惫的老牛，喘着粗气开进了暗淡的车站。

火车还没有停稳，等得心急火燎的人们，就像潮水一样，向车厢的每个小门蜂拥而去。下车的人们猛往下挤，上车的人们猛往上拱，上、下使劲，各不相让，还不住地喊着、骂着，乱成了一团。足有二十多分钟，才算慢慢地平息下来。

马本斋在最后，搀着一位被挤得东倒西歪的老人，吃力地登上车门，走进了车厢，在靠窗的一个空位上，坐了下来。又等了一阵烦人的时间，火车头尖叫了一声，才缓慢地开出了济南站。

马本斋透过车窗，望着灰暗空旷的原野，那山峦、小丘、村庄、树林的黑影，一个个像长了腿，向后跑去。车厢里充满了闷人的热气和刺鼻的汗臭味，使人难以忍受。他心烦意乱地闭上了眼睛。顷刻，罗老山父女俩的忠厚形象又出现在他的眼前："多么好的两位庄户人呀！可恨这吃人的世道，害得这父女二人，有地不能种，有家不能归。他们到底逃出虎口了没有？真叫人担心呀！……"

他正在闭眼深思，只听"咯噔"一声，火车停下了，原来到了禹城车站。这时，从车站月台走上两个巡警，嘴里不住地喊着："检查，打开东西检查！"巡警手里拿着个小棍子，往行李架上乱捅乱翻。翻到一个身穿长衫的商人身边，巡警似乎更加注意，伸手从行李架上拿下了商人的手提包。商人面带笑意地说："老总，请吸烟，哈德门的，请！"

巡警伸手接过纸烟，顺手夹在耳朵上，说："提包里装的是什么？"

"老总，没啥，都是些随身用的东西。"

"真的？"

商人不自然地一笑："请老总放心，咱们是规矩人。"

巡警用手捏了捏，说："这硬邦邦的是啥？"

"没、没、没啥！"

巡警使劲把包打开一看："啊？是大烟土。你这个走私犯，走，下车吧，规矩人！"说着，连人带包就往车门拖。

商人挣扎着喊："老总，我是好人呀，这是给人家捎的呀！……"

商人被拖下车去。马本斋透过车窗，见商人向巡警说了几句什么，随后从兜里掏出一叠钞票递给了巡警；巡警数了数，迅速地装入了腰包，然后一扬手放了商人。火车缓缓开动了，商人提着手提包，急忙蹿上了火车。

火车继续在黑洞洞的原野上奔跑着。车厢里的乘客们，一个个摆着不同的姿势，紧紧闭着双眼，困倦地睡着。在这难熬的旅途中，马本斋一丝睡意也没有。他从提包里掏出一本《孙子兵法》，借着昏暗的灯光，一页页地看了起来。不知过了有多久，忽然听到旁边座位上的一男一女在悄悄说话。

男的说："快到德州车站了。"

女的说："都说德州的烧鸡有名，这一次一定要买两只尝尝，看到底怎么样。"

男的流着口水说："嘿，我每次过德州都要来一只吃。这德州烧鸡可以说是历史悠久。传说在明朝崇祯年间，河北沧州有一位年过半百的老猎人，有一天出外打猎，走着走着，忽然，从草丛中跑出一只雪白的大母鸡，羽毛丰满，光彩夺目。老猎人从来没有见过这样的大母鸡，他舍不得开弓，决心捉活的。于是，他就背起弓箭，使劲追着。他追得快，母鸡就跑得快；他追得慢，母鸡就跑得慢。就这样，快追一会儿，慢追一会儿，从白天直追到晚上，追来追去，追了二百多里路，一直追到了德州。在黑夜中，这只大母鸡就如同一团火球发出奇光异彩。天亮了，只见那只大母鸡卧在一块青石板上。老猎人急忙跑上前去，一看，那只大母鸡变成了一只热气腾腾、香气扑鼻的大烧鸡。恰巧这时有一位骑马的官人从这儿路过，出高价买了这只烧鸡，他骑在马上边吃边走，那烧鸡的香味，随风飘荡，十里八乡都闻得到，从此，德州的烧鸡就出名了。哈哈哈……"

女人说："让你这么一说，我更得多买几只了。"

说话间，德州车站到了。许多穿西服革履、长袍马褂的人，都跑下车去买烧鸡。

马本斋平时生活很俭朴，本来不打算下去买什么烧鸡，可是又想到，多年没有回老家，也应当买回点东西送给父母，于是也下车买了两只。

出了德州，便进入了河北地界。马本斋刚拿起《孙子兵法》想继续看，忽听隔壁车厢里大声吵嚷起来，骂声，哭声，还夹杂着打人的声音，听旁边的人们议论说，有个花花公子模样的人，因为要抢一个姑娘，在殴打一个老头儿。马本斋闻听，心中暗想："他妈的，怎么这些事都让我碰上了，既然碰上了，就应当去评理！"他急忙站起身来，向隔壁车厢大踏步走去。进了车门，就看到一个流里流气的家伙，冲着一个老人边打边骂："你这个老东西，给脸不要脸，老子看上你的姑娘，是你的福气，你敬酒不吃吃罚酒，老子非打死你不可！"

旁边的那个姑娘，哭喊着，扑打着。

马本斋定睛一看，愣住了，这不是罗大爷和淑芳吗？他不由得火烧心肺，气撞胸膛，三步两步赶了过去，大吼一声："罗大爷、淑芳是你们？不要怕，我收拾这小子！"说着，左手像铁钳似的，一把揪住了花花公子的胸膛；右胳膊抡圆了，照准花花公子脸上"叭"地就是一个大嘴巴。车厢里的乘客们都暗暗叫好。

花花公子被这突如其来的不速之客给打愣了，他眨了眨眼睛问："你是什么人，竟敢管老子的闲事？"

马本斋声似铜钟："老子就是专门来管你的！"说着，对准胸口又是一拳。花花公子被打得噔噔噔倒退了几步，一屁股跌坐在地板上。

花花公子哪儿肯吃这个亏，一使劲，挺起了身，攥紧拳头猛地向马本斋打了过来。马本斋轻轻向旁边一闪，飞起一脚，踢在了花花公子的屁股上，只听"扑通"一声，花花公子来了个狗吃屎。花花公子从地板上爬起来，"唰"一下子，从腰里拔出一把寒光闪闪的匕首。他瞪着两只饿狼般的眼睛，一步一步地向马本斋逼近，嘴里还恶狠狠地嚷叫："老子今天叫你白刀子进红刀子出！"

淑芳在一旁扶着气息奄奄的老父亲，看着这可怕的场面，眼睛直勾勾地看着马本斋，暗暗为他担心。

马本斋面对这持刀的对手，坦然自若，毫无惧色。

花花公子手持匕首一步步逼近，当相距只有一米多远的时候，他猛地向马本斋刺去，马本斋身子一闪，花花公子一下刺空，由于用力过猛，一头撞在玻璃窗上，只听"啪啦"一声，脑袋钻出了窗外。马本斋顺势使劲一推，一下子把花花公子摔出了车厢，滚落在车外。

马本斋转身握住了躺在地板上的罗老山。淑芳含着热泪，感激地望着马本斋，伏身对昏迷中的罗老山说："爹，你睁睁眼，是马团长救了咱们！"

马本斋轻声说道："罗大爷，我是马本斋呀！"

罗老山慢慢地睁开了眼睛，喘着粗气说："马团长……我们大难临头，又碰到你了……多亏你救了我们。"

马本斋激动万分地问："罗大爷，你们这是去哪儿？"

"唉，实在活不下去了……我们这是去闯关东，没想到……"

马本斋扭过头去，偷偷地擦了一下夺眶而出的泪水，然后顺手掏出手帕，轻轻地给罗老山擦着满脸的血迹。

淑芳感激地看着这位见义勇为的青年人——她所熟悉的马本斋，思绪万千。在她和爹流浪的这些日子里，她不止一次地想起他，而且也不止一次地想过，这一辈子再也见不到他了。可就在他们父女大难临头的生死关头，他又从天而降，难道这是梦吗？真主呀，万能的真主呀！他是多么好的人呀！……

马本斋回头叫了声呆呆站在他身后的淑芳，说："罗大爷不要紧。"

淑芳赶忙收回心头的思绪，小声地说："多亏了你。"声音小得几乎连自己也听不清。

马本斋俯下身去说："来，咱们把罗大爷抬到座位上，让他静静地躺一会儿就好了。"靠近的座位上的乘客们，听马本斋这么一说，也都自动的让出了一个三人座，淑芳和马本斋把罗老山抬到座椅上，让他躺了下来。

马本斋望着虚弱的罗老山，心潮怎么也平静不下来。靠山庄那用石块垒起的小院落又浮现在他的眼前："山墙倒塌了，大柿子树下的小石桌被掀翻了；在房屋的墙角处，一堆鸡毛在山风中打着转转儿……"想到这儿，马本斋看了看扶着罗老山的淑芳，低声地问道："淑芳，你们是怎么逃出来的？"

淑芳强忍着满心的悲痛，用手揉着垂在胸前的发辫，悄声细语地诉说起来。

自从草上飞扬言限三天把淑芳送到山神庙、不然就别想活命后，性情刚强的姑娘为此大哭不止，罗老山也愁得吃不下饭去。就在第二天的深夜，爷儿俩经过一番商量，决定赶紧逃走。

日落西山，小小的山村被夜幕严严实实的遮盖起来。罗老山对万分焦急的淑芳说："孩子，你赶快和点儿地瓜面，蒸一锅干粮，咱们带着路上吃。我到外面去转一转，看看有人盯着咱们没有。"说着就悄悄地走了出去。

淑芳赶忙追到门口，小声地说："爹，你可别走远，要小心点儿。"

这天晚上正是个阴天，漆黑的夜晚，伸手不见五指。罗老山围着自家的院子，悄悄地转了一大圈，并没有发现什么动静。当他绕过房子墙角的小树林，往家走时，他的衣袖猛然被拉住了，吓得罗老山的心"呼"一下子差点从肚子里跳出来。心想："坏事了，被草上飞抓住了，不行，说啥也得逃！"想到此，他使劲甩了一下胳膊，没有甩掉；又一使劲，只听"刺"的一声响，粗布衣袖被撕了个大口子。他定睛一看，原来是被小枣树的枝刺挂住了，空闹了场虚惊。

罗老山走回家里，淑芳已把一大锅窝窝头蒸好，正把冒着热气的窝窝头往竹篮子里装，见爹回来了，忙说："爹，咱们快走吧！"可是，当她拿起马本斋送给罗老山的一件旧棉袄时，忽然触动了心事，呆呆地站着发愣。

罗老山深知孩子的心情，可是眼下又有什么办法呢？他柔声对淑芳说："孩子，咱们走吧！"说罢，罗老山背起早已捆好的破铺盖卷儿，又在屋里来回转了一转，看看这，摸摸那，感到屋里的一切都舍不得。最后把心一横，一甩头，说："走！"

爷儿俩一前一后，出了屋门，刚走到大柿子树下，罗老山一把拉住了淑芳说："孩子，快回屋子！"

"怎么，不走啦？！"淑芳的两只水汪汪的大眼睛在黑暗中闪动着。

罗老山没有搭腔，拉着淑芳又返回了屋里，然后压低了嗓音说："从后窗户跳出去，咱们走后山，那里背静！"

爷儿俩又返回屋里，把后窗户打开，悄悄地跳了下去，然后，沿着山间小路，向杂树丛中走去。

几天以后，罗老山父女，逃到了铁路线上的大镇周村。白天就去街上讨饭，夜里就宿在车站上，过着朝不保夕的流浪生活。

这天下午，爷儿俩要了一天的饭，也没有填饱肚子。淑芳对罗老山说："爹，这样下去，到何年何月算是一站？咱们能不能找点活干，也好糊口呀！"

罗老山沉默了片刻，说："唉，当初咱要是投奔马团长就好了！"

罗老山一句话，又勾起了姑娘的心事，她伤心地哭了……

罗老山知道说了不该说的话，便试探着说："我记得，前几年有个和我一块当过长工的，名字叫李春有，听说他在济南府掏大粪，我估摸着去找他，也许能帮咱找个活干。"

淑芳听爹这么一说，边擦泪边哽咽着说："爹，那咱就别犹豫了，赶快去省城吧！"

"好，路是人走出来的，咱就到省城去碰一碰！"

第二天一大早儿，罗老山父女俩，便踏上了去济南的大道……

罗老山一阵窒息性的咳嗽，打断了淑芳的诉说，她急忙伏身连连喊着爹。罗老山微微喘息着闭上了双眼。

"爹，你可不能啊……"淑芳又痛哭起来。

过了一会儿，罗老山睁开眼睛，喘乎乎地说："马团长……"

"你叫我本斋吧！"

"本斋，我是不行了，淑芳是个苦孩子，从小就没爹没妈，我能把她托付给你，也，也，也就放心了……"罗老山的头，轻轻一歪，紧紧闭上了双眼。

淑芳双手托起罗老山的头，摇晃着，哭喊着。

马本斋默默站在她身后，望着罗老山嘴角上的血污，攥着拳头，紧咬着嘴唇，这个硬汉子禁不住悲愤地流下了眼泪。

好心的乘客们，围在马本斋身旁，劝说："先生，下一站你们赶快下去吧。那个花花公子是这铁路线上有名的大恶棍，他家有钱有势，想抓谁就抓谁，要是到沧州，你们可就凶多吉少啦！"

在好心的乘客们帮助下，马本斋背上罗老山的尸体，和淑芳匆匆忙忙在泊镇车站下了车。

天近傍晚，津浦路边上的泊镇，升起缕缕炊烟。

泊镇在周围的几个县中算是个大镇子，有上千户人家，回民也有百十家住户，有座古老的清真寺就坐落在泊镇的西大街。马本斋和淑芳来到清真寺，花了一些钱，好心的阿訇给罗老山净了身（冲洗尸身），便殓入了经匣①。

天色渐渐地黑了下来，泊镇街上已断了行人。寥廓的夜空，一勾凄楚的月牙高悬在干枯的老树梢头，几点寒星在云层里眨巴着眼睛，黑洞洞的大街小巷刮出阵阵凉风。此刻的泊镇街，变得死一样的寂静。马本斋又出钱请阿訇给雇了几个人，在飕飕的夜风中，抬着经匣向荒郊野外走去。罗老山，这位受了一辈子累、吃了一辈子苦的穷佃户，就这样被葬在了异乡的土地上。

---

① 经匣，回族装尸体的箱具，类似汉族的棺材。

第十一章　同心人终成眷属

天已微明，平原上的村庄，从晨雾中隐约露出一片灰蒙蒙的轮廓。渐渐地，白茫茫的雾淡化了，消散了，东方遥远的天际出现了曙光。瞬息之间，耀眼的阳光给历历可见的村庄披上了一层金辉。红日刚露头，又被一块黑云遮住了，天地间顿时又变得灰暗起来。

泊镇距马本斋的故乡东辛庄七十里路。本斋和淑芳在小车站的回民饭馆里，简单地吃了点东西，便相跟着上路了。

深秋的早晨，荒凉的小路上，只有他们两个行人。不远处的坟地里，偶尔有几只乌鸦从落了叶的老榆树上惊起。

两个人默默地走了一会儿，马本斋关切地问："淑芳，你累吗？"

淑芳含羞地摇头说："不，不累。"

马本斋又问："罗大爷不就是你的父亲吗？在火车上他怎么说你从小没爹没妈呢？"

一句话问得淑芳眼圈又发红了，勾起了她内心深处的极大痛楚。

淑芳本不是山东人，她的老家是安徽合肥。她的生身父亲叫孙志功。一家三口人，父母跟前，只有淑芳这么一个独生女。孙志功有一身的好武功，成年在合肥市的三牌楼和明教寺一带摆摊卖艺。他的气功最出名，尤其是头上的功夫。他运好气之后，躺在地上，脑下枕一块砖，额门再压一块砖，随便哪位观众，用一块砖使劲去砸额上的那块砖，上下两块砖都被砸碎了，而孙志功的脑袋还好好的。因此，人们给起个绰号叫"铁头孙"。

淑芳长到十岁了，还从来没有去过合肥有名的明教寺，尤其是明教寺里有一口出名的水井，名叫"屋上井"，她早就想去看一看。这一天，小淑芳拉着妈妈的衣角说："妈妈，你总答应我去看屋上井，可一次也没有去过，今天你一定要带我去。"

妈妈爱抚地摸着小淑芳的头说："孩子，今天就不去了，你爸爸身体不舒服，改日妈妈一定带你去。"

"不嘛，爸爸自己在家休息，你带我去！"

铁头孙用白开水送下两丸药后，说："得啦，今天就带孩子去看看屋上井吧，我也没什么大病。走，咱三口一块去，我在明教寺门口卖艺，你们娘儿俩去看屋上井。"

小淑芳高兴地搂着爸爸的脖子说："爸爸好，爸爸好！"

妈妈不放心地劝阻说："唉，你身体不好还去卖什么艺，歇两天再去吧！"

铁头孙坚持说："我这身子骨有点小病算得了什么，没事，走吧！"说着，他就收拾好卖艺用的物件，拉起淑芳往外走。

妈妈一看，爷儿俩坚持要去，自己也就顺从了。于是，赶快梳了一下头，扫了扫身上的土，出了屋门，挂上锁，便一块向明教寺走去。

铁头孙家住在三孝口，距明教寺还有一大段路。三口人顺着人来人往的大街走着，不一会儿就来到了四牌楼。过了四牌楼，大街的两边就更加热闹。有在门口写着一个比人还高的"当"字的当铺，也有挂着膏药、灵芝招牌的大药店，还有把锅敲得叮当乱响的饭馆，更多的是沿街叫卖的小摊贩，人来人往，好不热闹。小淑芳看着大街闹市，眼睛都不够用了。到了三牌楼往北街拐，往前便到了明教寺。

这明教寺据说是初建于明朝，建筑结构非常严整，外貌显得极为明丽而庄重。

走到明教寺门口，铁头孙对小淑芳说："你和妈妈进去看屋上井，爸爸在这儿摆摊，等你们出来，咱们一起回家。"

小淑芳使劲拉着妈妈的手说："妈妈快走，咱们快去看吧！"

妈妈边走边回头对丈夫说："不行就别摆了，身子骨儿要紧！"

"没事，你快领着孩子去吧！"铁头孙说着，把卖艺的物件摆在了明教寺的门口。

小淑芳拉着妈妈的手，高高兴兴地登上了明教寺的高台阶。进了明教寺的大门，迎面是一座大殿，院子里，楼台亭阁，金碧辉煌。穿过大殿走进后院，院里的殿宇更为壮观，四壁满是壁画，色彩绚丽。殿里面陈设着一百零八尊罗汉的塑像，姿态各异，有动有静，神态惟妙惟肖，煞是好看。

小淑芳看着这些怪里怪气的罗汉，有些害怕，她紧紧拉着妈妈的手说："走，妈妈，咱们快去看屋上井吧。"

屋上井位于后院的东跨院。娘儿俩沿着大殿的石台阶，向东行，又穿过了一座旁殿，便来到了东跨院。在东跨院的北墙上写着三个苍劲有力、龙飞凤舞的大字："屋上井。"就在这三个大字的下面，围着好多人，都在看屋上井。这屋上井，实际上就是一口普普通通的井，它之所以有名、奇妙，就在于这眼井的井口，比周围老百姓的屋顶还高，以状命名，故称之为"屋上井"。

小淑芳和妈妈正在兴致勃勃地看屋上井，铁头孙却在明教寺门口出事了。

为了混饭度日，铁头孙只好拖着有病的身子摆开了摊子。不一会儿，便围满了人，谁都想看看这位名传四方的气功艺人。铁头孙先是练了一套拳脚，活动活动筋骨，然后对人们说："三老四少，现在我给大家表演气功铁头，练完之后，请诸位有钱的帮个钱场，没钱的帮个人场，只要你给我站脚助威，我就感激不尽！"说着，向众人拱手作了一个揖。然后，他运足了气，躺在地上，枕上一块整砖，头上又压了一块砖，示意请人来砸。这时，从人群中走出一个黑大汉，他不慌不忙，在地上拿起一块整砖，向躺在地上的铁头孙走过去。众人都为这惊险的表演捏一把汗。黑大汉走到铁头孙跟前，抢起砖头就砸，就在这一刹那，铁头孙感到他带病的身体气力不足。人们都知道，气功是"内练一口气，外练筋骨皮"，身体有病是不能运足气的。他刚要说住手时，还没有出口，说时迟那时快，黑大汉的砖头已砸了下去，只听"叭"的一声响，铁头孙被砸得脑浆迸裂，顷刻惨死在血泊里。众人一看出了人命，号叫着四散奔逃。

再说，在明教寺里游玩的淑芳娘儿俩，兴致正浓。小淑芳站在屋上井的高台上，向北眺望风景秀丽的逍遥津，只见那亭、台、堤、桥，显得格外光彩，斜阳映着带水汽的一片荷花，好似一条粉红绒毯，实在奇艳。她好奇地问妈妈："妈妈，远处那片好看的地方，为啥叫逍遥津？"

"听你爸爸说，古时候那是肥水上的津渡，东汉末年，孙权被曹操的大将张辽在这个地方打败了。"说着，妈妈瞅了瞅太阳，"淑芳，天不早了，走吧，你爸爸一定在门口等着咱们了。"

小淑芳从高台上跳下来，说："走，找爸爸去。"娘儿俩拉着手，来到前院卖瓜子、落花生、炒蚕豆的摊贩前。小淑芳拉着妈妈的手说："妈妈，买点炒蚕豆吧，爸爸最爱吃炒蚕豆。"

妈妈满意地笑了，便掏出零钱买了一包炒蚕豆。小淑芳手拿蚕豆，满意地说："爸爸见了一定高兴，妈快走呀！"说着，抢先向门口跑去，刚刚跑到门口的台阶上，就听到一些跑得慌慌张张的人说：

"死了，死了，真惨呀！"

"他一身的好功夫，真没有想到！"

"唉……"

小淑芳听到这些没头没脑的话，对跟上来的妈妈说："妈，听人家说，门口死了个人！"

"什么？"妈妈听孩子这么一说，心情骤然紧张起来，二话没说，拉着小淑芳就下高台阶。她一边往下跑一边想："天呀，可别让我们家出事呀！保佑我们全家平安无事，天天给老天爷烧香。"她想到这儿，心情又慢慢地轻松下来，可是脚步仍然很快。娘儿俩下了高台阶向西一拐，看到前面围了许多人，正是自己丈夫摆摊子的地方。她拉着小淑芳不顾一切地向前奔跑。跑到近前，使劲扒开人群往里一看，只见地上躺着的那人，头上盖着一块破苇席；但是，那熟悉的衣服和鞋子，使她猛然感到大祸临头了。她不顾一切地扑了过去，放声号啕大哭起来："老天爷呀，你怎么这样不公平呀……"她哭得晕倒在地。

小淑芳扬着双手，哭喊着扑在爸爸和妈妈的身上，手里的炒蚕豆"哗啦"一下，洒了一地……

此后，妈妈得了一场大病，生活的重担就落在了小淑芳的肩上。妈妈病好之后，每天支撑着瘦弱的身子，靠给人家拆洗衣服挣点钱糊口过日子，小淑芳把每天洗好的衣服跑着送到各大户人家。其中有一户就是柳林霸家。

柳林霸在合肥的小东门，开了一家大当铺。他在每年的开春，都要从山东老家来合肥的当铺住上两三个月。由于买卖兴隆，就在这合肥又讨了个小老婆。这小老婆是妓院"得月楼"有名的妓女，人称"十里香"。

这天，柳林霸和十里香吸足了大烟，正坐在客厅里喝茶，小淑芳拿着给十里香洗好的衣服送进屋来。十里香接过衣服说："这小丫头，长得眉清目秀，模样真不错，可惜投错了胎，我跟前要是有这么一个小使唤丫头，就好了。"

柳林霸呷了一口茶说："这好办，让管家去办，区区小事，不足挂齿。"

凭着柳林霸老管家的三寸不烂之舌，淑芳当丫头的事很快就办成了，条件是：管吃管穿给工钱，还答应把淑芳母女一同带回山东去，可以养淑芳妈妈的老。几天之后，淑芳母女随同柳林霸和十里香，来到合肥火车站。火车就要开动了，十里香拉着小淑芳先上了火车，妈妈跟在柳林霸的身后。柳林霸登上火车的门，在妈妈刚刚踏上一只脚时，柳林霸飞起一脚，一下子把妈妈踢了下去。火车徐徐地开动了，妈妈拼命地哭喊着："还我的孩子！还我的孩子！"向飞跑的火车扑去。可怜的妈妈，被飞奔的火车带下站台；飞转的铁轮，滚过了她那瘦弱的身躯。

小淑芳被带到了山东，开始泡在黄连缸里过日子。每当小淑芳遭到十里香毒打和辱骂之后，唯一来安慰她的人，就是忠诚厚道的罗老山。苦难的生活，使这一老一小的异乡人，相依为命。从此，老迈鳏独的罗老山就成了孤苦伶仃的淑芳的唯一亲人。

马本斋听了淑芳的悲惨遭遇，心情极为沉重。他看着这一望无际的大平原，百感交集：啊！这是什么世道？狼，可以横行；人，却没有自由！多少个罗老山在悲愤中死去，多少个淑芳在苦难中挣扎。他不由得看了看身边的淑芳，见她仍陷入在痛苦的回忆中，他真想安慰安慰她，可一时又不知说什么好，只好默默地走着、走着。

忽而，在蓝天的白云间，传来两声悦耳的鸟鸣，马本斋和淑芳抬头向长空望去，只见两只比翼双飞的大雁在自由地翱翔……

马本斋忽然像想起什么似地问：

"罗大爷是回民，那么你……"

"我自从跟着爹，也从属了回族，回回的风俗和生活习惯爹都教会了我。"

"淑芳，我也是回族。"

"真的呀！"淑芳高兴得像孩子一样，几乎跳起来。停了一会儿，她又不好意思地问："那你家还有什么人？"

"爹娘，大哥和三弟。"说着，马本斋望了她一眼，说："今后可能很快还要增加一个人。"

不知怎么，姑娘的脸红了，她含羞地低下了头。

他们整整走了一天，直到半夜时分，马本斋领着淑芳才回到了自己离别多年的老家。

团圆，多么难得的团圆呀！马本斋一家人聚集在小北屋里，畅谈别后情景，悲喜交集。父亲马永长虽说是位老乐观，此刻他那哈哈大笑的脸上，也不禁淌下两行泪珠来。母亲忙里忙外，又是烧水又是做饭。每当母亲走进屋里来时，本斋都要留神母亲那张慈祥的脸，他发现母亲没有掉一滴泪，为此本斋心里感到踏实。可是他哪里知道，母亲背地里偷偷擦泪，她的上衣大襟都湿透了。

当全家人心上那欢乐的潮水平静下来的时候，这才发觉慢待了坐在一旁的姑娘。母亲把淑芳拉到身边坐下，仔细端详着，高兴得不得了，直到把淑芳看得不好意思地低下了头。母亲问一句，淑芳答一句；还是本斋向全家叙述了淑芳的悲惨遭遇，大家听了，无不落泪。

母亲拉着淑芳的手说："孩子，大妈我一辈子没有过姑娘，你就当我的女儿吧。"淑芳听了这热乎乎的话，热泪盈眶，一头扎在了母亲的怀里。

母亲望了望发白的窗纸说："天不早了，走，姑娘，跟娘睡觉去。"

全家人各自回到屋里。母亲又把本斋拉到院子里悄悄地说："孩子，这姑娘真可娘的心，我看过些天，选个好日子就给你们办了，也了却娘的心事。"

"只要您老人家高兴，一切听您老的。"

"这孩子，难道你不高兴？"

"嘿嘿嘿……"

东辛庄今天格外的热闹，三五成群的妇女，搭帮结伙的男人，相跟着都向村南涌去，因为连成婶家今天要办喜事了。孩子们又是唱又是嚷，就像树上的喜鹊，把人们的心都要唱开了花：

> "喇叭响，
> 嘟嘟嘟，
> 马二哥，
> 娶媳妇。"

说实在的，要说欢乐，那还得数本斋的娘。自从儿子给她带回来一个好儿媳妇，她那个高兴劲儿就甭提了，真好像"糖块掉到蜜罐里——甜上加甜"。秋高气爽，风和日丽，挑了这个好日子，给儿子本斋成亲，全村的男女老少都来贺喜。

按照回民的老规矩，娶亲时，新媳妇必得坐花轿。因为淑芳不是东辛庄的人，没亲没眷，为了能让她坐上花轿，所以事先就把淑芳领到了西头马本斋的老姨家里去了。

连成婶忙前忙后，照应来贺喜的乡亲们；父亲马永长在院子里临时支起一口大锅，在那里炸油香；三弟进坡和媳妇王英忙着把洞房拾掇了一遍又一遍，全家人忙得都脚不沾地。正当喜庆的潮水升上人们心头的时候，又一阵喜浪涌来，只听成群的孩子们串铃似地喊起来。

"新媳妇来啦！"

"花轿来啦！"

"快来看呀！"

满脸喜气的人们，一齐涌向了马本斋家的大门口，大家指手画脚向西头看去：

"唉呀，今天这花轿打扮得可真漂亮！"

"他二婶，你看这轿抬得有多稳当呀！"

"那还用说，本斋有出息，娶了个又俊又有能耐的好媳妇！"

……

说话间，花轿来到了门前。孩子们把花轿围了个严严实实。

连成婶爱惜地摸着孩子们的头，说："孩子们，闪开路，让你三哥抱轿。"

按回民风俗，新娘到了门前，必须"抱轿"。抱轿的人，应当是娘家的平辈哥哥，因为淑芳没有，只好让进坡来执行这项"任务"了。

孩子们听连成婶一说，都喊着闪开了一条路：

"抱轿了——"

"抱轿了——"

欢乐声中,新郎走出门来。他虽然身经百战,在战场上是位勇将,可是在眼下这种场合,却不免有点羞怯,感到手足无措。他红着脸,走到花轿前,伸手撩起了轿帘。这时,男女老少的目光,一齐向轿内看去。只见淑芳的头上蒙着一块绣花的大红盖头,身上穿着蓝裤花褂,做得可体合身,她坐在轿里,就像年画上画的美人似的。

马本斋撩着轿帘,三弟进坡让淑芳双腿屈起来,然后抱在怀中,一溜小跑抱进了洞房,把淑芳放在炕上,新娘脸朝里,盘腿坐在炕头。

这时看新娘的孩子们挤在洞房的窗户外面,七手八脚地把新糊的窗户纸全都抓破,扒着窗户向屋里边看边喊:

"新媳妇真好看!"

"新媳妇长得真俊哟!"

老太太们在一旁兴致勃勃地议论着。

"老嫂子,你看,孩子们把窗户纸都捅破了。"

连成婶听了,心里美滋滋地说:"大妹子,窗户纸抓得越破越好,等着生了孙子说话嗓门儿亮堂!"

接着,她把穿得整整齐齐的阿訇领进了洞房。阿訇迈着稳稳当当的步子,坐在一把太师椅上,新郎和新娘都跪在他面前。

阿訇严肃地拉着长声说:"新郎念'盖不鲁图'。"①

马本斋低着头,轻声地念起来。

阿訇照旧严肃地拉长声说:"新娘念'单达尼'。"②

淑芳低着头,也轻声地念起来。

---

①　盖不鲁图:回语,意思是和我结婚,你同意吗?
②　单达尼:回语,意思是我同意。

113

等两个人都念完之后，阿訇抓起一把小红枣，先向新郎的头上撒去，然后再抓一把小红枣，向新娘的头上撒去。

欢蹦乱跳的孩子们，边抢红枣边喊：

"早生贵子哟！"

"早生贵子哟！"

月亮升起来了，贺喜的人群逐渐离去，劳累了一天的全家人，这才忙里偷闲，聚坐在新房里享受这新喜的快乐。连成婶看着自己心爱的儿媳妇，疼爱地问：

"孩子，这一天也没有得安生，饿了吧？"

"娘，不饿。"淑芳说着，她那水汪汪的大眼睛正巧和本斋的目光碰到一起，顿时，那美丽的面颊上泛起了两朵红云，慌忙低下了头。

进坡的媳妇王英微笑着扶着婆婆连成婶的胳膊说：

"娘，咱们回东屋去吧，人家牛郎织女也该说说话了。"

进坡也调皮地向二哥本斋挤了一下眼睛说：

"是呀，二哥早就盼着我们走呢，是吧？"

马本斋轻轻地在进坡的背上捶了一下："你这小子……"

说着，父亲马永长乐呵呵地走进屋来，问：

"你们谁还饿？我的油香还多着呢！"

"你这个'伙头军'就知道吃。"老伴连成婶抿着嘴欢悦地说："孩子们该歇歇了。"说着，就和永长他们往外走。

本斋和淑芳把爹娘送出了屋门，母亲回手往屋里推着两个孩子说：

"快回屋里歇着吧，天不早了。"她顺手把新房的门给带上了。

皓月当空，银光满地，多么美的夜色啊！庭院里，老椿树下那

114

些黄、红色的对对小花，在泛泛青光下，像一串玲珑剔透的珠饰，散发出清新的香气；丝瓜架下的蟋蟀，"咄咄咄"地、不知疲倦地唱着悦耳的喜歌。

在洞房的窗户根儿下面，藏着一群调皮的孩子，他们在屏心静气地听新房呢……

第十二章　"三请诸葛"

　　东辛庄位于献县、河间、沧州三县交界的地方，西邻藏家桥，南靠子牙河堤。村子不算大，却是"鸡鸣听三县，十里走五乡"的地方。几天来，在河间城的戏园子里，献县城的十字街口，藏家桥的集市上，沙河桥的馃子铺里，子牙河的摆渡口，到处流传着马本斋回到了东辛庄的故事。有的说，马本斋在山东当了团长，如今带着他那一团人回到子牙河北，为咱穷百姓们除暴安良来啦。有的说，马本斋可真威风，腰挎指挥刀，骑着一匹枣红马，沿途杀富济贫，穷人们前迎后送，为他打着万民伞。还有的，传得就更玄啦，说有一天，马本斋的旅长和山里的土匪头磕头拜把子。土匪头为了讨好旅长，把从良民百姓家抢来的十名美貌少女献给了旅长。马本斋得此消息，义愤填膺，一怒之下，手持双枪，闯进大厅，结果了土匪头子，一夜之间，他从胶东跑回到了东辛庄。还有人说他当了团长，发了大财，并带回来几房太太、银元、金砖足足有一百箱。这些事传得真是有鼻子有眼的，成了轰动河间方圆百里的新闻。

　　东辛庄的老老少少们，议论也不算少。庄东头有个小十字街口，不管是冬天还是夏日，这里是附近人们聚集闲聊的地方，而来这儿的常客又多半是些年过花甲的老人们。这几天，尤其是自从马本斋回来这些日子,便成了这个小十字街口的谈论主题。

有位老人吸着长烟袋说:"唉,咱穷回回就是没有福分,好不容易出了个大团长,可又辞官不做了。这孩子是不是让人家给革职啦?"

"老哥,本斋这孩子可是咱们看着长大的,歪的斜的他不会,他既然辞官不做,那自然有他的难处,现在的世道儿估摸着也不好混哟。"

"大叔,有啥不好混的,团长团长,半个皇上,吃的是山珍海味,住的是高楼大厦;要是和咱这穷回回比起来,一个是天上,一个是地下。"

"那倒不假,可本斋这孩子是个有良心的,别看他飘流在外十多年,你没听他说呀,他一直把咱这穷回回村和老的少的们挂在心上。"

"唉,回来也好,常言说,当差不自由,自由不当差,成天扛枪打仗,也够悬的!"

乡亲们你一言我一语正在议论不休,年过古稀的哈二先生拄着拐棍儿来了。他脚跟儿还没有站稳,就参加了这场议论:"我就好说古比今。当年诸葛亮隐居山野熟读兵书战法,后来为刘备立了大功。本斋这次解甲归田隐居穷乡,兴许也有诸葛之志。"没等别人搭腔,他又接着说,"不过当年的诸葛孔明只不过是个传说而已,眼下本斋做了大团长,何必回来活受罪呢?"哈二先生正要继续说下去,恰巧马本斋扛着锄把子从这里走过。哈二先生见马本斋来了,于是凑过去:"说曹操,曹操到。本斋,你当我学生的时候我就说过,你从小就有福贵相,果真平步青云,当上了团长。得此美差何不在军中吃香的喝辣的,却回到咱这穷乡僻壤吃糠咽菜,岂不怪哉,怪哉。"

马本斋轻轻搀扶着哈二先生的胳膊，也学着哈二先生的样儿，咬文嚼字地说："哈先生，您教我读书的时候，不是说要与民同乐吗？难道忘乎哉；我则记忆犹新。我视天下穷苦百姓为兄弟伯叔，甘愿与之有福同享，有罪同受！"

从这以后，家乡的父老们，与本斋的心贴得更近了。

外面的传说，就像一股关不住的风，在不停地刮着，一传十，十传百，百传千，千传万，事情越传越大，越传越远，越传越玄乎，很快传到了献县淮镇街第六路军司令周朝贵的耳朵里。他暗中派人混到城镇村庄，去收集人们对马本斋的传闻。

周朝贵从手下弄回来的情报得知：马本斋并无一兵一卒，也没有发财。他认为大家对马本斋那离奇古怪的传闻，只不过反映穷百姓们希望在这兵荒马乱的年头儿出一个"青天大老爷"的心理罢了。但是，有一点是可以肯定的：马本斋的确是当过团长，而且是个很有才干的军官。正是这一点，引起了周朝贵对马本斋的极大兴趣。

深秋的早晨，从子牙河面吹来阵阵清风，摇动着原野上的枯草，拂扫着树木上仅存的几片干叶。这一切给人们增添了一种阴冷、沉闷之感。

这天周朝贵起得特别早，他身穿紧身戎装，手操一把金光闪闪的狼牙剑，在司令部的院内舞来舞去，这是他多年来的养生之道。

提起周朝贵，周围的百姓都知道，他家是这几个县有名的大地主。周朝贵哥儿五个，他行三，自从他们的老子死后，这哥儿几个就闹着分家，唯独周朝贵主张"五雄合作"，维持家业。他是经常出入老大、老二、老四和小五家，进行说合引导，因此，这哥儿几个对周朝贵都很信任。说也怪，就在这两三年内，老大、老二、老四和小五，接二连三地得了一些奇怪的暴病，都很快地死掉了。周家"五雄"就剩下了周朝贵这个单身"好汉"，全部家业自然也就被他独占了。多年来，人们都在传说那哥儿四个死得奇怪，可是谁也闹不清这里边的奥妙。周朝贵为了进一步扩大这份家业，一方面苦心经营，盘剥四方；一方面广交军界，寻找靠山。到四十多岁的时候，终于混了一个地方杂牌军——六路军的司令。可惜他长的既没有绿林好汉的剽悍身架，也没有军人的威武仪表，看上去，倒像一个摇头晃脑的牲口贩子。他为人心狠手毒，但从不表露出来。常言说，咬人的狗不露牙，他牢记——"兔子不吃窝边草"的古语。所以，他的手下出外烧杀抢掠，总是换成便衣，跑到很远的地方去。因此，这一带的老百姓，把六路军和别的国民党部队相比，有点另眼相看。加上周朝贵善于结交，也会用人，上至豪门官宦，下至三教九流，他都能拉上。所以，前些年，他和他的六路军在子牙河两岸这块小天地里，还算混得下去。可是，蒋介石眼里容不下半点沙子，国民党的正规军一向是大鱼吃小鱼，弄得他这支杂牌军就像王小二过年——一年不如一年。这一点，使周朝贵伤透了脑筋。最近以来，他一直思量着要物色一个有才干的军人来辅佐他整治军队，维持地盘。就在他雨中求伞、雪中求炭之时，巧逢马本斋回到了东辛庄，他心里琢磨，也许真是"天助我也"。他决定请马本斋出山，助他一臂之力。不料，马本斋谢绝了他的"美意"。

这时，他把狼牙剑"嚓"地往鲨鱼皮剑套里一插，喊了一声："詹副官！"

话音刚落，司令部院内西边的太湖石下，走过一个军官来，他就是周朝贵的副官詹德才。其实，他已经在这里恭候多时了，只是因为周朝贵在练剑，未敢惊动。这会儿，他站在周朝贵面前，就像是根被蛀虫啃糟了的枯竹竿，又瘦又黄。他毕恭毕敬地问："司令，您有何吩咐？"周朝贵从上衣口袋取出一封信交给詹德才说："吃过早饭，你再去东辛庄跑一趟，把这封信交给马本斋。你告诉他，我周某一向守信用，他如果愿来，就给个参谋长干。这次你若能把马本斋说动，就晋升你三级；若是事情办糟了，那就……"周朝贵说到这里，故意停了一会儿，然后改口说，"日上三竿了，你走吧！"

詹德才在过去，跑过江湖做过买卖，能说会道，一件事情到了他的嘴里，方的能说成圆的，死的能说活过来。他领了"将令"，跑到伙房扒了几口饭，就匆匆上路了。

淮镇与东辛庄一个在河东，一个在河西，相距三四十里地，从南格营一过河就到。走这么一段路，并不费什么劲；可是，詹德才这次走起来，觉得脚步特别沉重。一路上，周朝贵说的那些话，总在他脑瓜里不停地转着。这已经是他詹副官三请马本斋了。头次去，詹德才是趾高气扬，在东辛庄到处吹嘘周朝贵如何如何抬举马本斋，可马本斋就是闭门不见。第二次，人虽然见到了，詹德才云里雾里耍了一阵嘴皮子，把那六路军说了个天花乱坠，但马本斋的态度十分冷淡。这回"三请诸葛"，能不能把马本斋请出来呢？詹德才心里很不踏实。他想，如今周司令用人心切，如果这次还请不来，削职丢官暂不说，恐怕脑袋也悬乎。想到这里，不觉打了个寒战，脚步自然十分沉重。但又没有别的办法，只能硬着头皮，再转动他那三寸不烂之舌，去说服马本斋。

詹德才心里盘算着，不知不觉来到了子牙河边的南格营渡口，过了河，又走了五里路，就到了东辛庄马本斋的家。一进门，他看见马本斋正蹲在屋内摆弄一把镢头，再往炕上一瞧，炕头上放着两支毛瑟枪，詹德才吓了一跳，几乎要退出来。但马本斋已发现了他，他只好连忙哈腰，喊了声："马团长。"

马本斋见又是詹德才，一阵厌烦，但出于礼貌，还是站起来应酬说："詹副官，三次光临寒舍，又有何贵干啊？"

詹德才立即取出周朝贵那封亲笔信，向马本斋呈上："请马团长过目。"

马本斋接过信，瞟了詹德才一眼，然后将信拆开，只见信上写道：

> "本斋兄台鉴：久仰先生雄才大略，声誉远播，特再修书，敬请驾临鄙部，俯就共事，同谋救国救民之道……"

马本斋看完信，随手撂在桌上，两眼直望着窗外，久久没有说话。詹德才目不转睛地注视着马本斋脸上的表情。过了好一会儿，马本斋才说："周司令惠书，明确提出要与我马本斋共谋救国救民之道，这个我可以考虑。不过，詹副官你看，"马本斋指了指炕上那两支毛瑟枪，"这是联庄会刚刚送来的，他们也要我马本斋和他们一起干，还提出了三个条件。"

"哪三个条件？"詹德才急忙问。

"一，给我一百亩地；二，给我母亲五套金银首饰；三，每月薪俸，按团长待遇开支。"

"那你答应了？"詹德才感到事情不妙，紧张地追问。

"依詹副官之见呢？"马本斋笑了笑，反问道。

"马团长，您千万不要上当呀！那联庄会万万去不得。"

"为什么？"

詹德才眼珠子转了几下："您是个大团长，去到那区区的联庄会，未免大材小用了。联庄会算啥玩艺儿，论人，尽是游兵乡勇；论

121

枪，尽是"小炉匠的家伙——破铜烂铁"。他们保的是有钱的财主，干的是看家护院；哪儿比得上咱六路军！咱六路军是正式部队，使的来路货，吃的商家米，穿的洋布服。咱六路军又是仁义之师，纪律严明，秋毫无犯，爱护百姓，打富济贫。说实在的，当今之世，凡是胸怀大志的豪杰，哪一个不想为国家效力，为民众办事。咱周司令，常常与鄙人谈起马团长是个爱国忧民的志士仁人，若是马团长能到六路军任职，就可以实行您那远大的抱负，施展您那卓绝超群的才能。"

马本斋自从解甲归田以来，除务农之外，并无他事。闯开新路的抱负，像一团火，一直在他心中燃烧着。现在听了詹德才这番话，虽然是言过其实，但也有几分道理。于是，回过头来对他说：

"这样吧，你回去禀告周司令，就说我马本斋打算到他那里去试试看。不过，我要把丑话说在前面，如果六路军不像你所说的那样，还要有劳周司令另请高明噢。"

"马团长您放心，咱六路军是不会叫您失望的。"詹德才边说边伸出右手，"马团长，一言为定。何日动身？"

"此事，我还得与家母商量商量，如何定夺，三天之内等消息。"马本斋态度严肃地告诉詹德才。

"那好，马团长再见。"詹德才此时心中一块石头落地，好不轻松爽快。他出了马家的门，哼着小曲，得意洋洋地离开了东辛庄。

马本斋与母亲商量了一晚上，因为摸不清六路军的底细，只好决定去试试看。第二天下午，马本斋带着三弟马进坡作为随身警卫，前往六路军驻地淮镇。

母亲把儿子送到村东头，临别时，嘱咐儿子说："到了那里，人生地不熟的，凡事要掂量掂量。"

马本斋深情地对母亲说:"娘,我记住您的话了,您放心吧,是半斤是八两,我心里有杆秤。"

母亲听了,满意地点点头,转身又对三儿进坡说:"你可要处处留神,事事小心,一会儿也别离开你二哥!"

进坡说:"娘,你就放心吧!谁敢动二哥一手指头,"说着,他拍了拍腰间,"咱这剥牛的刀子不答应!"三个人都笑起来。

这时,淑芳从村里追出来,将马本斋穿过的军大衣递给了他:"天凉了,把它带上。"

站在一旁的进坡做了个鬼脸:"嗬,嫂子可真疼二哥。那我的呢?"

淑芳把手里的夹袄向进坡怀里一扔:"还少得了你的。"

马本斋告别了母亲和妻子,迈开大步向前走去。他那魁梧体格,远远望去,显得更加高大,真是典型的中国军人形象。微风掀起披在他宽阔肩膀上的军大衣,就像鼓满了风的帆,在进行远航。

马本斋哥儿俩走了一会儿,来到了南格营的子牙河渡口。摆船的张劳桅老汉一见是本斋哥儿俩,便热情地招呼道:"本斋,过河呀?"

"劳桅大爷,我们到淮镇去!"

张劳桅听说去淮镇,便马上对身边的孙女说:"秀兰,快撑好篙,让你本斋叔上船!"

秀兰姑娘利索地把独根儿大辫子一甩,双手一使劲,小船稳稳当当地靠在了岸边,然后扬起带酒窝的笑脸,睁着一双明亮的大眼睛,喊道:"本斋叔,快上船吧。"

马本斋和进坡上了船之后,张劳桅笑着说:"进坡,来到南格营,不到岳父家热炕头上坐坐呀?"

进坡说："不去了，赶路要紧。"

张劳桄一听，迟疑地问："你们这是去……"

本斋笑着说："我们去办点事，以后免不了麻烦你老人家。"

"嘿嘿，这是说到哪里去啦，咱们乡里乡亲的还见外呀？"

说话间，船靠了对岸。马本斋掏出船钱来给张劳桄，张劳桄说啥也不要；马本斋无法，只好把钱扔在船板上，大步跑上岸去，回头向张劳桄招了招手，顺着黄土路朝前走去。

周朝贵自从得知马本斋愿意来与他共事，仿佛断臂的将军添了一只得力的胳膊。几天来，他的司令部里清院扫街，杀牛宰羊，进烟备酒，好不热闹。今天一早，他破天荒地未练习狼牙剑，就带着詹德才和司令部一些参谋、秘书、护兵、马弁，到淮镇街上四周巡视，仔细检查，以防出意外。

日头平西，风尘仆仆的马本斋来到了淮镇的西大街。顿时，洋鼓声，洋号声，鞭炮声，掌声，杂七杂八地交织在一起。周朝贵几步跨上前去，紧紧握住马本斋的手说："欢迎，欢迎。马先生一路辛苦了！"

马本斋说："本斋姗姗来迟，让司令和兄弟们久等。"

"哪里，哪里，有失远迎，请原谅。"周朝贵一边说一边陪着马本斋走过那闹哄哄的街道。

从这天早晨起，整个淮镇，大街小巷，茶馆酒店，到处传着马本斋要来六路军的消息，人们都想看看这个传说中的人物。此刻，大街两旁的房顶上，树杈上，墙头上，到处站满了人。只见马本斋，身穿粗布衣，头戴白毛巾，胳膊上挎着一件旧军大衣，使人感到和蔼可亲，根本不像传说中的神奇人物。

马本斋向乡亲们频频招手。有的孩子被挤倒，他马上跑过去，扶起来，还给拍拍身上的土。

面对这种场面，马本斋回头对身后的周朝贵说："周司令，我又不是什么达官贵人，如此兴师动众，本斋受之有愧！"

"嘿，马先生说的哪里话来，您初到周某驻地，列队相迎，理所当然！"周朝贵笑容可掬地把手一摆："请！"

马本斋对这样的举动，心里感到很别扭，但初来乍到，只好强作笑脸敷衍。

夜幕降临，月儿高挂。周朝贵司令部的客厅里灯火辉煌。副官詹德才站在客厅的门口，殷勤地迎接着纷纷前来为马本斋接风洗尘的宾客。客厅里的一切装饰和摆设，都是按着古老的陈规陋习布置的，看上去古色古香，但却透露着附庸风雅的俗气。在客厅正面靠墙处，有一条又长又高的大春案，案上摆着一只鼎形的大香炉，香炉上插着几支特意买的清真的绿色安子香，烟雾袅袅，散发出一阵阵扑鼻的香气。

早来的宾客们，有的穿着长袍马褂，留着八字胡须；有的穿着西服革履，留着大背头；还有的穿着崭新的黑色制服，油头粉面……他们相互寒暄，一面品茶、吸烟，一面说说笑笑，整个客厅里吞云吐雾，一片喧闹。

"当、当、当……"客厅里的高大落地座钟敲了七下。

"马本斋先生到——"詹德才扯开嗓子拉着长音高声传报。大客厅里顿时寂静了下来，鸦雀无声。所有的长袍马褂、西服革履、大背头、八字胡的人们，都从座位上站起，个个垂手而立，双目平视，恭恭敬敬地等候着。

周朝贵陪同着马本斋步入大厅。摆在书案一头的留声机，放起了流行的黄色歌曲。周朝贵满脸赔笑，跨前一步，同时把手一伸，连连说道："请、请！"把马本斋让到了首席桌上。

周朝贵站定，环视了一下每个桌的宾客，然后干咳了两声，清

125

了清嗓子，说道："诸位，从今天起，马本斋先生正式就任我六路军参谋长啦！"

大客厅内立即"哗——"响起了一阵掌声。

周朝贵春风得意地挥舞着两只胳膊，做着安静下来的姿势，"往后，诸位同仁、兄弟们，将会领略到马参谋长之军事才干。"

"哗——"又是一阵掌声。

马本斋置身于这种吹吹捧捧的场合，心中大为不快，他似乎好像又回到了山东烟台。当年在海岸街的"蓬莱春"饭庄里，那种灯红酒绿、大摆庆功宴的场面时隐时现……

"请马参谋长给我们讲话！"周朝贵的尖嗓门儿和震耳的掌声，打断了马本斋烦乱的思绪。

马本斋站起身来，强作笑脸地说："刚才周司令对马某的欢迎，实为言过其词，受之有愧。马某不才，与周司令共谋大业，同寻救国之道，深感万幸。小弟笨嘴拙腮，无可奉闻，今后望听我之言，观我之行吧。"

寥寥数语，说得众人频频点头。

周朝贵听罢，连声称道："好，好，话不多而精也！"随后他一挥手，说了声："上菜！"

詹德才赶忙拉着长声传报起来："上——菜——"话音未落，只见从客厅侧门里，二龙吐水式走出两行人来，服式一律上白下黑，干净利落，每人手中托着一个红漆的大条盘，条盘内摆着热气升腾的各种美味佳肴。酒宴正式开始，山珍海味一道道地摆在八仙桌上，宾客们手中的酒杯干了满，满了干。

酒过三巡，菜过五味。周朝贵边吃边想，刚才马本斋的话虽然不多，但很有分寸，对我六路军是如何的看法，只字未提，他让我听的什么言，观的什么行呢？需要试试他的观点。想罢，便端起高脚玻璃酒杯，从主人座位站起，满面堆笑地说道："马参谋长多年来南征北战，渴饮刀头血，睡卧马鞍心。此次光临必有雄心壮志，一定会为六路军立下汗马功劳！"说着，他把酒杯高高举起，"来，为六路军有了一位好参谋长干杯！"

"干！""干！"……

马本斋把酒杯放在唇边只是轻轻抿了一下，对这位土皇帝的抬举，觉得有点驴唇不对马嘴。暗想：周朝贵毕竟是个老江湖，他话中有话，分明是让我当众发表效忠六路军的誓言，而作茧自缚。哼，哪儿能如此轻率，六路军到底是白是黑，我还没有摸透，怎能上你的圈套。我何不顺水推舟……想到此，马本斋斟满一杯酒，高高端起，说道："诸位贵宾惠然光临，本人感到万分荣幸，听司令部的詹副官向我介绍说，六路军为国为民，乃仁义之师。贵军之风，在座的一定深有体会。来为普天下爱国爱民的仁义之师干杯！"随着一阵碰杯之声。

周朝贵尴尬地喝下这口酒，觉得味道特别的"苦"，而且有苦难言。他揣摸马本斋所说的"为普天下的仁义之师"，明明是对六路军尚存有戒心，但又让人挑不出什么骨头。好家伙！马本斋果然是个人物，名不虚传。但又转念一想，你马本斋在东北军混了十多年，还当上了团长，鬼才相信你是一身清白哩。你张口爱国，闭口为民，还不是在装装场面，挂羊头卖狗肉.我何不用话刺刺他，让他少在圣人面前卖《三字经》。想罢，周朝贵从大菜盘中挟起一片藕，放在马本斋的小菜盘中，说道："马参谋长久历戎行，身居旧军却出于污泥而不染，高洁有如此藕，真乃出类拔萃。佩服，佩服！"

"过奖，过奖。"马本斋说着给周朝贵挟了一块鱼，"周司令率六路军与国军嫡系貌合神离，岂不也是同流而不合污？敬仰，敬仰！"

"噢，噢，哈哈哈……"周朝贵一时再也找不到合适的话来回答马本斋，只好一笑了之。但他还不死心，他想，天下没有不吃腥的猫，好马须得配好鞍。对待马本斋这样的人，只要刻意笼络，多给他戴上几顶高帽，不怕他不上钩。想到此，周朝贵端起杯酒，举到马本斋面前，飘飘忽忽地说："当年刘玄德三顾茅庐，今天我周某人三请马老弟，这可见我周某一片赤诚之心了吧。"说着，他一抬手，"詹副官，把我的传家宝剑拿来。"

"是！"詹德才应声从客厅的屏风后面，取出那把银光闪闪的狼牙剑递给周朝贵，周朝贵手拿狼牙剑笑眯眯地说："诸位同仁，为聊表我周某一片薄意，今天特将这把陪了我三十多年的传家之宝——狼牙剑，送给参谋长做个见面礼。"

宴席厅里顿时爆发出一阵噼噼啪啪的掌声和叽叽喳喳的奉承话。

马本斋接过那把狼牙剑，手按绷簧，"仓啷啷"从剑鞘中抽出宝剑，一道寒光，夺人眼目。他横剑一看，只见上面刻有两行清晰可辨的篆字，方知这把剑是前清道光年间京都所铸。马本斋把剑还匣，又在手中掂了掂分量，说道："周司令不愧为子牙河两岸名士，深谙我们回族人的性格。今后，我将像狼牙剑一样，为国为民，除害斩妖，宁折不弯！"马本斋这几句铿锵有力、落地有声的话，使酒席宴上那些酒足饭饱的贵客们，都感到有一股咄咄逼人的寒气。

客厅上正在划拳碰杯、酒酣兴浓的时候，詹副官匆匆走到周朝贵身边，嘴巴凑到周朝贵的耳朵边小声耳语了几句。周朝贵听罢，立刻颜色突变，对詹副官怒声一喝："你大声向我报告！"

"是！"詹副官像是背书一样陈述道："三连二排的排长周万

有，在饭馆喝完酒少给了饭馆钱，跑堂儿的向他要，他恼羞成怒，打了跑堂儿的一个耳光……"

周朝贵听到这儿，气冲如牛，浑身发抖，猛的一拍桌子，吼道："胆敢败坏我军纪，传令，拉出去毙了！"

"是！"詹德才转身就走。

"慢！"一位八字胡立刻站起身来一拱手说："二排长周万有乃司令的亲侄，他一向遵纪守法，此次念其初犯，望司令三思而行，从轻发落。"

周朝贵余怒未消，把手一摆："事情虽小，却是危害民众之行为，不杀不足以振军威。杀！"

"是！"詹德才转身走了出去。

在座的长袍马褂、西服革履和大背头们，一个个被吓得目瞪口呆；接着窃窃私语起来：

"周司令真是执法如山呀！"

"周万有是他的侄子呀，不看僧面还要看佛面嘛！"

"这才叫大义灭亲呢。"

"有这样的司令何愁带不好军队。"

"……"

在一遍赞颂声中，周朝贵偷眼看了一下马本斋，只见马本斋从容而饮，若无其事，就像没有发生这件事情一样。

周朝贵心想，这个人真是难以捉摸呀。他为了挽回酒兴，又举杯说道："区区小事，不要扫了我们的酒兴。诸位，今晚马参谋长走马上任，我心中特别高兴。来，咱们喝个一醉方休！"

乌烟瘴气的酒宴，一直闹腾到深夜，捧场的人们，一个个喝得酩酊大醉，这才步履蹒跚，作鸟兽散。

马本斋回到宿处，把满心的烦闷都集中在拳头上，他猛的一拳，砸在桌子上，茶壶茶碗被震得跳动起来。三弟进坡也深有感触地说："二哥，这花天酒地的场面，真让人憋气！"

马本斋长长吐出了一口气。

"詹副官把周朝贵吹得天花乱坠，我看他不过是……"

马本斋连忙摆手，没让进坡说下去。随后他轻轻开了房门走出去，在窗前屋后转了一圈，见没有动静，这才回到房子里。

进坡给二哥倒了一杯开水，又把桌子上震倒的茶碗摆好，然后走近二哥，轻声说道："你看酒席宴上周朝贵请来的那些人，哪有一个正派的！一个个说起话来，摇头晃脑的，一看就不像好东西。"

"话先不要说得过早，咱们再仔细看看。俗话说，路遥知马力，日久见人心嘛。"马本斋冷静下来，说话也缓和了。说着把目光落在墙上挂着的狼牙剑上，轻声地自言自语："狼牙宝剑寒光闪，不知赠剑人何如？"

进坡突然像想起方才的事，对马本斋说："二哥，刚才他侄子犯了那么一点小错就军法从事，我看周朝贵的军纪倒是挺认真的。"

马本斋按着马进坡的肩头说："咳呀我的傻兄弟，你以为宴会上周司令下令杀侄子是真的呀！那只不过是演给你我兄弟看的戏罢了。"

"演的是戏？"

"而且是一出丑戏。你想，排长违犯了纪律，由连长处治，大不了报到营长那里就行了；何况周万有是周朝贵的侄子，他们为了讨好周万有，也就是为了讨好周朝贵，肯定会把大事化小，小事化了，根本犯不着把这样一件微不足道的小事报告周朝贵。再者正是宴会时刻，谁敢惊动堂堂的司令官。他们之所以这样做，恰恰说明是他们事先安排的一个小插曲。"

"噢！我明白了。"马进坡使劲拍着大腿说，"演这出戏的目的，就是为了让我们相信六路军对百姓秋毫无犯，军纪严明。"

"对，不过只有傻子才会上他们的当。"

"怪不得在宴会上你好像孔明不理睬周瑜打黄盖，自斟慢饮，不当一回事呢，当时我还真有点埋怨你不通情理呢。"说着，哥儿俩哈哈笑了起来。

笑罢，马本斋对三弟关切地说："出门在外，尤其是生活在这种环境里，凡事都要多长几个心眼儿。老人们常说，害人之心不可有，防人之心不可无呀！"

"二哥，我一定多加小心。"

"好了，天不早啦，快去休息吧。"说着，马本斋顺手拿起放在床上的大衣，"天凉了，拿去盖上。"

进坡就住在外间屋。他也学着二哥，到屋外边转了一圈仔细察看周围动静，然后回到屋里把所有的窗子都关紧，才吹熄了灯，上床睡觉了。

第十三章　夜离狼穴

一晃的工夫，五天就过去了。这天傍晚，只见一匹黑色的高头大马，扬着四个碗大的蹄子，在子牙河岸通向淮镇的黄土大路上奔跑着。黑马的尾巴和身体拉成了一条直线，长有白色头心儿的马头高昂着，时而打着响鼻儿。马背上的年轻人，不断地挥动着手中的马鞭子，尽管大黑马跑得快似旋风，但骑马人还嫌跑得慢，使劲向前倾着身体，好像要从马背上飞出去似的。他，就是马本斋的三弟马进坡。原来，这天早上他奉二哥本斋之命，赶回东辛庄去见母亲，把到六路军几天来的所见所闻，回去禀报母亲；让母亲写一封信，就说她老人家最近身染重病，需要本斋赶紧回家探望，从而借口离开六路军，一返不归。进坡已完成了二哥交给的任务，正在赶回淮镇的路上，不料想又碰上了一件非常意外的事件。此刻，他正扬鞭催马往淮镇赶，迫不及待地去见二哥马本斋。

马本斋刚吃完晚饭，桌上的饭菜还没有收拾。只见进坡风尘仆仆地走进屋来。天气虽然寒冷，他的脸上依然流着汗水。

马本斋见进坡如此情景，心中不觉一惊，连忙问道："怎么，家中出事了吗？"

进坡用衣襟擦了擦汗水，喘着粗气说："没有，家中一切都好……"

"那你先吃饭。"马本斋说着，便把留好的那份饭菜打开，又倒了杯开水，让进坡坐下吃饭。

进坡端起那碗不凉不热的开水咕噜咕噜喝了几大口，由于过猛，水顺着嘴角滴滴答答地流下来。喝完，进坡抹了一把嘴角说："二哥，事情很急，吃了饭就来不及了，还是听我赶紧告诉你。"

"好，说吧。"

"早上我回家去见母亲，把这里的情况全都说了，她老人家和咱们的想法一样，你让她写的信，也写了。"说着，进坡把母亲的信从怀中掏出来，交给了马本斋，又接着说："刚才我从南格营过了渡口，刚要纵马返回淮镇，突然，从渡口北面的河堤外传来一声枪响，而且还夹杂着几声哭喊。我感到这枪声和喊声有些奇怪，便顺着河堤向出事方向赶去，约摸跑了二里路的样子，就隐隐约约看到前面的河道岸边停着三条船，有十几个带枪的，在威逼船上的人。我把马隐蔽在河堤的下面，悄悄走过去，站在一棵大树后面，就听带枪的人骂道：'他妈的，老子是联庄会的，你们偷偷运粮食走私，想坑害百姓，老子不能轻饶了你们，三船粮食全部没收！'这时只听船上的人苦苦哀求说：'老总，我们不是走私犯，我们都是沙河桥附近的农民呀。因为今年四十八村遭了灾荒，眼下他们就要断粮了，这粮食是我们穷百姓们一升一斗凑起来救济四十八村灾民的。'我听到这里，探头一看，你猜那个带枪的人是谁？"

"是谁？"马本斋忙问。

"是咱们司令部的副官詹德才！"

马本斋闻听不觉一愣："你没有看错？"

"扒了皮我也认得他的骨头！"

马本斋气的把牙咬得"咯咯"直响。他在屋子里来回走了几趟，然后转身对进坡说："快，去备马，我要亲自去看看！"

进坡转身就走，可是脚还没有迈出门坎，就又转过身来说："二哥，这样去，太危险，如果你不让他们抢粮，他们翻了脸怎么办？"

"舍不了孩子，套不了狼，我正等着他们翻脸呢！去，赶快备马！"

进坡站着没动，他看着墙上的狼牙剑说："二哥，要不要去报告周朝贵？"

"我想，这事他能不知道？"

"要去，就多带几个弟兄去吧。"

"这里没有咱们可心人。我就不信一个小小的詹德才，他敢把我怎么样？！快，备马来！"

两匹骏马，快如流星。一白一黑，在月色下显得格外分明，清脆的马蹄声，打破了原野的沉寂。马本斋骑在白色的高头大马上，不住地挥动着鞭子，心里想着："连日来，在淮镇所见所闻，一切足以证明，这个地方，不能待，六路军根本不是什么仁义之师。今天这伤天害理的事，如果确是詹德才所为，决不轻饶！"

到了子牙河岸，马本斋从白马上跳下来，站在堤上向岸边看去，只见三条船靠在河边，三船粮食已卸完两船。十多个持枪的人还正逼着老百姓继续卸下最后一船粮食。拿手枪的那个人，嘴里还不住地骂着："他妈的，快点往下搬，谁再他妈的捣蛋，老子就崩了他！我们联庄会是专门管你们这些刁民的！"

这拿手枪的不是别人，果然是詹德才。他穿着一身便服，腰里还系着一条布袋子，看上去，的确像联庄会的打扮。见此情景，马本斋心中已明白了几分。他气愤地高声断喝："詹德才！"

"有！"詹德才被这突如其来的一嗓子给喊愣了，当马本斋走过去时，他才醒过味儿来，忙迎上来向马本斋点头哈腰地说："哦，是参谋长呀，您也来抓走私犯？"

"走私犯？"马本斋盯着詹德才的目光反问，"你怎么知道他们是走私犯？"

"他，他，他们是天津来的富商，要到四十八村来倒卖粮食，牟取暴利。这样的坏商人不打击，于民不利。"

船上的人听到这些话，如同刀扎心窝一样疼痛。一位老头儿跑到马本斋面前说："长官，我们不是什么富商呀，我们是沙河桥附近的老百姓，受穷苦百姓们的重托，在给四十八村的乡亲们送救命粮的。这些粮食是我们沙河桥附近的农民一家一户凑合起来的。我们这一带的姑娘多年来都是出嫁到四十八村去，祖祖辈辈亲上加亲。四十八村今年遭到灾难，我们要穷帮穷、亲帮亲呀！"

詹德才用枪点着老头儿说："大胆的刁商，在马参谋长面前还敢胡说，我他妈崩了你！"

老头拍着胸口向马本斋说："长官，上有苍天，下有河神，我当众盟誓，我的话若有半点虚假，天打五雷轰！"

马本斋看着这些衣着褴褛、说话诚实的船上人，心中早有了几分底，于是转过身去，双眼紧逼着詹德才问："詹副官，你们身穿便服，口称是联庄会的人，用意何在？"

詹德才这一下给问住了，不由得打了个寒战，顿时出了一身冷汗。他正张口结舌，战战兢兢地回不上话时，突然，不知谁大喊一声："看！河里漂来个东西！"

大家闻声向河面上看去，果然有个黑东西顺水漂来。当那个黑东西漂近以后，大家不禁异口同声地喊道："是个人！"声音未落，几个船工应声跳入水中，向那个漂来的人游去。不一会儿，船工们便把那人救上岸来。

这时船上的老头儿，已经从船上取下来一口大铁锅，反扣在岸上，让那个落水人趴在锅底上，挤着肚子往外吐水。水顺着落水人的嘴角往外淌着，过了大约半顿饭的工夫，落水人轻轻动弹，嘴里发出了微弱的呻吟。船上的老头儿连忙把自己的衣服给落水人盖在身上。又过了一会儿，落水人慢慢动了动，便翻身坐在地上。

借着月光，船上老头弯腰向落水人仔细一看，大吃一惊，喊道："啊！你不是南格营渡口的张劳梔吗？"

马本斋和进坡一听，也急忙上前，弯腰一看，果然不错，正是劳梔大爷。马本斋大声叫道："张大爷，你这是怎么啦？"说完紧紧攥住了老人冰冷的双手。

张劳梔望着眼前这一切，好像在做梦。可是，他向前后左右看了看，面前都是熟人。他疑惑地说："我这是在哪儿呀？"

船上老头儿说："劳梔哥，你被救上岸来了！"

张劳梔又看了看大家，然后难过地说："唉，好心的人们，你们救我干啥，让我脱离这不平的世道得啦！"说着就要站起身来。

马本斋轻轻地扶着张劳梔，亲切地说："张大爷，你有啥不顺心的事吗？为啥要走这条道儿呢？"

"你是本斋？"张劳梔使劲瞅着马本斋，悲愤地哭诉道，"我的命好苦啊！今天上午，我正和孙女秀兰在渡口摆船，突然来了三个穿便衣的带枪人，口口声声说是联庄会的，还说是他们的会长看上了秀兰，非要把她抓走。秀兰哭着喊着，说啥也不去。我上前和他们说理，他们反把我痛打一顿。最后，我实在招架不住，可怜的小秀兰就被他们抢走啦。"张劳梔说到这里，又失声痛哭起来。他哭了一会儿，突然想起了什么，对着马本斋说："在那三个穿便衣的人中，有一个很像是淮镇六路军的什么副官。"

"什么副官？"马本斋脑子里马上出现一个熟悉的可憎的形象。"难道又是他？"想到这儿，马本斋立刻转身叫道："詹副官，詹德才！……"

　　马本斋连喊几声，不见詹德才回答。进坡跑上河堤，向四周张望，詹德才连影子都不见。他气愤地骂道："他娘的，跑了！"

　　马本斋站起身来，甩了一下手中的鞭子，恨恨地说："跑得了和尚，跑不了庙，回去再跟这狗东西算账！"随即转身对站在一旁的化装成联庄会的十多个士兵说，"快去，帮乡亲们把粮食搬回船上！"

　　船上的人们，用感激的目光看着眼前这位和蔼可亲的人，暗地里叨念："噢，他就是传说中的马本斋呀！"

　　詹德才自从看到张劳桄被救上岸来之后，知道自己的一切鬼把戏都露馅了，趁着大家正忙着救人之际慌忙溜了。此刻，他正抄小道，拼命往淮镇赶呢。他边跑边想：马本斋呀马本斋，你可真厉害呀！好不容易捞到手的油水，让你给砸了。真是绑鸡的绳子，捆不住大象。既然如此，那就对不起了，我詹德才在周司令面前告你一状，非让你马本斋吃不了兜着走！他正想的得意，突然脚底下一绊，"扑通"一声，闹了个狗吃屎，摔得他半天爬不起来。詹德才摸着他那抽痛的膝盖骨，坐在地上喘了半天粗气，才慢慢站起来，一瘸一拐地向淮镇狼狈走去。

　　马本斋兄弟告别了船上的人们，翻身上马，顺着河堤，也赶往淮镇。两匹骏马风驰电掣般地向前奔跑，突然，前面的高岗处，有一条黑影闪过。马本斋立刻机警地把马缰绳用力往怀里一收，雪白的战马顿时收住了飞奔的四蹄，稳稳地站在土路中间。进坡上前问道："二哥，怎么啦？"

马本斋利索地从腰间"唰"的一声掏出盒子枪，把枪身往大腿上用力一蹭，机头张开，子弹上了膛。随后回头对进坡说：

"我发现前面有个黑影。"

"会不会是劫道的？"进坡说着，也立即取出枪来，紧盯着前方。

两个人正在仔细观察动静，这时从土坡的后面走出一群手拿棍棒的人，嘴里不住声地骂道："你们这些六路军，简直都是土匪！"

"你们天天都化装成联庄会的人来坑害百姓！"

"抓住那个什么副官，给秀兰报仇！"

"打死那个狗副官，给张劳桅报仇！"

"……！"

马本斋听到这些骂声，心里完全明白了。知道是南格营村的乡亲们，为替张劳桅和秀兰报仇，到半路上来等詹德才的。马本斋连忙下马，对进坡说："听声音，你岳父也好像在里边，快去叫住他们。"

进坡把枪收起来，向奔来的人群喊道："岳父，我是进坡呀！本斋哥来了！"

像洪水一样冲过来的人群，听这么一喊，立刻收住了脚步，警惕地一字排开。不一会儿，进坡的岳父王老忠从人群中走出来，走到进坡面前，眯着眼看了一会儿。他说："进坡，原来是你呀。天这么晚了，你们哥儿俩怎么还赶路呀？"这时候，乡亲们也都围了上来。

马本斋看了看站在眼前的乡亲们，就把刚才发生的事情向大家讲了一遍。最后说："我们要立即赶回淮镇，去和狗日的算账！"

王老忠和乡亲们一听，倒有点为本斋哥儿俩担心了。他说："本斋，你们哥儿俩人单势孤，周朝贵人多势众，再说那小子心黑手毒，你们俩人回去，恐怕凶多吉少。"

"是呀，别回去了！"

"君子报仇，十年不晚！"乡亲们七嘴八舌的劝阻马本斋和进坡。

马本斋对乡亲们的关怀，深受感动，说："乡亲们，别担心。眼下我还是他的参谋长，表面上他还不敢把我怎么样。再说秀兰还没救出来呢？"

"倒也是这么个理，可那小子心黑着呢！"

"是呀，姓周的啥事都干得出来！"

"要不然，我们跟你一块儿去淮镇！"

"对，一块儿去！"

马本斋说："乡亲们，请放心吧！咱们子牙河两岸有这么一句话：'为别人掘陷阱，掉下去的正是他自己。'周朝贵就是掘陷阱的人。乡亲们，咱们明天南格营渡口见！"

"千万千万要小心呀！"

"进坡，多长个心眼儿。"王老忠嘱咐说，"千万要保护好你二哥！"

哥儿俩带着乡亲们的深情厚谊，翻身上马。马本斋回头把手一扬说："乡亲们，没有打虎心，难穿虎皮袄，你们就听信儿吧！"说完双腿一使劲，白马像一颗银星，向前飞去。

回到淮镇已是深夜十二点多钟了。马本斋跳下马来，向司令部快步走去。走进司令部的大门，绕过写着一个斗大"福"字的影壁，沿着一条砖砌的甬道，穿过前院，再通过月亮门，便到了司令部的大院。当马本斋刚刚走进月亮门时，就听到周朝贵的卧室内传出了两声女人的尖叫，随后是一阵扭打声，夹杂着女人的哭叫声和骂声。马本斋连忙走到正房客厅门前，正要推门进去，突然玻璃门"哐啷"一声打开，闯出一个披头散发的少女来，几乎和马本斋撞一个满怀。马本斋借着月光，上下打量这个少女。她"扑通"一声跪在马本斋面前，大声哭叫道："本斋大叔，快救救我吧！"

"啊，是秀兰？"马本斋感到又是气愤又是难过。他刚刚把秀兰扶起，就见周朝贵敞胸露怀地瞪着两只饿狼般的眼睛追了出来。他一见马本斋站在面前，顿时目瞪口呆。他慌忙地系着衣扣说："这个丫头，在我家中不安分守己地干活，半夜三更偷偷闯入我的卧室来偷东西，真是可恶已极！"

马本斋冷冷一笑，顺水推舟说："既然如此，这丫头就请司令交给我来严加处置吧。"

周朝贵强作笑脸，口吃地说："好，好，区区小事，也惊动参谋长，那就拜托您啦！"

马本斋回身喊道："进坡！"

"有！"

"把这个丫头带下去！要严加看管！"

"是！"进坡完全领会二哥的意思，转对秀兰说："走！"

进坡把秀兰带走之后，周朝贵把手往屋里一扬："参谋长，屋里请！"

马本斋微微点头，大步走进了客厅。

两人坐下，马本斋开门见山地说道："周司令，我有一事想请教，不知当否？"

周朝贵打着呵欠说："我们之间还客气啥，说吧。"

"我们回民把朋友都是顶在头上的，可是有人踩着我们的肩膀干些不仗义的事，恐怕不行吧？"

"马老弟，有什么事你就直说吧。"

"刚才我在子牙河边看到詹副官抢老百姓的粮食，这个行动周司令知道不？"

周朝贵不由得从太师椅子上猛地站起来，故作气愤地在屋内走了两趟，然后，装腔作势地骂道："竟然有这种事情？詹德才胆敢如此目无军纪，狗东西！"他假装被气得咳嗽了两声。"马老弟，都怪我管教无方，才让这些狗东西们败坏我的名声。明天我周某人一定对詹德才军法从事。马老弟，天色不早了，请先回去休息，明天咱们一起处理这件事。"

马本斋面对这逆来顺说的老狐狸，心想，既然秀兰已被救出，目的已经达到，也不便和他当场争执。就说："周司令一向是执法如山，对这坏事定有主张，明天就看你的啦。"

"一定，一定，哈哈哈……"

"哈哈哈……"

马本斋回到住房，见进坡已给他打好了洗脸水，问道："秀兰呢？"

进坡说："秀兰的舅舅家住在淮镇，我让她舅舅连夜把她送回南格营去了。"

马本斋笑着称赞道："好！"

进坡问道："周朝贵答应明天处置詹德才，皮笑肉不笑的，可靠吗？"

马本斋说："看到狗露出牙齿，不要以为它在笑。"

进坡听后眨巴一下眼睛说："这么看来，他想用处置詹德才来糊弄我们，那我们怎么办？"

马本斋把手一扬，斩钉截铁地说："这个地方不能久待，咱们得立刻离开这个狼窝！"

在马本斋哥儿两个谈话的当儿，詹德才抄小路，跑了一身臭汗，气喘吁吁地赶回淮镇。当他跟跟跄跄地走进司令部大院时，见马本斋住的屋内还亮着灯，寻思马本斋为什么还没有休息？他悄悄地贴近马本斋住屋的窗下，竖起耳朵听听动静。说也巧，刚才马本斋对进坡说的那番话正好被他听到。他不禁暗暗高兴："这句话很重要，报告司令，可以赎回我丢粮之罪。"想罢，脚底抹油，几步就跑到了周朝贵的卧室，轻轻敲了敲门，随着应声闪了进去。这小子凑到周朝贵床前慌里慌张地说"司令，糟了，咱们抢粮的事，叫姓马的发现了。"

"笨蛋！不但这件事让姓马的知道了，就连那个小娘们儿也给弄走了。"

"啊？姓马的竟敢在太岁头上动土！"詹德才小眼睛狡猾地眨巴着，"我早就说过，姓马的和咱们不是一条心，绑鸡的绳子，捆不住大象。"

周朝贵光着脊梁，猛地从被窝里坐起身来："他妈的，老子办事从来还没有栽过跟头，没想到这回弄得我是孙猴子穿汗衫——半截不是人！"

"司令，您可要当机立断呀！"

"我已经给姓马的吃了定心丸，明天再收拾他不迟！"

"司令，刚才我路过姓马的卧室时，正听到他们哥儿俩说话……"

周朝贵一把抓住詹德才的胳膊，急忙问：

"说什么？"

"马本斋说，这个地方不能待。还说咱们这里是狼窝。"

"他娘的，你可听准啦？"

"千真万确。"

周朝贵边穿衣服边说："快，你带弟兄们赶快把姓马的抓起来，先下手为强。”

"是！"詹德才转身就往外跑。

"慢！"周朝贵小声吩咐说，"姓马的不好对付。上次宴席上假杀周万有，我发现姓马的就怀有疑心，这一次千万不要打草惊蛇，要干净利索。"

"是！"

马本斋的卧室早已熄灯了。两间不大的瓦房似乎和主人一起，随着夜神进入了梦乡，里外格外寂静。

詹德才带着一帮亲信士兵，悄悄地包围了马本斋的卧室。詹德才先是在窗下听了听，屋内静悄悄的，估摸是睡着了。于是他带着五个士兵来到屋门口，三个士兵一齐使足了劲，猛地一下踢开了屋门，端着枪冲了进去，大喊："起来，不准动！"哪知喊了两声，不见动静，仔细一看，原来床上空空的。詹德才划着火柴，点亮了桌子上的煤油灯，失望地环视了一下空洞的房间，这才发现正面墙上，挂着那把狼牙剑，旁边用毛笔写着一首打油诗：

> 人面兽心自称贵，
> 子牙两岸一败类。
> 来日走马沙场见，
> 剑影森森诛狐鬼。

当詹德才念到最后一句的时候，周朝贵气势汹汹地闯进屋来。詹德才忙指着墙上的诗说："司令，姓马的还留下了这个，您看这头一句，分明是……"

周朝贵瞪着像牛蛋一样的两只眼睛，气急败坏地号叫道："还要'诛狐鬼'，我他妈先宰了你马本斋再说！"他回身狂叫，"詹副官！”

　　“在！”

　　“带人给我追！”

　　“是！”

　　“抓不到活人，要死尸！”

　　“是！”

　　深夜的寒风发出凄厉的呼啸，天上破碎的灰黑色云块在凝聚着，堆积着，越积越厚，上弦月渐渐钻进了阴沉的云层，大地一片暗淡。

　　马本斋和进坡离开了淮镇，快马加鞭往通向东辛庄的路上驰骋。在路过一片柏林坟地时，隐隐约约听到了女人的哭泣声。马本斋勒马停步，侧耳细听。女人的哭声不断传来，是那样悲惨凄凉。马本斋对三弟说：“深更半夜，坟地里为什么会有人哭？”

　　进坡盯着密林深处的大片坟地说：“这坟地树密草深，听说常常出事。”

　　马本斋摸摸腰间的枪，说：“走，进去看看！”

　　进坡劝说道：“二哥要提防周朝贵派人追赶我们，在这儿耽搁了会误事的。”

　　马本斋坚决地说：“不要紧。坟地里有哭声，我们应当去查看明白。”

　　进坡见二哥坚持要进坟地查看，只好附和说：“也好，看看到底是人是鬼。”

　　这片柏林坟地，约有十亩地的面积，有的地方柏林似墙，浓荫遮天；有的地方荆棘、杂草丛生，不露地皮。不熟悉情况的人，进了坟地，就好比钻进了“迷魂阵”，晕头转向，难辨方向，进去容易出来难。正因为这样，就成了草莽人物出没盘旋之地。相传早年间，曾住过劫囚车的绿林好汉，藏过截"皇粮"的响马英雄。闹"义和团"的时候，平原的贫民百姓也曾在这里聚众练拳，安洪炉，铸刀枪，杀洋鬼子。在这暗无天日的社会里，有的穷苦老百姓，实在活不下去了，也往往到这里来解脱悲惨的生活。因此，对这块坟地有很多神奇、恐怖的传说，什么"坟地里有吊死鬼呀"，"有狐仙呀"……每逢日落天黑之后，就没有人敢从这里经过了。

马本斋和进坡翻身下马，牵马向柏林坟地走去。走着走着，那女人的哭泣声突然中断了。他俩停住脚步细听了一会儿，还是没有动静。于是他们把马拴在柏树上，手持盒子枪，窥测着四周，继续向黑乎乎的坟地里摸去。深一脚浅一脚，一会儿被酸枣树枝挂住衣裳，一会儿脚下边"腾"一声蹿出一只野兔……气氛显得很紧张。但马本斋镇静沉着，巡视前进，突然发现前面的一棵歪脖子树上吊着一个人。马本斋拨开草丛，急忙奔上前去，掏出匕首，把绳子割断，将那人救了下来。过了一顿饭的工夫，那女人缓过气，又呜呜地哭泣起来。这是一个四十来岁的女人，身穿补钉落补钉的青色裤褂。

马本斋瞧着她痛楚的脸色说："大嫂，你何必要寻短见呢？"

那女人只是坐在地上悲声啜泣，一言不发。

进坡也在一旁劝导："大嫂，你别害怕，我们是好人呀，有什么过不去的事，你尽管说。"

"富帮富，穷帮穷，我们也是受苦人，你有什么难处，说说吧。"马本斋的话又和蔼又热忱。

那女人听着这句句掏心窝、字字暖身子骨儿的话，信赖地抬头看了看马本斋和进坡，便轻声哭诉起自己的遭遇来。

原来，这女人是落百庄人，丈夫牛大成在周朝贵家当长工，今年大秋上割谷子时，由于又累又饿，让镰刀割破了手，由此，化了脓，发起高烧来。周朝贵的大管家，不但不给治病，还逼着他干活。牛大成就这样得了破伤风，病情越来越重，没多久，就丢下老婆孩子离开了人间。牛大成在周朝贵家干了半辈子活，他这一死，周家非但不给工钱，还说牛大成欠了他家的账，硬要把牛大成家仅有的一间破房子霸占抵债。这还不够，还要拉这位无依无靠的牛大嫂去周家当老妈子，说是只有这样，才算还清了周家的债。忠厚老实的牛大嫂，哪里经受得住这家破人亡的沉痛打击！孤苦无依，走投无路，一狠心扔下三个孩子，来到了柏林坟地，走了上吊的绝路。

马本斋听完牛大嫂的哭诉，气得火冒三丈。心想："我马本斋的夙愿就是要找条正道；可是，万万没有想到，这次险些又被人利用！为什么像柳林霸、周朝贵那种吃人魔鬼到处都有？！"

正在这时，黄土路上传来一阵急促的马蹄声。进坡机警地拔出枪来，紧张地说："二哥，后面有人来了！"

马本斋按住了进坡扬起的盒子枪，轻声说："别开枪，搞清楚再说。"

马蹄声越来越近了，并且夹杂着喊声："他妈的，快追！我就不信他马本斋能飞上天，老子今天要让他看看阎王爷是几只眼！"那骂声，听得出是詹德才的。只见他领着一队人马从柏林坟地旁边跑过去，不一会儿就消失在黑暗之中。

马本斋收起枪，对坐在地上的牛大嫂说："牛大嫂，穷要穷得硬气，再苦也要挺胸活着。我就不信这个世界总是富人家的天下！"

牛大嫂受了感染，心里也亮堂多了，于是站起身来，感激地说："多亏你们二位救命，真是我的救命恩人呀，请留下姓名吧！"

马本斋说："大嫂，事不宜迟，我们还有别的事。"随即又转对进坡说："你把牛大嫂带上马，把她送回家去。"

进坡着急地说："那你一个人怎么行呢？"

马本斋说："不要再争了。我先到河边去等你，你要速去速来。"

"好。二哥可要多加小心。"进坡说着转身对牛大嫂："大嫂，快上马吧。"

詹德才领着一班士兵，追到子牙河边。河岸上黑乎乎的，一无渡船，二无行人，更无马氏兄弟，只有哗哗响着的子牙河水不停地向东流着。詹德才骑在马上，喘着气骂道："他妈的，追了半天连个人影也没见到，真他妈的见鬼，难道他马本斋会飞？"

一个士兵说："詹副官，马本斋会不会藏在淮镇街的那些回回家里？"

"扯淡！谅他马本斋也不敢！"詹德才用马鞭子顶顶帽檐说。

这时，另一个士兵叫道："报告詹副官，你看，河边上有个骑马的！"

詹德才听了不觉心中一喜，他顺着士兵手指的方向望去，果然河边上有个骑马人。从轮廓上可以看出，那就是马本斋。詹德才小声命令道："谁抓到马本斋，我在周司令面前保荐他升排长，怕死的就当心枪子儿。快，给我追！"

马本斋听到马蹄声，也顺着河边向前奔跑起来。詹德才仗着人多势众，拼命地追赶。追了一段时间，距离越拉越远。詹德才发慌了，他知道：马本斋骑的那匹白马，是百里挑一的，加上他骑术超群，要想追上他是不可能了，于是他边追边下命："弟兄们，瞄准马本斋，把他撂下马来！"

随着詹德才的喊声，"啪啪啪"一串枪响，划破了夜空的寂静。子弹从马本斋上下左右呼啸而过，有的在水中激起一朵浪花；有的落在堤岸上溅起一串烟尘。

马不停蹄，枪声不断。在密集的枪声中，马本斋突然身体一晃，从马背上翻滚下来，落入子牙河，他在水里向上窜了两下，就不见了。

詹德才追到马本斋落水的地方，只有马本斋的那匹大白马昂首仰天长啸着，不让生人靠近。在近岸的水面上，漂浮着一顶帽子。詹德才认出，这帽子正是马本斋的。

他望着子牙河水，得意地说："古人说得好啊，'大江东去浪淘尽，千古风流人物'。没想到马本斋这个风流一时的人物，竟败在我詹某手里。"他回头对士兵们说："去，把水边那顶帽子捞起来，把白马牵上，回去见周司令。这就是马本斋中弹落水、葬身鱼腹的证据。"

马进坡从牛大嫂家出来，听到枪声，知道出了事。他扬鞭催马，赶往河堤。当他到达河堤时，枪声已息了，喊声也停了，只远远看到有一队人牵着那匹白马，消失在黎明前的黑暗中。他意识到这是怎么一回事了，含着悲愤的眼泪，自言自语地说："我一定要找到二哥！"说罢，顺着子牙河边，策马向下游奔去，一面跑，一面目不转睛地盯着河面，不放过任何漂浮物。跑呀，跑呀，不停地跑着，希望的火花在他胸中燃烧。他不停地呼唤着："二——哥！二——哥！……"可是，回答他的，只有子牙河的流水声；他看到的，只有河面上不时泛起的涡流。

东方出现了鱼肚色，寒星渐渐地在天际隐去，雄鸡的报晓声，从子牙河两岸此呼彼应，不时传来。南格营的渡口上，渡船在曙光下开始游动。

进坡完全失望了。他跑得人困马乏,在河岸上的一棵大柳树下停下来,想在树下休息一会儿。他刚把缰绳往树干上一拴,突然惊动了树上的几只黑乌鸦,它们拍着翅膀"呜呀呜呀"地叫着,向远处飞去。进坡望着这不祥之鸟,自言自语地说:"难道二哥他真的就……"想到这,他悲愤的心情,像子牙河的浪涛,一阵阵涌上心头:不,不能就此了结,我得马上赶回东辛庄,把这一切赶快告诉父母,找几个同伴去给二哥报仇!他把刚刚拴在树上的缰绳解开,翻身上马,向南格营渡口奔去。

黑沉沉的云雾,笼罩着大地,东方的天际只露出一窄条蓝天,飘着几片金色浮云,一柱阳光像闪电一样落在子牙河岸上,那几片金色浮云像棉花一样发白发亮。习习寒风吹着平原上无遮无盖的黄土,扬起阵阵灰尘。南格营的渡口上,跑船的、坐船的、做小买卖的、下地拾粪的,都在传送着一个不幸的消息——马本斋让周朝贵给打死啦!这消息伴着清晨的寒风很快传遍了子牙河两岸。

秀兰得救之后,由她舅舅送回家来。这天早上,秀兰急匆匆地从外面跑回来,抹着眼泪对躺在土炕上的张劳桅说:"爷爷,刚才在渡口上听人说,本斋叔他……"秀兰哭得再也说不下去了。

张劳桅见此情景,知道不妙,猛地从炕上站起来,着急地催促秀兰:"快告诉爷爷,到底是咋回事?"秀兰只是哭,也不答腔。爷爷急得从炕上站起身来,走到秀兰身边问:"孩子,有啥事儿也不能瞒着爷爷呀,快告诉爷爷!"

秀兰抹着眼泪,使劲控制着自己的感情,一字一句抽泣着说:"听说本斋大叔为了救咱们,被周朝贵打死在子牙河里啦!"秀兰说到这儿,捂着脸又呜呜地哭了起来。爷爷听孙女这么一说,如同晴天霹雳，猛地跌坐在炕沿上，直愣愣地瞪着两只大眼，半天说不出话来。过了好半天才攥着粗筋暴露的拳头骂道："狗日的周朝贵，你忒狠毒了！只要我这条老命一时死不了，就不信看不到你的好下场！"他转身对秀兰说："孩子，这南格营咱是待不下去了，姓周的不会放过咱们的。走，咱们快收拾一下，搬到东辛庄去。别再发愣啦。"爷俩匆忙收拾了一下，便上了路。

马进坡回到了东辛庄，把马拴在家门口，一步迈进大门，含着眼泪大叫一声："娘！"泪水就像断了线的珍珠，"唰唰"地顺着两颊淌了下来。母亲听到叫声，三步并作两步走出屋来．吃惊地问："进坡，出什么事儿啦？"进坡哭着说："我二哥他……"母亲听到这，一把拉住进坡的手，大步走回屋去。进坡进屋抬头一看，怀疑自己是在做梦，他用手使劲擦了擦眼睛，睁得大大地看去，不错，二哥正坐在炕头大口大口地吃着饭哩。他又惊又喜地叫了声："二哥，你没事儿？"

"活着，周朝贵想让我死，他那是公鸡下蛋——妄想！"马本斋将进坡拉上炕来："快，先吃饭，暖和暖和。"

马本斋递给进坡一个热窝窝头，说："我估计周朝贵这个老贼，还不会轻易相信我死了。为了掩人耳目，我暂时还得找个地方躲一躲，等过了这阵风头再回来。我走后，如果周朝贵派人来找我，怎么对付，我都和娘说了。"

"本斋，那你打算到哪儿去躲呢？"父亲马永长吸了一口烟关切地问。

"我打算到河间城南的五行村梁大哥家。"

母亲赞许地说："你梁大哥可是好人，虽不是咱回回，可他为人厚道，忠诚老实。"

这时，淑芳给进坡盛了碗热腾腾的棒子面粥，接着母亲的话，对丈夫说："你就去吧，只要住在梁大哥家，不会有什么差错的。"

经过合计，这件事就算定下来了，准备天黑之后，马本斋就动身到五行村去找梁满仓去。

第十四章　隐居异乡

夜，静静地，万籁无声。

突然，村东头传来几声狗叫，给宁静的五行村增添了几分凄凉的瘆人的气氛。熟睡中的梁满仓被狗叫声惊醒，披上衣服，半坐在炕上，捻了一锅子烟，"吧嗒吧嗒"地吸起来。正在这时候，听到"哒哒哒"轻轻的敲门声，梁满仓翻身下炕，走到门洞小声问：

"谁？"

"是我呀，梁大哥。"

梁满仓听声音很熟，但一时又想不出是谁来。又追问了一句：

"你到底是谁？"

"大哥，我是本斋呀！"

梁满仓闻听又惊又喜，"吱呀"一声，开了门："本斋，你怎么……"

马本斋转身关上了街门，把手一挡："屋里说。"

梁满仓把马本斋让到屋里，坐在土炕上，点着一盏昏黄的小豆油灯，仔细地打量着马本斋，然后诧异地问：

"哎呀，到处都传说你被周朝贵他们打死了，这，这到底是怎么一回事？"

马本斋微笑着说："周朝贵派詹德才追我，他们人多势众，我单枪匹马，要想逃脱看来不容易了，为了迷惑他们，我就来了个金蝉脱壳之计，假装被他们打中，从马背上滚到河里，一个猛子扎了半里多路，在河边的芦苇丛中悄悄地爬上岸来。……"

梁满仓伸出大拇指称赞说："你略施小计，就把这帮家伙给迷糊住了。好，你就在这住下吧。"

打这，马本斋就在梁家隐居下来。

梁满仓五十来岁，中等身材，粗壮结实，饱经风霜的脸上，长着一圈连鬓胡子，一举一动，都让人看出是个忠厚老实的庄稼汉，梁满仓是汉族人，为什么和马家关系这样好呢？这话说起来可就长了。

十多年前，梁家房南边有一棵大榆树，长得又粗又高又直，可真是一棵好材料，谁见了谁夸奖说："梁满仓就凭这大树，也能由穷变富。"梁满仓听了之后，心里美滋滋的，就更加精心爱护。

离梁满仓这棵大榆树约五尺开外，便是本村大地主梁福堂家的大场院。梁福堂是个有名贪财心黑、一肚子坏水的家伙，凡是他看中的东西，便不择手段，非要弄到手不可。他早就看中了梁满仓这棵大榆树，尤其想到他那八十多的老娘，眼看就快死了，若用这棵大榆树做一口大棺材，那是再好也没有了。

这一天，梁满仓刚刚下地回来，正在屋里吃饭，猛然听到自己的房南边发出"嗵嗵"的响声。他放下饭碗，走到院里，隔着墙头，跷脚往外一看，原来是梁福堂带着几个人，正在刨他的大榆树。这一下子可把梁满仓气坏了，他撒腿跑到大榆树下，冲着手拿水烟袋的梁福堂喊：

"梁福堂，你、你们这是干什么？"

梁福堂深深地吸了一口水烟，然后噘起嘴，细细地吐出一缕白烟，咳嗽了一声，把肿眼皮一翻，说："看你问的，干什么，你不都看见了吗？"

梁满仓气得浑身发抖："你、你为什么刨我的树？你还讲理不？"

梁福堂的肿眼皮慢慢地眨了眨："你这话说的，我梁福堂啥时候不讲理？有理你慢慢讲嘛。"

"我的树你为什么来刨？"

"你的树？说得倒轻巧，你叫叫它，它答应吗？"

"你、你、你别胡搅蛮缠，谁不知道这棵树是我的！？"梁满仓指着来看热闹的乡亲们说："你问问乡亲们！"

"我梁福堂说这树是我的，自然有我的道理，有根有据，你呢？"

"树是我栽的，长在我家的地皮上，还要什么证据？"

梁福堂听到这儿，皮笑肉不笑地问："满仓老弟，我问你，树是先长根，还是先长树干？"

"你这是什么意思？"

"你不是说树是你栽的吗，我问你是先长根还是先长树干？"

"当然先长树根！"

"哎，这就对了，满仓兄弟你是个明白人。"梁福堂说到这儿，把脸一沉，对刨树的人厉声道："给我刨！"

几个人又用力刨起树来。

梁满仓抄起地上的一块大砖头高高举起，大声喊道："不许刨我的树，再刨我就和你们拼啦！"

梁福堂拉着脸说道："树先长根，是你承认的。今天咱打开窗子说亮话吧,这棵树的根,长在我的场院里边,是我场院里的树根,串到你的地皮上长成的树。先有根后有树,是你自己说的,这树是我的还能有错吗?"

梁满仓闻听此言,只气得脸色煞白,张了几次口也没有说出话来,最后气得一跺脚,从嘴里吐出一大口鲜血,"扑通"一声倒在地上,半天动弹不得。经乡亲们抢救,柔了好半天胸口才喘上气来。最后,他喘着粗气,瞪着梁福堂说:

"你不讲理,我到河间城里去告你!"

常言说,衙门口,朝南开,有理无钱别进来。只因为梁福堂在官府里使了钱,梁满仓倒落了个诬告好人罪名,钉镣下狱,整整坐了三年的班房。

刑满后,梁满仓拖着瘦弱的身体,一步一步地到了河间城的南关。南关有一个很大的水坑,周围芦苇丛生,水很深。梁满仓又饥又渴,他来到水坑边,艰难地蹲下,用瘦得像麻秆一样的双手捧起一捧清水,送到嘴边。突然,他只觉得一阵头昏眼花,天旋地转,双目一黑,脑袋一沉,"扑通"一声,栽倒在水坑里……

说来也巧,那天,马永长和儿子马本斋从内蒙包头,为牧主赶了三十匹马,往河南开封送,准备顺路回东辛庄看一看,正路过这里。马本斋骑在马上对父亲说:

"爹,这马都渴了,前面有一个大水坑,咱们过去饮饮马吧。"

父亲在马上手搭凉棚向前看了看,说:"好吧,马渴了,咱人也饿了,到水坑边上去休息一会儿再赶路。"

爷儿俩说着把马赶到了水坑边,三十匹马就像是旱天的鹅见了水,一匹匹争先恐后地挤到水边,前腿踏进水里,把嘴伸入水中,大口大口地喝了起来。

马本斋蹲下身去，洗了一把脸，刚要擦，发现远处的水面上有个黑东西往上一蹿又不见了。他停住手，紧紧盯住那个方向，忽然又冒了上来。"是个人！"他回头便喊：

"爹，你看，有人落水了！"

"啊?！"

马本斋未等父亲反应过来，衣服也没顾得脱，一头扎进水里，向那人游去。他用力地摆动着双臂，不一会儿游到了落水人的脑后，一只手揪住那人的脖领子，一只手奋力地划水，很快地游到了岸边。父亲帮着儿子把落水人架到岸上，抬到一匹马背上，让落水人趴在马背上控水。混浊的水，顺着落水人的嘴角，"哗哗啦啦"地淌了出来。经过一顿饭的工夫，落水人才苏醒过来。这个落水人不是别人，就是梁满仓。

一转眼，十多年过去了。

这次马本斋来到梁家，住在小东屋。每天天不亮就起床，先是打扫院子，再打上两套拳，练上两套剑，等街上开始有人走动了，他便回到小东屋去看书。为了掩人耳目，他从未出过院子，村里的人们，谁也不知道梁家住着一个外来人。

这天一大早儿，东方刚透点亮，梁满仓出来，看见马本斋正在院子里舞剑。他旋转腾跃，挑刺劈杀，动作是那样的干净利落，奔放有力。那剑在他的手中，发出嗖嗖的声响，闪着道道寒光，好像是着意要同那满天的彩霞比高低一样。

梁满仓站在屋门口，看得出了神。"斩尽世界不平！"马本斋大吼一声，举剑向斜上方刺去，那矫健的身影，如同大鹏展翅一般。梁满仓情不自禁喝彩道："好剑法！好剑法！"

马本斋见梁满仓站在一旁，便收住了步法，说道："梁大哥起得好早！""你比我起得更早。"说着，两人走进了小东屋。屋里的小炕桌上放满了书，梁满仓端过一碗开水，放在桌上说：

"你天天看书，可要小心把眼睛看坏了。"

"不会的，梁大哥，你快请坐。"

梁满仓坐在炕沿上，捻上一锅子烟，一边吸一边说："本斋，你是天天练武艺，日日看兵书，莫非你还有什么打算吗？"

马本斋哈哈一笑，说："梁大哥，没想到你还真是个有心人！"

"大兄弟，看你说的，这常言说得好，'风是雨头'，你有什么打算，快给你大哥念叨念叨，让我也高兴高兴。"梁满仓"吱吱"地吸着旱烟。

马本斋放下书，靠近了梁满仓，低声地问："梁大哥，眼下这世道你遂心吗？"

梁满仓把烟锅子往炕沿上一磕，说："唉，兵荒马乱的，财主欢乐穷人愁，遂啥心呀！"说着，又捻了一锅子烟。

"梁大哥，不瞒你说，我闯荡了十来年，就像是个没头的鸟，瞎闯，到处找不到个为咱们穷人办事的地方。我从军两次，两次上当受骗。那些军队都是富人的看家狗，我是看透了，再也不去上那个当了。这段时间在看的书中，我好像是看到了点亮光，陈胜、吴广揭竿而起，黄巾起义，李自成进京，洪秀全创太平天国，都是自己拉起队伍来干，难道咱就不能……"

"咳呀，本斋，这聚众扯旗可是个担风险的事呀！"梁满仓皱着眉头，把烟吸得"吱吱"响。

马本斋在小屋里来回走着，豪爽地说："马要骑，人要闯，生铁不炼不成钢。不要怕什么风险。这些天来，我一直在思谋，咱也得想法子弄个'水泊梁山'，树起杏黄旗，拉起一把子人来，'替天行道',不过,咋个'行道'法,我还没有琢磨透。"

梁满仓说:"你说得倒是在理儿,俗话说,众人捧柴火焰高嘛。"说完就不吭声了,只是闷着头抽烟。这时屋里静静的,只有梁满仓的小烟袋发出"吱吱"的声响。

稍过了片刻,马本斋转过脸来,又对梁满仓说:"梁大哥,我在你这儿住的日子也不短了,我打算今天就回东辛庄。"

梁满仓一听,急忙把小烟袋从嘴里抽出来,说:"本斋,大哥我亏待你了?"

马本斋一笑,说:"大哥对我实心实意。"

"是咱家里的谁慢待你了?"

"大叔,大婶,嫂子,孩子像我的亲人一样。"

"还是呀,那你为什么要走呢?"

"眼下看来,周朝贵确实以为我死了,该回去闯荡了。"

梁满仓不放心地说:"你还是多住些日子,我先到你们村去探听一下风声,回来你再定规。"

马本斋感激地说:"大哥,不用了,躲,只能躲过一时,终归会露馅的。路是靠人闯出来的,只躲着不去闯,一辈子也找不到阳关大道。古人说得好,'纸上得来终觉浅,绝知此事要躬行',什么都得亲身去干。"

"你们这识文断字的人,说法就是多。"两个人正在小东屋里说话,忽听大街上传来喊声:"救火呀,救火呀,梁老六家失火啦!"紧接着是一片慌乱、嘈杂的脚步声。

马本斋和梁满仓急忙跑出小东屋,从院里向外张望,只见村东南角,有处破房子烧起冲天大火。

梁满仓难过地说:"唉,越穷越倒霉,梁老六的房子烧光,他全家可也就没法活了!"

马本斋把梁满仓一拉说："梁大哥，走，咱们也去救火！"

"本斋，我去，你不能露面！"说着，就把马本斋推进小东屋。梁满仓回到院子里，挑起水桶就向村东南角跑去。

马本斋见梁满仓出了门，他随后也跑到院里，找了个水桶，跟在后面，向起火的地方跑去。

来救火的都是些穷乡亲们，他们快步如飞，穿梭往来于水坑和火海之间。

在这忙乱之中，有一个人倚靠在远远的墙角处，嘴角挂着一丝奸笑，幸灾乐祸地看热闹。这人面黄肌瘦，长着一双挂满血丝的肿眼睛；个子不高，背还有些驼，一身破烂衣服，腰间扎着一条细麻绳子。他姓刘，名福祥，是周围有名的酒鬼。有一次他喝醉了酒，躺在大街上，像死狗一般，吃的那些乱七八糟的东西吐了一地。在街上找食吃的母鸡，见了他吐出的东西，便贪婪地争着叨起来。结果其中两只大母鸡给醉倒了。等刘福祥醒了酒，睁眼一看，面前躺着两只大母鸡，高兴得跳起来，说：

"真是'人走时运马走膘'，这两只大母鸡又可以换二斤酒喝。"从此以后，他得了个诨名，叫"醉鸡刘"。

醉鸡刘像是看马戏一样地看着救火的人们，眼都快看花了。忽然，他那双红肿的眼睛睁得老大，自言自语地说："难道真的是他？听说他早就死了。说着，又走近点看了看，把像麻秆儿一样的细长腿一拍，暗暗喜道："不错，就是他，我在淮镇见过，没错！我醉鸡刘真是有福气，想吃东西天上就给掉馅饼，想喝美酒就有人给送钱来。这会儿，我只要到淮镇去给周司令送个信儿，最少也得赏给醉老爷我十斤酒钱。"

醉鸡刘还在想入非非，梁老六家的火已经扑灭了。马本斋和梁满仓，每人挑着一副空水桶向家走去。醉鸡刘远远地跟在后面，眼看着马本斋进了梁满仓家的小东屋。他嘴角上掠过丝狞笑，用力紧了紧腰间的细麻绳，把破鞋提了提，一转身出了村，向淮镇跑去。骨瘦如柴，风能吹倒的醉鸡刘本来跑不了多远的路，可是那无形的赏钱使他迷了心窍，也似乎给他那两条"鸡腿"打足了气，他从早晨到太阳偏西赶了五十里路，终于赶到了淮镇。

醉鸡刘拖着两条像木头棍子似的双腿，在街上晃荡着，当他走到一家酒店的门口，双腿就像是灌了铅，说什么也迈不开步了。那烧酒的香味，就像是小虫子一样，猛往他的鼻孔里钻，他使劲地吸呀，吸呀，恨不得让鼻孔变成一个大桶，把飘来的酒气都装进去。他心中暗想："走吧，赶快去报告，等得到赏钱，来酒店美美地喝个够。"想归想，可是他的双腿说啥也迈不动。最后，他一狠心："先去喝二两再说。"于是，他的双腿顿时像两团棉花一样，飘飘忽忽地进了酒馆。

醉鸡刘果然鼎鼎大名，淮镇的大小饭店、酒馆几乎没有不认识他的。跑堂儿的一见他进了店，赶忙说：

"醉鸡刘，又来了，来几两？"

"先来四两。"

"有钱吗？"跑堂的怕他赖账。

"告诉你说，没有钱咱爷们儿能来吗？"

跑堂儿的给他端来四两酒一盘花生米。

醉鸡刘先是大口地呷了两口酒，然后，用那鸡爪子似的手指头捏起一个花生米扔进嘴里，细嚼慢咽起来。二两酒下肚以后，他的脑袋里开始转起圈儿来。这时跑堂儿的走过来开玩笑地说：

"这一次是不是又卖了两只鸡喝酒来了？"

醉鸡刘呷了一口酒，小眼睛一眯缝，把嘴一撇："告诉你说，老子这一回可发财了，不用说喝四两，就是喝四十斤，老子也喝得

160

起。"说着，"吱溜"又是一口酒。

"你别吹，你那点陈谷子烂芝麻我还不知道。"跑堂存心逗弄。

"告诉你说，这一次不是醉鸡，是醉人啦！""叭"一下子，又往嘴里扔了一粒花生米。

"我可不信你那一套。"

喝得脑袋发晕的醉鸡刘，把跑堂儿的拉到自己跟前，吐着酒臭悄悄地说："老伙计，我发财了。今天早晨，我他妈发现了马本斋，等会儿去向周朝贵一报告，白花花的大洋不就到手了！？"

跑堂儿的不听便罢，一听，不由得大吃一惊，脸色"唰"一下子变白了。这个跑堂儿的不是别人，正是秀兰的舅舅哈秋生。

哈秋生想从醉鸡刘的嘴里套出马本斋藏在何处，好赶快去给马本斋送信。可是，醉鸡刘守口如瓶，再也不说了。

醉鸡刘四两酒下肚之后，脚底下像是踩着弹簧，晃晃悠悠地走出了酒店，向周朝贵的司令部走去。

哈秋生的心上就像是压上了块大石头，暗想："说什么也不能让这个王八蛋去报告，不行就干掉他！"想到此，他回到里屋找了把斧子，藏在腰间，随后，紧紧跟在醉鸡刘的后面，向前走去。小镇子上的行人虽然不多，但是，稀稀拉拉总是不断，找不着下手的机会。又走了一会儿，醉鸡刘钻进了一个胡同，胡同里很清静，没有一个行人。哈秋生警惕地前后左右看了看，见确实无人，他迅速从腰间掏出铁斧，快步跟上去，刚要下手，忽然听到前面一阵杂乱的脚步声，定睛一看，周朝贵的副官詹德才迎面走来。

哈秋生连忙一闪身，躲进了一个人家的门洞里。这时就听到醉鸡刘哑着嗓子叫道：

"詹副官，詹副官，我正要找您老。"

詹德才一看，这么个叫花子似的人，嘴里还不住地喷着臭酒气，马上用手帕捂住鼻子，厉声地问："你是什么人？"

身边的一个随从马上说："副官，他是这一带有名的酒鬼，外号人称醉鸡刘。"

詹德才闻听是这么一块料，转身就走。醉鸡刘忙跟上一步说："詹副官请留步，我有要事向您老报告。"

"滚，你这个破酒坛子，狗嘴里还能吐出象牙来，快给我滚开！"詹德才说完刚一迈步，就听醉鸡刘说：

"詹副官，有关马本斋的事，您不想听就算了。"说完他装着一副神气活现的样子，转身就要走。

詹德才听到马本斋三个字，身上就像被针刺了一下，不由得一哆嗦，急忙一把揪住醉鸡刘问："马本斋怎么样？"

"他还活着。"

"你说什么？"詹德才紧紧揪住醉鸡刘的破衣服领子，像是要掐死他似的。

"马本斋还活着！"

"此话当真？"

"我亲眼所见。"

"他藏在哪儿？"

醉鸡刘向四周看了看，便悄声细语地把他的意外发现告诉了詹德才。

詹德才听完，暗暗叫苦，心想：如果马本斋真的还活在世上，这事传到周朝贵的耳朵里，决不会轻饶自己，轻则撤职，重则杀头。要是让马本斋得了机会，等于放虎归山，也没有自己的香饽饽吃。想到这里，他对身边的随从说：

"快去，把胡班长给我叫到这儿来，让他带上五名弟兄，都骑上马！"

"是！"随从应声去了。

哈秋生没得手干掉醉鸡刘，反而让他骑着马，领着大兵去抓马本斋，又没有听见马本斋躲在什么地方，急得他团团转，这可怎么是好？他想了一会儿，一跺脚，心里说："对，到东辛庄给马本斋家送信去！"主意拿定，便急匆匆上了路。

时间相隔不久，醉鸡刘也骑上了马。瞧那架势，活像猴子骑绵羊。詹德才和五个大兵骑着马，紧紧跟在醉鸡刘的马后，他心里就像开了锅，慌乱不安，暗暗感慨：这个马本斋果然名不虚传，智勇双全。明明是把他打死在河里了，怎么会死而复生呢？奇怪，会不会是醉鸡刘认错了人？会不会是在骗我？不管是真是假，是虚是实，我一定要弄个水落石出，绝不能再让这个名字在子牙河两岸流传！

这时候，醉鸡刘的心，可像开了花，美得比喝二两还得劲，恨不能马上到达五行村。他寻思，这会儿，马本斋一定正躺在梁满仓家的小东屋里睡大觉呢，只要把小东屋的门一打开，他马本斋就成了笼中之鸟，嘿嘿！……他差点儿笑出声来，好像那白花花的大洋钱，正往他的破口袋里装呢。

三星在夜空中眨着眼睛，明明暗暗的银河像条干涸的小溪，高悬在黑暗中。大约深夜一点多钟，詹德才一伙人赶到了五行村。进了村，他命令跟随的人都下马，然后，低声指点说：

"醉鸡刘在前面领路，到了梁满仓家，房前屋后都要埋伏下人，不要有任何动静。如果他马本斋反抗逃跑，就开枪打死他。谁给我放跑了，我当场就枪崩了谁；谁捉到活的，有重赏。行动吧！"

几条黑影，幽灵般地飘到了梁满仓的家门前。醉鸡刘用手指了指院里的小东屋，示意马本斋就住在那里边。詹德才首先派人把守住小东屋外面的后窗户，又派人把房前屋后围住。然后，他自己带着两个人轻手轻脚地爬上了院墙，纵身跳入院中。

正在北屋睡觉的梁满仓，蒙眬中听到院子里"嗵"、"嗵"地响，吓得猛然从炕上坐起身来，隔着窗户往外一看，只见有两个人影正向小东屋慢慢摸过去。他的心蓦地紧张起来，跳得直撞胸腔。他急忙下炕穿上鞋子，三步并作两步跑到了院子里，挡住了詹德才，喘着气问：

"你，你们要干什么？"

詹德才一看，被人发现了，于是警觉地握紧枪，同时向两个大兵打了个手势。那两个大兵，立刻把乌黑的枪口对准了小东屋紧闭着的房门。然后，詹德才对挡在他前面的梁满仓说："告诉你，最近从六路军逃跑了一名罪犯，经查找，就藏在你的小东屋里，你老老实实交出来没你的事！"

梁满仓用健壮的身体挡住小东屋的门说："老总，我们是安分守己的人，哪儿敢藏什么罪犯呀。"

詹德才奸笑着："嘿嘿，安分守己？这年头哪儿有什么安分守己的人。告诉你，老老实实把罪犯交出来与你没有相干，要是知情不报，就小心你的脑袋！"

"老总，上有天，下有地，你们可不能冤枉好人。"

"别他妈扯淡了，你说，小东屋里住的是什么人？"

"是、是、是我的孩子。"

"既然是你的孩子，开门让我们进去看看。"

"老总，孩子有病，半宿拉夜的，就别惊动他了。"满仓说着，死死地挡住屋门。

詹德才把盒子枪一摆，对那两个大兵说："去，开门进去搜！"

"是！"两个大兵持枪正要迈步，猛然听到小东屋里"哗哗啦啦"的有响声，吓得两个大兵停住了脚。

詹德才的心里也发了毛，他心惊肉跳地对梁满仓说："我看你还是放明白点好，不然我们就放火，把罪犯烧死在你家里！"

梁满仓闻听，心中一惊，说："既然老总一定要到小东屋里看个明白，那就请吧！"随后，他对小东屋里喊了声："柱子，把灯点上，开开门，老总要检查。"

话音未落，只见小东屋的窗户亮了，随后就听到小屋门"吱呀"一响打开了，出来的正是梁满仓的大儿子梁柱子。

詹德才顿时呆若木鸡，半天说不出话来。停了一会儿，大声对站在一旁的两名大兵说：

"他妈的，你们在那里愣着干什么，还不快给我进屋里搜！"

两个大兵端着枪，哆哆嗦嗦地进了屋，四下里一看，除了土炕上有一条破被子和一张小破饭桌外，什么也没有了。两个大兵见屋里并无"罪犯"，胆子也就大起来，用枪托子到处乱戳了一阵，好像要找出一个能藏人的地道来。

无巧不成书。其实，马本斋并不知道醉鸡刘告密的事。自从救火回到小东屋之后，又接着原来的话茬儿向梁满仓解释了好半天，这才征得了梁大哥的同意，在当天的下午，告别了梁家，踏上了返回东辛庄的归途。

马本斋在路过坡城村头的时候，太阳已经偏西了。他正大步向前走着，忽然看到路边的一棵大枣树上，贴着一张黄纸。走近一看，只见黄纸上用毛笔写道："天皇皇，地皇皇，我家有个夜哭郎，过路君子念三遍，一觉睡到大天亮。"念完，他不禁笑出声来。

他刚要走，又看见旁边的一棵枣树下，蹲着一个老头儿，愁容满面的，正闷头儿吸烟。

马本斋迟疑了一会儿，走过去，和蔼地问道："大爷，这树上的黄帖子是谁家贴的？"说着，他蹲在了老头儿身旁。

老头儿使劲地"叭哒"了几口烟，眼皮不抬地说："唉，先生，不瞒你说，这黄帖子，是我家的，我们全家像盼星星盼月亮一样，好不容易盼着生了个小孙子。可是这几天晚上总是"哇呀哇"地大哭，怕孩子有什么好歹，这么着，才撒了这张黄帖子，唉！"

马本斋听完，又向老头儿跟前凑了凑，说："我说这话，您老可别生气……"

老头儿见这位陌生的过路人，如此热心和气，于是带着几分感激的心情说："先生，咱庄稼人直来直去，有话你尽管说吧！"

马本斋说："老大爷，这刚刚出生的孩子爱哭有好几种原因，一种是吃不饱，饿得哭；一种是身上有病，因为孩子不会说话，只有用哭来表达；还有一种是孩子睡觉睡反了个儿，白天睡大觉，夜里反而哭，如果大爷回家能弄清楚是哪个原因，就好办了，至于这黄帖子……"

老头儿听完马本斋的一席话，不由得喜上眉梢，把小烟袋往鞋底子上一磕，说："咳呀，莫非你是看病的先生？"

"不，不是，我这也是听人家说的。"

"好，我回家一定去试试。"老头儿说着，站起身来，刚要迈步，又转回身来说："先生，还没问你尊姓大名，你是哪个村的？"

"我是东辛庄的。"

"噢，噢，是马本斋那个村的，可惜马本斋那条硬汉子，死在周朝贵那王八蛋手里啦！"

"那只是传闻，说不定他还活着呢！"

"那敢情好了。先生，你看太阳也落了，天也黑了，你要是不嫌弃的话，就请到我家吃了晚饭再赶路。咱没什么好的，糠面窝窝棒子面粥。"

马本斋感谢地说："老大爷，就不去麻烦你老人家了，天不早了，我还得赶路。"说着，挥手告别了老人，大踏步朝前走去。

这老人，目送着马本斋走去，直到他那高大的身影消失在夜色里，才背着双手，一步一步走回家去。

月亮升起来了，一望无际的大平原，好像是镀上了一层银光。马本斋踏着月色，大步流星地向前赶路，寂静的原野，只有他的脚步声，在"唰唰"作响。多年的军队生涯，练就了一身胆量，这沉寂空旷的夜晚，反而使他感到平静，安详。十八里路不算远，他心想，再过一会儿就可以见到母亲、父亲、淑芳和三弟他们了。他想象着别后重逢的喜悦，不由得又加快了步伐。轻快的脚步，就像是生了风似的。

马本斋正在往前赶，猛然间，从路边的一个破砖窑里传来一声大喝：

"站住！"声音未落，"唰"地蹿出一个黑大汉来。马本斋被这突如其来的不速之客吓了一大跳。他定睛一看，只见这人身高似塔，肩宽如墙，粗眉大眼，手中还紧紧握着一支盒子枪。这黑大汉一个箭步跨到马本斋面前，枪口对准了马本斋的胸膛，大声喝道：

"此路是我开，此树是我栽，要从此路过，留下买路财！"

马本斋听这黑大汉的口气，不禁感到可笑，心想：这个拦路抢劫的人，看来也不是什么内行，把武侠小说的一套陈芝麻烂谷子都搬出来了。好，我倒要会会他，看他有多大能耐。马本斋先是微微一笑，说：

"朋友，你不就是缺钱花吗？"

"少废话，赶快把钱掏出来，要不，我二拇指一动，就送你上西天！"

马本斋从黑大汉持枪的姿势已判断出此人没有什么军事素养。有经验的人持枪，一般是持枪的胳膊呈弯曲状，盒子枪要靠近自己身体的一侧，这样可以防止对方突然把枪抢走或踢掉；黑大汉则不然，他持枪的胳膊伸得直直的。马本斋心中有了数，于是，伸手从衣袋里掏出钱包，往地上一丢，说：

"既然朋友想要点，我只好慷慨解囊，请拿吧！"

黑大汉见了钱包，二话没说，弯腰就去拾。就在这一刹那，马本斋飞起一脚，"叭"地把黑大汉手中的盒子枪踢飞到半空中；跟着，马本斋一纵身，把盒子枪接在手里。啊，原来是支木头枪。

马本斋正在纳闷儿，黑大汉顾不得拾钱包，一转身，来了个"饿虎扑食"，猛地向他扑了过来。马本斋迅速向旁边一闪身，拉开武术架子，抡起拳头，照准黑大汉的后背就是一拳，把黑大汉打了个趔趄。黑大汉回转身来，也抡起拳头劈头盖脑向马本斋砸来。马本斋向后一撤身，飞起右腿，使了个"柳树盘根"的招数，只见黑大汉像半截黑塔似的，"扑通"一声摔出去足有一丈多远，平身躺在地上，半天都没能够爬起来。

马本斋走过去，对躺在地上的黑大汉说："就你这两下子还劫道？笑话，今天你幸亏是碰上了我，算是便宜了你。"说着，他从地上拾起自己的钱包，从中取出两张票子，伸手扔给黑大汉说：

"没饭吃也不能干这一行呀，凭着你这把子力气，干什么挣不了一碗饭吃呀！好了，你走吧。"

黑大汉急忙挣扎着立起身来，紧赶两步说："明人不做暗事，你对我如此宽容，请留个姓名吧，日后定来报恩！"

"区区小事，不值一提。我姓马，叫马本斋。"

"马本斋？！"

"对。"

黑大汉二话没说，向前一步，双膝一屈跪在马本斋面前。

马本斋被黑大汉这突如其来的举动给弄傻了，停了片刻，把黑大汉扶起身来，忙问：

"你是谁呀？礼重了。"

"不瞒你说，我叫马铁男，也是个穷回回，走南闯北，早就听到过你的大名，总想前来找你，后来听说你被周朝贵杀害了。我一个穷流浪汉，上天无路，入地无门，实在饥饿难熬，才走了这条丢人的道儿。万万没有想到，头一回'买卖'就碰上了你……"马铁男说着，难过得流下泪来。

马本斋听着这发自肺腑的话，激动地说："男儿有泪不轻弹，铁男兄弟，你找我有什么事？"

"方圆几百里，咱穷回回都知道出了个马团长，我想跟着你为咱穷回回找一条活路！"

马铁男的话，说得马本斋心里热乎乎的，他上前紧紧握住马铁男的大手说：

"铁男兄弟，你既然信得过我马本斋，就到我们村去住吧，咱们一起闯！"

月光好似弥漫的轻霜，温柔地撒在寂静的平原上。两个人并肩走着，黑大汉瓮声瓮气地向马本斋讲述着自己的身世。

马铁男是北京人，家住在回民聚居的牛街。他十岁上失去了父母双亲，开始要饭。后来在汉民的殡仪馆找了点事干，靠替别人送殡、打丧鼓混口饭吃。稍大点，他又到前门车站一带去拉洋车，起早贪黑地奔波，总填不满肚子。逼得实在没办法了，只好到闹市去卖苦力，到慈善庵去讨粥喝。自己身为一个回民，到处讨吃要喝，真对不起真主呀，哪儿还有脸回到牛街这个回回窝里去呢？他只好在北平城里到处流浪，有时缩在火车站里，有时依偎在房檐下，有时蜷曲在城墙根。后来，他在西直门外北营房找了一间小破屋，总算是安下身来，干起了掏大粪的营生。这北营房原是清朝的兵营，房子低矮窄小，阴暗简陋。清王朝覆灭后，营房无人管理，日趋破旧，许多租不起房子的穷苦人便陆续搬进来。一天，马铁男背着大粪桶正在走家串户地掏粪，忽然看到一个高鼻子、蓝眼睛、黄头发的洋人，紧紧追赶着一位姑娘；姑娘被吓得哭喊着藏进了一个厕所，洋人随后肆无忌惮地追了进去。这时从厕所里传出姑娘的呼救声。马铁男扔下粪桶，拿着掏粪勺急忙跑进了厕所，看见洋人正在侮辱姑娘，不由得气撞头顶，火冒三丈，抢起掏粪勺便向洋人的脑袋砸去，"咔嚓"一声，把洋人砸了个脑浆横溢，当场毙命。于是，他由北京逃到了天津，在三条石小街一家回民馃子铺里当了一名小伙计。由于他个子大，吃得多，人家养不起他，丢了饭碗。万般无奈，这才流浪到了河间，在饥寒交迫的情况下，被迫走上拦路打劫这条道。

马本斋静静地听着马铁男的悲惨遭遇，心里就像是打翻了五味瓶，苦辣酸甜，真不是个滋味。他难受地紧紧握着马铁男的大手说：

"铁男兄弟，咱们都是受苦人，都是穷回回。俗话说：'人穷志不穷'，只要咱立下为受苦人，为穷回回争口气的志，就没有过不去的火焰山！"

"本斋大哥，从此以后我听你的，只要你让我去干，就是上刀山下火海我决不皱眉头！"

他们俩边说边往前赶路，走了一段，忽听前面传来一阵急促的马蹄声，听得出是往这个方向来的。马铁男惊慌地说：

"来人啦，干掉他！"

"慢！"马本斋把马铁男一把拉到路边说，"快，原地卧倒，先看个究竟。"

说话间，马蹄声越来越近，月光下，隐隐约约可以辨认出是一匹马。马本斋心情慢慢平静下来。马铁男从身边摸了一块石头，悄悄地说：

"本斋大哥，等骑马的来到近前，给他一家伙！"

马本斋把腰间的匕首也抽出来，握在手中，轻轻地说："等他走近，你看我的眼色行事！"

"好！"

不一会儿，那人飞马跑到近前，马本斋定睛看去，来人似乎是个女的，身影很熟悉。他正在纳闷，那人快马跑了过来。马本斋一惊，不由得喜出望外，高声喊道：

"淑芳，慢走，我在这儿呢！"

淑芳听到有人叫她的名字，立刻勒住了骏马，回头看时，只见两位高大的汉子站在路边。当她发现其中一个正是她朝思暮想的丈夫时，兴奋地跳下马来，跑到马本斋面前，温柔而关切地问道：

"你怎么在这儿呢？"

马铁男给这个场面搞糊涂了，他看看这个，又看看那个，粗声粗气地问："本斋哥，她，她是谁呀？"

马本斋笑着说："她是我……你快叫大嫂吧！"

马铁男大手摸着自己的后脖子，不好意思地叫了声：

"大嫂。"

淑芳转身问马本斋："他是……"

"他也姓马，叫马铁男，也是个穷回回，患难的弟兄。"马本斋说着把手一摆："走，回家再说。"

淑芳急忙拦阻说："千万别回家，刚才秀兰的舅舅哈秋生来家报信，说是有人到淮镇告密，已带着詹德才到五行村抓你去了。我这是借了一匹马去给你送信，没想到在这儿碰上了你。"

本斋问道："三弟怎么不来？"

"他到藏桥办事去了。"

马铁男不放心地说："本斋大哥，既然人家知道你还活着，肯定不会轻易放过，他们在五行村扑空，一定还会到东辛庄来抓你。"

"这位兄弟说得有理，我看你还是快到别处再去躲一躲吧！"

"躲过初一，躲不过十五。我估计詹德才到五行村抓不到我，不会轻饶告密人的，一来，他会疑心告密人是想骗钱；二来，他怕我真的还活着，一旦风声走漏出去，周朝贵一定饶不了他。他为了捂住这个不可靠的消息，依我看，他不可能到咱们东辛庄。"

淑芳说："那可没准儿。自从你到五行村后不久，詹德才就带了一帮子人来咱们村搜查，一口咬定你还活着。咱爹一把拉住詹德才的胳膊说，走，我领你们去抓他。说着就拉着詹德才出了村，来到了咱马家老坟地，指着一个新坟头说，马本斋就在这里边藏着呢，你们抓吧？说罢，咱爹就大哭大闹起来。这时咱娘也赶到了坟地，哭着向詹德才要人。从这以后，六路军再也没有到咱村来找过你。"她不安地接着说，"这一次詹德才又得到了你的消息，哪儿能不下毒手！"

马本斋安慰淑芳说："别担心，我早想好了，回到家，咱也拉起一把子人来，兵来将挡，水来土掩。这年头，不针锋相对就甭想活下去。"

马铁男把手一挥，说："本斋大哥说得在理儿，就得和狗日的们干！"

淑芳听罢，胆子也壮起来："那咱们就赶快回家吧，爹和娘在家里正着急呢。"

说着，三个人踏着月色向东辛庄走去。

不出马本斋所料，詹德才没有发现马本斋，他从梁满仓家出来，和颜悦色地对醉鸡刘说：

"你不要担心，我想办法一定要抓到他，你的情报很重要，走，跟我回淮镇领赏去。"

醉鸡刘一听，不禁受宠若惊。暗想，詹副官真够朋友，没抓到马本斋，不但没有打骂自己，还要给赏钱。于是，鞠躬如捣蒜，口里不住声地说："感谢詹副官大恩大德。"随即也上了马，跟在詹德才的马后向村外奔去。

大约离开五行村十里路，詹德才让马放慢了脚步，翻脸对醉鸡刘说："你小子害得我一夜没有睡觉，还险些断送了我的前程。你他妈是老寿星上吊——嫌命长了！"

醉鸡刘一听，预感大难临头，连忙苦苦哀求："詹副官，你高抬贵手，饶了我吧。"

"混蛋，饶了你，我就得完蛋。天堂里有的是美酒，你去喝吧！"说着，掏出了手枪。

醉鸡刘吓得魂不附体，大声哭道：

"詹大爷饶命吧！饶命……"

醉鸡刘话还没说完，詹德才一扣扳机，他便应声倒下马去。

詹德才轻轻吹了吹冒着蓝烟的枪口，又用眼角瞟了一下他手下的弟兄，说：

"今天的事就当是没有，谁要是走漏半点风声，看见没有？"他指了指醉鸡刘的尸体，"这就是下场！好了，回去吧。"

五名大兵，像是老鼠见了猫，吓得心惊肉跳，提心吊胆地跟在詹德才的马后返回淮镇。

第十五章　水上的火

一九三七年夏天，碧波荡漾的子牙河和往年一样，自西向东，静静地流着，在东辛庄正南四里路的地方，河道开阔了好多。岸上垂柳成行，河边长满了翠绿挺拔的芦苇，伴着河两岸红的、黄的、紫的和那些不知名的野花，把子牙十八湾装点得格外好看。相传，《封神榜》上的姜子牙，当年曾在这里钓过鱼，子牙河因此得名。

在芦苇丛的左边，水宽波平，一棵大歪脖子柳树，柔软细长的枝条垂在水面上，好像是特意给孩子们安排的一个天然游泳场。

这天晌午，十多个淘气的"光腚猴"，在这里你追我赶，扑腾开了。一个叫石燕的小孩，爬上歪脖子柳的拐脖，猛地一跃，顺手抓着一绺柳树条，身子悬在半空中，荡起秋千；一撒手，"扑通"一声，跳进河里，搅起一团水花儿。不一会儿，他又在河心露出头来，博得了孩子们的一阵喝彩。

当石燕第二次攀上歪脖子柳的时候，听到"嗡嗡嗡"震耳的声响，他爬到高处往西边的官道上一看，只见尘土滚滚，人喊马叫，汽车的屁股上插着青天白日狗牙旗，刮风似的向南开去。

石燕回头向在大堤外边锄地的马本斋喊道："本斋叔，你快来看呀，西边的官道上过队伍啦！"

马本斋听到喊声，停住了手，直起腰来，擦了擦满脸的汗水。身边正在挖野菜的母亲闻声也站起身来，理了理头上的白发，问本斋："听说前些日子日本鬼子攻了什么桥？"本斋攥着锄把子说："攻了卢沟桥。"说着，他把锄头往地皮里一戳，腾出手来，向朝地里走来的马铁男喊道："铁男，咱们到河堤上去看看。"

马铁男自从来到东辛庄，便住在清真寺的里院东厢房里。因为他独自一人，又有把子力气，人也忠厚老实，阿訇就留他给清真寺干些杂活。平时就跟着马本斋家一起吃饭，连成婶子也把这个无依无靠的壮汉子当成自己的孩子，知冷知热，一点儿也不见外。马铁男呢，也把马本斋一家人当成自己的亲人，不知道的，还真以为是一家子呢。他经常干完清真寺的活，就跑到地里来跟马本斋一起干活。这会儿，他刚刚来到地里，就跟着马本斋上了河堤。

马本斋站在河堤上，看着那如丧家之犬，拼命南逃的国民党逃兵们，心中燃起一股怒火：中华民族就败坏在你们这些没有骨气的家伙手里了。

马本斋刚要走下河堤，发现在逃跑的国民党队伍中，窜出十几个兵来，肩上扛着几个长方型的木箱子，直奔子牙河堤。他脑子里忽然闪过一个可怕的念头：不好，他们要炸堤决口！他不顾一切地站在河堤上向地里干活的乡亲们高喊起来："乡亲们！快回村，国民党要炸河堤啦！快回去保护村子！"他回身又对正在河里游泳的石燕和十几个孩子喊道："石燕，快上来，国民党要炸堤了！"

乡亲们闻声，如受惊的羊群，拼命地向村中跑去。

"轰隆！轰隆！……"腐败无能的国民党反动派，为了挡住日本鬼子的追赶，不顾人民的生命财产，果然把子牙河北岸炸了个大口子。温顺的子牙河水呀，破堤而出，顿时变得那么任性，骄纵，横冲直撞，不断吞没着田野和房屋。子牙平川举目茫茫，一片黄汤。

树木的梢头挣扎出水面，摇摇晃晃地好像向人求救，锅、碗、瓢、勺，日用家具，梁檩木料，像断了缆绳的小船，随波漂荡；人的尸首和死了的家畜，被水流冲击得互相追逐着，好似舍不得分开。平地上行船，高屋顶上站满了人，高岗上，走动着一些无衣无食，无家可归的受难者。那些日子，没有落水的人们，有的睡在露天里，有的在树上打一个吊铺。那个情景呀，仿佛倒退一万年，回到了洪荒时代。

马本斋和村里的青年们，把一批批乡亲送上高地铁匠台，他们又踩着水，返回村子接那些尚未逃出来的乡亲们。他一边游着水，一边破口大骂国民党："这些狗日的，不打日本人，专祸害咱老百姓。这口气，咱一定要出！"

马铁男游到马本斋身边说："国民党为啥不打日本？"

马本斋踩着水说："他们的委员长蒋秃头，内战是个老行家，打自己人心毒手狠。对东洋鬼子，他是认贼作父，卖国求荣。"

马铁男问："那该怎么办呢？"

马本斋说："大海终归龙腾跃，深山自有打虎人。国难当头，咱回回不能袖手旁观。"

说着，他们游进了一片枣树林子，在林子里，又碰上了金震河、铜小山十几个青年人。

马铁男扬起手说："震河，你娘让本斋哥背到铁匠台去了，放心吧。"

金震河激动地说："本斋哥，多亏了你。"

马本斋亲切地说："一家人干啥要说两家话，平时又在练拳院一块习拳练武，在这洪水大灾面前，搭救乡亲们，理所当然。"

铜小山说："本斋叔说得好，咱们都是练拳院的，应该是患难之交朝朝有，酒肉朋友一世无。一家有难，众人相帮。"

金震河抹了抹脸上的水，对铜小山说："你这小子是孔夫子打哈欠——还满嘴文气呢。"

铜小山不好意思地说："这是本斋叔平时在练拳院给我们讲的嘛。"

马本斋对大家说："咱们不要在这里磨了，村里还有人，快回去吧。"说着，十几个青年跟着马本斋向村里游去。

村东头，一间将要倒塌的草房顶上，聚集了十多名老人、孩子和妇女。"哗"地一排浪头冲来，把草房顶卷去了一大片，房架"咔嚓"一声被劈成两半。躲在屋顶上的白大妈，一下子被卷进了洪流。马本斋喊了声："快！"马铁男和金震河紧跟着本斋扑了上去，三纵两扑，把白大妈救了起来。

铜小山说："本斋叔，这房顶马上就不行啦！"

马本斋点了点头："咱们得赶快把人转移到铁匠台去！"

马铁男焦急地举目四望，说"本斋哥，这前面是个水沟子，水流得急，这老的老，小的小，蹚水过去容易被冲倒，怎么办呀？"

马本斋看着激流对面的大柳树说："咱们能不能用身体搭座人桥？"

马铁男、金震河、铜小山几个小伙子们，你看我，我看你，琢磨了一会儿，高兴地说："对，搭人桥！"

马本斋转身准备往水里跳，马铁男一把拉住他说："本斋哥，你是我们的头儿，让我下去！"马本斋拉住铁男说："不，我个子比你大，力气比你足！"说罢纵身跃入激流中，游向对面的大柳树。他游到树前，双手抱住树干，然后在水中平伸出双腿："来，小伙子们，抱住我的腿，接上！"

马铁男跃身跟上去，两手紧紧抱住了马本斋的双腿，同时也把自己的腿伸向后方，仰泳在水面上，让紧跟过来的金震河抓住，接着，铜小山又抓住金震河的双脚。就这样，十几个青年人，一个接一个，仰泳在水面上，构成了一道"人桥"。

水流把"人桥"冲成了"S"形，时而从下把"桥"抛起，时而又从上面把"桥"压下去，好像非要把它冲断不可。

马本斋肩抵大树，双臂紧箍树干。粗糙的树皮拉磨着他的胳膊，激流的冲力和十来个小伙子们的拉力，都集中在他的两只胳膊上，使他感到阵阵剧痛。但是他深深懂得，如果此刻自己垮下来，乡亲们就会立刻被激流冲走。马本斋紧咬牙关，把平时练习武艺的功夫，全部聚集在双臂上，用力把树紧紧抱住。

当白大妈、哈大爷、永才叔等乡亲们在其他青年们的帮助下，扶着"人桥"慢慢涉过了水沟激流以后，马本斋已经精疲力尽，一直高昂的头，猛一下垂落水中。但是，他的双臂，却依然紧紧抱着大树，如同一副铁箍，掰也掰不开。

"本—斋—哥！"马铁男在水中抱着他呼喊。

"本—斋！"乡亲们围在他身边呼唤着。

"本—斋—叔！"小石燕流着眼泪在呼唤。

乡亲们的呼喊声，伴随着洪水的冲击声，使马本斋慢慢地苏醒过来。当他看到乡亲们都安全地渡过了水沟，他的脸上露出了欣慰的微笑。

马本斋和青年们扶老携幼，刚要动身往铁匠台转移，猛然小石燕高喊起来："船，一条大船！"

大家回头望去，果然一条大船，向这边开来。

哈大爷展开满带皱纹的脸，高兴地说："这可好了，有救了，真主开恩啦！"

白大妈也擦着激动的眼泪说："主呀，真是善有善报，可来船了！"

说话间，大船开到了近前，只见船上站立着本村的财主黑燕良，因为他心黑手辣，对老百姓又狠又毒，所以人们都叫他黑眼狼。

黑眼狼头戴窄边小草帽，手里摇着一把大折扇，对着乡亲们一拱手："乡亲们，我接你们来啦，快上船吧，我把你们送到铁匠台去。"

乡亲们一看是黑眼狼，又听他这么一说，都犹豫起来。心想，黑眼狼从来也没有这样慷慨过，这次能会真的行善积德来了？

哈大爷心想，甭管他是真心还是假心，先上船再说，于是招呼乡亲们说："乡亲们，既然黑家仗义，开船来接咱们，咱们还愣着干啥，上吧！"说着大家就要上船。

马本斋把手一挥，喊了声："慢着！"乡亲们停住了脚。

马本斋转过身去，对着站在船头的黑眼狼问道："黑先生，如今国难当头，国民党炸河淹了咱们村，谁要想乘机捞一把，发横财，用咱们回回的话说，可没有'依玛尼'①！"

黑眼狼像是挨了当头一棒，皮笑肉不笑地眨着一对小眼说："本斋，你这话可就见外了，天下回回是一家，何况咱们又是一个村的人。我哪儿能大水冲了龙王庙，自家人不认识自家人呢！"

马本斋瞪着锐利的眼睛，那眼神真是看人一眼入骨三分，马本斋看透了黑眼狼的心，便调侃说："黑先生，既然如此，那就把丑话说在前边，我们是什么家底，你都明白，今天你这船我们就白坐了，一言为定！"

黑眼狼一听，慌里慌张地摇着手说："且慢，常言说，住房拿房钱，住店拿店钱，我的船，也不是白来的，坐我的船也得给个本

————————
　　① 依玛尼——信仰的意思。

180

钱吧？"

马本斋步步紧逼："一个人掏多少钱？"

"咱乡里乡亲的，也不能多要，每个人就算二斗粮食。"

"这么便宜，你够本吗？"

"凑合，凑合。"

马本斋把脸一翻，大声吼道："你凑合我们可不凑合！我们再穷再难也有个骨气，你想乘机捞一把，告诉你，办不到！"

"咱们不坐黑家的船！"

"他是趁火打劫！"

"死了让他进'朵斯海'①！"

"……"

马本斋把手一挥："乡亲们，黑家的心长歪啦，让他去找他的二斗粮去吧！咱们穷人有胆量，大水也怕咱，咱们自己蹚水到铁匠台去！"

"对，咱不靠他！"

"咱们自己蹚水！"

"走哇！"

马本斋和青年们，挺着胸膛，扶老携幼，艰难地蹚着齐腰深的水，一步一步地向铁匠台走去。

黑眼狼看着走远的人们，颓丧地蹲在船头上，像晒盖儿的乌龟，缩下了头。

黄昏，电光闪闪，雷声隆隆，一场暴雨即将来临。

马本斋和青年们扶着大伙儿，继续艰难地蹚水前进。

哈大爷边蹚水，边对本斋说："本斋，咱村老的少的们，多亏了你呀！要不是你发现中央军炸堤，咱村的祸就更大了。"

---

① 朵斯海——地狱的意思。

"是呀! 要不是本斋, 这会儿咱不定漂到啥地方去了呢! "白大妈感激地说。

马本斋背着小石燕, 扶着白大妈, 边走边说: "这日本鬼子和中央军, 可真把咱们老百姓糟蹋苦了, 总归有办法治服这帮狗东西! "

哈大爷说: "对呀! 中国的地盘大, 能人多, 说不定什么时候出来一伙儿能人, 为咱百姓们报仇。"

"咱就盼着有这么一天啦! "白大妈带着期待的目光说。

马本斋说: "光等光盼也不是个法儿。依我看, 对付鬼子, 就像行船一样, 不怕风急浪大, 就怕划桨不齐。只要咱们穷百姓齐了心, 甭说是一个日本帝国主义, 再来两个也不是咱们的对手。"

说话间, 一道激流又挡住了他们的去路。

乡亲们, 你看我, 我看你, 最后把目光又都落在了马本斋的身上。马本斋看得出, 这目光充满了对自己的期望和信任。

"本斋哥, 要是有条绳子就好了。"马铁男说。

金震河也说: "扶着绳子走, 就冲不倒了。"

马本斋一听, 这倒是个好主意, 可是, 眼下漫说找条长绳子, 就是找根线头也不容易。

铜小山眼尖, 他指着远处枣树林说: "刚才我发现黑眼狼的船上有绳子。"

马铁男高兴地说: "对, 船上有缆绳, 咱们去把它解来! "

"乘船还二斗粮呢, 用绳子更不行啦, 再说船上有人看着呢! "金震河说。

"想办法引开他。"马铁男说。

马本斋听大家这么一议论, 心里有了底。他把自己的想法向大家说了一遍, 大伙儿异口同声地说: "好, 就按本斋哥的主意办。"

黑眼狼被马本斋碰了个歪脖儿之后，半斗粮食也没有捞到，只好把船停靠在枣树林边，留下五个人看船，自己离开了。看船的人中，有一个外号叫馋鬼的家伙。自从船抛锚之后，他就坐在船头上，甩着钓鱼竿，一直没有抬屁股。其他四个人，躲进了船舱里，推起牌九来。

　　马本斋带领马铁男、金震河，不一会儿游到了枣树林子的南边。三个人耳语了几句，便一个猛子钻进水里，向大船潜游过去。

　　馋鬼正在聚精会神地钓鱼，突然看到鱼漂儿转动起来，馋鬼高兴得喊了声："鱼上钩了!"随后猛地把钓鱼竿往上一甩，果然一条活蹦乱跳的大鲫鱼，被甩到了船板上。馋鬼的嘴角一边流着口水，一边自言自语地说："都说老子馋，其实我是八十岁的婆娘嫁屠夫——有吃的就行。"说着，把鱼钩从鱼鳃上使劲一拽，大鲫鱼翻着白眼，挣扎了两下不动了。

　　馋鬼哪里知道，这条鱼并不是自己上钩的，而是马铁男事先抓住的一条鱼，潜泳到船边，给他挂在了鱼钩上。这是马本斋出的主意，用这个办法吸引馋鬼的注意力。

　　就在"馋鬼"兴高采烈的时候，马本斋从船尾悄悄地爬上了后甲板，刚要去拿那捆缆绳，在舱内打牌的大声问："馋鬼! 谁在后甲板?"分工负责警戒的金震河，听到喊声，握着枣木棍子就要蹿上船来。马本斋立即向金震河摆了摆手。

　　馋鬼听到船舱里的喊声，头也不回地骂道："你们这些耗子养的，一片汪洋，谁会跑到这儿来。你们一嚷，把我的鱼给吓跑啦，他妈的!"

　　马本斋乘馋鬼骂街的时候，拿起缆绳就悄悄地扎进了水里。不一会儿，马铁男、金震河在枣林子的南边与马本斋聚齐。

　　马本斋指挥着伙伴们，把缆绳拉到了激流对岸。可是岸上既无树木也无石头，绳子往哪里拴？

马本斋眉头一皱："来，拴在我身上。"马本斋说着把绳子头绕在了自己的身上。马铁男一看，也喊了声："对，用咱们的身体当桩柱子！"

站在远处的铜小山，见对面绳子已固定好，便招呼乡亲们，抓住绳子，顶着激流，向对岸慢慢走。马本斋和马铁男两双手像两把老虎钳子，紧紧抓住缆绳，四条腿像四根铁柱子插在泥沙中。他们犹如两座铁塔巍然屹立，恶浪打不动，洪水吞不没。

乡亲们扶着缆绳，一个一个地通过了激流，加劲地向铁匠台走去。

铁匠台上，早先到达的连成婶一边照料着乡亲们，一边不放心地问：

"淑芳，本斋到村里去接乡亲们，这么半天了，怎么还不见回来呀？"

淑芳把篝火挑了挑，说："妈，你放心吧，他不会出事的。"说着，她给身边的孩子披了披衣服。

连成婶走到白老庭身边，见他正在给一大群孩子们讲故事，说："他老庭大伯可真是个肚子里能撑船的人，天塌下来也不知道愁。"

白老庭吸着烟说：

"嘿嘿，山越高越有奔头，难越大越有闯头，咱就学当年的老铁匠打官兵抗灾荒，愁啥！？"

淑芳走过来逗趣地说："老庭大伯，你给乡亲们唱段民谣吧！"

连成婶阻拦说："别唱了，还是喊吧，你顺着风喊两嗓子，兴许他们能听见。"

"好，我喊两嗓子。"说着，他用手捂住耳朵喊了起来：

"咳——咳——，往这边来，这里是铁匠台！"

"咳——咳——，我们回来啰！"对面的金震河应声扯着嗓子也喊了起来。

半个月之后，子牙河口子堵住了，河水也逐渐退去。子牙十八村的乡亲们返回了家园。可是，水患刚刚过去，人患——日寇的魔爪又伸进了子牙河两岸，冀中人民又落入了日本侵略者烧杀抢掠的苦海之中！

第十六章　练拳院

经过子牙河两岸人们的搏斗,如狼似虎的洪水总算被制服了。那被洪水冲刷过的土地,就像人得了一场大病,地里的庄稼稀稀拉拉、东倒西歪,到处是一派凄凉景象。

东辛庄和周围的东蔡、西蔡、坡城、沙窝的乡亲们,放水扶苗。虽然地里的高粱、玉米和谷子奄奄一息,但是,乡亲们还是希望从烂泥潭里找出一线生机。

太阳刚刚落入大平原远处的青纱帐里,月亮悄悄地从子牙河岸边的柳树梢头钻了出来。在地里干了一天活的庄稼汉,扛着锄头,沿着长满绿草的小路,向那炊烟缭绕的村庄走去。有的年轻人,还放开粗犷的嗓门儿,唱起了河北梆子,消除这一天的疲劳。

月亮不停地向银河边爬去,她毫不吝惜地把自己满身的银光洒向大地。一马平川的子牙河两岸像是镀上一层洁白闪亮的银粉。

马本斋一家人,正坐在院子里的大椿树下,围着一张小饭桌吃晚饭。马本斋啃着掺糠的窝窝头,吃的是那样的香甜。母亲望着儿子,爱抚地说:"本斋,今儿个干了一天活,够累的啦,再加上前些日子在水里救人又扭了腰，还没有好利落，今天晚上就不要去练拳院练武啦。"

马本斋说："娘，没事儿，再说，我不去，大家会等着我的。这些日子，小伙子们的武功长进很快。"说着，他又转向父亲马永长说，"爹，您会编歌，抽空给我们编一段骂日本鬼子、保卫家乡的歌儿吧。"

这位被人称作"天天乐"的父亲满口答应说："只要你们爱唱，我一天就可以编它个十段八段的。哈哈……"

"哈哈哈……"

人们吃过晚饭后，仨一群、俩一伙儿相跟着，说说笑笑，向村东头的练拳院走去。这练拳院，其实是老瓦匠白老庭的家。为什么大伙儿都叫它练拳院呢？这还得从白老庭的根子上说起。

白老庭今年已经六十八岁，人虽上了岁数，可是他腰不弯背不驼，两腮下留着标准的回族络腮胡子，脸上皱纹虽深，却神情矍铄，两条腿走起路来噔噔有力，说起话来嗡嗡作响。白老庭这个好身板儿，不是平空来的，而是冬练数九，夏练三伏，练就一身好拳脚。庚子年间，他曾闹过"义和团"。后来因为家境贫寒，被逼去闯关东。先是在营口码头上扛大个儿。他性子直，脾气暴，好打抱不平。有一次，一个穷哥儿们，由于肚内无食，扛不动上百斤的麻包，工头就用皮鞭劈头盖脸地把他打了一顿。白老庭实在看不下去了，一抖膀子，扔掉肩上的麻包，过去用铁钳般的大手抓住了工头的手腕和他辩理。疯狗似的工头抽出手腕，二话没说，扬起鞭子就打。白老庭忍无可忍，飞起一脚，踢断了工头的三条肋骨，闯下了大祸。营口是待不下去了，他一气之下，又跑到了抚顺，下矿去挖煤。在一次罢工中，他又打死了一名矿警。在官府的追捕下，他逃进了长白山的深山老林，打猎为生，一晃就是十年。因为上了年纪，又思念家乡，尽管闯了半辈子关东，只混得背着一支猎枪回到了东辛庄。他热心好事，自动把院子清理出来，让村上的年轻人来院里习拳练武。天长日久，人们就习惯地管白老庭的家叫练拳院了。

马本斋是全村男女老少都信得过的人，这会儿，他正带领着村里的马铁男、金震河、铜小山一帮小伙子们在练拳。北屋门前的枣树旁，横放着一个兵器架子，摆着刀、枪、剑、戟等各种兵器，地上还有石担、石锁。几十个年轻人站成一圈，观看马本斋做拳术示范动作。马本斋上身穿一件粗布对襟的小黑褂，下身穿一条青色灯笼裤儿，腰间系着一条半拃宽的蓝色英雄带，脚上穿一双白底黑帮儿的洒鞋，看上去，好不威武英俊。他抢起拳头"呼呼"带风，踢起腿来"咔咔"山响；一招一式刚柔交替，紧紧相连。他先打了一套"五禽戏"中的"单臂熊"拳术。只见他：抗豹斗虎，斜胯推攀；上虚下实，沉稳轻灵；大鹏展翅，腾挪跳跃；肢体下蹲，进行三焦；封拳架掌，两臂如扇；运肢练臂，实步向前……只看得人们眼花缭乱，拍手叫好。本斋抱拳收住步法，气不长出，面不改色。

白老庭说："小伙子们，你们可要好好学着点，本斋这招数才叫真功夫呢。"说着给本斋倒了一碗白开水。

"老庭叔，你快别夸我啦，我的功夫和您比起来，还差得远呢。"马本斋说着，接过水碗，咕咚咕咚一饮而尽，然后对周围的小伙子们说，"老庭叔的单刀练得最好，让老庭叔给练一套单刀好不好？"

"好！"小伙子们异口同声地喊道。

"老庭叔，老将出马，一个顶俩，来一套吧！"

"老庭大爷，教给我们一套吧！"

白老庭乐呵呵地摸了摸花白胡子，抖了抖精神说："好吧，我今天卖卖老劲。"说完，伸了伸胳膊，踢了踢腿，活动活动筋骨。马本斋把闪闪发光的单刀递给他。白老庭走到院子中间，两脚并立，平视前方，左手抱刀，刀刃朝前，刀尖朝上，刀背贴靠前臂内侧，左脚向前上半步，便练了起来。只见他全神贯注，弓步撩刀，插步反撩，转身挂劈，扑步下破……白老庭虽然上了年纪，但是，从他的路数上看，刀法、步型、步法、身段的功夫，仍然不减当年。他越练越有劲，架刀前刺，左斜劈，右斜劈，虚步藏刀，缠头蹬腿……最后来了个并步抱刀，收步鹤立。

顿时，院内响起一阵掌声："好刀法！"

"不愧是当年的老义和团啊！"

"真是气死三国老黄忠！"

马本斋递给白老庭一条擦汗的羊肚子毛巾，然后对大家说："今天晚上咱们先练初级刀术，大伙儿赶快准备好。"

青年们听马本斋一说，个个如猛虎下山，奔向兵器架子，去抄家伙。有刀的拿刀，没有真刀的拿一把木头刀，各就各位，跃跃欲试。

马本斋手抱单刀对大伙儿说："我做一个动作，你们跟着做，要严肃认真，动作要准确，不明白的可以提问，现在开始做。第一个动作叫弓步缠头，右腿屈膝略蹲，左脚向左上步。"马本斋边解释边做动作，小伙子们目不转睛地盯着马本斋，跟着练。

有个小伙子名叫哈少甫，虽然年轻，但看上去，面黄肌瘦，骨架软弱，练了几个招数就呼哧呼哧地直喘大气，笨手笨脚的跟不上趟了，逗得大伙儿嘻嘻发笑。马本斋收住刀对大伙说："练武术要严肃认真，嘻嘻哈哈永远也学不好。常言说，'军中无戏言'，我们学武术也不能够儿戏。下面我们继续练。"青年人们一招一式认真地学着，不一会儿工夫，个个汗流浃背。练完第一段，马本斋对大伙儿说："好了，大伙儿休息一会儿吧。"

白老庭站在枣树下，大声喊着："大碗茶，喝一碗香一个斤头，快来喝吧！"大伙儿听他这么一喊，都哈哈大笑起来。

马铁男端着一大碗开水，坐在马本斋的身边，喝了一大口，抹了抹嘴角说："本斋哥，有句话我不懂。"

"什么话？"

"你刚才对我们说，练武术要严肃认真，'军中无戏言'。什么叫'军中无戏言'呢？"

马本斋笑着说："没想到你这个毛头小子还真肯动脑子。好吧，我就讲讲什么叫'军中无戏言'。"

大伙儿一听，也都拥上来，坐在马本斋的周围。马本斋喝了一口水，把碗往地上一放，开口道："这个故事得从古代著名军事家孙武练兵说起。那是二千多年前的事了。当时吴国的国王听说孙武练兵很有本领，就问他可以训练妇女吗？孙武说可以。于是就从宫里召来许多宫女，其中有吴王的两个爱姬。孙武叫宫女列队持戟，并讲明训练内容和要领。孙武击鼓下令，宫女嬉笑，不按军令去做。孙武三令五申后，再击鼓下令，宫女仍嘻嘻哈哈，如此再三。为严肃军纪，孙武斩杀了被指定为队长的吴王的两个爱姬。之后，再下令，宫女们一点儿也不敢嬉笑，严格按照命令去做了。"

马铁男听完，对身边的金震河说："这个故事怪有意思的。"

马本斋说："光听着有意思不行，咱们虽然不是军队，也算是个团体，我们来这练拳院，习拳练武，认真学会一套本领，说不定打鬼子、看家护村还用得上哩。"

"这话一点也不假"，白老庭赞许地说，"本斋带过兵，打过仗，现在又领着大伙儿学武艺，大伙儿可要抱成团儿，好好学。国有国法，家有家规，练武术有练武术的规矩。"

马铁男粗声粗气地说："没说的，本斋哥怎么领，我们就怎么练。日本鬼子来了，咱们就收拾他！"

"本斋叔，你就领着我们闹义和团吧。"铜小山说。

"对！跟狗日的鬼子干！"金震河说。

"好，太好啦！"大伙儿异口同声地喊起来。

其实，马本斋自从夜出淮镇街，立下杀掉周朝贵为民除害的誓言之后，早就想组织起一帮子人，成立个什么队。一则能看家护村，防备日本鬼子的烧杀；二则有朝一日，出其不意地干掉周朝贵。所以，每逢练拳院晚上练拳的时候，他都有意识地加强纪律训练和抗日报国的引导。

这时，马本斋站起来，一挥手对小伙子们说道："对，当年的义和团很有民族气节，他们从山东打到直隶，从天津杀到北京，把天主教堂给烧了，把鬼子霸占的东交民巷改叫'切洋街'，把御河桥改成'断洋桥'。清朝神机营火器队也奈何不了义和团。义和团的弟兄唱的是'还我江山还我权，刀山火海爷敢钻，哪怕皇上服了外，不杀洋人誓不完'！咱们的练拳院也要像义和团一样，不杀鬼子决不罢休！"

听马本斋这么一说，大家的劲头就更足了，休息了一阵子，又练起拳来。

大伙儿练得正起劲，张劳桅领着秀兰进了院子。马本斋便招呼说："张大爷，您可是练拳院的稀客呀！您怎么来啦，快请坐。秀兰呵，你也来坐下。"

张劳桅走到本斋跟前说："我这老头子也不怕你们笑话，有件事和你商量商量。我跟前只有秀兰这一个丫头，我打算让她跟你来学武术，有朝一日也好杀敌报国。"

马本斋深受感动地说："张大爷，您这番心意我完全明白，不过……"

"不过都是些小伙子，还没有女孩子是吧？"张劳桡数着手指头说："古时候有穆桂英、花木兰、梁红玉这么多女英雄，难道现在咱这女孩子就不如她们？虽说我刚刚搬到咱村来没有多久，可据我所知，女孩子里面也有不少想学武术的"。

秀兰站在一旁，也央求说："本斋叔，你就收下我吧，我一定好好学！"

"本斋大叔，我们也要学！"不知什么时候站到旁边的几个女孩子也叫起来。本斋抬头一看，其中有大兰、玉梅、秋菊。本斋高兴地把手一扬说："好，从今天起，练拳院又增加'女兵'啦！"

张劳桡一听，忙把秀兰的肩膀一按说："快叩头，拜老师呀！"马本斋赶快拦住说："咱们可不兴那一套哇！"说着，大家哈哈大笑起来。

笑声中，马本斋不觉回想起张劳桡和秀兰这一老一少投奔东辛庄的情景。

自从那天一大早儿，张劳桡决定投奔东辛庄之后，便急急忙忙收拾了一下家中仅有的一点儿东西，用半截扁担一挑，抄小路直奔东辛庄而来。由于爷儿俩怕碰上生人，又节外生枝，便连躲带藏的，一直到了太阳西斜才来到东辛庄的村北边。

那天，马本斋吃过晚饭，带上简单的行装，告别父母，乘着天黑去投奔五行村梁大哥家。常言说，"儿行千里母担忧"。虽说五行村才距东辛庄三十多里路，可是在这兵荒马乱的年月，确实使母亲不放心。马本斋已经走出大门了，母亲和淑芳又追出门来，娘儿三个沿着黑洞洞的小街道向村外走去。行至村口儿，马本斋回头对母亲说："娘，别送了，您放心吧，不会出事的，躲过这阵风雨我就回来。"

母亲说："走吧，见了梁大哥替我问他好。"马本斋向母亲深深鞠了一躬，转身就走。就在他转身的工夫，突然发现路旁的半截破墙根儿下面有人影一晃。马本斋立刻警觉地问："谁？"说着便跑了过去。到跟前一看，有两个人依偎在墙根。马本斋又问了声："你们是谁？"

那人低声地说："你是本斋吧？"马本斋奇怪地弯腰仔细一看，原来是张劳桅和秀兰，忙问："你们怎么会到这儿来啦？"

张劳桅站起身来，含着眼泪把事情的经过告诉了马本斋。马本斋回身对母亲说："娘，这就是我向您说过的南格营的张大爷和他孙女秀兰。"

母亲忙走上前去说："他张大哥，可让你们吃苦啦！"然后对本斋说："本斋，天不早了，你走你的，张大哥和秀兰由我们来照顾，这年月，穷人见穷人，就是一家子。"

张劳桅也忙说："本斋，你上你的路，有连成嫂子，我们就算到了家啦！"他回身拉了一把秀兰说："快叫奶奶！"

秀兰羞答答地叫了声："奶奶！"

"唉！真是个好姑娘呀！"

马本斋对淑芳说："你替张大爷挑着行李回家吧。今儿晚上就住在咱家，明天再想办法找个住处。"

马本斋目送着母亲和张劳桅他们进了村口儿，这才甩开大步，踏着月色向五行村走去。

第二天，母亲把自己家两棵柳树锯倒，左邻右舍的也都凑了些毛草和土坯，就在自己家旁边盖起一间小土屋，张劳桅爷儿俩从此就在这儿安家落了户。

马本斋回想到这里，望着张劳桅和秀兰，感到这一老一少很像《打渔杀家》里的肖恩和桂英，不由赞赏地点了点头。

这天晚上，直到三星偏西，练拳院的人们才散了场。

在回家的路上，马本斋陪着张劳桡边走边说闲话："张大爷，这几天在子牙河上捕鱼，网头儿还可以吧？"

张劳桡吸了一口烟说："唉，自从日本鬼子到了咱这块地方，子牙河上也成了他们的天下，小汽船天天在河上横冲直撞，哪里还敢去打鱼呢？"

马本斋骂道："这些狗日的，中国的天上、地下、河里都成了他们的啦，真让人憋气！"

说话间，他们穿过后街，走到了清真寺的大院墙边，张劳桡望着清真寺的大殿说："唉，这年月就求主多保佑咱们吧！"

"求主有什么用，咱们的阿訇们天天做礼拜求主，结果怎样？鬼子还不是天天出来烧杀抢掠！"

"说得也是。"张劳桡听马本斋这么一说，也不知说什么才好，只好默默地吸着烟往前走。绕过清真寺的院墙，来到前街上，又走了几步就到了张劳桡的小屋门口。张劳桡停下脚步："本斋，到屋里坐会儿吧。"

"不啦，张大爷，天已不早，明天还得下地干活，快歇着吧。"马本斋说着往前走去，他绕过张劳桡的房子，来到自己家门口，进了家，刚刚关上大门，还没来得及转身，就听到有人轻轻地敲门。马本斋贴着门缝问："谁？"

"我！"

马本斋听得出，这是本村小学校新来的老师高志轩。于是边拉门闩边说："是高老师吧？"

"是我，你走得可真快，我紧追慢赶还是没追上你。"高老师说着，走进门来。

自从高志轩老师到东辛庄教书以后，他就和马本斋交上了朋友，两个人来来往往，非常亲密。马本斋经常可以从高老师那里听到一些他过去听不到的、摸不透的道理，听了之后，总是觉得心里亮堂，身上有劲儿。马本斋自己也有些纳闷儿，自己走南闯北，知道的事情也不少，可是高老师讲的这些，他自己怎么就不知道呢？

现在，虽然已夜深了，马本斋一见高老师，一天的疲倦，立刻飞到九霄云外去了。他微笑着问高老师："是不是又有什么好消息？"

"走，到院里去谈。"说着，两人走到院里，坐在老椿树下。高志轩说："前些日子我向你讲的共产党发表的《反对日本进攻的方针、办法和前途》，还记得吧？"

"记得，那怎么能忘了呢？"马本斋望着星空，朗诵道，"全国同胞们！平津危急！华北危急！中华民族危急！只有全民族实行抗战，才是我们的出路。"

高志轩庄重地说："对呀！告诉你，我上次给你提到过的毛泽东，最近又向全国人民发表了重要文章……"

"是吗？！快，讲讲！"马本斋说着向高志轩身边凑了凑。

"毛主席在今年八月二十五日发表的题为《为动员一切力量争取抗战胜利而斗争》一文中说：'全中国人民动员起来，武装起来，参加抗战，实行有力出力，有钱出钱，有枪出枪，有知识出知识。'还说'动员蒙民、回民及其他少数民族，在民族自决和自治的原则下，共同抗日'。"

马本斋听着，兴奋地说："唉呀，毛泽东这么看得起我们回民！我们穷回回还是第一次被人看得起呀！"说着，眼里滚动起激动的泪花。

马本斋此时，犹如在茫茫夜海中行船见到了灯塔。他万分感慨地说："我现在越发感到，共产党是个正派的党，说话做事都和咱想的一样。"马本斋的心情极不平静，他望着满天星斗，思绪万千，往事又涌上心头：他在胶东做事的时候，就听说过共产党是穷人的党，他还听说他的师长刘珍年带领师部官佐到芝罘岛军官学校去听共产党员讲过课。可是国民党和南京政府对共产党尽是诽谤和辱骂。真金不怕火炼，树正不怕影斜。现在看来，在这国难当头之秋，被辱骂的共产党才是真正的英雄好汉；自吹自擂的国民党却是丧权辱国、不抵抗日寇的狗熊，他们只知扒河堤，糟蹋老百姓。

高志轩看着马本斋激动兴奋的神情，心中充满喜悦，觉得马本斋的内心蕴藏着一股劲儿。这股劲儿，就像山间小溪，在深谷暗壑中不声不响地积蓄着力量，一旦溢出地面，便勇往直前，会冲决一切阻挡它流向大江大河的障碍。

高志轩又用启发的方式问马本斋："烽火连天，时间不等人，你打算怎么办？"

"你说呢？"马本斋反问道。

高志轩轻声地说："你还问我，你不是已经开始行动了吗！"

"你看得很准，什么事也瞒不住你。"马本斋沉思一下，严肃地说："国家兴亡，匹夫有责。我们回民也是中华民族的子孙，抗日救国义不容辞！我就是想以练拳院为基础，拉队伍，起来和日本鬼子干！"

"你这个想法很好，只要把全村的人们动员起来，组织起来，武装起来，就没有小日本鬼子的香饽饽吃啦！"

两个人越说越来劲儿，高兴得哈哈大笑起来。

这时，母亲端着两碗柳叶茶水，来到面前，说："早就该这样办，俗话说，鬼怪爱欺软骨头，钢铁好汉鬼见愁。人要是齐了心，甭说是日本鬼儿，就是阎王也得现原形！"两个人被母亲的话逗得笑了起来。

高志轩收住笑声，抱歉地说："你看，我们把大妈都给吵醒啦。"

连成婶亲切地说："听你们这么一说，比睡上八天八夜大觉还舒坦呢。高老师，你可是个有学问的人，你多给本斋出点主意。古时候有个岳元帅抵抗金兵，说古比今，你们这青年人也要像那岳元帅一样为国效忠，不能当亡国奴呀！"

高志轩放下茶碗："大妈说得太好了，有血气的中国人，都应当杀敌保国。"

"娘，天不早了，别着了凉，您快去休息吧；我再和高老师说一会儿就去睡。"

连成婶爱怜地瞅了儿子一眼，嘱咐他说："好，我走。天不早了，你们再说会儿也睡吧，明天高老师还得教书呢！"

明月当空，繁星闪烁，照得子牙河波光潋滟。夜风吹动着河水，从岸边传来了有节奏的浪拍声。秋夜显得更加宁静。这一夜，马本斋与高志轩长谈到银河上的繁星悄悄地隐去，才恋恋不舍而别。

第二天，天还没亮，日本鬼子就进了东辛庄，烧、杀、抢、掠，无所不为，整整闹腾了一上午才走。

马本斋看着这被糟踏得不成样子的村庄，心如刀绞。他慢慢地沿街走着，秋风吹着满地的鸡毛到处乱飞，满街扔的都是鸡骨头羊骨头。被打破的水缸往外淌着水，被烧毁的房子冒着浓烟。乡亲们哭泣着，咒骂着。他刚绕过清真寺，就听到后面有人叫他，回头一看是三弟进坡。

马进坡流着泪说："二哥，出事了！"

"怎么啦？"

"咱大哥和几个乡亲让日本鬼子当活靶子打死啦！"

"在哪儿？"

"在村东！"

"走！"马本斋拉着进坡的手撒腿向村东跑去。

马本斋面对倒在血泊中的大哥和乡亲，看着哭得死去活来的家属，他满含着泪水的两眼喷射着怒火，拳头攥得"咔咔"山响。他的耳边回响着高志轩的声音："烽火连天，时间不等人呀，你打算怎么办？"

"二哥，你说怎么办？"进坡抹着眼泪问。

马本斋心想，不能再等下去啦！他望着眼前这血的教训，从牙缝里挤出了几个字："血债要用血来还！"说着，他气愤得抡起拳头，一下子砸在倒塌了的砖墙上，只听"咔嚓"一声，一块整砖被砸成两半。

第十七章　回民义勇队

"沧海横流，方显出英雄本色。"一个真正的革命者，不是因为革命快胜利了才变得革命，而是在那乌云翻滚、反动势力最猖獗之时，便投身革命。马本斋就是在国家生死存亡的关键时刻，举起大刀长矛，竖起报国义旗，拉起农民武装，投入了烽火连天的抗日战争，奔上了真正的革命道路。

在这些日子里，为了成立抗日武装，马本斋穿街过巷，走家串户，和婶子大娘，叔叔大爷，哥儿们兄弟，唠哇说呀，把掏心窝子的话都和乡亲们说啦。他总是说："咱回回有句话，'对恶狗用棍子，对强盗用刀子'。不抗日，日子没法过；不拉队伍，就没法杀鬼子。"他到哪家，哪家便传出欢声笑语；他进哪个院儿，哪个院儿里便回响着慷慨激昂的声音。

这天晚上，马铁男、金震河、铜小山十几个青年，还有白老庭，围坐在马本斋家的大椿树下合计拉队伍的事。连成婶子看大伙对儿子这样信任，十分高兴，她给打来了二斤好烧酒，买了三斤花生仁，大伙儿一边喝酒一边商量保家护村组织队伍的道道。连成婶子也和大伙儿一起合计，而且自告奋勇地说，她要带着淑芳、秀兰和村里其他妇女，为队伍做饭，洗衣服。并答应大伙儿，谁家老人不叫儿子出来抗日，她们就负责去劝说。合计到后来，马铁男说："咱们拉起来的队伍总得有个名儿吧。"马本斋胸有成竹地说："我看就叫'回民义勇队'！"大伙异口同声赞同这个名儿。接着，大家便推举马本斋当队长。他谦虚地说："咱们拉队伍，不是为了当官，是为了保家护庄打日本。大伙儿可不许叫我马队长，比我年龄大的叫我本斋，比我小的还叫我本斋哥。"大伙儿也一口赞同。直到鸡叫头遍的时候，大家方才散去。

这一夜，连成婶子的心就像子牙河的波浪，怎么也平静不下来，她躺在炕上久久不能入睡。心想："这回可好了，咱回回就是应该'冷了迎风站，饿了挺肚行'。眼下兵荒马乱的要拉起回民义勇队，又能保家护庄，又能抗日救国，这再好没有了。"她想着，想着，翻身下了炕，点着小豆油灯，从柜橱里取出儿子几年来未穿过的旧军装，坐在炕头上，拿出针线笸箩，飞针走线地缝补起来。

里屋的马本斋看到母亲屋里亮了灯，便走出来说：

"娘，你还不休息，又缝这旧军装干什么？"

"明天就成立队伍了，你要穿上军装才像样。"

这时，淑芳也走了进来，接过母亲手里的针线活儿："娘，我来。"

马本斋站在一旁，笑了笑说：

"娘，用不着，咱们这是农民的队伍，用不着穿军装马裤，大伙儿都是老百姓。"

报晓的雄鸡，把熟睡的村庄唤醒，新的一天开始了。

全村人盼望的日子终于来到了。一九三七年八月三十日上午，东辛庄的清真寺忽然响起了"咚咚锵"、"咚咚锵"的锣鼓声，同时还不断传出一阵阵唢呐和笙笛的鸣奏声，在这锣鼓喧天、笙笛齐奏的欢乐声中，还不时传来马永长编的新回民歌谣：

高粱红，五谷香，

日寇侵占我家乡，

回族儿女立壮志，

拿起刀枪杀东洋！

子牙河，长又长，

日本鬼子太猖狂，

有志不当亡国奴，

回族儿女拿起枪！

　　乡亲们听着震天的锣鼓，听着悦耳的笙笛，听着可心的歌声，纷纷向清真寺里拥去。有些平时不太好事的老年人，心里好生纳闷儿：一不过"开斋"①，二不过节，大忙的秋头上，又是兵荒马乱的年月，有啥喜事儿呀？于是，他们也向清真寺拥去。

　　清真寺里好不热闹，男女老少，人来人往，特别是练拳院那帮棒小伙子，乐得在人群中穿来穿去。阿訇也不念经了，忙着摆桌子、搬凳子。小学教师高志轩忙着写标语，写了一张又一张——"各族人民共同抗日！""打倒日本帝国主义！""回回青年有志气，拿起刀枪杀日寇！"……

　　白老庭像主人一样，招呼着拥进清真寺来的乡亲们；连成婶领着秀兰、秋菊、大兰几个姑娘手脚不停地张罗着，把准备好的几桶柳叶茶水，分别放在会场的四周；马铁男、金震河、铜小山几个青年人，把高老师写好的抗日标语，分别贴在清真寺的柏树、墙壁和红漆柱子上。这时，白老庭走到马本斋的身旁说："本斋，乡亲们

---

　　①　"开斋"，回族过年叫开斋节。

来得差不多了，开始吧。"

"好！"马本斋环视了一下会场，整个清真寺大院里挤满了人，他迈着坚实的步子，走上了大殿^①的台阶。人们只见马本斋身穿粗布裤褂，罩在头上的羊肚子手巾，后面打了个英雄结儿。阳光下，他那张浓眉亮眼、高鼻梁、厚嘴唇的枣红脸膛，衬托得更加英武精神。他把衣袖挽过肘，挥舞着两只粗大有力的手臂喊道："乡亲们，日本鬼子踏上了咱们国土，妄想消灭咱们中华民族。他们烧、杀、奸淫，无恶不作。难道咱们能像牛羊一样任敌人宰割吗？不能！绝不能！！咱们堂堂的中华民族凭什么让小鬼子欺侮！乡亲们，要想活下去，就得抱起团儿来跟日本鬼子干！愿意跟我马本斋拉队伍的，"说着用手一指，"到高老师那里去报名登记！"

马本斋话音未落，就见马铁男、金震河、铜小山和练拳院的青年们个个举起车轴似的胳膊喊着："我报名！"

"我参加！"

"我愿意和本斋哥一起拉队伍！"

"还有我呢！"

年轻人像子牙河的浪涛，一齐拥到高老师的小桌前，霎时，排成一行长长的队伍。

这时，从人群的最后面，传来了一声沙哑的声音："表哥，我也算一个，我也跟着你干一场！"大家一看，是哈少甫。

马铁男走到哈少甫跟前捅了他一下："喂，少甫，你还是推你的'么二六'去吧！"

铜小山也凑过去瞟了他一眼："算了吧，你练起拳来，像八十岁的老头学吹打——上气不接下气，还能打鬼子？"

哈少甫眨巴着一对小眼睛说："你们别瞧不起人，咱也是桅杆

———————
① 大殿，礼拜的大厅。

顶上挂灯笼——有明(名)的光棍儿!"这句话,说得大家哄堂大笑起来。

哈少甫是河间城关人,他父亲在河间城开了一爿招牌叫"正兴斋"的点心铺,是河间有名的哈老板。作为"正兴斋"少掌柜的哈少甫,还只有十六七岁的时候就已成了河间城的风流人物。有一年正月十五到东关戏园子去看戏,他不穿回族的袍褂,摘掉头上的回回帽,换上了时髦的洋服,戴上黑眼镜,一顶带着绒球的白羊毛帽子歪扣在脑门儿上,尽管冻得像只狗熊,还不时地在戏园子里的姑娘群中钻来钻去。平时,哈少甫和城里别的富家子弟整天鬼混在一起,东游西逛、吃喝嫖赌,是河间城典型的纨绔子弟。自从"七七事变"之后,河间城里的有钱人四散逃难,他家的"正兴斋"也闭板关门,哈少甫来到了东辛庄避乱。因为他姥姥的家和马本斋的姥姥家是邻居,拐来拐去,便成了八杆子打不着的回回罗圈亲戚,所以,哈少甫管马本斋叫表哥。

马本斋一看哈少甫也要报名,便说:"咱们拉队伍,是为了打日本,可不是为了享福,这个苦你能吃?"

"表哥,我也是个五尺高的汉子,别人能蹚水,我也能过河,打日本我能不算一份?"

乡亲们纷纷把自己家里珍藏多年的长矛、单刀、拐子、流星,还有打兔子用的火枪,都献了出来。

白老庭拨开人群,举起一支猎枪向马本斋说:"我在关东闯荡了半辈子,只落得这支家伙。过去我在长白山里用它打虎打狼,如今把它献出来打鬼子!"

金震河的父亲领着孙子小宝,走到马本斋跟前说:"本斋,咱家没别的,就是有人,我们祖孙三代,都参加义勇队,跟着你打鬼子!"

马本斋激动得紧紧握住了震河爹的手。

自从回民义勇队成立以后，每天晚上，马本斋都把队伍集合在本村的小学校的教室里，让高志轩老师给义勇队的队员们讲抗日救国的道理。

马铁男把教室里一盏马灯点亮，义勇队员们三三两两、说说笑笑地来到教室，他们有的拿着长矛，有的扛着大刀，有的背着火枪。金震河用衣袖擦了擦大刀说：

"别看咱们使的都是这些家伙，可是经本斋哥一训练，还真像个大队伍哩。"

"告诉你，这就叫作好铁靠千锤，好钢靠火炼。"铜小山说着，蓦地一下从座位上站了起来，做了个猴拳动作。这一下可把大伙儿给逗乐了。

"什么事啊，这么高兴！"马本斋说着和高志轩从里屋来到教室，欢腾的教室里顿时安静了下来。高志轩走上讲台和蔼地对大家说："今天晚上，咱们再学一支歌子。"他回身在黑板上写了五个大字：《抗日出征歌》。

"下面我唱一句，大儿伙跟着唱一句。"说着，就带头唱起来：

全国动刀兵，一齐来出征。
城头上站着两位大英雄，
威风凛凛是哪个？
朱德、毛泽东。

这支歌子，义勇队员听起来很新鲜，学唱很认真。这高亢有力、雄壮浑厚的歌声，像子牙河的流水，沁入每个人的心头。

正当大家唱得起劲的时候，突然，连成婶慌慌张张地跑进来，对马本斋悄悄地说："本斋，不好啦，村外来了一队汉奸，听说是来抓高老师的，还说高老师是什么共产党。"

坐在马本斋身边的几个队员，听连成婶这么一说，都"呼"一下站了起来，顺手抄起随身带的长矛和大刀。

马本斋说："马铁男，把队伍带到院子里去，准备和狗日的们干！"

"慢！"高志轩一把拉住了马铁男，回身对本斋说，"本斋，不能和汉奸们硬干。咱们回民义勇队刚刚成立，正在训练时期，硬拼对咱们不利，一来暴露了这个刚刚成立的武装，二来容易吃亏。"

"那怎么办？"马铁男问。

"是呀，时间紧迫，快想办法吧！"母亲担心地催促着。

马本斋略一思索说："高老师，既然他们是来抓你的，今天他们抓不到你，明天还会来，决不会轻易放过你。看来，我们这个村你是待不住了，我看你还是暂时离开这儿，到外边去躲些日子再说。"

高志轩的脑子里在急速地考虑着，他想：不能因为我一人连累了刚刚诞生的回民义勇队。于是便果断地说："好吧，暂时先离开大家，过些时候我再回来。"

白老庭说："志轩，从子牙河上走，又快又保险，子牙十八湾我最熟悉，我送你！"

白老庭的话音刚落，村西头传来了几声零乱的枪响，狗也"汪汪汪"地狂叫起来。

马本斋忙拦住高志轩说："出不了村了，情况紧急，还是先躲躲。"

连成婶把高志轩一拽："走，跟我来！"

马本斋对队员们说："大家赶快回家隐蔽起来，没有我的话，谁也不能乱动。"听了马本斋的话，义勇队的队员们迅速散去。

连成婶把高志轩领到了自己家，立即把他安顿在西厢房里。这是前几年马永长和大儿子马守朋种地时当作牲口棚用的房子，屋子里只有一个破马槽和一垛谷草，常年无人进来，不引人注意。

高志轩进了屋，马本斋用草垛把他掩蔽起来。这时，就听小学校附近狗吠声和人喊声乱成一片。十多名汉奸在学校里溜溜地折腾了一夜，什么也没抓着，最后骂骂咧咧地走了。

高志轩在马本斋家躲了一整天。马本斋在这一天里，村东村西，村里村外，巡风探信。母亲更是一步不离家门，坐不安，立不稳，生怕高老师有个差错。她坐在门口土坡上，纳着鞋底，高志轩初来东辛庄的情景，渐渐出现在她的眼前。

那还是去年的秋上，高志轩来东辛庄当小学教员。他约三十来岁，高高的身躯，略显消瘦，五官端正的脸上，一双不大不小的眼睛炯炯有神，透露出聪慧。他上身穿一件蓝立领学生装，下身穿一条灰布裤子，显得斯文而又精明。初到庄上，人们以为他是个一般的教书先生，还不也是酸溜溜的，跟庄稼汉可不是一路人，只是对他敬而远之。没过多久，发现他不光书教得好，待人也和气，特别愿意接近穷乡亲。他常利用课余时间，帮助乡亲们写信、算账、调解纠纷，凡是乡亲们求到他的事情，他都一一应承。这样常来常往的，乡亲们都拿他当自己人看待，不再见外了。特别是庄上这帮小伙子，晚上除了去练拳院跟马本斋学拳，便是到小学校来听高老师讲故事。他们管这叫长见识。连成婶很喜欢这个又和气又正直的读书人，常常给他缝洗衣服，照料他的生活。高志轩也常到马家来，有时他饿着肚子，一推门就喊："连成婶，我还没吃饭哩。"

连成婶马上给他做饭，碰巧还给他炒个鸡蛋，烙一张饼。连成婶简直拿他当自己的儿子一样看待。这样好的人，哪能眼瞅着让那帮坏蛋抓去！她也曾听说过，河间城里杀过共产党，还贴告示，说共产党杀人放火。可是据她所见所闻，杀害人民的倒是这些鬼子汉奸，而被杀的都是些精明强干的青年学生和老老实实的庄稼汉。……这一天，连成婶想了很多很多。

天黑了，马本斋和母亲把高志轩领到上屋，照顾他吃完晚饭，便悄悄领着他向子牙河边走去。来到河边，等候在那里的白老庭，解开系在芦苇丛中的小船说："志轩上船吧。"

这时，连成婶将一件粗布褂子披在高志轩的身上，顺手递给他一个小包说："孩子，这几个窝窝头，带着路上吃。"

高志轩激动地握了握马本斋的手说："义勇队要坚持斗争，胜利一定会到来，咱们后会有期。"说着一抬腿跳上了小船。

马本斋走前几步，扬扬手说："一路顺风，多多保重。"

白老庭用篙往水上轻轻一点，小船像箭一样，霎时射进了密密丛丛的芦花荡里。

第十八章　初战告捷

深秋的早晨，太阳揭去了子牙平川上沉沉的雾霭，给辽阔的原野披上了一层灿烂的金光。

在东辛庄的村南柳树林里，出现了一群神出鬼没的人。他们一忽儿跳入沟中，一忽儿躲在树后，一忽儿趴在地上，一忽儿匍匐前进……正当这些人弯着腰悄悄向村内摸进的时候，突然从一棵大树后面传来一声吆喝："站住！"应声从大树后闪出一个人来，这个人便是马本斋。原来，这是新成立的回民义勇队，正在进行军事训练，训练的科目是如何占领有利地形。

马本斋喊了声："集合！"七十名队员像小老虎一样，立刻精精神神，齐刷刷地列队站好。马本斋站在队列前，从队列的排头看到队尾，用严肃的目光检查着每个队员的神态之后，喊了声"稍息"，便讲起话来。他说："刚才咱们练习占领地形，每个队员都很认真，要想打日寇，就得这样。只有会利用地形、地物，才能保存自己，消灭敌人。不过，有的队员动作做得不准确，容易暴露目标；暴露了目标就有被敌人打死的可能。我给哈少甫纠正过几次动作啦，可是他还是改正不好。我再讲一遍，如果还有人做错动作，我可就不客气啦。听到没有？"

大家齐声回答："听到啦！"

这时，被派到河间城里去侦察的马铁男回来了，他在马本斋耳边轻轻说了几句什么。马本斋回身对全体队员们说："今天早上我们就练习到这里，解散后赶快回家吃早饭，站岗接班的队员不要忘记去村外换岗。解散！"

队员们拍着身上的土，说着，唱着，笑着，回家去吃饭了。

根据马铁男侦察到的情报，明天拂晓，驻河间的山本联队，有一辆军用卡车从河间开往沧州，上面运有枪支和弹药。马本斋得知这个消息，真是高兴极了。因为七十人的回民义勇队，用的都是些大刀、长矛和打兔子的火枪，真正的钢枪没有几支。要想抗日杀敌，不夺取武器是不行的。于是，马本斋打定主意，把小队长们找来，开个"诸葛亮会"，研究一下作战方案。

自从成立了回民义勇队，白老庭的练拳院又多了一个名称，那就是"会议室"。晚饭后，小队长们都陆陆续续地来到了"练拳院"，有的蹲在地上，有的坐在炕上。马本斋见人已经来齐，便把要去伏击鬼子汽车的打算跟大伙儿讲了一遍。最后他向队员们说："今天晚上，哥们儿、弟兄们都打开'智宝囊'，出谋献计，看明天这一仗如何打？"屋里，几只烟袋锅喷出来的烟雾，像是朵朵白云在滚动着，烟草味儿充满了整个房间。大家各自想着主意。

会场上静了片刻，白老庭磕了磕烟灰，慢条斯理地说："当年闹义和团，杀'洋毛子'，咱们用的就是长矛和大刀，武器虽差，可是天时、地利、人和咱们全占了，还常常是出奇制胜。现在咱们打东洋鬼子，也还得用这个'奇'字。"

"老庭大伯，你说的这个'奇'字，是咋个奇法呢？"金震河好奇地问。

"你这小子，光动嘴不动脑子，我要是能摆出'八卦阵'，不就

209

成了诸葛亮了吗！”

大伙被白老庭的话逗得哈哈大笑起来。

就这样，你一言我一语，大家献计献策，一直商量了半宿，伏击敌人汽车的计划终于定下来了。

月亮爬上了铁匠台，照得子牙河一片光亮。夜深了，村里的小胡同里还奔走着繁忙的回民义勇队的队员。伏击鬼子汽车的战斗动员传达后，队员们兴奋得谁也不愿去睡觉，都为打好这一仗，连夜做着准备。

第二天拂晓，晨雾弥漫，秋风萧瑟。从河间通往沧州的公路上，果然开来了一辆大卡车。在司机篷里，司机的身边坐着一个汉奸小队长，他两只小三角眼，不时地窥视着公路两旁，好像要发现什么似的。车厢里，坐着五名汉奸，他们坐在弹药箱子上，怀里抱着“三八”大盖儿。由于汽车的颠簸，五个汉奸都眯着眼睛打起盹儿来。

在黄土公路上奔跑了一阵，因为路面坑坑洼洼得越来越不平，汽车只好放慢了速度。当汽车拐入一段两边长满了灌木丛的路面时，突然，好似平地一声惊雷，火枪土炮从两边的树丛中猛烈地向汽车射来。车上的敌人被这突如其来的袭击惊呆了。话又说回来，杀牛用宰鸡的刀子不行，没有杀伤力强的武器，只凭火枪土炮，怎么能打坏汽车呢？鬼子的汽车没有被打中要害，还是急速地开跑了。

实际上，马本斋事先就估计到了这个情况。因此，正当汽车飞速逃跑的时候，突然，从路旁又蹿出一辆马车来，“嘎”地停在了公路中间，挡住了汽车的去路，赶车的是马铁男。

这时，马本斋喊了声：“冲呀！”义勇队的队员们，如下山猛虎，出水蛟龙，从树丛中一跃而出，狂喊着向汽车冲去。只有瘦猴似的哈少甫胆怯地慢慢从一个水沟里爬起身来，远远跟在大队人马的后面气喘吁吁地向前追着。

吓掉了魂儿的敌人，为了逃命，猛地一打方向盘，汽车从马车的一旁撞倒了几棵小树，狼狈地朝前蹿去。

马本斋追到近前，望着逃走的汽车，骂了声："他妈的！"心想：送上门来的点心，说啥也不能让它从嘴边溜掉！他把手一扬，"唰"的一声拔出背后系着红缨的大刀片，一个箭步蹿到马车旁，"嚓嚓"两刀，砍断了马缰绳，双脚一跺，"噌"地一下子跃上马背，两腿一夹，枣红马像出弦的箭，向前冲去。汽车上的汉奸慌乱地向马本斋射击着，子弹从马本斋的上下左右呼啸而过。

马本斋望着狂逃的汽车，心想：应当设个圈套来迷惑敌人，于是他在敌人密集的射击下，突然来了个"镫里藏身"，把整个身体贴在了马肚子的一侧，好像是被子弹击中，要倒下马来。车上的敌人见了，高兴地狂叫着："打中了，打中了！"另一个汉奸喊道："再给他一颗手榴弹，送他回老家吧！"说着，随手扔出一颗手榴弹。"哧哧"冒着浓烟的手榴弹刚刚飞过来，还没有落地，马本斋顺手一接，猛一挺身，骑上马背，顺势一甩手，把手榴弹又向敌人汽车扔去。只听"轰"的一声，手榴弹不偏不倚正好在汽车头前爆炸了，顿时汽车就像个大乌龟，趴在浓烟烈火中不动了。

这时，七十名义勇队员已追上来把个破汽车团团围住，那几名吓瘫了的敌人，被几个队员上去三刀两矛，就给结果了性命。

马本斋跳下枣红马喊道："赶快抢出武器，不要被火烧坏了！"经马本斋这么一喊，才提醒了只顾高兴的队员们，大家七手八脚地扑灭烈火，把车上的武器抢下来。经过清点，一共得了十八支"三八"大盖儿，五支盒子枪，几百发子弹，几十颗手榴弹，还有一部分被服。队员们拿着"三八"式，你传我，我递给你，互相传

211

看着，好不快活。

马本斋抹着脸上的汗水说："弟兄们，这是咱们第一个胜仗，回去之后，咱们还要加紧练兵，争取打更多更大的大胜仗，有没有信心？"

"有！"

"快晌午了，大伙儿扛上新得来的家伙，排好队，把步子走整齐点。回村让乡亲们高兴高兴。"马本斋指点说。

"本斋哥，这汽车怎么办？"马铁男在一旁喊道。

马本斋看了看趴在路中间的汽车，手一挥："烧掉它！"

金震河惋惜地说："这比咱们拉粪车可棒多了，把它弄回去就好了。"

经金震河这么一提，大伙儿一齐向汽车望去。铜小山眼睛转了两下："咱们套上牛把它拉回去！"大伙儿异口同声："好，这个主意好！"马本斋看到大伙情绪高涨，笑呵呵地说："铁男，你去牵牛。其他人排好队。"

万里无云，艳阳当空，义勇队员们排着整齐的队伍，向绿树环抱的村庄走去。

胜利的消息，就像是一阵春风，霎时传遍了东辛庄。男女老少奔走相告，街头巷尾，笑语连天。他们从村庄的各个角落汇集到清真寺的后街上，又一齐向村北路口涌去。乡亲们分别站在路口的两边，朝着胜利归来的回民义勇队，欢呼跳跃……

连成婶带领着秀兰、秋菊、大兰几个姑娘，抬着几桶柳叶茶水，来慰问自己的队伍；白老庭和张劳桅给队员们准备好了洗脸水和擦脸毛巾；"天天乐"马永长，指挥着小学校的儿童们，高唱着他刚刚编出来的新歌谣：

回回好儿郎，

出征打东洋，

初战显神威，

打了大胜仗。

回民义勇队，

扛上三八枪，

回回多威武，

抗日保家乡。

这亲切、悦耳的歌声，使乡亲们不由自主地随着唱起来。

歌声中，回民义勇队浩浩荡荡地开进了村里。

突然孩子们大声喊起来："快来看呵，五条大黄牛拉着个大家伙哟！"边喊着边朝马铁男飞跑过去。

马铁男神气地摇着手中的鞭子，赶着黄牛，孩子们像看新郎似地蜂拥着他，问个不停："铁男叔，这是个啥玩艺儿？"

马铁男显出懂行的样子，说："这就叫大汽车，跑起来比飞还快，真是个神车！要不是本斋哥，早就跑掉了。"被他这么一渲染，孩子们都像顽皮的小猴子，爬上了汽车。

队伍解散后，乡亲们一拥而上，团团围住了队员们，就像久别重逢一样，问这问那。大人们细细打听着伏击汽车的经过，侧耳细听着马本斋飞马追车的故事。孩子们好奇地抚摸着新缴获的大盖儿枪。胜利的喜悦激动着每个人，鼓舞着每个人。马本斋还没有来得及回家吃饭，又有十多个青年人来找他要求参加义勇队。

马本斋高兴地握着他们的手说："好样的，欢迎你们，咱穷回回在这困难当头的时候，是要为国多尽一份力！"

这时，一群小孩从马本斋他们身旁走过，蹦蹦跳跳地唱起歌儿：

> 子牙河，浪打浪，
> 义勇队有个马队长，
> 拉起队伍打日寇，
> 天兵天将难低挡。

> 义勇队，强又壮，
> 马队长率领打胜仗，
> 长矛大刀老火枪，
> 照样能打小东洋。

驻河间城的日本联队长山本，像耍跑驴的一样，在房间里直打转转，脸上的青筋一根根暴起，活像吃了呛药似的。他的军用卡车遭到伏击，这是驻河间以来破天荒第一次，这当头一棒，打得他惶惶不安，心如火燎。

门开了，从外面走进一个人来，他穿的是日本军服，说的却是满口的中国话，来者不是别人，正是原来的杂牌六路军司令周朝贵。自从日寇占领河间之后，周朝贵脱下了国民党的军服，换上了日本军装，带着人马投靠了鬼子。用他的话来说，这叫作"识时务者为俊杰"。从此，他就死心塌地当上了汉奸大队长。

山本见周朝贵来了，劈头便问："你的，知道为什么把你叫来？"

周朝贵毕恭毕敬地说："卑职不晓，请联队长多多指教！"

"马本斋你的知道？"

"知道，知道。"

"你的认识？"

"认识，认识。"

"他的什么的干活？"

"不瞒队长您说，马本斋确实是个人才，不过在一年前，敌人为了消除后患，已经把他处决，抛尸在子牙河里啦。"说完，周朝贵把眉毛一扬，嘴角一拉，得意地笑了笑。

"臊嘎，你的胡说八道！"

周朝贵听山本对他大声训斥，不由地倒退了两步，麻秆儿似的双腿有点发软了；但是，他还是蒙在鼓里，不知道山本为何提起马本斋，为何又如此生气。

山本在周朝贵面前来回走了几趟，然后停在他面前，厉声吼叫："据可靠情报，我的军用汽车，是被马本斋领导的回民义勇队炸毁的，你的明白？"

山本的一席话，如同晴天霹雳，把周朝贵轰呆了。他暗想："难道他死而复生？可怕，太可怕啦！"

山本踱到茶几旁，望着"武运长久"的符布，端起酒杯喝了一口，回身对周朝贵说："用你们中国话说，乘马本斋羽毛未丰之际，把他掐死在襁褓之中，懂吗？"

"懂，懂。"

"好啦，回去的赶紧的行动，一星期之后，来见我！"

"队长，您如此信任我，我就是粉身碎骨也在所不辞！"

"我要的是马本斋的人头，不是你的碎骨。懂吗？"

"懂，懂。"

"好啦，去吧！"

周朝贵抬手敬了个礼，擦着满脸的汗水退了出去。

回民义勇队自从初战告捷以后，队员们的抗日信心更足了，全村男女老少，也更齐心了。几天来，马本斋率领着队员们，边训练，边在村边上挖工事，修筑地堡、暗道，干得热火朝天。

这天下晌，马本斋一面低头挖工事，一面暗自思忖：上个月派三弟进坡去寻找高志轩，出去二十多天了还不见回来，会不会出什么事呢？……

"闷头儿干活，一个人在琢磨啥呢？"

马本斋一看是白老庭，便停下了手里的活儿，说："我在想，高老师走了这么长时间，怎么连点音信也没有，真想念他呀！"

"是呀，要是他在，常给咱们念叨念叨抗日的道道儿，咱心眼儿里就更有主心骨啦。"

说着，两个人坐在一旁的沟坎上。马本斋悄声细语地问："老庭大伯，你说，这八路军会不会就是共产党？不然，为什么国民党和日本鬼子那么怕他们呢？他们到底怎么样，你听说过没有？"

"听那些逃难的人们讲，他们有人见过八路军，说是和咱们老百姓一样，说话和气，办事可心，打起东洋鬼子来个个都像小老虎。听他们这么一说，再和高志轩一比，他们好像都是一样的人。我估摸着，八路军兴许就是共产党。"

马本斋表示赞同地点点头。稍停片刻，他若有所思地说："老庭大伯，您说，如果共产党、八路军，果真是救国救民的队伍，咱义勇队就跟他们合起伙来打日寇怎么样？"

"那敢情好！"

"好吧，等进坡回来和咱们谈谈外面的情况，咱们再合计下一步棋怎么走。"

"对，棋要一步一步地走，事要三思而后行。"

说完话，两个人又一起挖起工事来。干了一会儿，马本斋又对

216

白老庭说:"老庭大伯,咱回民义勇队,眼下最大的问题就是武器不足。"

"是呀,打狗还得有个打狗棍呢,何况这是打日本鬼子。"

哪怕是搞些火枪土炮,也比长矛大刀顶用得多。老庭大伯,我想咱们自己铸造点火枪土炮的,你看行吗?"

"这也并不难,就是需要些铁。"

"是呀,到哪儿去弄铁呢?能不能到各家去凑点?"

"我看就是把全村的破锅、破锄都收来也不够哇。"

"老庭大伯,你老年纪大,经历多,你再想想,还有什么可用的东西没有?"

白老庭嘴里叭哒着旱烟,细琢磨了一会儿,突然像得了什么宝贝似的,把烟袋一磕说:"本斋,有啦!"

"有啦?快说说!"

"在子牙河里,有一口上千斤的大钟。"

"在子牙河里?"马本斋奇怪地问。

"是呀,在我年轻的时候,铁匠台的正南,离河边不远有一座龙王庙,那庙高台儿大院,神像威严,在庙门口前面的千年古松上,挂着一口大钟,据说有一千斤重。相传早年间这子牙河年年闹水灾,到了前清年代,就修了这座龙王庙,用钟声镇住河妖,不闹水患,让人们安居乐业。谁知道就在一年的夏天,乌云密布,阴雨连绵,足下了七七四十九天的大雨,子牙河洪水暴涨,结果连那座镇河妖的龙王庙也被大水冲垮了,真成了大水冲了龙王庙。从此那口大钟,也就淹没在子牙河里啦。"

"这么说,这口大钟还在?"马本斋兴奋起来。

"在,前些年,外村有不少的人打这口钟的主意,在子牙河里蹚来蹚去,可就是没有找到。话又说回来啦,就是找到它,就凭几个人的力量也甭想把它弄上岸来。"

马本斋给白老庭点了一袋旱烟说:"老庭大伯,你说,咱回民义勇队去找那口钟怎么样?"

白老庭吸了口烟说:"俗话说,'有志者事竟成',咱回民义勇队在你的率领下,只要有这个决心,就凭咱这百十个棒小伙子,保险能把大钟找到,弄上岸来。"

马本斋听到这儿,高兴地把大腿一拍:"好,老庭大伯,今天晚上咱们就找铁男、震河他们来,一块儿再合计合计,就是不吃饭、不睡觉也要千方百计找到这口大钟,让它也为抗日出把子力气!"

周朝贵从山本那里出来,回到自己家里,一进门,正巧迎面碰上了詹德才。詹副官刚要举手敬礼,周朝贵抡起手臂,"啪"地就给了他一个大耳光。

詹德才被这意外的一记耳光给打蒙了。他捂着痛得冒火的脸蛋子说:"司、司、司令,您碰到什么不顺心的事啦?"

"你这个狗娘养的混账王八蛋,老子的命险些让你给送了!"

"司令,您的话,越发使卑职糊涂啦。"

"你应当明白!我问你,马本斋到底死了没有?"

詹德才听到这句话,他那被揍得发紫的脸,一下子变白了。但是,他还故作镇定,揉着那隐隐作痛的半个脸说:"司令,我当是什么事儿呢,原来是为马本斋呀。他在一年前,不就被卑职打死在子牙河了吗?"

"你这个混球,糊涂虫,大草包,真他妈的是狗撩门帘——全凭一张嘴的东西。马本斋不但没有死,还拉起队伍,成立了什么回民义勇队!"

"啊，真的?！"

"这次皇军的汽车，就是被他干掉的!"

詹德才瞪着两只吃惊的小眼睛问："那怎么办呀?"

周朝贵愤愤地走到八仙桌前，一屁股坐在太师椅上，点着水烟袋狠狠地吸了一口，慢慢地喷出一股浓浓的白烟来。他沉着脸说："刚才山本为此发了火，要我们在一个星期之内，把马本斋和他的回民义勇队全部干掉!"

詹德才向周朝贵跟前凑了凑说："既然如此，咱们就发兵，去把他除掉得了!"

周朝贵把眼一瞪说："我说你是个大草包就是个大草包! 那马本斋你也不是不知道，他不是块豆腐，他是块铁，是块钢! 常言说，来者不善，善者不来。再说，马本斋又拉起了队伍，要想除掉他，还需神机妙算，懂吗?"

"懂、懂。"

"你他妈懂个屁! 你说说，用什么办法除掉马本斋?"周朝贵说完，大口大口地吸起水烟来。

詹德才的小眼睛望着周朝贵吐出来的烟圈，一时张口结舌，答不上来。

周朝贵吸了一阵水烟，过够了烟瘾，然后把水烟袋往八仙桌上一搁，阴险地说："据可靠情报，最近马本斋为了制造枪弹，正在子牙河里打捞当年龙王庙那口大钟，明天上午咱们就乘他们全部人马在河里捞钟的机会，把他们团团围住，一网打尽，让他马本斋这一次真正葬身鱼腹!"

詹德才连连点着头说："高、高，司令高见! 他马本斋就是有天大的本事，这一回也插翅难逃了!"

这时，在周朝贵家当使唤人的牛大嫂端着刚刚泡好的一壶香茶走进屋来。周朝贵见佣人进了屋，咳嗽了两声，把到了嘴边的话又咽了回去。等牛大嫂给他倒上一碗茶，转身走出屋子，周朝贵这才接着说："事不宜迟，要绝对保密，除你我之外，不要对任何人讲，行动时间明天拂晓。好啦，去准备吧！"

"是！"詹德才行个礼，转身走了出去。

世上哪有不透风的墙。周朝贵和詹德才的密语，全被牛大嫂在送茶水时听去了。自从牛大嫂在柏林坟地被马本斋救了之后，便来到周家干活抵债。牛大嫂听到周朝贵的毒计之后，心惊肉跳。她回到厨房，站也不是，坐也不是，真是六神无主。她暗中思量：马本斋是我的救命恩人，没有他的搭救，我早不在人间了。现在，阴险毒辣的周朝贵又要向马本斋下毒手，我不能见死不救，就是豁出命也得设法给他们送个信去。对，找他们去。她匆匆解下围裙，迈步就往外走，刚走了两步就迟疑地站住了。她又想到，如果她离开了周家，一定会引起周朝贵的怀疑。送信不成，反倒坏事。她为难地在院子里打起转儿来。街上不时传来孩子们的嬉闹声，吵得牛大嫂更加心烦意乱，不由得说了声："这些孩子们。"当她说完这句话后，忽然想到："对，可以让孩子去送信呀！"于是她转回厨房，挎了个买菜篮子，出了周家大院直奔自己家走去。牛大嫂回到家里，把十三岁的儿子牛大壮叫到跟前，把紧急情况悄悄告诉他，让他马上去送信。孩子临动身时，牛大嫂还是不放心，嘱咐了又嘱咐："要说的事，都记住啦？"

"记住啦！"

"路上小心，千万别误了事！"

"娘，你放心吧！"

机灵的牛大壮，冒着风险，连夜跑到东辛庄，把消息告诉了马本斋。

马本斋得知消息之后，立即进行了周密布置。

第二天上午，天气阴暗，灰白色的云层，就像是个大锅盖似的罩得人透不过气来。秋天的子牙河，由于雨水充足，河床里的水特别满，流得也特别急。但回民义勇队的队员们，不顾水深流急，仍然在铁匠台正南歪脖子柳一带的河水里寻找那口大钟。他们一忽儿钻入水中，一忽儿露出水面，此起彼伏，就像是成群的水鸭在嬉水，真够热闹的!

就在这时候，詹德才带领着汉奸队，悄悄地包围了子牙河岸。汉奸们一字长蛇阵摆开，荷枪实弹地向河堤上爬去。爬上堤顶一看，河里的队员们浮上潜下，摸得正欢。

詹德才对身边的汉奸连长说："他妈的，周司令的庆功酒算是喝定啦!"说着，他向两边看了看，见汉奸们都已爬上堤来，等待冲锋，便把手一挥："冲呀，抓住马本斋奖大洋五十块!"

当汉奸们冲下河堤，到了河边，欢腾的河面忽然平静下来，除了一个连一个的漩涡，什么也见不到。

汉奸连长瞪着两只死鱼眼睛，莫名其妙地说："我倒要看看他们能憋多久! 等着，一露头就开枪，都他妈打死在河里!"

詹德才摇了摇头说："不对，我们可能中了马本斋的诡计了，快，撤到堤上去!"

詹德才的话音未落，忽然，汉奸队的背后枪声大作，杀声震天。

只听马本斋高喊："詹德才，你的末日到啦!"随着马本斋的喊声，回民义勇队的队员们，在堤上，居高临下，猛烈地向汉奸队射击。

詹德才知道上了当，但后悔已晚。汉奸们被这突如其来的天兵天将，吓得溃不成军，一个个丢下枪跳入河里，拼命向对岸游去。可是，当他们刚刚游到河中心，河对岸的芦花荡中，又杀出一标人马，火枪、手榴弹一齐向河中间打来，狼狈不堪的汉奸们被"包了饺子"。

失魂落魄的詹德才和汉奸连长，在拼命逃窜的败兵群中，发现有几个汉奸，正在河边的芦花荡中抢着上一条小船。汉奸连长拉着詹德才说："詹副官，快，快上船！"

两个人急忙跑过去，开枪打死了三个争着上船的汉奸，连长急忙解开缆绳，把小船使劲往河里一推，拉着詹德才就跳上了小船。小船顺流而下，快似飞箭。詹德才看了看甩在后面的回民义勇队，恶狠狠地说："他妈的，好厉害的马本斋，穷小子们都叫他摆弄成老虎啦！走着瞧吧，迟早我詹德才要收拾你！"说着，气愤地使劲往船板上一坐。就在这一刹那，突然一声巨响，小船被炸了个粉碎，詹德才和汉奸连长也都被炸了个血肉横飞。这两个自作聪明的恶棍，没成想在这儿中了马本斋的埋伏，享受了这一"特殊待遇"。

战斗胜利结束了，回民义勇队又得了汉奸队送来的大批枪支，更加发展壮大了。

第十九章　扫帚炮

在山本联队司令部的桌子上，放着一张《东亚圣战》的战报。战报上刊登着这样一则消息：

"匪回民义勇队，在匪首马本斋率领下，近又发明一种'扫帚炮'。此炮威力无穷，杀伤面积之大，实为惊人；而且炮响之后，同时施放烟幕，硝烟弥漫，直冲蓝天……此之动向，应引起我大东亚之皇军的注意，并应认真对付，直至消灭之。"

日寇为什么这样怕回民义勇队的"扫帚炮"呢？这不是没有原因的，因为最近河间的日本鬼子吃了几次"扫帚炮"的亏。

被日寇吹得神乎其神的"扫帚炮"，到底是个啥玩艺儿呢？咱们还得回过头来从马本斋率领义勇队，在子牙河里寻找那口大钟说起。

自从那天消灭了周朝贵的汉奸队之后，马本斋就率领着全体队员继续在子牙河里寻找龙王庙那口大钟，找了几次仍然没找到踪影。

这天晌午，马本斋和几个队员不死心，趁着天好又下河去摸了一会儿，还是没摸着，只好无可奈何地上了岸。坐在岸边那棵歪脖子柳树下的白老庭忙起身招呼他们："快来，穿上衣服，喝口热水，暖和暖和身子！"

大伙儿确实感到有点冷，一窝蜂似地跑了上来，擦身的擦身，穿衣服的穿衣服，一时谁也顾不得说话了。马本斋披着那件旧军大衣，走到白老庭身边，纳闷地说："咱们百十口子人，一连找了多少次啦，为什么找不到呢？老庭大伯，这口大钟的位置您没有记错吧？"

白老庭吸着烟，回忆了一会儿说："龙王庙在铁匠台的正南，这棵歪脖子柳又在龙王庙的正南，"说着，他伸出胳膊估量着方向说，"没错，这口大钟，就在这一段河床里。"

"老庭大伯，会不会早就被别的村捞去啦？"马铁男一边穿鞋一边担心地问。

"这又不是个小物件，能捞出来装进口袋里不声不响的拿走？！这是口千斤大钟，谁捞出来都会轰动十里八乡的，可是从来没有听说过。"

"老庭大伯，会不会被大水冲走了呢？"铜小山端着碗开水凑了过来。

"这么重的东西，很难冲动。"

"既然这也不是，那也不是，这肯定是被泥沙埋起来了。"马本斋思索着说。

"咳，这倒有可能！"白老庭把大腿一拍说。

金震河叹了口气："唉，要是真的让泥沙给埋起来，那可就没希望啦！"

"照你这么说，就不找啦？"铜小山不死心地说。

"谁说不找了，你别瞎扣帽子！"金震河有点生气了。

白老庭拍着他们的肩膀说："你们这些小伙子，属爆竹的，点火就响。遇事不能急嘛，着急什么事也办不好。"

马本斋笑着说："老庭大伯说得对，咱们好好地想想，在寻找大钟的过程中，有谁潜到河底，踩着过什么硬东西没有？"

马铁男说："咱这子牙河底都是软乎乎的烂泥沙，甭说硬东西，连一块小砖头也碰不上呀。"

这时，铜小山瞪着眼睛摸了摸湿漉漉的头，突然想起了什么，忙说："对了，刚才在摸钟的时候，我钻到水下用脚踩着河底，踩到过一小块又长又硬的东西，差点把我的脚划破了！"

马本斋急忙问："在什么地方？"

"就在那个有漩涡的地方。"

白老庭摇着头："那个地方就别想了，那是在龙王庙的上游，大钟哪能顶流往上走呢！"

马铁男同意白老庭的说法："对，千斤大钟，只会顺水往下流，不会逆流往上跑。"

马本斋沉思了一会儿问："大伙儿说说，这钟的位置到底在哪儿？"

大伙儿七嘴八舌地说：还是老庭大伯说得对，大钟的位置肯定在龙王庙的下游。

这时，马本斋想了想，笑着对大伙儿说："依我看，这大钟就在上游那个有漩涡的地方。大家休息一会儿，咱们再到那边去摸摸。"

大伙儿，你看看我，我看看你，谁也没有再说什么，跟着马本斋向上游走去。

铜小山带着大伙，来到那个有漩涡的河边，他第一个跳下水去，其他队员们也接二连三地跟着跳下去。摸了一会儿，什么也没有。马本斋在岸上喊道："大伙儿一字排开，像拉网似地顺着河道往前摸！"

大伙儿踩着水，在水中齐刷刷地排成了一行，一会儿钻入水里，一会儿浮出水面，寻找着那个"硬块"。

突然，铜小山露出水面喊了起来："找到了，在这儿哪！"

马本斋喊道："你下去，用手挖一挖，看是个啥东西！"

铜小山应声，一个"猛"子又扎入水中，过了好大一会儿，才出水面，喊道："越挖越大，还没找到边儿呢！"

白老庭在马本斋身边说："看来，你是琢磨对了，这口大钟兴许就在这个地方。"

义勇队员们知道找到了大钟，一个个劲头更足了。大家不顾水冷，交替着潜入河底，用手挖去盖在大钟上的泥沙。生长在子牙河边的小伙子们，水性虽说比不过当年《水浒传》中的浪里白条张顺，也算得上是水上小蛟龙了。

仅仅一顿饭的工夫，大钟就被四条锄把粗的大缆绳，结结实实地拴了起来。人们从村里牵来四头大黄牛，套在长长的缆绳上，几十个粗壮的队员们，分列在缆绳的周围。马本斋站在河堤的高处，一声令下，牛借人力，人借牛劲，在一片呼喊声中，经过一番周折，大钟终于被拉上岸来。

兴高采烈的义勇队队员们，围着这口生满了青锈的大钟，都感到挺纳闷，议论纷纷。金震河摸了摸后脖子，又敲了敲"嗡嗡"作响的大钟，问：

"本斋哥，你怎么能想到这家伙会在上游呢？"

马本斋谦逊地笑了笑说："这个道理，我一讲大家就明白。你们想想，这河是沙底，大钟压在沙子上面，大钟重，沙子轻，钟下面的沙子被水掏空了，大钟便往上滚动一点，掏空一次，滚动一点，年深日久，年复一年，这大钟不就跑到这上游来了吗？"

大伙儿听了，不住地点头。白老庭捋着胡子说：

"我说本斋呀，你真是能掐会算呀！"

这一天，东辛庄的男女老少，像是赶庙会一样，向村南的水坑边上涌去。原来是马本斋率领着队员们在试验"大抬杆儿"的威力。自从马本斋领着大伙儿把龙王庙的大钟捞上岸来之后，他就动开脑筋了。这个千斤大钟，究竟要铸造什么样的火枪土炮？他考虑来考虑去，最后决定铸造一种比打兔子的枪大多少倍的火枪，这种火枪的枪口，有茶杯口粗细，有两丈来长。枪管里面装上黑色火药，再填上很多破铁片和大铁砂。放的时候，只要点着药捻，引着火药，铁片和铁砂就被打了出去，声如雷响，烟似云雾。因为这种大型的火枪，一来又粗又长，二来很笨重，一个人拿不动，需要两个人扛着打，人们都叫它"大抬杆儿"。

"大抬杆儿"民间早先就有，是村民为了防土匪的，只是没有义勇队造得这么大，火力这么强。马本斋站在一棵柳树墩上，向大家大声喊着说："乡亲们，咱们要试验一下大抬杆儿的威力，请大家往远处站一站，免得出危险。"

白老庭和张劳桅，铜小山几个人，帮着马本斋维持秩序，招呼着乡亲们向后退出去了一百多步远。

一切就绪之后，马本斋带领着马铁男、金震河，抬着大抬杆儿来到水坑边，马本斋嘱咐说："你们俩，脚下一定要站稳，炮口要对准水坑的中间！"

马铁男说："本斋哥，你就放心吧，只要大抬杆有威力，就是一座泰山也压不倒我们，你说呢？震河。"

"那是不假！本斋哥，点吧，乡亲们都等急啦！"

"好，咱们开始放。"马本斋说着，把右手握着的那根香点着，往大抬杆儿的药捻上一点，"吃吃"的一阵响，药捻冒着火星钻进了"大抬杆儿"的枪筒子里，只听"轰"的一声，"大抬杆儿"发出了震撼大地的一声巨响，铁片、铁砂像扇面一样，被打出去四五百米远。

乡亲们随着"大抬杆儿"的响声，欢呼雀跃着，向水坑边跑过去。他们亲热地围着马本斋、马铁男和金震河，抚摸着"大抬杆儿"，问长问短。

白老庭高兴地捋着胡子说："本斋，这家伙比当年神机营火器队的威力还要大。有了它，咱就可以和日本鬼子汉奸对付一气啦，哈哈哈……"

张劳桅喜爱地摸着"大抬杆儿"说："这玩艺儿，比鬼子的机关枪还厉害呐，机关枪打的是一条线，可这玩艺儿，一打一大片，跟扫地一样。"

马铁男扛着"大抬杆儿"粗声粗气地说："咱们义勇队这回可好了，造了六十支火枪，二十门大抬杆儿，真是枪多人壮，只要本斋哥一声令下，咱就到河间去端山本王八蛋的老窝！"

正在大家乐得合不上嘴的时候，蹲在一旁的又瘦又黄的哈少甫，吸着烟说："唉，'大抬杆儿'的威力是不小，可就是有一样，咱们到哪儿去弄那么多火药来供它吃呢？依我看，咱这是叫化子唱山歌——穷开心！"

金震河白了他一眼说："你他妈的，别一只筷子吃藕——专挑眼儿，尽说些丧气话！"

白老庭拨开人群走过来说："火药好办，自古以来造火药就是'一硝、二磺、三木炭'，咱们东辛庄的白碱地，扫了碱就可以熬硝，只要全村动手，咱义勇队就有火药用。"

"对，造火药的任务就交给我们得啦！"

"本斋，你们用多少我们造多少！"

乡亲们热烈地自告奋勇，抢担任务。

这时，秀兰、秋菊、大兰几个姑娘挤到马本斋面前，秀兰仰起她那带酒窝儿的笑脸说："本斋大叔，我们做不了什么大事，也要为抗日出点力。"说着从身后拿出一个布包递给了马本斋。

马本斋接过来一看，是姑娘们用红布扎的两朵大红花，还有五个绣着字的盒子枪套儿，上面绣着"抗日到底"四个秀丽的金字。马本斋夸奖地说："你们这些丫头，还真有心劲儿！好吧，我代表队员们感谢你们。"说着将那两朵大红花端端正正地挂在"大抬杆儿"上。然后，转过身来，翻着枪套看了看又说："这枪套哪一个是秀兰绣的？我帮你送给铁男。"

秀兰立刻红了脸，羞羞答答地说了声："本斋大叔，你可真是的！"把大辫子一甩，钻进了人群里。

这天，外出寻找高志轩的马进坡回来了。

马本斋和进坡坐在院子里的大椿树下。进坡的媳妇抱着孩子大秀给进坡端来一盆洗脸水，并取笑地说："快洗洗你的五花脸吧！"一句话逗的全家都笑了起来。

母亲给两个儿子沏了一壶柳叶茶，关切地说："进坡，快给你二哥说说吧。这些天可把你二哥惦记坏啦！"

这时，白老庭，马铁男，金震河和铜小山也来了，都围坐在老椿树下，听进坡外出找高志轩的经过。

马进坡是一个多月前奉了二哥之命外出寻找高老师的。他肩上搭着一个走村串乡用的钱褡子，里面装着几个玉米面饼子，首先到了献县城里。在这里，他白天走街串巷，夜晚走亲访友。一晃十天过去了，结果什么也没有打听到。他从献县又奔了西北方向，到了深县、肃宁，后来又绕道到了任邱县，结果还是没有打听到高志轩的下落。二十天来，他挤住在骡马店里，或露宿在街头，饥一顿饱一顿，受尽了风霜之苦。最后，他来到河间城里，为了不暴露自己的身份，在河间西关找了一个又小又偏僻的小店住了下来。

第二天，马进坡到东关的戏园子附近转了转，到南关的白塔下走了走，又到南大街、北大街，整整走了一天，仍然毫无结果。他跑得又渴又饿，见前面有个小茶馆，便走了进去。坐定之后，要了一壶白开水，从兜里掏出一个玉米面饼子，大口地吃喝起来。他正吃得带劲，从背后传来两个人聊天的声音。他回头一看，只见这两个人三四十岁的年纪，每个人头上都戴着一顶礼帽，穿的是纺绸小褂，都不系扣，胸前的怀表链子露在外面。他们面前桌子上摆着一壶浓郁的香茶，正在边聊边喝。

那个戴眼镜的说："他妈的，听说有个穷回回叫马本斋的拉起一个什么回民义勇队来。"

那个瘦子说："你可别小看这帮穷回回，听说他们是人人会武术，个个枪法准，周朝贵的汉奸队不就是败在他们手下了吗！"

"周朝贵也他妈太废物啦！可话又说回来，回民义勇队不消灭，皇军的日子也不好过。听说他们最近又发明了什么'扫帚炮'。"

"是呀，山本大队长也为这事犯愁呢。不过他还是下了狠心，不出三天，就要发兵去铲除这个义勇队。"

"真的？"

"这是我们小队长说的。"瘦子说到这儿，突然停住，向周围看了看，然后压低了声音接着说："茶馆人杂，咱不提这个了，还是再商量商量咱们那件事吧！……"

马进坡无意中听来了这样重要紧急消息，立刻离开了茶馆，决定马上回东辛庄，向二哥报告。

230

马进坡说到这儿，马本斋急忙问：

"你听清楚啦？"

"听清楚了。听到这儿，我才连夜赶回来的。"

马本斋抬头考虑了一会儿，说："好吧，一会儿咱们专门合计合计这件事，你还有别的情况没有，向大伙儿说说。"

进坡喝了一口水说："在我寻找高老师的沿途中，还听到了许多关于八路军的传说。人们讲，八路军是由一个叫朱德、一个叫毛泽东的带领的队伍。还听说有一个叫孟庆山的人到冀中这一带来组织老百姓打日本鬼子，已经在定县那一带拉起一支河北省抗日游击军。还有一位姓吕，叫吕正操司令员，到了石家庄以东的安平县。传说他能文能武，勇敢善战，走到哪儿，打到哪儿；住在哪儿，就在那里向老百姓做抗日宣传；他还亲自在墙上写标语，教老百姓唱抗日的歌儿。对了！还听说他在安平县的黄城村成立了什么回民干部教导队呢。"

大家听了进坡这一席话，都入了神。

马铁男给进坡倒了一碗水问："三哥，你听到的这些都是真的吗？"

"那还有假！开始我也不信，可是人家说这话的那些人，都亲眼看到过八路军和吕司令。在献县的小车马店里，我碰到了一个从安平县来卖梨的，他说他亲眼见过吕正操在街上写标语，吕司令还和这个卖梨的拉过家常呢，问他家里几口人，住在什么村，有几亩地，收的粮食够不够吃，有几棵梨树，能卖多少钱……问得可详细啦。你说这能是假的？"

"那吕司令怎么不到咱们这边来呀？"金震河有点沉不住气了。

白老庭用烟袋锅点了金震河一下："你这个急性子脾气，到

231

时候人家总会来的。咱种地还要分个季节呢，打仗哪儿能不分先后！"

马本斋笑着对大伙儿说："看来，这共产党八路军是合咱老百姓心事的军队。吕正操司令能成立回民干部教导队，说明他看得起咱穷回回，把咱穷回回真正当成了抗日的力量。吕司令做的和毛泽东主席讲的团结蒙民、回民一起抗日，是一回事。找八路军、找共产党这条路，咱们走定了。"

"对，国有政，人有党，咱穷回回是要找个为国为民的党。"白老庭吸着烟说。

马本斋深有感触地说："找到了这样的党，这样的军队，咱们才算有了靠山。"

"二哥，"进坡大口吃着饭说，"我是不是再去找一趟八路军？"

"不忙，山本狗日的不是要发兵来除掉咱们义勇队吗，我们要抓紧时间，做好一切战斗准备。《孙子·虚实篇》中说：'兵无常势，水无常形'，咱给山本摆下个阵势，等着他来钻！等打完这一仗，我要亲自到安平县走一趟，去见见那位八路军的吕司令。"

金震河与铜小山在一旁小声说着话，两个人还不时地互相瞪起眼睛。马本斋看着他俩，不由得笑了："你们两个人，真是一个锣，一个锤儿，碰到一块儿就响，又在争论什么啦？"

"小山跟我说，昨天夜里，有人在村西的枣树林子附近看到了一个鬼。"金震河抢先说着，斜睨了铜小山一眼。

小山认真地说："本来就是嘛。"

"鬼？什么样？跟我说说。"马本斋笑着问。

铜小山略显委屈地说："起初我也不信，后来我去问那个看到鬼的哈大年。他说，昨天夜里正在村西站岗，突然在枣树林子方向走出来一个全身穿着白衣服的人，个子有两个人高，走起路来像在水上漂一样，特别稳当。哈大年说这是个'白衣鬼'，大伙儿听了都有点胆怯，怕夜里站岗碰上这个白衣鬼。"

"这样吧，你现在去告诉队员们，今后，谁站岗时再碰上那个白衣鬼，就马上来叫我，我也去见识见识。"马本斋说到这里望了望大家。

"是！"铜小山站起身来走了。

马本斋接着说："好，现在咱们继续研究怎么对付山本。"

马铁男说："现在咱们有了'大抬杆儿'，鬼子来个百儿八十的，咱也不怕他。"

"嗳，自古以来，打仗都是以智取为高，咱们不能和山本正规军队硬拼硬碰。"白老庭不同意马铁男的看法。

"对，硬拼硬碰准吃亏。刚才本斋哥说《孙子·虚实篇》，孙子会打仗，兵法最灵，让本斋哥快讲讲什么叫'兵无常势，水无常形'，咱们没准能用得上。"金震河建议说。

白老庭表示赞同："打仗就得借古比今，这《孙子兵法》可是本天书。常言说，'老不看三国，少不看西游'。成年人看了'三国'会用计策，不好斗；学了孙子兵法就会打仗，会摆阵势。本斋快给讲讲，让咱们心里亮堂亮堂。"

马本斋说："这打仗也像下棋一样，要看全局，'知己知彼，百战不殆'。刚才我说的'兵无常势，水无常形'，意思就是说，用兵打仗就像是水流一样，水没有固定不变的流向，用兵也没有一成不变的规律。凡能根据敌情变化而战胜敌人，这就叫作用兵如神。这是古代军事家孙武讲的，意思是打仗要机动灵活，才能克敌制胜。"

白老庭听着频频点头，最后把大拇指一伸："好样的，本斋真不愧是'讲武堂'出来的人呀！"他看了看马铁男、金震河说："你们可要好好地学着点，这可都是学问呀！"

马本斋摆着手说："我说的这些，也都是从书上看来的，要想对付山本，还得靠咱们大伙儿出主意。"

说话之间，三星已到了正南，夜深了，街上静静的没有声响。几个人正在讨论得起劲儿，突然有人敲门。进坡开门一看，是铜小山。

铜小山跑得上气不接下气说："本斋叔，又来啦！"

"谁？"

"白衣鬼。"

马本斋先是一愣："白衣鬼？难道真有其事？"他忽地站起身来，从腰间掏出盒子枪，说了声："走，看看去！"几个人跟在马本斋身后，向村西走去。

当他们来到村西哨位跟前时，站岗的哨兵把手一指，悄悄地对马本斋说："那不是！正在枣林边上走呢！"

马本斋顺着哨兵手指的方向一看，果然，有个两米多高的"巨人"，身穿白衣，正在缓缓地移动。在这夜深人静的村外，看到这个又高又白的怪东西，实在是让人发毛。

马铁男在白老庭身边悄悄地说："奇怪，难道真的是鬼？"

白老庭也感到莫名其妙："是呀，我活了多半辈子，还是头一回碰到这玩艺儿。"

大家都屏住气看着远处那个可怕的怪物。一阵微风吹来，树木和小草发出了"沙沙"的响声，更增加了周围的恐怖气氛，令人不寒而栗，毛骨悚然。铜小山不由得胆怯地退到了马本斋的身后。

马本斋看了一会儿，小声地对马铁男和金震河说："你们两人，从北面的沟里，悄悄地绕到怪物的背后去，听我的口令行事！"

"是！"两个人拔出盒子枪，一弯腰钻到沟里，消失在夜色中。

马本斋带着其他几个人向怪物又走近了几步，然后大声地喊道："站住，你是干什么的？"

白衣怪物，好像是没有听到喊声一样，继续慢慢地移动着。

"站住，再不站住，就要开枪啦！"

白衣怪物不但不站住，反而移动得更快了。

马本斋举起盒子枪，瞄准白衣怪物的胸部"叭"就是一枪，眼看着带火光的子弹穿过了白衣怪物的胸部。可是，白衣怪物仍然不停地移动着。马本斋对准他的脑袋"叭"又是一枪，反应依然如故。

白老庭见此情景，对本斋说："奇怪，这玩艺儿还刀枪不入呢，到底是个啥家伙？"

铜小山听白老庭这么一说，心里就更害怕了，他站在马本斋身旁寸步不离。

马本斋思索着对策。静了一会儿，他突然喊道："马铁男、金震河，抄它的后路，截住它，不要让它跑了！"

说来也真怪，马本斋这一喊，比打枪还灵，只见那个白衣怪物应声倒在地上，不动了。马本斋领着大家连忙冲了过去。

跑到跟前一看，原来是用白纸糊的纸人，胸部和头部都被马本斋刚才的子弹穿了个洞。

铜小山纳闷地问："本斋叔，这纸人怎么会走呢？"

白老庭左看看右瞧瞧，想找出其中的奥妙。

大家正在纳闷儿，马铁男和金震河用枪压着一个人走过来。

铁男粗声粗气地说："本斋哥，这个王八蛋叫我们抓回来啦，装神弄鬼的就是他！"

大家围住被抓来的人一看，他也穿着一身白衣服。

马本斋审问道："你是什么人，不说实话就打死你！"

那人哆哆嗦嗦地说："我是河间城里的汉奸，名叫李二牛，是我们队长吩咐，让我来装神弄鬼。一来是想办法弄到你们扫帚炮的情报；二来是吓唬你们的队员，闹得你们都不敢出来站岗，好借此机会来偷袭东辛庄。我句句是实话，有半句谎言，就枪毙我！"

铜小山说："你是怎么装鬼的？你再装装！"

"是、是！"说着，李二牛又把那个空壳白纸人拿起来，顶在头上。远远看去，果然像一个两米多高的白人。

马本斋对身旁的哨兵说："好啦，'鬼'已经抓到，可以放心了。你好好站岗，我们把这个'鬼'带回村去继续审问。"

李二牛被带回村子之后，关在小学校的西厢房内。这小子正在房内发愁，忽然听到从远处走过一个人来，对看管他的人说："震河，你可别打盹儿，好好看住这小子，别让他跑了，明天咱们开大会，毙了他。"听声音是马本斋。

李二牛一听，吓得出了一身冷汗，心想，这一下可完了。

这时，又听到看管他的人说："跑？他小子除非是长了翅膀！"

马本斋似乎还是不放心地说："这屋子都是老房子，墙已经不结实了，可千万小心。"接着又压低了嗓音说，"咱们义勇队都埋伏在铁匠台一带，这小子已经知道了咱们的军事部署，要是让他跑了，不但打不成山本，咱们还得吃大亏，懂吗？！"

"知道了，你就一百个放心吧，他要是跑了，你拿我是问！"

说的人有心，听的人也有意。李二牛在窗户根儿下，对两个人的对话听了个一清二楚。等马本斋走远之后，他就一屁股坐在墙根下，背靠着墙犯起愁来。心想：这一次是非死不可了。不能坐着等死，得想法子逃走，于是就用两手在墙上东抓西抓，希望找到一个洞口。果然，他一使劲，真的在墙根儿抓下一块砖来。他不禁喜出望外，真是天无绝人之路！他悄悄地接着扒起砖来，不一会儿，墙壁被他掏了一个大洞。他听了听外边没有动静，急忙像狗一样灵巧的钻出屋外，顺着黑洞洞的街道向河间方向跑去。

李二牛一口气跑回河间城里，向山本胡乱说了一通，山本瞪着怀疑的目光问："你的情报的可靠？"

"太君，马本斋的扫帚炮我亲眼所见；他的行动计划我亲耳所闻。"

"你的撒谎，良心大大的坏了！"

李二牛连忙解释和发誓："太君，'白衣鬼'的他们害怕，情报准确准确的，有半点戏言，我死了死了的有！"

山本咋呼了一阵，没有发现什么破绽，拍着李二牛的肩膀说："你的良心大大的好，等消灭了马本斋的义勇队，提升你当小队长的干活！"

"多谢太君的栽培！"李二牛受宠若惊地说，随即晃着脑袋退了出去。

山本得知马本斋的义勇队在铁匠台一带有埋伏，于是把日本小队长猪股叫来，又重新制订了作战方案，决定从东辛庄的村北进攻回民义勇队。

第二天拂晓，日本小队长猪股和翻译崔丰久带领一个班的日军和百十多个汉奸，贼头贼脑地出发了。

当他们行至东辛庄村北的柳树林一带时，太阳还没有出来。东辛庄还在和大地一起沉睡着，除偶尔传来几声雄鸡的啼鸣外，什么动静也没有。

崔丰久在猪股耳边轻声说："太君，马本斋的这一次失算了，他的万万没有想到，咱们会从这个方向来抄他们的老窝。太君真是神机妙算！"

"你的，不要说话！"

翻译崔丰久想拍马屁，没有拍好，结果拍到马蹄子上了。

东辛庄的村北都是好地，因此，种的都是大秋作物，长势非常好，尤其是高粱和玉米，长的又高又密，好一片青纱帐。

猪股领着鬼子和汉奸走在青纱帐中间的黄土路上。又走了一段路，距东辛庄不远了，于是，他回头对崔丰久说："你的传令，准备战斗！"

猪股的话音未落，突然，两边青纱帐枪声大作，杀声震天，日本鬼子和汉奸顿时大乱。猪股用枪威胁着部下："不要乱动，顶住，逃跑的死了死了的。"鬼子和汉奸被猪股这一喊，头脑稍微清醒了一点，一个个就像大乌龟，原地卧倒，无目标地朝青纱帐扫射起来。

猪股经过一番抵抗，发现东北方向枪声最稀，地形也较高一些，看来是马本斋防守的弱点，于是命令鬼子和汉奸边打边向东北方向撤，去占领有利地形。要占领那个地形必须通过一段开阔地，当猪股带领着汉奸们通过开阔地时，突然两边响起震天的"雷"声，原来义勇队的几门"大抬杆儿"埋伏在两边已等多时了，这时一齐开炮，就像天上下雹子，密如雨点的铁片和铁砂，向鬼子和汉奸倾泻而来，只打得鬼子和汉奸鬼哭狼嚎，很多鬼子和汉奸，身上被打得蜂窝一样，千疮百孔，当场毙命。剩余的残兵败卒，在猪股的带领下，拼命向高岗冲去。这时，埋伏在上面的"大抬杆儿"也怒吼起来，鬼子和汉奸，应声又倒下了一大片。

失魂落魄的鬼子们号叫着："义勇队的扫帚炮，大大的厉害，快快地撤!"

汉奸们一听鬼子喊"扫帚炮"厉害,要大家撤退,就像听到了救命的符咒,撒腿就跑。

猪股的残余队伍一片大乱,溃不成军,像是受惊的羊群四散奔逃。

翻译崔丰久在地上一滚,滚进了身边的青纱帐。他刚要站起身来逃走,可巧和躲在高粱地里的哈少甫撞了个满怀。崔丰久以为哈少甫是来抓他的,吓得"扑通"一下子跪在地上,从腰里掏出一叠子钞票求饶说:"请朋友开恩。"

哈少甫见钱眼开,伸手接过钞票,抬腿踢了崔丰久一脚,便放了这民族败类。

其实,哈少甫并不是来追捕崔丰久的。自从战斗打响之后,他就悄悄地离开了队伍,跑到这儿来躲藏,正好,碰上了崔丰久,便使这个怕死鬼发了一笔外财。

高岗上,马本斋跃起身来,高喊:"弟兄们,冲呀!不要让一个敌人跑掉!"

回民义勇队的健儿们,应声从四面八方跃起,穷追猛打四散奔逃的敌人。

有十多个汉奸朝东南方向跑去,跑了没有多远,东南方向也响起了枪声,十多个汉奸吓得又掉头往回跑。

马本斋感到奇怪,心想:那里并没有埋伏自己的人呀!他顾不得多想,立刻又投入了战斗,不到一袋烟的工夫,十多个汉奸就全部被围歼了。他擦了擦满脸汗水,刚要集合队伍,只见从东南方向大踏步走来一个人。此人中等身材,身穿灰军装,左胳膊上的臂章,印着"八路"两个大字。当他走近,马本斋一眼认出,他就是自己日夜想念的高志轩!

"高老师，刚才打枪的是你！"马本斋激动得一下子扑了过去。两个久别重逢的战友，紧紧地拥抱在一起，久久，久久地拥抱着。

"高老师回来啦！"刚刚结束战斗的战场上，顿时沸腾起来。

高志轩握着马本斋的手说："你们这一仗打得太好啦！"

马铁男粗声粗气地说："本斋哥用兵如神，扫帚炮大显神威，狗山本又挨了咱们一棒子！"

"还有李二牛偷去假情报，这是本斋哥借用'三国'上蒋干盗书的故事设下的圈套，真灵！"金震河兴致勃勃地接过来说。

高志轩赞许地说："好哇，当年蒋干盗书使曹操遭受赤壁大败；今天李二牛偷听假情报，使山本损兵折将！"大家被高志轩的一席话说笑了。

笑声中马本斋一挥手说："我们只顾高兴了，贵客临门，得赶快请到村里去慰劳慰劳啊！"

大家齐声欢呼。

马本斋和高志轩肩并肩地说着话，向村里走去。

"嗳，你认得有一个叫孟庆山的人吗？"马本斋问。

"认识，他是我们河北抗日游击军的司令员。"说着，高志轩从衣兜里掏出一封信来："这是他给你的亲笔信。"

马本斋接过信连忙展开，只见上面用钢笔写道：

"马本斋队长：你好！你拉起的回民义勇队驰骋疆场，杀寇立功，这正是共产党所提倡的。今派我部刘汶同志前去拜访，并面洽大事……"

"刘汶？"马本斋愣了一下。

"噢，我原名叫刘汶，为了工作的需要，化名高志轩。"

马本斋看完信，对刘汶说："用不着面洽，我们回民义勇队早已下定决心，去投奔共产党、八路军，这条道我们走定啦！"

连成婶今天里里外外忙个不停，她把高粱面和榆皮面掺和在一起，使劲地揉着。她对坐在炕头上的刘汶说："高老师，你看，叫惯了。老刘，自从你那天走了之后，可把你大婶儿想坏了，总惦记着你，怕你有个三长两短的。"

刘汶边逗着孩子边说："大婶儿，别看鬼子现在闹腾得欢，他们是秋后的蚂蚱，没有几天的闹头。"

淑芳挎着菜篮子走进屋来，说："高老师，这年头没有什么好饭招待你，今儿个让你吃顿杂合面儿饺子吧。"说着，从刘汶怀里抱过孩子来，"别给叔叔尿了身上，让叔叔跟奶奶说话。"

马本斋提了一壶水走进来，给刘汶倒了一碗，然后也坐在炕桌旁，说："老刘呀，我叫进坡去找过你好几次，就是找不到，这一回可好啦。"

"别光顾说话，饺子熟了，你们边吃边说吧。"说着，几大碗热腾腾的饺子，摆在了桌上。

自打刘汶回到了东辛庄，这座穷困的回民村庄就像过开斋节一样，红红火火。几天来，马本斋和刘汶从村东头跑到村西头，又从村西头跑到村东头，跑遍了几十名义勇队员的家，把掏心窝的话暖透了家家户户。每逢晚饭后，小学堂里更是热闹，刘汶像是说评书一样，给乡亲们讲着抗日道理和八路军。

经过几天的宣传动员，酝酿准备，回民义勇队投八路军的事就定下来了。这一天，东辛庄的村西口，临时搭起了戏台子，上面摆着几张长桌，一坛老白干散发出扑鼻的香味儿。台下人山人海，熙熙攘攘，谁也听不清带队的喊什么，也听不出谁在说什么，可是谁都知道，人们是在不停地相互倾吐着肺腑之言。

台上，白老庭给马本斋、刘汶每人倒了一大碗白酒，他自己也端起一碗，高高举过头顶，用他那洪钟般的声音说："我们回族同胞，为有自己这样一支队伍，为有马本斋这样的带头人，感到有光彩。真主保佑，我们的队伍到了八路军里，多打胜仗，荡平倭寇，凯旋而归！"说着，他端起一碗酒，说声"干！"三个人一饮而尽。

马本斋放下酒碗对乡亲们说：

"此去投军，披肝沥胆，不负父老盛情厚望，不灭日寇，决不回师！"说着，他把手一扬："马铁男，点火！"

霎时，十几门大抬杆儿，同时轰鸣。这惊天动地的声音，象征着回民健儿们杀敌立功的坚强决心！

队伍浩浩荡荡地出发了。这支自发的回民武装，从此，在中国共产党的领导下，踏上了烽火连天的抗日征途，走向人民革命的金光大道。那火苗般的红缨枪，那锋利潇洒的大刀，那威武的"扫帚炮"，在阳光下闪闪发光……

第二十章 "大少爷"回家

一九三八年二月，回民义勇队加入了八路军的伟大行列。在河北游击军的帮助下，成立了八路军"回民教导队"，马本斋任队长，刘汶负责抓政治思想工作。喜事人人颂，好事传千里。"回民教导队"的名字很快传遍了子牙河两岸。不摸底细的人，还以为这支队伍拥有千军万马呢。实际上，人不足二百，枪才百十来支。当时在"回民教导队"流传着这样几句话："人是庄稼汉，枪是老套筒，两人握一杆，鬼子被打熊。"

春天，来到了冀中平原，来到了子牙河两岸，岸上那些饱经风霜考验的千年古松，顶着擎天的华盖，昂然挺立，俯瞰着滚滚奔流的子牙河水。河边上那盛开着的不知名的小花儿，红的、黄的、紫的，一簇簇，一丛丛，一片片，娇艳夺目。

在东杨村那棵刚刚冒出新绿的大杨树下，并肩坐着两个人，那是马本斋和刘汶在促膝谈心。

马本斋信手揪出身边的一棵小青草，在手中拿着说："自从参加了八路军，成立了回民教导队以后，从心里感到温暖，真正感受到了共产党、八路军的伟大。尤其是回民教导队经过这一段时间的训练，和过去可大不一样了。"

刘汶亲切地看着马本斋说："历史上的历次农民起义，比如陈胜、吴广起义，黄巢起义，赤眉军起义，直到李自成起义，这些农民武装，最后都失败了。其原因，不外乎就是没有正确的领导，没有远大的目标。现在，你搞起的回民义勇队，虽然不是反对朝廷，而是打日本，如果不接受共产党的领导，最后也会一事无成。如今，咱们的回民武装，接受了共产党的领导，这就好像是走道找到了向导，只要坚定地沿着这条道走下去，抗日战争就一定能胜利，就一定能得到发展。"

马本斋听着刘汶的话，如同一股清泉，流注自己的心头。他带着羡慕而钦佩的心情问刘汶说："老刘同志，你当初是怎样走上革命道路的？"

"我？"

"是呀，你怎么想起来参加共产党的？"

"哈！哈！！你这个问题问得好。好吧，我就跟你说说我所走过的路吧。"刘汶说到这儿，停了停，望着湛蓝的天空，不紧不慢地说，"我和你出身不同。我出生在河北定县一家地主的家庭里，从小过着饭来张口，衣来伸手的寄生虫生活。在中学读书的时候，我看了一些进步书籍，受到了很大的影响，慢慢地开始讨厌自己的家庭和那地主生活。我父亲看我不为他争气，就再也不让我读书了，给了我一部分钱，叫我去跑买卖。我拿着这笔钱到了包头，住在一个小店里。一天，店里来了一个名叫肖平的旅客和我住在一个房间，几天之后，我们就混熟了。起初，我们天南海北地扯着，慢慢地，他开始对我讲了一些革命的道理——也许是他发现我还有点要求进步的思想。直至最后，我才知道他是个共产党员。在包头我们相处的日子里，在革命人生的道路上，肖平同志他成了我的启蒙者。说来也巧，后来他奉命到河北来工作，我就成了他的基本群众，在艰苦的地下工作中，我背叛了自己的剥削阶级家庭，成了共产党。抗日战争爆发以后，我就以小学教员的身份为掩护，化名高志轩到你们村开展工作。

听着刘汶同志的经历，马本斋的脑子里又翻腾起来。他沉默了好半天，突然问："老刘同志，都是什么样的人才能入党呢？"

刘汶为马本斋提出这样的问题而暗暗高兴，他眼前的马本斋和几个月前的马本斋相比，已经大大地前进了一步。刘汶握着马本斋的手说："简单地说，凡是愿意为普天之下受苦受难的劳苦大众打天下的，愿意为共产主义奋斗终生的人，都可以加入中国共产党。"

马本斋一字一句地重复着刘汶的话，仔细地掂量着每个字的分量。他眼里闪着炽热的光，果断地对刘汶说："回民教导队就是我的家，共产党、八路军就是我的亲人，不把日本帝国主义赶出中国去，我马本斋死不瞑目！"

刘汶深情地向天空望去，只见在湛蓝的天空飞着一只雄鹰，它展开坚实的翅膀，在朵朵白云间翱翔盘旋。那矫健的身影，就像一道闪电，霎时飞向遥远的天边。

刘汶看着马本斋那感情激动的样子，内心感到由衷的高兴。他忽然又想起了什么，拍着马本斋的肩膀说："本斋同志，光顾谈心了，差点还忘了告诉你一个好消息，吕正操司令员在安平组织起来的回民干部教导队，过几天就要开到咱们这里来，与咱们合并。"

"那可太好了，吕司令员真关心咱们回民教导队，得好好地准备一下，迎接咱们的新战友。"

两人在河边走着、谈着，河滩上留下了两排清晰的脚印，红彤彤的日头烘暖着马本斋的心。马本斋决心在共产党的领导下，把这支回民武装变成为穷苦人民打天下的队伍。但是，有一件事使他放不下心来。他对刘汶说："老刘，咱们的队伍总算拉起来了，可是，这眼前的给养，枪支，都存在很多困难。好在我们的战士都是来自穷庄稼人，他们能吃苦；不过，为了发展壮大这支部队，必要的后勤供应还是需要跟上的。"马本斋说到这里，指着远处正在训练的战士说，"你看，都已是春末夏初了，咱们的战士还穿着一套破棉衣，身上都可以孵小鸡儿啦！"

刘汶停住了脚步，深沉地说："是呀，这的确是个问题，应当很快解决。"

第二天下午，太阳热辣辣的，回民教导队的战士，正在子牙河一个河湾里擦澡，有的蹲在河边互相搓背，有的在水中调皮地追逐着，个个像水鸭子一样活蹦乱跳。太阳偏西了，他们恋恋不舍地从河里走上岸来，清凉洁净的子牙河水，冲去了他们身上的污垢，战士们感到满身轻松，舒服。当他们拿起那身穿得油光闪亮的棉衣时，不由得都皱了皱眉头。马铁男将棉衣往身上一披，风趣地说："大队长说咱们身上可以孵小鸡啦。"

"铁男哥，你还披它干啥？你看我的！"铜小山说着"刺啦刺啦"地几下，将棉衣里的棉絮掏了个净光。这种做法，战士们有的赞成，有的反对，引起了一阵议论。

"嗨，这个办法好，把棉絮掏掉不就能过夏了吗？"

"说得倒轻巧，把棉袄毁了，暂时好过，天冷起来了，怎么过冬呵？"

"你这个人真是死脑筋，先说眼前嘛，冬天再说冬天的。车到山前必有路嘛。"

"反正我不同意，这么好的棉衣毁了，这不是糟蹋东西吗？"

这番议论，很快就传到马本斋那里。他感到问题的严重性，战士们的夏装一定要解决，而且越快越好。这几天他一直为这件事犯愁。这天，他正在房子里踱来踱去，刘汶推门进来，说："老马，关于部队的夏服问题，我准备亲自去想想办法。我过去跑过买卖，弄些布来还是可以的。"

马本斋深知，刘汶人事关系很熟，也就欣然同意了。他说："这件事，那就拜托你了，战士们若能尽早穿上单衣，那就是两把钥匙挂在脖子下——开心又开心啰。"说得两人哈哈大笑起来。

第二天吃过早饭，刘汶身穿一件深灰色的长衫，头戴礼帽，手提一个大皮包，一副商人打扮，出发了。天黑时分到了定县。他进了城，既没有去找旅馆，也没有去探亲访友。他匆匆忙忙地走着，当他路过冀中平原有名的定县塔时，他抬头一望这耸入云端的古塔似乎在黑夜的高空中摇晃。刘汶从小听老人讲过，定县塔建于北宋年间。当时的定县叫定州，是宋朝的北方军事重镇。这座八角十三层的宝塔，站在它上面，可以瞭望敌方的动静。刘汶触景生情，他想去看望一位多年未见的老朋友，这位朋友是他中学时的同学，因不满现状，便落发在这定县塔院寺当了和尚。他刚要举步，又停了下来。心想：这年月，泥沙俱下，鱼龙混杂，能躲开的尽量躲开，何况自己现在重任在肩，人情世故只好暂时免了。

刘汶来到东大街，拐进一个丁字形的小胡同，往东南方向走去，约莫晚上九点钟左右，来到陈村营一座青砖大院门前停了下来。他抬头看了看这院子的大门，然后，用右手撩了撩长衫的衣襟，身子一闪，就进了大院。

听到外面的脚步声，一个六十多岁的看家老头，掌着煤油灯从西厢房走了出来。他用灯一照，"啊"了一声，差点将手上的煤油灯摔在地下，但他很快镇定下来，口气温和恭敬地说：

"啊，大少爷您回来啦！"

"对,没有想到吧?"

说话间,一个头戴黑色小帽盔儿,身披黑短褂,手拿水烟袋的老人来到他俩跟前。看家的一步上去殷勤地说:

"老爷,大少爷回来啦!"

刘汶欲上前叫爹。父亲一摆手:

"回客厅说。"

刘汶的父亲外号叫刘百合。前清年间,他曾考取过进士。他在天津卫当过管钱粮之类的官吏,搜刮了大量民财。他目睹当时官场上尔虞我诈、钩心斗角,感到做官为吏不是长久之计;为了保住自己的财产,便弃官回乡,经营起他的地主庄园。他有三个儿子,两个闺女,刘汶排行老大。前几年刘百合拿出一笔钱叫刘汶到外面去做生意,赚大钱。可是,几年来,这个"不孝之子"却一去不复返。如今,忽然出现在他面前,他真有一股说不出的滋味儿。

刘百合坐在一张垫了丝绸棉垫的太师椅上,把煤油灯稍为拨亮了一点,严厉地问:

"这些年,你到底干什么去了?"

"做生意呀!"

"做什么生意?你照实说来!"

"要我说嘛,暂时还不能说,反正是一笔大买卖!"

"你别胡扯了!这几年外头对你的传闻很多,我听了那些话,心里好像搁了一把刀子。"刘百合说到这里,剧烈地咳嗽起来。

"人是吃五谷杂粮长大的,说什么话的没有?他们要说,就让他们去说吧。"刘汶仍然带着微笑对父亲说。

"反正,人家说你是个败家子,这点是不会错的。我问你,听说你将那些钱去供了一批共产党是不是?老实告诉你,我在外面混了多年,干够了,见多了,看透了,什么这个党,那个党,我都不沾。我们刘家应该是看破红尘，与世无争，什么党我们都不去攀！"

"可是，你不去沾它，它会来沾你；你不去攀它，它会攀你啊！"

"那我问你，你今晚回来干什么？"

"还是要用你的钱去供共产党。"这时，刘汶严肃起来了。

"什么？还要我出钱去供共产党？简直是无稽之谈！"

"这不是无稽之谈，这叫物归原主。我们家的钱是从穷人身上刮来的，共产党是穷人的党。现在是共产党领导八路军抗战，八路军就是为穷人的，我们把钱交回给共产党、八路军，是理所当然。"刘汶准备用一些通俗易懂的道理来说服他的父亲，虽然这些话看来是多余的，但非说不可。

这时，刘百合捧着水烟袋，气得手在发抖。客厅里除了那盏昏暗的煤油灯在闪烁之外，其他的一切都显得沉默，死板。停了一会儿，刘百合终于开口了：

"你不想一想，以前给你一大笔钱去做生意，你却把它填进了共产党的肚皮，如今，你又打起我的主意来了。没有那么容易。天字出头'夫'做主，还是我说了算！"说着将水烟袋"砰的一声摔在桌子上，里头的水都溅到桌子上。

刘汶看到父亲这个样子，并没有发火，他温和地说：

"爹，你别动那么大的肝火。你也想一想，我并不是个糊涂虫，若是共产党、八路军不好，我会去投奔他吗？这些年来，我到处闯，今天关里，明天关外，见过多少达官贵人，看过多少英雄豪杰，唯独共产党、八路军才是救国救民的。"

"得了，你别在我面前唱喜歌，共产党就是黄金铺地我也不朝那儿迈。人家有身份的子弟出门混个官儿，银元白花花地往家搬，你呢？一定要把家里挖空才甘休。你这个不孝的孽子！滚，给我滚！"刘百合气急败坏地嚷起来。

刘汶感到，像他父亲这样的人，只凭一个晚上说几句话，要他把钱交出来是不可能的。于是，他站起来告辞：

"爹，现在时候不早了，咱们改日再说吧。"说着就要走出客厅。他刚走到门口，客厅的两扇大门突然"哐啷"一声被推开，从外面闯进来两个人，一个是腰圆膀粗的彪形大汉，一个是瘦小尖腮的小个子，两个人都穿一身黑色裤褂，敞着怀，腰间系着一条青色布带儿。只见那彪形大汉从腰间拔出驳壳枪指着刘汶的胸口，小个子拿着一把尖刀指向刘百合的脑袋。刘汶定了定神，问：

"你们是干什么的？"

"我大哥是打虎的，我是杀猪的。"瘦小个子耍着手中的匕首说。

"你们要干什么？"

"哼！干什么？老子要钱！"那个彪形大汉傲慢地说。刘汶对着父亲瞟了一眼，只见他吓得魂不附体，哆哆嗦嗦的，两腿像筛糠一样。刘汶镇静地拨开对方的驳壳枪，说：

"走南闯北，这个我见过！"

"少啰嗦！破费破费，小意思。"彪形大汉继续用枪逼着刘汶。

"今天咱哥们儿这把刀子，就是冲着你来的！"瘦小个子说着把刀又晃了几下。

刘汶看这阵势，沉思一下，改换口气说："我家树大招风，徒有虚名，请哥们儿高抬贵手！"

"你爹，叫刘百合，何止百盒（合），千盒万盒也不止！"彪形大汉说到这里，把枪转向刘百合："老东西，你还不放明白点儿！"

"确实开不了销呀！请二位原谅。"刘百合边说边跪在地下求饶。

"别装蒜，我看你是抱着元宝跳井，要钱不要命了。我问你，你是要钱，还是要命？"瘦小个子"啪"地将刀往桌上一插；彪形大汉也"咯吱"一声，扳动了一下机头。这连续两个动作，把刘百合吓得倒在地下，口里连声求饶：

"老朽要命，老朽要命……"

"快点开钱柜儿！"彪形大汉命令说。

"汶儿，给他们一点儿吧，钥匙……钥匙……钱在……在里屋柜里……"刘百合哆哆嗦嗦地从口袋里掏出钥匙。

刘汶接过钥匙，走进里屋，打开钱柜，只见雪白的银元整整装满一柜子。彪形大汉顺手捧起银元哗啦哗啦地往布袋里装，三下五除二，把钱掏去一大半，然后把鼓鼓囊囊的布袋扛在肩上。这时小个子向刘汶说了声："大少爷，后会有期！"说完两个人大步走出刘家，消失在黑夜中。

刘百合忙从地上爬起来，望了望钱柜子，气得眼珠子一翻，又倒在地上。刘汶把他扶到床上，等他醒过来后说：

"爹，这个家我也不想久待了，我回来不到一夜工夫，就发生了这样的事……"

"你……你走到哪儿去？眼下是多事之秋，世道动乱！"

"我还是回去做我的'大买卖'！"

刘汶乘着月色，离开了刘家大院。他这回没有走定县城，而是朝东走去。走不远就碰到了那两个"打虎杀猪"的人。

三人见面，不觉哈哈大笑起来，那个彪形大汉就是马铁男，瘦小个子就是铜小山。刚才在刘家演的那场戏，是他们三人预先设计好了的。刘汶认为，不管用什么办法，只要能将他父亲的钱柜砸开就是胜利。

刘汶领着马铁男、铜小山继续往东走。刘汶仍装扮成商人，后面跟着两个"挑脚"的，日夜兼程，于第二天晚上回到了回民教导队的驻地。刘汶关心地对马铁男、铜小山说："这两天够累的了，天也很晚，先去好好休息，明天再向大队长汇报。"说着他们分了手。

马铁男和铜小山背着钱像骆驼似地向前走着，当他们路过马本斋的房前时，发现窗子还亮着灯。两个人使了个眼色，便走进马本斋住的房里。一进门，快嘴的铜小山就对正在看书的马本斋喊："大队长，'财神爷'回来了！"说着就把袋子向地上哗啦一倒，银元满地直滚动。马本斋惊奇地问：

"这么多钱，哪里弄来的？"

马铁男向铜小山瞟了一眼，神秘地说：

"这是老刘家的压柜钱哪！刘百合家的银元压断十字街、压平定县塔，不知到底有多少盒啦？！"马铁男越说越来精神，一口气把这次去刘家弄钱的前后经过，绘声绘色地向马本斋学说了一遍。马本斋听后心情很不平静，他回过头问马铁男：

"老刘呢？"

"他回房东那里休息去了。"马铁男回答。

"好吧，你们这一趟很辛苦，天不早了，也去休息吧。"

深夜，周围村庄一片寂静，只有河西那边传来了几声狗叫。马本斋望着堆在地下的银元，浮想联翩。他在旧军队混的那些年，目睹那些当官儿的刮民财，喝兵血，白花花的银元尽往自己腰包里装。记得在胶东，有几次因为上面克扣粮饷，吃"空名子"弄得兵士吃不饱饭，拿不到一个大钱。而如今，在这艰苦战争年代，竟有另一种人，他们为了革命，可以把家里的钱财拿出来交给组织。一个人，为什么能够背叛自己的地主家庭？革命革到自己老子的头上了，他为什么那样坚定？一个大少爷，为什么能放弃舒适的生活，跑到这里来啃窝头，睡地铺，整天和这些"泥腿子"打交道？除了有远大革命理想的共产党人，谁能做到？！刘汶是自己接触到的第一个共产党员，他觉得老刘在自己的心目中就像一面明镜，他的言谈举止处处都可作为自己的榜样。想到这里，马本斋透过窗户，眺望了一下闪烁的星辰和明月，随即伏案提笔，在一张红格信笺上，开始书写第一份要求参加中国共产党的申请书。他年轻的政治生命开始迈出第一步，他思想感情的潮水倾泻于字里行间，他写呀，写呀，写不完对党的虔诚信赖，写不完他那为普天下穷苦人求解放的远大理想，写不完他那为中华民族奋斗终生的坚强决心……

天还没有亮，马本斋就去找刘汶。他绕过自己的住房，顺着一条小胡同来到了村北，又登上一座高坡，便走到了刘汶的住房。他一进院，见刘汶正在洗脸，激动地说：

"你这个财神爷，昨天晚上回来那么晚，今天起得还这么早，我以为你还在被窝里呢！"

刘汶一听是马本斋的声音，边擦脸边说：

"咱们是夜老虎，熬夜熬惯了，睡不着啊！"

"老刘呀，穿的问题你给咱们解决了，可是新的问题又来了。"

"什么新问题？"

"我想，咱们部队还应该扩大兵力，才适合当前的形势。你解决了穿衣问题，人的问题我去解决。"

"怎么解决，说说看。"

他俩走进屋里，坐在凳子上，马本斋掏出烟包来，两人各自卷了支烟。马本斋吸了一口烟，弹了弹烟灰说：

"孟村有个大财主，名叫马维洲，也是个回回，他手下有一百多名弟兄，我想去说服他们，出来抗日。"

刘汶在屋子里来回走了几步，说：

"这支势力，流寇思想和游民习气很重，纯粹是靠着封建的红帮关系维持，你去争取他们恐怕有危险。"

"不入虎穴，焉得虎子'？你能扔掉自己的家，弄出钱来供咱们打日寇，我难道就不能深入虎穴，去争取抗日的力量吗？"

"争取抗日力量我同意，可是怎样争取，咱们得好好研究一下。"

"行，我完全同意。"

第二天上午，马本斋带领着马铁男和金震河纵马向孟村奔去。

一路上，马本斋望着那无边无际的大平原，想起满目疮痍的祖国，想起水深火热中的人民，心潮翻滚，不能平息。

三匹快马，在平展展的土路上奔驰着，中午时分，便来到了孟村村头。

孟村虽然没有寨墙和寨门，但是村子四周，都是些高房大屋，远远望去，也如同城墙一般，易守难攻。

村头的哨兵发现远远奔来三匹战马，一声呼哨，顷刻之间房上房下布满了岗哨。当马本斋带领着马铁男和金震河来到村头的时候，只见房前屋后，房上房下，到处是乌黑的枪口，真是刀光剑影，杀气腾腾。

马铁男和金震河不约而同地伸手掏枪。马本斋用手挡住他们，低声说道：

"不要动枪，看我的眼色行事！"

这时从村口传来一声高喊：

"站住！你们是干什么的？"那人边喊边朝马本斋跑过来，手里的盒子枪张着大机头，前后甩动着："三位，村寨有门，请留步！"

马本斋和马铁男、金震河下了马。马本斋没有说话，只是把手一扬示意马铁男把事先准备好的名片递给他。

来人接过名片一看，脸上立刻显出吃惊的神情，他跨前半步，打了个敬礼，说："请马队长稍候，我立刻去报告二爷！"说罢，转向村里跑去。他说的二爷就是土匪头子马维洲，因为他行二，所以都叫他二爷。

时间不大，只见房前屋后、房上房下的枪口都消失了。不一会儿，村口两边的街道上，出现了一百多名穿着乱七八糟服装的乡勇，他们摆开雁翎翅队形，分列两边，从队列的尽头走出一个人来。这人三十多岁，身量不高，胖胖的，黑色脸皮，两条短眉一双圆眼，穿一身直贡缎的黑色裤褂，挎一支二十响的驳壳枪。他，就是地主马维洲。

马维洲边走边对站在路口的马本斋拱手说："不知守清兄驾到，有失远迎，当面恕罪！"

马本斋也一拱手说：

"岂敢，岂敢！马某冒昧而来，多多包涵！"

"客气，客气！"马维洲点头哈腰地说着一伸手："请！"

马本斋来到马维洲的客厅，落座之后，先是客套了几句，然后转入了正题。他说：

"当今，日寇铁蹄蹂躏我大好河山，举国上下，风起云涌，纷纷起来抗日，不知维洲兄有何想法？"

马维洲被马本斋这单刀直入的言语，一下子给问住了，他端起茶碗慢慢呷了一口茶，这才用沙哑的嗓音回答：

"守清兄举义旗抗倭寇，为咱回族争光，小弟早知，如雷贯耳，佩服，佩服！"说着，又端起茶碗呷了一口茶。

马本斋见他避而不谈自己的打算，于是步步紧逼："维洲兄如此器重抗日将士，马某也由衷地敬佩。俗语说：'国家兴亡，匹夫有责。'我们回回作为中华民族的子孙，国难当头，挺身而出，这也是我们的责任。我想维洲兄也有同感吧？"。

"当然，当然"，说着，马维洲伸出三个手指头一晃说，"不过小弟有小弟的难处，请守清兄谅解才是。"

马本斋在过去多年的剿匪中，也知道了不少土匪的手势和黑话，马维洲伸出三个手指头，意思是说干过土匪。马维洲原是一个出没无常、袭扰乡里的土匪头，但他自称是绿林好汉。多年来，凭着他手下有百十口子匪兵，用搜刮来的钱财慢慢地盖起了青砖院落，买下了大片土地，治起了大家业，成了方圆百里有名的土财主。自从他截滩，过起田园生活以后，表面上常常说不干绿林豪客了，实际上狗改不了吃屎。自从"七七事变"，日寇进入华北平原，马维洲的"太平日子"也不太平了。他向马本斋所说的"小弟有小弟的难处"，意思就是说，他家大业大，舍不得丢下这个家业出去抗日。

马本斋看透马维洲的鬼胎。他也了解到，就在半个多月之前，马维洲为了讨好日本人，想继续过自己的天堂日子，曾大摆宴席，把日本人请来赴宴。马维洲有个小老婆，长的相貌非常出众，再加之她走起路来迈着金莲步，说起话来赛黄莺，色鬼见了无不着迷的。马维洲自然把她当作自己的心头肉和掌上明珠。宴席上，小老婆给日本人又斟酒又挟菜，把日本人哄得溜溜转，一双小眼睛，死死盯着她那美丽的脸蛋儿。就在当天晚上，日本人把马维洲的心肝儿给抢走了。常言说，冤家莫过于"杀父之仇，夺妻之恨"。马维洲为此几次想去拼，但又怕斗不过日本鬼子，闹个赔了夫人又折兵。这口窝囊气只好装在肚子里；只是怀恨不休。马本斋就抓住他心上这块病，进一步攻心说：

"维洲兄，寄人篱下的日子可不好过吧？你虽有良田百亩，如果没有了国，你还能有什么家？我想连自己的老婆也会保不住的。你说呢？"

这一句话戳到了马维洲的痛处，他猛地把桌子一拍，骂道："狗娘养的小鬼子，实在是欺人太甚，老子真想和他们拼一场！"

"要想拼就得参加抗日的队伍。共产党号召团结一切可以团结的力量共同抗日，当然，也包括你。如果你单枪匹马地去拼，就是有三头六臂也不行！"

一席话说得马维洲五体投地，他想："到处流传马本斋是我们回族的一名英雄，文武双全，从今天的言谈话语看，果然名不虚传。何不就此机会试试他的才学！"想罢，他放下茶杯，假装歉意地说：

"守清兄，我是个大老粗，有句题外话，不知当问不当问？"

"请讲当面。"

"前几天有位朋友给我出了个谜语，至今没有猜到，我正在发愁呢，今天您来了，正好当面请教。他出的谜语是'走也坐，吃也坐，睡也坐，坐也坐'。"

马本斋早已看透了马维洲的用意，他略加思索一下，说："维洲兄，我也给你说个谜语：'走也睡，吃也睡，坐也睡，睡也睡'，维洲兄，我的谜底吃你的谜底，怎么样？哈哈哈……"

马维洲闻听，大为吃惊，心想："唉呀，马本斋果然智力过人，他竟然能以谜破谜，我的谜底是'青蛙'，他的谜底是'蛇'，蛇吃青蛙，厉害！"他又一转念："听说此人不光有文，武艺、枪法也很高强。到底如何，我不妨也试探一番。如果他真是一条汉子，我马维洲就挺身跟着他去抗日，报那夺妻之恨。"想罢，他微微一笑，说：

"守清兄，您此次前来，兄弟我也没有什么贵重东西奉送，敝舍有一匹好马，全身洁白，人称白鬃烈马，还有一把二十响的盒子枪，全新烤蓝。我想把这两样礼物送与大哥抗日杀敌，您不想试一试吗？"

马本斋明白马维洲的意思，暗暗高兴。心想不给他个厉害看看，他不知道马王爷三只眼。他把手一拱说：

"既然维洲兄奉送两件珍宝，小弟就不客气了，如你有兴致，现在我就想去试试好马快枪！"

此话正中马维洲的心怀。他把手一扬，说："请吧！"

在马维洲家的深宅大院后面，是一个几百米长的大空场。空场的中央有棵弯脖柳树，在弯脖柳伸出的一枝树杈上，并排挂着三个白瓷茶壶，这就是马维洲试马验枪的校场。

马本斋来到空场，马维洲一招手，马夫把白鬃烈马牵了过来。马本斋转身望去，只见白鬃烈马，膘肥毛亮，鬃白如雪，果然是匹好马。

马铁男和金震河为自己的队长捏着一把汗，不约而同地想：这马维洲的葫芦里到底卖的是什么药？这匹白马是匹烈性马，弄不好就会被它摔下来，不是断腿就是断胳膊！马铁男悄悄对马本斋说：

"队长，小心，不要上他们的当！"

马本斋假装没有听到，把手一扬："拉马来！"

马夫应声，把白鬃烈马的缰绳交给了马本斋。

马本斋接过缰绳向马维洲说了声："维洲兄，我就不客气啦!"说着飞身上马，那白马瞪着大眼哪里肯服气，把前蹄高高扬起，拉开嗓子，"咴儿、咴儿"地仰天长啸。马本斋骑在马上不慌不忙，把嚼子往怀里紧紧一收，这白马像是听到命令一样，乖乖地把前蹄往地上一放，原地站在那里，老老实实地不动了。

马维洲让手下人把二十响盒子枪递上，马本斋接过枪，双脚后跟儿轻轻往马肚子上一磕，白鬃烈马就像箭一样射了出去。

马本斋纵马奔驰，先熟悉了一下马的步法。当他返回来，还距歪脖柳有百十米的时候，他突然把身体往下一倒，来了个"镫里藏身"。

前面已经说过，马本斋年轻的时候，跟着父亲马永长在内蒙古给牧主放过马，在那一望无际的大草原上，练就了一身的好骑术。有一次，他去套一匹烈性黑马。他手持套马杆，去追赶那匹跑得飞快的黑马，追了一程又一程，总是追赶不上。后来，他心生一计，从飞奔的马背上跳了下来。被追的黑马以为追赶它的牧人被摔下马来，于是放慢了脚步，昂头长啸。马本斋利用这一刹那，紧跑几步，飞身跳上坐骑，高举套马杆，猛地向黑马甩去，绳套正好落入了黑马的脖颈，这匹黑马就这样被驯服了。从此，马本斋在草原的穷牧民中便出了名。

此刻，马本斋做着"镫里藏身"的动作，把身体紧紧靠在马背的一侧，顺手掏出二十响的盒子枪，把枪机向大腿上一擦，大机头张了开来。当距歪脖柳还有六七十米的时候，他甩起盒子枪，"叭、叭、叭"三响，挂在树上的三个白瓷壶应声被打成碎片。

空场上立刻响起了喝彩声。

马维洲暗暗佩服，心想：马本斋果然是条汉子，跟着他干，我的"夺妻之仇"不怕报不了!

马本斋来到众人面前,飞身下马,把手一拱说:"维洲兄,见笑,见笑!"

"佩服,佩服,小弟甘拜下风!"

"时间不早了,我还要等你的回话呢。"

马维洲痛痛快快地回答说:"共同抗日,人人有责,我马某为朋友两肋插刀,决心跟着大哥您出去闯荡!"

"君子一言……"

"驷马难追!"

马本斋心中高兴,便进一步问道:"请问维洲兄何时到我部队?我们好摆队相迎呀。"

马维洲伸出一只手张开五指一翻说:

"十天为期,小弟料理一下家务,便带队前往。"

"好,痛快!到时候我一定在村头欢迎你。"

太阳西斜,彩霞满天。马本斋和马铁男、金震河三人兴奋地纵马奔驰在绿色的原野上。

夜深了,马本斋回到驻地,点燃他那盏小油灯,从小本子里取出昨天晚上写的入党申请书。从头到尾又看了几遍,总感觉还没有完全把自己对党的一片忠心写出来。便拿起笔重新进行修改。他把自己的思想感情全部倾注在这张洁白的纸上:"我出身于穷回回,家徒四壁,一无所有;但我有一颗对党对人民赤诚的心,有一腔殷红的热血,有个粗壮的七尺身躯,我甘心情愿地把我的一切献给伟大的中国共产党,决心为中华民族的解放事业奋斗到底……"

第二十一章　冤家路窄

马本斋率领的回民义勇队,自加入八路军以来,在硝烟弥漫的战场上度过了一年。眼下又进入了高粱晒米、谷子弯腰的金色秋天。

马本斋在这段短暂而艰苦的革命征途中,已迈出了坚实的第一步。在这烽火连天的战斗环境中,他正一步一个脚印地实现着自己入党申请书中的诺言。

这天过晌后,马本斋来到刘汶的住处,把自己这段时期以来的思想情况,向刘汶详详细细地做了汇报。最后,两个人走出房东家的大门,顺着高坡穿过一个胡同,边走边说,往三连驻地走去。

正走着,马铁男满面春风地向他们跑来,大声喊道:

"马队长,弄来啦! 弄来啦!"

马本斋和刘汶被马铁男的喊声弄得丈二金刚摸不着头脑。马铁男跑到跟前,还没有站稳,就又喘着气说:

"撒出了红小豆儿,引来了白鹁鸽……"

马本斋没等他说完,就打断他的话严肃地说:"马铁男同志,在领导面前说话,为什么不首先敬礼? 为什么不喊报告? 你已经不是老百姓,入伍都一年了,部队要有部队的样子,懂吗?"

马铁男只顾高兴，一时忘记了军队的军风纪，于是爽直地说："报告队长，我错了。"

"呃，这还像个革命军人的样子。好吧，你讲讲，什么弄来啦？"

"昨天我们带着你给张庄地主张大仓的信，让他为抗日献出他们看家护院的枪来。起初他不肯献，说是早就卖掉了，这年头，还敢窝藏枪支。我们反复向他讲抗日道理，他就是不听，最后我们只好来硬的了。我们说：'回民教导队马队长的脾气你们是知道的，他了解你家有枪，才让我们来的；如果你有枪不交，那就是暗投日寇，将以汉奸论处，按罪行应当枪毙！'说着，我们架起张大仓就往外走，这一下可把他吓坏了。"马铁男边说边表演，把马本斋和刘汶都给逗笑了。

马本斋问："最后都交出来了？"

"他敢不交！"

"收获不小吧？"

"敢情，一挺马克沁机枪、五支汉阳造、两把盒子枪。"

马本斋称赞说："你这猛张飞，也学会粗中有细了。这一回给你记一功！"

三个人高兴地笑着，迈步往三连走去，还未进村，便发现远处的大路上走来两个人。

马铁男手搭凉篷说："看身影怎么这样熟呢？"

三人停住了脚步，马本斋说："铁男，还不快去迎接，你看谁来啦？"

刘汶拍着马铁男的肩膀："还傻愣着干啥，快去！"

原来是马本斋的母亲和秀兰，她俩都挎着一个大篮子。

马本斋和刘汶急步迎了上去，马铁男不好意思地跟在后面。

还隔着老远，马本斋就打招呼说："娘，你们来啦，这么远的路，你老人家也不怕累！"

刘汶急忙接过连成婶的篮子说："大婶儿，又想儿子了吧？"

"也想儿子，也想同志们，都是我的孩子。原先都在眼皮子底下，现在离开了家，在枪林弹雨里滚，哪儿能不想呢？这不，我们东辛庄的妇女们，做了些军鞋，托我和秀兰送给你们。"

刘汶感激地说："大婶儿，你们又忙种地又支前，真太感谢您老人家啦。"

"你这孩子，又见外了不是，咱们本来就是一家人嘛。"

马本斋高兴地一把扯过躲在身后的马铁男，说："铁男，还躲着干啥，还不快接过秀兰的篮子！"

连成婶看着马铁男那个憨厚劲儿，喜爱地说："嗬，几个月不见，这个铁男也变得和大姑娘一样了。我们秀兰这么远都来了，你还不快去接篮子。"

"大妈，你……"秀兰不好意思的躲在了连成婶的身后。

马铁男鼓起勇气，两步迈到秀兰面前，说了声："你来啦？"

秀兰把大辫子一甩说："废话，我不来怎么会站到这儿？"

一句话逗得大伙儿哈哈大笑不止。马铁男红着脸，乘机夺过秀兰的篮子，转身向村里跑去。

马本斋搀扶着母亲，边走，边问："村里乡亲们都好吧？"

"好，好，如今的庄稼人也比从前精明多了，减租减息又抗日，家家户户不落后。"

"老庭大伯怎么样？"

"你老庭大伯，自从担任村长以来，样样走在前，成了咱们村的主心骨了。"

"村里的抗日组织都建立起来啦？"刘汶关心地问。

还没等连成婶答话，聪明伶俐的秀兰抢着说："成立了，什么儿童团，青抗先，妇救会……"

连成婶拉着秀兰的手说："我们秀兰就是妇救会主任呢！"

村头上回民教导队的战士们，穿着崭新的灰军装，白色的臂章上印着两个大蓝字——"八路"，在阳光下特别醒目。他们按着班、排、连，正在进行操练。

连成婶和秀兰看着这威严的阵容，高兴得合不拢嘴。连成婶说："八路军里就是出息人，咱义勇队的人才来了几天呀，一个个都变成赵子龙啦，真威风！"

秀兰拉着连成婶说："赵子龙可比不上咱们这军队，日本鬼子都说咱们是神兵天将。"

"可不是，"连成婶说，"时间不长，八路军在这片地方连着打了几个胜仗；山本最近有点老实了，不敢天天出来糟蹋老百姓啦！"

刘汶说："大妈，等着吧，我们还要把山本敲掉呢！"

"你大妈就盼着这一天啦！"

几个人说笑着走进村去。

月亮爬上了树梢，银光闪闪地照在子牙河上，今晚她显得格外恬静、温柔。在回民义勇队经常活动的河堤上，那成行的枣树林探出它那粗壮的枝杈，像是伸长了脖颈，悄悄地窥探着一对恋人在甜蜜相会。挂满枝头的大枣儿一颗颗笑得红了脸。

此时，马铁男和秀兰两人正肩并肩地在河堤上走着，给秀兰带来了幸福的回忆。她和马铁男的爱情是在东辛庄练拳院萌芽，在抗日烽火中开花，在残酷的斗争岁月里得到了考验的。但是自从本斋大叔带了部队离开东辛庄之后，他俩很少见面，特别秀兰听到有的人加入队伍后，吃不了苦和累，中途回家了，她的铁男怎么样了呢？他还有在练拳院那股劲吗？她似乎有许多话要向铁男倾吐，可如今相见了，又不知从哪里说起。

他俩走到一棵大枣树下停了下来，马铁男傻愣愣地望着秀兰，一会儿掏掏衣兜，一会儿摸摸衣服上的扣子，那双手总感到没抓没挠的，很不自然。秀兰那双脉脉含情的大眼睛，借着明亮的月色打量着马铁男。天上的群星，冲出薄薄的云层，对这对朴实而真挚的恋人，露出赞赏的笑容。秀兰慢慢地靠近马铁男的身边，用手戳了他一下："我们见面都老半天了，你也没个话！"

"……"马铁男该说些什么好呢，他想不出来。

"人家都说你到了队伍上把俺给忘了。"秀兰装着不高兴的样子。

马铁男一听这话可急了，立即开了腔："我，我，我做梦都想着你哪，怎么会忘了？！"

"那这会儿你是哑巴，连个话也没有！"秀兰噘噘嘴。

马铁男不好意思地瞧着秀兰，不自然地挠挠头说："我怎么没话？我有一肚子的话，可见了面就不知从哪里说起了。"

秀兰圆润的脸上一阵发烧，她深情地把脸轻轻地贴在了马铁男的胸前。马铁男抚摸着秀兰匀称而坚实的肩膀小声说：

"秀兰，等打完鬼子，我向本斋哥请个假，回东辛庄就成亲。"

"我不光是为了这个，"秀兰慢慢地推开马铁男，"本斋大叔是我的救命恩人，也是你的救命恩人，再说我俩的事也是他的主意。如今他领着大伙儿打小鬼子，只要你在队伍上，不给本斋大叔丢脸，我就喜欢。"

"我一定跟着马队长好好地干，把小鬼子赶出中国去！"

"这次我来就是想听到你这句话！"秀兰说着从兜里掏出一顶用丝绒线绣的精致的回族小白帽，温存地望着铁男说："这顶帽子，你戴上给我看看。"马铁男接过一看，上面绣着"同心革命"四个字。这四个字，在银白色的月亮陪衬下，显得特别耀眼，清晰。此时，一阵晚风，从子牙河南岸吹来，马铁男的心里像是灌进了一罐蜜，美滋滋的，浑身充满着力量。他把帽子端正地戴在头上，腼腆地对秀兰说：

"好看吗？"

秀兰用手给他整了整帽子，羞怯地低语道：

"你真好……"

早晨，回民教导队队员们，整整齐齐列队站在打谷场上，雄赳赳，好不威风！队长马本斋站在一个临时搭的台子上，放开了嗓门对战士们说：

"同志们，军区首长为了加强咱们回民武装，指示安平县的回民干部教导队和咱们合并，他们马上就到，我们要热烈欢迎新战友！……"

这时警卫员小金跑来敬礼报告说："报告队长，回民干部教导队到了。"

大家不约而同地向村头看去，只见村口处，浩浩荡荡走来一大队人马，一色灰军装，肩上的钢枪闪闪发光，边行进边唱着抗日歌曲，真是精神抖擞，威武雄壮。

马本斋和刘汶忙带着部队快步迎了上去，边走边高呼着口号：

"热烈欢迎回民干部教导队！"

回民干部教导队的战士们也高声喊着口号：

266

"团结起来，共同抗日！"

口号声和欢呼声交织成一曲革命斗争的乐章。

马本斋阔步走上去，紧紧握住回民干部教导队铁成同志的手，热情地说："欢迎你们呀，早就盼着你们来了。"

"你就是马本斋同志吧？抱歉得很，我们来晚了，吕正操司令员和程子华政委早就指示我们把回民干部教导队带来交给你。由于最近仗一个接着一个，所以，拖到现在才来。老马，我的任务可完成了。"

"怎么，你还回军区去？"

"是啊，得回去。不过，我真想和你们在一起呀！"

"既然留不住你，那你就多待一些日子，等两支部队熟悉了，你再回军区，怎么样？"

"军区首长让我明天就回去。"

马本斋一看留不住铁成同志，便把话题一转：

"干部教导队的同志们可真成了及时雨，这下子我们可就兵强马壮了。军区党委这一决定真是太英明了，把冀中分散的回民武装汇集在一起，便于活动，便于领导，这样就能攥成一个铁拳，更好地打击日本鬼子。回想我们教导队刚一摆摊的时候，才有二百多人，现在已发展到六百多人；这回你们来了，我们就可以编成两个大队，真可谓如虎添翼啰。最近，我们要配合抗日游击军攻打汉奸周朝贵，你们算是赶上了。

"好哇，来得早不如来得巧，战士们就盼着打仗啦！"

两个人亲热地交谈着，随队伍向会场走去。

战士们一排排整齐地坐在背包上。铁成同志走上台，代表军区首长讲话说："根据军区吕司令员的指示，回民教导队和回民干部教导队从今天起，就合并到一起了。这个部队的名称叫冀中军区回民教导总队，任命马本斋同志为总队长。"

雷鸣般的掌声震撼着秋天的原野，热烈的口号声激动着每个人的心弦。回民的抗日健儿们举枪宣誓：跟着共产党，坚决抗日，革命到底！

第二天早晨，马本斋和刘汶来送铁成同志。

马本斋提着铁成的背包，恋恋不舍地说："铁成同志，说心里话，你刚来就走，真有点舍不得呀！"

"共产党员四海为家，今天回军区，说不定明天我又回来啦。"

"说得容易。铁成同志，啥时候给我们派政委来呀？"

"我想军区会有安排的，再说眼下有刘汶同志在，他也是老政工干部了。我走后，希望你俩团结一心，并肩战斗！"

"这你就放心吧，我们是老搭档了，心早就结在一起啦。你说对吧，老马？"刘汶冲马本斋笑着说。

马本斋赞许地说："对，我们只有一个心眼儿，那就是抗日到底，多杀敌人！"

正说着，警卫员小金追了上来，他跑到马本斋面前，行了一个举手礼，把一封信交给了他。马本斋打开一看，立刻兴奋地说："好，说指示，指示就到了。军区指示我们配合游击军，马上去消灭周朝贵！"说着把信递给了刘汶。

铁成从马本斋手里接过背包，说："可惜我参加不上这个战斗了，真遗憾！好了，'送君千里，终有一别'，就此止步。你们赶快回去研究战斗方案吧。咱们后会有期！"

"好，再见啦！"

"军区开会少不了见面！"

马本斋和刘汶默默地望着渐渐远去的铁成同志，久久地站在那里，直到战友的身影消失在远处的青纱帐里，他们才转身向村里走去。

回民教导队的队部里灯火通明，作战会议正在进行。马本斋对来参加会的几个同志说："军区指示我们配合兄弟部队攻打淮镇，敲掉汉奸周朝贵，这对于粉碎河间山本联队的秋季扫荡是重要的一着，这步棋一定要走好。这次我们的具体任务是攻破西门，主攻周朝贵的司令部。这一仗如何打法，大家都发表发表意见吧。"

经过一番议论，马本斋集中了大家的智慧，制订了巧妙的作战计划。

淮镇在早年间，可是个方圆百八十里有点名气的热闹地方，逢五排十是镇子上的大集。一年里头还有个骡马大会，十里八乡，子牙河两岸的人都来赶会。会上有卖杂货的，拉洋片的，有卖烧饼、馃子、面条、饺子的，有杀猪宰羊的，有卖瓜果梨桃的，摆摊算卦的，搭台唱戏的，走江湖卖野药的，贩卖骡、马、牛、驴的。三教九流，形形色色，一连五天都云集在这淮镇街上，但是，自从周朝贵拉起六路军，尤其是"七七事变"后周朝贵当了汉奸，这个红红火火的地方，一年不如一年，变得十分冷落萧条了。

一九三八年九月二十五日，正逢淮镇的集期。照往常，按说赶集的人不会很多。而今天，太阳刚刚出来，成群结队的老百姓就源源而来。

在赶集的人群中，有一个推小车的大汉，他膀大腰圆，粗胳臂大手，很是魁梧。他毫不费劲儿地推着小车，迈着大步往前赶路，不时地和同路人说说笑笑。此人就是回民教导总队的侦察班长马铁男。他是奉马本斋的命令，化装成老百姓，前来淮镇"赶集"。因为他的个头惹人注目，寨门站岗的汉奸特别注意他，当他走近岗哨跟前时，哨兵把枪一横，挡住了马铁男的去路，大声喊道："站住，干什么的？"

马铁男不慌不忙把车子一放，说："小车推在手，两腿走四方，我是赶集的。"

"什么？赶集的？"汉奸哨兵斜着眼，端着枪，围着马铁男上下打量着，转了一圈，又问："卖什么的？"

马铁男微笑着没有开口，只是把小车上的盖布一掀，露出了一些熟羊杂碎。说也巧，正好一阵微风吹来，一股香味钻进了哨兵的鼻子，馋得他不由得咽了一口口水。

马铁男逗趣地说："老总，这羊杂碎的味道，还可以吧？"

"不错，不错，真、真是好味道。"

马铁男顺手拿起一块羊肝儿和一块羊肚，说："老总站岗辛苦了，来点尝尝。"

汉奸哨兵抹着嘴角的口水，慌忙接了过去，随后把手一扬："快进镇子赶集去吧！"

马铁男推起小车，和其他化了装的队员们，大摇大摆地向街里走去。

攻打汉奸周朝贵的时间是凌晨两点钟。

头天晚上十点钟，马本斋把队伍集合起来，做了战前的简单动员，随后带着队伍就出发了。他走在队伍的前面，这是他领兵打仗多年来的习惯。所以战士们跟他在一起打仗都特别的放心。因为他对当地的风土人情，地形地物，都了如指掌，战士们都夸他脑子里装着一张活地图。

秋风把青纱帐吹得"沙沙"作响，河边的青蛙声不断地传来。凌晨一点钟，马本斋带领着回民教导总队，已经悄悄地进入了阵地，埋伏在淮镇的西寨门外。

时间在一分一秒地过去，攻击时间迫在眉睫。这时从高粱地里跑出一个人来，击了三下掌，接着，猫腰来到马本斋跟前。这是河北游击军的通信员。他轻声对马本斋说："孟司令员告诉你，游击军的一切准备就绪，计划不变！"

马本斋对通信员说："请转告孟司令员，我们已按计划进入阵地，只等攻击信号。"

"是！"通信员完成了任务，灵巧地转身钻进了高粱地。

寨门上的汉奸扛着枪走来走去，不时地打着呵欠。从镇子里时而传来打更的梆子声，偶尔还传来几声狗叫。

战士们正等得心急火燎的时候，突然夜空中出现了三颗红色信号弹，随即枪炮声大作。马本斋把盒子枪一举，喊了声："冲啊！"

战士们如同离弦之箭，直向寨门冲去。

这深更半夜的，汉奸们睡得正香，突然枪声大作，火光冲天，把他们从梦中惊醒，个个吓得魂飞胆颤，蒙头转向，成了没头的苍蝇，瞎跑瞎撞起来。乱了一阵之后，他们慢慢清醒过来，开始疯狂抵抗了。周朝贵的一团人，虽然没有受过什么正规的军事训练，但大都是些土匪出身的亡命之徒，要消灭他们，也不是那么轻而易举的。

周朝贵的副官孙成仁手里提着枪，上衣扣也没系，慌忙跑来向周朝贵报告："司令，不，不好了，八路把咱们给包围了！"

"什么？快去传我的命令，要死守寨门，谁不听就地枪毙！"周朝贵像条疯狗似的叫道。

"是！"孙成仁刚要转身去执行命令，就听"轰隆"一声巨响，险些把他俩震翻在地。

周朝贵刚从床上爬起来，马弁慌慌张张地跑进来："报告，司，司令，西寨门，北寨门都被八路军炸开啦！"

"混蛋，不可能！"

"司令，千真万确，是那些白天赶集的干的！"

"啊！"周朝贵一屁股又跌坐到床上。

马本斋带领回民教导总队从西门冲了进来。由于战斗的进展，敌人开始了有组织的抵抗，于是展开了巷战。

马本斋当机立断，为了完成包抄周朝贵司令部的战斗任务，在这步步受到阻击的紧急情况下，应当立即采取措施。他对身边的刘汶说："老刘，你带大队掩护，我带一个排去抄周朝贵的司令部！"

"好吧！"

马本斋回身喊道："金震河！"

"有！"

"带你那个排跟我来！"

"是！"

马本斋说完，跃身而起，迎着横飞的炮弹，带着一个排向前冲去。

他们边打边前进，当绕过两条胡同，进入大街的时候，突然遭到对面土墙后面敌人的阻击。

马本斋把枪一挥："炸掉它！"

"是！"金震河一摆手，一个战士抱着炸药包，弯着腰冲了过去，但没跑多远，就中弹倒地了。第二个战士，跟着上去，当爬到刚才那个战士身边，他身体一晃，也倒了下去。

金震河跑到马本斋身边说："大队长，我去！"

"好，注意隐蔽！"

"是！"金震河抱起另一个炸药包冲出去。

他先是猫着腰前进，当他冲到那两个倒下去的战士身边时，也是同样晃动了一下身体便倒下去了。

被激怒的战士们，纷纷向马本斋请战：

"大队长，让我去！"

"为排长报仇！"

马本斋沉着地把手按了一按："别喊，等一等！"

几秒钟之后，只见金震河慢慢地抬起了头，然后迅速向对面匍匐前进。

马本斋对身边的机枪手说："机枪掩护！"

机枪"呱呱呱"地叫了起来。

金震河越爬越快，他爬到对面的高墙下，把炸药包往墙上一靠，猛地一拉导火线，火光一闪，他迅速滚了回来。只听一声巨响，一瞬间天崩地裂，高大的土墙倒塌下来了。马本斋率领战士们冲了上去。

他们边打边冲，又穿过了两个街口，来到了南大街周朝贵的司令部。因为马本斋对周朝贵的司令部非常熟悉，所以攻打起来就如同坛子里捉王八——手到擒来。他们来到司令部的墙下，马本斋立刻下令："上！"

马本斋和几个战士踩着肩膀搭着人梯上了墙头，跳进院子，他喊了声："快去开门！"随后带着金震河向里院跑去。当他们冲进后院，周朝贵带着副官孙成仁正想从后门逃走，一看马本斋从天而降，先是一惊，然后忙闪身到房下的柱子后面，向马本斋开了枪。

仇人相见，分外眼红。周朝贵边打边退，马本斋紧紧咬住不放。他们从院子里打到客厅里，又从客厅里穿过旁门打到跨院里，从跨院又穿过月亮门，追打着绕回了前院。在追打当中，马本斋像猫捉耗子似的，擒擒纵纵，偶尔发出一枪两枪，故意不命中，却又枪枪不离周朝贵近身,因为他一心要抓活的。周朝贵哪里知道马本斋的想法,只是拼命地放枪抵抗。当打到前院的屋檐下时,周朝贵回身又用力一扣枪机,可是不见响,原来子弹打完了。

这时,大门已经打开,战士们像潮水一样涌进院来。团团围住了周朝贵。周朝贵吓傻了,呆若木鸡,站在屋檐下不敢动弹了。

马本斋把枪插在腰里,走到周朝贵面前轻蔑地说:"周大司令,我们又见面了,可惜你的枪法太差啦。"

周朝贵瞪着两只疯狗似的小三角眼,嘴角抽搐了一下。

"怎么,还不服气?我看你也就这两下子了吧?"马本斋说着,走到屋檐下,瞭了一眼挂在大红柱子上的"狼牙剑"。周朝贵的三角眼也随着马本斋的目光落在了"狼牙剑"上,他顿时一振,脸上立刻露出一丝难以使人察觉的奸笑。

马本斋指着"狼牙剑"说:"周大司令,还记得那首诗吗?'他日戎马沙场见,剑影森森诛狐鬼!'"说着他刚转过身去,周朝贵认为时机已到,他双腿一使劲,一个箭步窜到大红柱子下,伸手"唰"一下抽出"狼牙剑",猛地向马本斋刺去。

马本斋听到背后"唰"的一声响,知道不好,拧身急忙向左边一斜,只见一道寒光从颈下闪过去。周朝贵由于用力过猛,向前打了个趔趄,差点扑倒在地。马本斋顺势一扬手,从背后抽出系着红缨的单刀来,"请吧!"

周朝贵瞪着凶光喷射的三角眼,黑黄色的牙齿咬着下嘴唇,紧紧握住狼牙剑,就好像捞到了什么救命草,他心想,这一回不是鱼死,就是网破,生死在此一举。他使足了劲,拿出他多年来练就的功夫,一翻手,先使了一个"白蛇吐信",狠狠地向马本斋的心窝刺去。马本斋不慌不忙,轻轻把身体往旁边一闪,随后来了一个"旋转扫刀",把周朝贵的狼牙剑扫到了一边。周朝贵一看,这一招儿不行，于是一低头，又来了个"黑狗钻裆"。马本斋拧身一跳，恰好落在周朝贵的背后，他一抬手使了个"马步平劈"，使劲用刀背朝周朝贵的屁股上用力一拍，把周朝贵打了个趔趄。周朝贵的脸累的由黄变青，简直像秋天的菜叶子一样。此刻，他活像一条疯狗，呼哧呼哧地喘着大气，舞动狼牙剑乱砍乱刺，完全没有了招数。

马本斋见周朝贵黔驴技穷，便突然变换了招法，一招儿紧似一招儿，刀似银龙，脚带风声，霎时间，前后左右都是马本斋的身影了。这时的周朝贵只有招架之功，无有还手之力。就此机会，马本斋使了个"缠头前踢"，飞起一脚，把周朝贵踢翻在地，狼牙剑"当嘟嘟"扔出去了老远。

周朝贵躺在地上，吓得魂不附体，如同筛糠，他跪在马本斋面前，磕头如捣蒜，苦苦哀求："马队长，马老弟，看在当年共事的情分上，饶我这条老命吧！"

"你罪大恶极，天地难容！"

"我，我改邪归正，脱胎换骨，另做新人。"

"哼，狗改不了吃屎！"

"马老弟，你是要钱，要房？只要放了我，要什么都行。"

"真是狗嘴里吐不出象牙来。金震河！"

"有！"

"把他捆起来，送军区！"

"是！"

街上的枪声逐渐稀疏了，压在淮镇人民头上的一块大石头被搬掉了。随着胜利的欢笑，东方的天际出现了一抹灿烂的朝霞，黎明后的子牙平川，显得是那样的多彩多姿。

周朝贵被带走之后，马本斋刚要走出院子，老刘迎面走了进来。他老远就向马本斋招呼：

"总队长，祝贺你！"

马本斋高高兴兴地迎了上去：

"祝贺？逮住一个小小的周朝贵算个啥？！"

"不是这。"老刘拉着马本斋的手说，"走，到屋里去说！"

两个人来到了周朝贵的客厅。由于刚才的战斗，客厅里的桌子椅子东倒西歪，墙上的大幅山水画和墙根下的屏风，也都摊在地上。

老刘走在后面，他把客厅的门紧紧地关上，把倒在地上的椅子扶起来，一齐落了座，这才神秘地微笑说：

"老马同志，刚才军区来人给你带回了好消息，你的入党申请军区党委批准啦！"

马本斋猛然站起身来，紧紧地握住了老刘的手，眼里闪着晶莹的泪花，嘴唇微微颤抖，激动得久久没有说出话来。停了好大一会儿，才吐出这么几个字："同志……我们是同志啦！"

"我们是真正的革命同志了！"

马本斋仍然紧紧握住老刘的手说：

"一九三八年九月的今天，这才是我真正的生日！"

此刻啊，革命征途上的硝烟，在他眼前翻卷；历史长河的涛声，在他心底回响。马本斋同志深深懂得，一个革命者的春天，只有战胜那朔风凛冽的严寒才能来到。他怎能忘记，自己走过的道路犹如奔腾的子牙河，千遭曲折，百处险滩，风雨侵袭，冰雪封冻。如今，跟着伟大的中国共产党，已经迈出了新的脚步，踩得雪化冰消。他要用自己的热血换取民族的解放！

这时，老刘走到窗前，轻轻地推开客厅的窗子。东方天际的朝霞，穿过宽敞的窗口，把那五彩缤纷的光芒，洒在硝烟未散的客厅里。街上时而传来稀疏的枪声，这枪声，像是节日的鞭炮，也似乎在为这位回族英雄祝贺。彩霞染红了淮镇的大街小巷，战士们和淮镇的老百姓们在欢呼声中，迎来了新的一天。

第二十二章　义杀叛徒

自从拿下淮镇，活捉了周朝贵，河间城里的山本就像挨了当头一棒，被打得头昏眼花，喘不过气来。但是，他不见棺材不落泪，他要报这个仇，要和马本斋决一死战。

马本斋得知山本要来进行报复的消息后，笑着对战士们说："来吧，开饭馆的不怕大肚子汉，打日寇的就盼鬼子自己送上门来。咱们好好修工事，把坟坑给山本挖大点儿，等着他自己往里面跳。"

这天时当中午，东杨村的老乡们和回民教导总队的战士们正忙着在村外修工事。姑娘、媳妇、老大爷、老大娘们，有的送水，有的送饭，人来人往，热火朝天。

马本斋拿着一把尺子，沿着工事边走边喊："同志们，吃饭吧，吃饱了再接着干。"

金震河光着膀子，汗流浃背地从战壕里伸直了腰，抬起头来，调皮地说："把工事修好了，好让皇军鬼运长久。"

马本斋用尺子量着工事说："对！平时多流汗，战时少流血，工事一定要修得合尺寸。"说完他钻进了一个地堡，一会儿看看射击孔，一会儿看看交通壕。他顺着交通壕走着走着，忽然听到前面有

278

一个人正在和送饭的老乡发脾气：

"牲口吃草你们也得铡铡，为什么给人炒菜不切碎点？"接着又听到他发号施令："谁也不准吃！"

马本斋快走几步，过去一看，这个发脾气的原来是五中队七班的班长杨乐天。自从马维洲投奔了马本斋的回民教导总队后，他带来的一百多人被编为五中队，他任中队长。这个中队的纪律最差。马本斋经常说："咱们现在是共产党领导下的八路军，应当有铁的纪律。"但是，如何加强纪律性，对出身于旧军队的马本斋来说，还不太明确；"感情带兵"或"唯我是从"这些旧军队的驾驭术，在他头脑里，虽不能说是根深蒂固，但影响也还是不小的。所以，对犯纪律的战士，往往不能做耐心细致的思想工作。

马本斋走到杨乐天跟前，看了看饭菜，说："怎么，你们的嗓门太细，咽不下去，是不是？"说完，他抄起一个窝头，就着咸菜大口大口地吃起来。

他一吃，战士们立刻蹲下身子，也跟着吃了起来。杨乐天一看，总队长都带头吃了，怎么敢不吃呢？他也只好伸手去端饭。可是，当他刚把手伸过来，却被马本斋一尺子打了回去："不准你吃，一会儿，还有八碟八碗请你呢！"说完，他边吃着窝头，边检查七班的工事去了。

马本斋围着七班修的一个地堡转了一圈，不满意地说："你们太费事啦，回家用纸糊一个多好！"说着，用肩膀使劲一顶，地堡"哗"的一声倒了。他愤怒地环视了一下四周，气呼呼地向战士们嚷道：

"你们看，就凭这个，还想挡住日本鬼子？这还没有鸡窝结实呢！"说着，他走到杨乐天跟前，左手用尺拄着地，右手指着杨乐天的鼻子，"你们是当少爷闹着玩，是不是？明天工事修不好，日本人来了，我就把你拉出去挡枪子儿！"杨乐天被马本斋骂得连个"是"字也没敢说。

马本斋对于修工事是很内行的，质量稍差一点也瞒不过他的眼睛。他对大家的要求很严格，可是战士们谁都不嫌他，而是从心眼里佩服。因为大伙儿都知道他有军事才能，指挥作战很有经验，从来不打无准备的仗。所以，在他的亲自指挥下，战士们劲头很足，不到两天的时间工事就全都修好了。回民教导总队做了充分的战斗准备。

修完工事后第三天，山本派了大队人马来围攻东杨村，从早晨攻到中午，从中午又攻到晚上，始终攻不进来，反而被回民教导总队干掉了百十来人，缴获了很多武器。通过这次战斗，士气越发高涨了，马本斋自然更是高兴。

这天刚吃罢午饭，乘战士们午休的时间，马本斋坐在窗户旁边，拿起《三国演义》一页页地看了起来。他认为这本书里面，有很多战法值得学习。此时，"官渡之战"的场面正吸引着他，突然，警卫员小金跑进屋来向他报告说：

"总队长，出事啦！"

"啥事？"马本斋忙把书放下。

"五中队七班长杨乐天要砸老乡的锅。"

马本斋一听就来了气："又是杨乐天，走，看看去！"

五中队七班住在村南一户姓丛的老汉家里。丛老汉是一位忠厚老实、对八路军有深厚感情的庄稼人。杨乐天这两天感冒发烧，丛老汉出于对子弟兵的热爱，就给杨乐天做了一碗粗条面汤。老汉过去和回民没有打过交道，不懂得回族的风俗习惯，为了让病人吃着可口，便在面汤里放了一点猪油。杨乐天一见碗里飘着猪油花，一阵恶心往上顶，接着，他一翻手，"哗"地一下把面汤泼在了地上。杨乐天认为这位房东是故意侮辱他,便恶狠狠地从门后头抄起一把锄头,要砸丛老汉的锅。幸好当场被班里的同志们拉住了,这锅才保全下来。

马本斋到了五中队队部,气得一拳砸在桌子上,冲着五中队长马维洲的脸训斥道:"这样闹下去,回民教导总队的军纪就会败坏在你们这些人身上。刘汶同志经常给咱们讲,八路军是人民的子弟兵,要搞好军民团结,遵守群众纪律。我问你,你们哪一条做到了?对杨乐天这样屡教不改的人,就得打!"

"马总队长,您消消气。对杨乐天我一定严加管教,这件事包在小弟身上。"马维洲点头哈腰,满面媚态。

马本斋对马维洲这一套,本来就非常讨厌,在这个节骨眼上,更是火上浇油。他把桌子一拍,喊道:"小金!"

"有!"

"去把杨乐天给我抓来!"

"是!"

不一会儿,小金便把杨乐天带到中队部来了。

马本斋打量了一下杨乐天,劈头便问:"是你要砸老乡的锅?"

"是、是、是我。"

"为什么?"

"那老头往碗里放猪油,侮辱咱回回,这是存心跟咱们回民教导总队过不去。"杨乐天以为这样一说,会引起马本斋的共鸣。

没料想到,马本斋把马鞭子往桌子上一摔说:"你张口回民,闭口回民,你就不想想我们现在是八路军。你这样做,就是破坏军民关系……"他越说越有气,抄起马鞭子就往杨乐天身上抽打起来。

马维洲一看,着了急,于是,边拉边说:"马总队长,您别动气，我一定对他严加惩处。"

马本斋停住鞭子，对杨乐天说："去，给我向房东老大爷赔礼道歉去！"

正在这个时候，刘汶同志从军区开政治工作会议回来，他听说马大队长正在五中队部，立刻找上来。他进到屋里弄清楚是怎么一回事后，便对杨乐天说："杨乐天同志，马大队长说得对，应当去向老乡赔礼道歉。"

马本斋带着马维洲、杨乐天，亲自向丛老汉赔了礼，道了歉，这件事才算结束。

夜晚，窗外传来一阵阵子牙河的流水声。那如琴曲般的水声，时而激越，时而悠扬，激动着马本斋的心弦。常言说："军纪严明，威震四方"，可是，怎样才能加强部队的纪律性呢？尤其是马维洲这个五中队。他想呀，想呀，思潮澎湃，无法自制。他面前摆着的《三国演义》，被风吹得来回翻动着。

正当他在屋里独自苦思冥想的时候，刘汶吸着旱烟袋走了进来："老马，一个人在想什么呢？"

"噢，老刘呀，快坐下，我正要去找你呢。"他把油灯挑亮了些，然后，给刘汶倒了一碗水，接着说，"领兵打仗我不怕，可是咱们是人民的军队，什么军民团结呀，群众纪律呀，这些个工作可真有些不好做。为了加强部队的纪律性，我也不想动不动就打人，那是军阀作风，可是又怎么样才能做好这项工作呢？"

刘汶感到入党后的马本斋无论是政治思想还是工作作风都在不断地提高和改造，而且对他这种诚恳谦虚的精神非常钦佩。他磕掉烟袋锅里的烟灰，和蔼可亲地说："老马，对你提的这个问题，谈谈我的看法，不一定对，咱们共同研究吧。在这动荡的年代里，我们不能只激于民族义愤，置其他于不顾。在这场伟大的抗日战争中，既要有统一战线，更要注意军民团结和官兵关系，只有这样才能战胜日本侵略者。在旧军队里，他们看来，鸟是养出来的，兵是打出来的，士兵有一点儿过错就吃鞭子，因此，他们一遭到进攻，就会不战自垮。就拿五中队来说吧，他们虽然过去跟着马维洲干过一些坏事，可是现在参加了八路军，就应当对他们进行耐心的政治思想工作，因为他们大部分是受苦人出身，我们要从各个方面去关心他们。我说的这些精神，也是这次军区政工会的重要内容。"

"你说的这些，我都同意；可是对杨乐天这样的人，只用耐心说服，恐怕无济于事。"

"对这样的人，我们更要说服教育，只靠打是解决不了问题的。我们要以同志关系来代替旧军队的雇佣关系，要用耐心说服代替鞭子教育，这样，咱们的回民教导总队，才能真正做到你常说的军纪严明，威震四方。"

听了刘汶的一席话，马本斋的脑子犹如河水上涨，波浪翻腾。这些年来，他一直都想改掉旧军队给他遗留下来的残痕，也时时意识到，自己作为一个党员，作为一个共产党领导下的军事干部，是不能把维护部队纪律，与个人的威望混为一谈的。

马本斋想到这里，用手拍着脑袋说："我改，一定要改掉军阀作风！从今天起，从上到下，谁也不准打人骂人。"说到这儿，他忽然想起一件事，接下去说，"老刘，你不是说要教部队唱'三大纪律八项注意'吗？"

"我已经用纸抄好了，明天就教。"说着，他拿起桌子上的书一看，是本《三国演义》，"怎么，你又在看'三国'？"

"是呀，多看看诸葛亮的神机妙算对指挥作战有帮助。"

"老马，我正在给你找一本书，这书对你帮助一定更大。"

"什么书?"

"毛主席的《论持久战》。"

马本斋一听,高兴得很,连忙说:"老刘,你一定要想法子帮我弄一本。"接着他又转了话题,"老刘,这次你去军区开会,军区首长做了什么指示?"

"吕司令员要求我们团结一致,加强纪律性,运用游击战术狠狠地打击日本侵略者。军区首长命令我们在保卫秋收之前,赶快破坏交通,改变地形……"

刘汶的话还没有说完,马本斋就接过他的话头说:"把敌人堵在窝里,不让出入自由!"

"对,在平原上作战,要是把交通一破坏,就等于缠住了敌人的腿。汽车要想在破破烂烂的路上走,会比牛车还慢。"

马本斋和刘汶两个人,说到很晚很晚才休息。

第二天一大早儿,马本斋正在给房东大娘挑水,小金慌里慌张跑过来说:"总队长,马维洲和老刘同志吵起来啦!"

马本斋来到村头,老远就听到刘汶说:"马上停止演习,赶快把队伍带出来!"

马维洲听刘汶这么一喊,感到触犯了自己的自尊心,满肚子不满意。他挑战似地反驳:"为什么停止演习?"

刘汶说:"把老乡的庄稼都踩坏了,你还看不见!"

马维洲把脖子一伸:"你让战士们说说,当兵从家里出来,能带着操场吗?出操演习不在老百姓的地里在哪儿?"

刘汶往前走了几步:"同志们说说吧,你们在家里是不是种地的?"说着他用严峻的目光扫了战士们一眼。

刘汶指名问道:"许江水同志,你在家里干什么?"

许江水低声说:"种地!"

"好，我看你们在家大都是种地的，可是为什么一当了兵，就不知道保护群众利益了呢？把庄稼踩坏了，你们就不心疼吗？看！还不快出来！"

战士们被刘汶这么一解释，全从地里出来了，而且脚步抬得又高又轻，只怕踩坏一棵庄稼。

马本斋在一旁看着刘汶对这个问题处理得是这样的耐心、细致，真是从心眼儿里佩服。心想：要是让我处理这件事，又该火了！

马维洲一看没有人理他，气急败坏地说："你的狗皮膏药甭在我的眼前卖！"说着，转身就给了许江水一个嘴巴，"不服从我的命令，明天我非把你枪毙了不可！"他这样算是给自己找了个台阶下，扭头向村里急步走去。

马维洲走后，马本斋命令许江水把队伍带回村去。他和刘汶在队伍后边，两个人边走边谈："老刘，马维洲这样的人，真难改造呀！"

"是呀，最近听说，为了他那份家业，他还对抗减租减息呢！"

"这是个原则问题，不能让步，抽时间，对他的问题，咱们得好好地研究一下。"

"好，我同意。"

当天下午，马本斋正在办公室查阅地图，马维洲一撩门帘走进屋来："马总队长，当初我是看在你的面子上，才拉着队伍出来抗日的。今天早上的事你全看到了吧？姓刘的尽给我小鞋穿，他这是八哥啄柿子——拣软的欺。"

"你破坏群众纪律，踩坏老乡的庄稼，刘汶同志批评你批评得对！"

马维洲拉长了声音喊道："嗬，看来你们是串通好了！"

"不对！是你违犯了'三大纪律八项注意'，你还打战士，更加错误了。我们的战士比金豆还宝贵，我们应当处处爱护他们。"

"好家伙，自从你在了共产党之后，你是越来越能说啦。我看你还是算了吧！共产党光说漂亮话不办漂亮事，他说锅是铁打的，鸡蛋是白色的，我都不信了。"

马本斋耐着性子说："共产党哪点对不起咱们穷回回？"

马维洲从兜里掏出家里给他的来信，往桌子上一摔："你看，天天喊打日本，闹革命，革来革去革到我马维洲的头上来啦！天天喊党的利益，人民的利益，我马维洲的利益跑到哪儿去啦？他妈的，合理负担还嫌不够，又来了个什么减租减息！"

马本斋听着马维洲满嘴喷粪，气得肚子鼓鼓的，几次想发火，但都一再克制自己，"要做政治思想工作"，这句话在他的耳边响着。他耐着性子说："马维洲同志，你要好好地想一想，刘汶同志和你一样，也是出身于地主家庭，可你和人家比一比，你哪一点像抗日的干部？同志，只有背叛了你原来的阶级立场，才能正确对待减租减息。"

"大队长，我早知道你和共产党穿上一条裤子啦，不过看在咱们都是回回的份上，你应当为我说句公道话！"

"我替你说什么公道话？"

"你现在身居总队长，甭说下道命令，就是吹上口大气，那些穷小子们也不敢动我马维洲一根毫毛！"

马本斋厉声喝斥："减租减息是抗日政府的法令，是广大贫苦农民的要求。我们八路军是共产党领导的人民军队，处处都应该为人民利益着想，对于减租减息只能是大力支持，不应该限制！"

"不管你怎么说，反正我不能为了打日本把老本都搭上！"说罢，把袖子一甩就走出了总队部。

第二天下午，天上下着蒙蒙细雨。马本斋带领着战士们，在被踩过的庄稼地里扶苗儿，雨水浇湿了马本斋和战士们的衣服，老乡们心疼地劝阻说：

"马总队长，行啦，苗扶得差不多了，衣服都湿透了，快回去吧！"

马本斋说："没关系，下着雨扶苗正是好时候，天一放晴，庄稼就长起来啦。"

老乡们感动地说："真不愧是人民子弟兵呀！"

马上就要收工了，许江水气喘吁吁地跑上前来说："报告总队长，不好了！"

"什么事？"

"马维洲带着一帮子战士跑啦！"

"你是听说的，还是亲眼看见的？"

"亲眼看到的……"

马本斋没等许江水说完，便大声喊道："小金，赶快给我备马！"

"是！"不一会儿，小金从村里牵出两匹战马。

马本斋三步并作两步地跑到战马跟前，纵身上马，"啪，啪，啪！"把马打得飞跑起来，直奔西北追了下去。两匹战马驾云似的。过了小河石桥口，又穿过了几片枣树林，工夫不大，就追出去了四里路。马本斋远远地看到马维洲骑着一匹黑白花马，后面跟着二十多名战士，正往西跑去。

马本斋快马加鞭，不大会儿，纵马跑到了马维洲的前面，挡住了他的去路，然后厉声问道："马维洲，你要到哪儿去？"

马维洲阴阳怪气地说："我把队伍拉回老家去，看看那些穷小子们是不是还敢减我的租子!"

"莫非你连日本鬼子也不想打了?"

"你算说对了,日本也不打了,中队长也不愿当了。俺马家祖坟上没有那么好的风水,祖上没有那么大的德行!"

"看你这些牢骚,快回去吧,有什么事回去解决。"

"回去?你们还想牵着我的鼻子走啊?卖切糕的撩苦布——瞧枣(早)儿,把你们那一套收起来吧,我马维洲不吃那个!"

"难道你今天要叛变,去投降日寇当汉奸?"

"投不投降全在我自己,你现在管不着我了!"

事到如今,马本斋心想,"马维洲这小子看来是王八吃秤砣——铁了心了"。于是,他转身从小金手里接过那支二十响盒子枪,照着空中"啪"地打了一枪,说:

"马维洲,这支枪是你当初送给我的,你还带回去吧,可是,还记得当初你说的那句话吗?⋯⋯'将来谁要办破坏抗日的事,你就拿这枪崩了他!'"

马维洲拍拍自己的胸膛说:"自己说的话还能忘。来吧,照着这儿打!可是你要知道,马维洲也不是没名没姓的!"他说着,一拉马缰绳,"啪"抽了马屁股一鞭子,扬长而去。

马本斋愤怒地骂了声:"无耻的叛徒!"说着,他举起盒子枪,照准马维洲的后脑壳"啪"的就是一枪,这个与人民为敌的可耻叛徒,晃了两晃,"咕咚!"一头栽下了马。

处决了马维洲之后,马本斋又和刘汶向当地政府写了封信,坚决拥护政府的法令,支持群众减租减息的斗争。子牙河两岸的抗日形势更加高涨了,回民教导总队的五中队,也完全变了样。马本斋任命金震河担任五中队的队长。

这些天来，杨乐天整天像是丢了魂一样，无精打采。这天晚上，他在村西站岗，看了看周围没人，便靠着一棵大树坐了下来。他望着天上跑着的云朵，独自想起心事来。他过不惯八路军的紧张生活，尤其是处决了他的靠山老把子头马维洲，越发感觉在八路军里待不下去了。他还听说，那个哈少甫投奔了河间山本联队长后，已混上了便衣队长，置了房子，买了地，还他妈的弄了个娘们儿……

　　杨乐天想着想着，心一横：逃走！可是，他又一想，两手空空的去投日本人，人家不会相信自己的，必须得有进见礼才行。他的两只贼眼转了一会儿，突然计上心来，他想到这一会儿许江水正在村北边站岗，这个人站岗最爱打盹儿，抓到他，把他作为"进见礼"，日本人一定会高兴。想罢，便向村北摸去。许江水个子长得特别高，比一般人高出一头，长得虎背熊腰，背支枪就像背着件小孩玩具一样。总队的人都叫他"许大个"。他会吃会睡，一靠枕头就着，一餐能吃五大碗，窝窝头一顿要啃它十来个。参加回民教导队两年下来，他的枪法练得特别准，可以说是百发百中。在打藏桥据点时，他像点名一样一枪撂倒一个，三枪打倒一对半。许江水因为吃得多，枪法准，在回民教导总队出了名，马本斋很喜欢他，亲自批准他吃双份给养。

　　这天晚上，许江水在村北放哨，站着站着，睡意不知不觉上来了，不住地打起了哈欠。他找了个小土墩子坐下去，准备吸一袋烟，提提神，谁知屁股一沾地，就打起了"呼噜"。这时，忽然从高粱地里窜出一个人来，此人就是杨乐天。他蹑手蹑脚来到许江水背后，悄悄将许大个儿的枪抽出，并轻轻地将枪栓和子弹卸掉。听到声响，许大个儿被惊醒，他"嚯"地站起身来问：

　　"谁？"

"我，有情况！"那人拽着许江水就往村西跑。

"什么情况？"许江水急问。

"鬼子摸庄！跟我到前面去看看！"杨乐天边跑边回答。

他俩紧跑慢跑，一口气跑了五里多地。快到吴家坟地时，杨乐天才叫许江水放缓了脚步。这时，他环顾了一下四周，除了周围像鬼魂似的坟头儿外别无动静，于是对许江水说：

"许大个儿，跑累了，咱们歇歇吧。"

许大个儿看了看杨乐天，再看看这里并不像有什么"鬼子摸庄"，心里正纳闷，杨乐天接着说：

"咱打开天窗说亮话，明人不做暗事。马本斋对弟兄们管得太紧，纪律太严，他又打死了我们的老上司，回民教导总队咱是不待了，今晚咱去投日本，享几天福。"说完便用枪逼着许大个，让许江水跟他去。

许江水听后不觉一愣，暗暗盘算，如果不答应，马上会被他干掉，放过这个坏蛋，只好顺水推舟，见机行事。杨乐天用枪逼着许江水向敌人据点方向走去，拂晓前，他俩来到据点附近的一片坟地。杨乐天准备暂在这隐蔽一下，待天亮好与据点联系。许江水思忖，这是要紧关头，便开口说：

"我已经跟你跑到这里了，你还不相信吗？到这个地步也只好往那边跑了。现在咱俩擦擦枪吧，万一后边部队派人来追我们，也好有个准备。"

杨乐天一听，许江水的话倒也有道理，便把那支没枪栓的枪递给了许江水说：

"平时就数你枪法准，你现在就讲一讲其中的奥妙；等一会儿，要是马本斋派人来抓咱们，我也撂倒他几个！"

许江水真悔恨自己站岗时打盹儿失职，事到如今，也只好想法子挽回自己所犯的错误。于是他说:"我的枪没有枪栓,讲枪法不好讲。"

杨乐天琢磨了一下,说:"好,给你枪栓。"他心想:"反正你没有子弹。"但是,他哪里想得到,许江水素常"打埋伏"留下的三颗子弹,一直偷偷地藏在裹腿里。

许江水拿过枪栓说:

"你要练枪法好办,要领就是:三点成一线。"说着,许江水像变魔术一样从他那裹腿里迅速取出藏着的子弹,"啪啦",一声,推入枪膛,枪口一转,对准杨乐天,"啪"就是一枪,子弹不偏不正把他那左耳朵穿了个洞。

杨乐天已知中计,两眼闪着青光,猛扑上去想夺许江水的枪,许江水大喝一声:

"别动,不老实,把你吃饭的家伙再穿个眼儿!"

杨乐天一看大势不妙,乘着夜色未退,转身就往坟堆里跑,一拐弯,钻进了一个散发着朽木臭味的棺材洞里。许江水端着枪追上去,准备一枪把他干掉。但脑子一闪:"不能打死他!"然后一个箭步跨过去,将杨乐天从棺材洞里拖出来,用手掐住他的脖子,像老鹰抓小鸡一样,把他押回驻地。

杨乐天妄图携枪逃跑的消息一下子传遍了回民教导队.同志们对杨乐天的叛变行为切齿痛恨,对许江水议论纷纷。

第二天晚上,五中队召开了干部会,马本斋坐在大家的中间,掏出笔记本,记录着每个人的发言。会上,大家对许江水的问题展开了热烈的讨论。五中队长金震河说:

"这件事,发生在我们中队,我认为许江水同志是因为站岗打盹儿,才闹出这个乱子的,应该给他处分。"

一排长说:"对许大个这个错误,不仅是个处分问题,我看应

291

该送军区！"

三排长把旱烟锅在地上磕了磕，慢吞吞地说：

"依我说，不看僧面看佛面，许大个平时打仗勇敢，枪法准，大功小功的，也立了几个，这些都要考虑。"

……

会议一直开到深夜，仍然争论不休。最后，马本斋以探讨的口吻说：

"对于这个问题谈谈我的看法，有不对的，请同志们批评。我认为，对一个同志的成绩和过错，评功记过时，要实事求是，恰如其分。对许江水同志，既不能因为他过去打仗勇敢，枪法准，一好百好，把短处掩盖起来；也不能因为他眼下出了漏子，就一错百错，以今律昔，把长处否定了。许江水同志警惕性差，站岗爱打盹儿，结果差点出了大乱子；但是他忠于革命，忠于人民，最后抓回了叛徒。前者应当受处分，后者应当受奖励，功是功，过是过，赏罚分明，这就是共产党领导下的人民军队实事求是的优良传统。……"

同志们静静地听着马本斋的发言。窗外还不时地传来了子牙河拍岸的浪涛声。这浪涛声和马本斋的讲话一起激动着每个人的心。是啊，这支回民武装之所以能不断发展壮大，屡次克敌制胜，正是因为它有铁的纪律，有坚强的组织性；有一位在党的正确指引下实事求是，赏罚分明的模范领导人啊！

第二十三章　司令员演戏

在军区驻地的村边上，人山人海，口号声震撼着大地。

"枪毙大汉奸周朝贵！"

"打倒卖国贼！"

"军民大团结，抗战到底！"

"……"

公审汉奸周朝贵的大会正在进行。马本斋和军区首长坐在主席台上，看着这同仇敌忾，积极除奸抗日的热烈情景，感到无比的欣慰。

军区首长说："本斋同志，你们这一仗配合得很好，有勇有谋，活捉了周朝贵，消灭了他的汉奸队，这对粉碎山本的重点扫荡是一个重大打击。"

马本斋说："周朝贵是我的老对头，他骗过我，抓过我，也杀过我。因此，我对他很了解，对付这种人，就得以其人之道，还治其人之身。"

"你们回民教导总队，经过这段时间的训练和作战，进步很快，已经成为咱们冀中军区的一个有力的铁拳啦！"

"首长，我们和兄弟部队比起来，在思想作风、战斗经验方面，还差一大截子。”

军区首长摆摆手笑着说：“咳，不能这样讲。咱们当兵的不是有一句话吗，一天是新兵，三天是老兵，你们已经算是久经考验的大主力了。哈哈哈……”

“哈哈哈……”

两个人高兴地笑了起来。

军区首长笑罢，又对马本斋说：“军区党委决定，让你们回民教导总队，从沧州沙河桥转移到无极、藁城一带去，开辟新的根据地。那一带敌人的活动很猖狂。你不是说战士们天天要求打仗吗？那里有很多的硬仗在等着你们！”

马本斋听完，兴奋地说：“那太好了，首长，我们何时出发？”

“你回去，先做个动员，好好准备，很快就可以行动了！”

停了一会儿，军区首长又说：“还有一件事，军区党委决定派刘汶同志去地方从事回建会①工作。”

一阵震天动地的口号声，打断了他们的谈话。公审大会开到了最高潮，周朝贵这个不杀不足以平民愤的大汉奸，最后由县大队的队员们拉到野地里枪毙了。不齿于人类的狗汉奸，得到了他应有的下场。

公审大会之后不久，回民教导总队奉命到无极、藁城两个县去开辟新的抗日根据地了。

这天，晴空万里，没有一丝云彩，一马平川的原野上，长满了绿油油的秋庄稼。抗日健儿浩浩荡荡地行进在青纱帐中的大车路上。

战士们一个个汗流浃背、军衣如洗，但是没有一个叫苦的，没有一个喊热的，长长的队伍依然整齐威武。这与马本斋平时善于带

---

① 回建会，即回民建国会，抗日政府的民族机构。

兵是分不开的。回民教导总队的战士们都知道，马本斋带兵爱兵，爱兵胜过爱己。他爱兵有三个字："严、练、想。"这三字紧密结合，环环相连，贯彻始终。

先说"严"，就是严格要求。用马本斋自己的话来说，严是爱，松是害，特别是对班长以上干部的要求更加严格。他常说："兵松松一个，将松松一窝。"

这话一点儿也不假。回民教导总队在沙河桥附近攻打杜林据点的战斗中，一个主攻班有六个战士负了伤；但是，他们不畏怯，不叫苦，不下火线，始终坚守在战斗岗位上。主攻班的班长伤势最重，肚子被打破了，肠子流了出来，嘴里并没有吐半个"疼"字，仍然坚持战斗，鼓励战士们继续进攻。由于遵守了铁的纪律，全班拧成了一股劲，攥成了一个拳头，出色地完成了战斗任务。这一仗，缴获了鬼子的三辆大汽车。战斗结束后，同志们把班长和受伤的战友抬上汽车，都赞叹地说："你们主攻班任务完成得真棒！"班长低沉而有力地回答："马总队长平时这个'严'字真管用，打起仗来又长劲儿，又止痛。"

马本斋此刻行进在战士们的行列里，看着这钢铁洪流，心里感到由衷的高兴。

他走到战士铜小山的跟前，发现这个平时活蹦乱跳的小伙子，今天有点儿无精打采，就靠近他几步说："小山，怎么啦，是不是走累啦？"

"没，没有，我劲儿还足着呢！"说着，故意挺起胸膛，迈开了大步。

马本斋已经看出，他这是强打精神。于是伸手摸了摸铜小山的额头："啊！发烧了，怎么也不说一声？"

"没关系，头疼脑热的算得了什么，你不常给我们说，要当英雄不要当狗熊吗。"

"小鬼，脑袋这么热，还嘴硬。"马本斋说着，回身喊了声，"小金！"

"有！"

"把我的马牵过来，给铜小山骑。"

"是！"

铜小山一听，赶忙说："总队长，我不要紧，你夜里忙工作，白天和我们一起行军打仗，比我们累得多，还是你自己骑吧！"

"不要争啦，我命令你上马！"说着夺过小山的背包和"三八"大盖儿，然后一伸手，把铜小山推上了马背。

按行军计划，中午十一点三十分，要到达饶阳县的官亭村休息，吃中午饭。马本斋看了看前面隐约可见的村庄，他像发现了附近有什么情况似的，对身边的司号员命令说："传话下去，部队隐蔽疏散！"

"是！"

这命令一传十，十传百，霎时间长长的行军队伍都隐蔽在青纱帐里了，宽阔的大车路上，刚才还是千军万马，转眼之间却无影无踪，真是军令如山。

再说第二个字："练。"马本斋善于利用一切可以利用的机会和地形来训练自己的部队。这是他多年戎马生涯中悟出的一个道理：平时练得硬，战时少牺牲。苦练，也是爱护。

这回，他利用将要到达目的地之前，来了个疏散隐蔽。经过他仔细检查之后，便解除了训练。部队行到官亭村村头后，他命令部队在村口的树林里原地休息。自己站在部队的前面，对刚才的训练做小结。他说："刚才我们进行疏散隐蔽训练，总的来说还不错，但也还存在不少缺点。"说到这儿，他叫了一声"金震河！"

"有！"五中队长金震河应声从队列里站了出来。

"你说，隐蔽的目的是什么？"

"是为了保护自己，消灭敌人！"

"对，但不够具体，应当说是，巧妙地利用地形地物是为了迅速隐蔽地接近敌人，从多路多方向发起冲击，直至把敌人消灭掉。"马本斋向前后扫视了一下，微笑着说，"同志们说，对刚才的演习还有什么问题和意见？"

"报告，我提个问题。"

"好，马铁男同志你说吧。"

"如果有一股日寇出来'讨伐'，但是立足未稳；要进攻这样的敌人，应当采取什么方法？"

"你这个问题，和隐蔽也有密切的关系。进攻立足未稳的敌人，必须采取秘密和神速的行动，出其不意，以奇袭战法，歼敌于防御准备或防御准备不充分之际。为此，部队应当严密伪装，利用隐蔽地形，趁夜暗和不良天气，迅速地开进，突然在敌人面前出现，在急促猛烈的火力下，发起进攻，使敌人来不及组织防御，迅速就歼。"

马本斋边说边做着示范动作。战士们聚精会神地听着，看着，一身的疲劳早已忘得无影无踪了。

正在这时候，忽见远处有一人一骑，飞也似地跑来，到了近处，大家认出是军区通讯员小谢。小谢来到马本斋跟前，飞身下马，打了个举手礼，然后从文件包里取出一封电报来。马本斋打开电报，上面写着：

"经中央军委决定，命回民教导总队改名为'回民支队'，马本斋同志任司令员。"

马本斋兴奋地把电报高高举起，大声地向战士们宣布说："同志们，报告大家一个好消息，党中央无比关怀我们回族武装，经中央军委决定，现将我们回民教导总队命名为'回民支队'。这个光荣而响亮的名字，说明党中央和军委对我们极大地信任……"

一阵热烈的欢呼声和雷鸣般的掌声，打断了马本斋的讲话。战士们高兴地说呀，笑呀，互相交谈呀，有的把枪一扛，扭起了秧歌，尽情抒发着内心的喜悦。

马本斋望着欢蹦乱跳的战士们，笑得合不拢嘴。最后，他摆着手对战士说："同志们，为庆祝我们部队这个光荣的命名，今天晚上我们开个晚会，欢庆一番。各大队各中队都要出节目，好不好？"

"好！"又是一阵欢呼声和掌声。

这时，司务长和做群众工作的干部，从村里回来，向马司令员做了号房汇报。接着司务长向部队宣布了各大队分配住房方案。各中队立刻带队走了。

马本斋对司务长说："今天晚饭能不能改善改善呀？"

司务长说："咱们部队来到这里，没有清真寺，没有阿訇宰牛宰羊①，就没法子改善生活。"

"咱们现在是八路军，流动性很大，但是，我一定想办法，请一个阿訇来。晚饭无论如何让战士们吃饱、吃好。"

"是！"司务长敬了一个礼走了。

这个例子，体现了马本斋爱兵的第三个字："想。"他心里时时刻刻想着战士的吃、穿、住。

马本斋和司务长谈完话，没有立刻回司令部的临时驻地，而是到各中队去检查住房情况。这些年来，他养成了一种习惯：连队的干部、战士没有入房所之前，他是不休息的；同时，他也随时要

———————————

①　按回族的风俗习惯，只有阿訇宰的牛羊方能吃。

求各连的干部照顾好病号，一定要让自己的"金豆子"休息好。

马本斋绕过一片枣树林，穿过一片玉米地，准备去了解五中队的住房情况。忽然听到前面的高粱地里有呼救声："救命呀，救命呀！"马本斋怔了一下。这时又听到有人说："你们这些狗强盗，你们横行不了几天啦，八路军就要来收拾你们了！"

"老头，你的良心大大的坏！……"

马本斋听了，吃了一惊，这高粱地里怎么会有敌人？他习惯地一下子掏出了手枪，警卫员小金也迅速把枪掏了出来，并且迈步就要进高粱地。马本斋一把拦住，轻声说："等等，情况不明，不能贸然行动！"

小金焦急地说："司令员，敌人多，我们才两个人，我就是牺牲了，也要掩护你回村子。司令员，你快往回走！"

"不要慌，再听听！"

高粱地里的鬼子继续在号叫："快说，村里的八路军转移了没有？不说，就毙了你！"

"中国人没有孬种，要人头有一颗，要说八路军不知道！"

听到这儿，马本斋把枪往腰里一插，拨开高粱就往地里走。

这一下子可把小金给急坏了，他端着枪，一个箭步拦住了马本斋，劝阻说："司令员，危险！不能进去，要去我去，你千万不能进去！"

马本斋坦然地说："没关系，走，咱们去看看。"

警卫员小金更急啦："司令员，保卫你的安全是我的职责，请你不要再走啦！"

马本斋微笑着说："小金，你看'敌人'来啦。"

小金忙一回头，愣住了。从地里走出来的不是什么敌人，而是一大队二中队的铜小山、许江水等几个战士。他们走到马本斋跟前举手敬礼说："马司令员，你怎么到这儿来啦？"

马本斋摸着铜小山的额头说："你感冒还没有好，跑到这里捣弄什么来啦？"

"报告司令员，你不是让各中队在晚会上都出节目吗？……"

"我们是按你的指示来排练的。"

"在村子里排练，一来怕影响大伙儿休息，二来怕暴露'秘密'。"

"所以，你们就躲到这里来了，是吧？"

"是这么回事。"

"你们排的是什么节目呀？"马本斋问。

"小话剧。"

"名叫——《老百姓掩护子弟兵》。"

警卫员小金听到这里，乐开啦，他调皮地说："你们的戏可把我吓了一大跳，我还以为真的是鬼子在审问老百姓呢。"

大伙儿被小金的话逗笑了。

马本斋挥着手说："好啦，不打扰你们排练了，我们走，祝你们晚会上演出成功！"

正值多雨季节，河水上涨，几乎满槽。河里的船只来来往往，靠在岸边的船只也七出八进，有大有小。河面上打鱼撒网，好不忙碌。五中队就驻扎在河堤岸边的小河村。马本斋擦着满头满脸的水走进五中队部，一进门就见金震河正在打扫院子，他见了马本斋便立即停了手上的活说：

"司令员，你这身上的水……"

"噢，洗了个澡。"这时，警卫员小金刚要张口，马本斋一摆手，问金震河：

"你们五中队的同志都住下了吧？"

"都住下了。"

"有几个病号？"

"三个。"

"打泡的呢？"

"这个……"金震河摸摸脖子答不上来。

马本斋笑了笑说："我们的干部要关心到每一个战士，他们脚上打了几个泡？到宿营地都住下了没有？住下后，有没有热水烫脚？战士们的吃、住、用方面还有什么问题？这些，当干部的都要了如指掌。我们应该做到带兵、爱兵又当兵。"

金震河听完了马本斋的一席话，红着脸说：

"那我现在就到各班再去检查一下。"

"好吧，咱们一起去看看同志们。"说着，他们并肩走出了院门。

当天晚上，回民支队召开了庆祝命名联欢会，附近群众也赶来参加。晚会的舞台是利用一个大土堆搭起来的，周围用苇席围了一下，台子正中也是用几张苇席隔开，分成了前台和后台。前台的两边用两根大杆子，各挑着一盏汽灯，把台子照得亮亮堂堂的。这盏汽灯，还是在沧（州）保（定）公路两侧与日寇周旋时得的战利品呢。在舞台周围的席子上贴着一条大标语，上面写着，"庆祝回民支队命名联欢晚会"。

晚会的节目正在欢乐的气氛中进行。铜小山几个战士在高粱地里排练的小话剧《老百姓掩护子弟兵》正在演出。小话剧的剧情虽然简单，但是他们演的感情饱满，形象逼真，深深地吸引住了观众。当小话剧结束时，全场立刻响起了热烈的掌声。

报幕员在掌声中走上台来，用洪亮的声音宣布说："下一个节目，京剧《打渔杀家》，肖恩由马司令员扮演……"

没等报幕员说完，掌声就响起来，如暴风骤雨，经久不息。

"今天晚会可真是官兵同乐。"

"这也不是头一回，哪一次晚会司令员不出节目呀！"

"别说了，别说了，快看！肖恩划着船出场了。"

马本斋扮成老肖恩，摇着桨，迈着优美的台步出场了。几个动作之后，把白胡须一挑，叫板唱了起来："父女们打鱼在河下，家贫哪怕人笑话。桂英儿掌稳舵，父把网撒……"他唱、念、做，还真是有点功夫。战士们不时地为司令员动人的唱腔鼓掌。

许江水问金震河："中队长，马司令穿的这衣服，还真像是唱戏的戏装，这要是买，得花不少钱呢！"

金震河说："要说司令员穿的这件戏装，还真有段来历呢。"

那是在沙河桥一带打鬼子时，有一次马铁男带着一个侦察班攻打王会头据点。经过一番激烈战斗之后，他们攻进了王家大院，消灭了院里的全部敌人；可是日本小队长不见。马铁男领着战士在院内四处寻找，最后在后院磨棚里的磨盘底下发现了一个洞口，他们钻进去一看，原来是敌人的一个地下仓库。最后，在仓库角落里发现了那个小队长；这小子已剖腹自杀了。他们划着火柴看见里头尽是布匹，还有鬼子穿的和服。大家看到这么多东西，一时弄不走，有的说，还不如点火烧了它。正在这时，马司令员来了，忙制止说：

"这可是好东西。这不是给我们送穿的来了吗！"后来，马司令员就让用这些丝绸和服改成戏装，其他布匹则给每一个战士做了一件衬衣。许江水听到这里，看子看自己身上的衬衣说：

"中队长，我这件衬衣也是战利品做的啰？"

金震河笑着回答说：

"唯独你这件不是，因为你个子大，新做的那些衬衣中没有一件你能穿得上的；司令员知道后，就把他那一件给了你。"

"……"

马本斋演完《打渔杀家》回到后台，正在卸装，报幕员跑过来对负责晚会的二大队教导员黄澄说："教导员，有两个老百姓也要上台演一个节目。"

"什么节目？"

报幕员附在黄教导员的耳朵上轻轻耳语了几句，黄澄听了笑着说："那太好啦，我们欢迎他们上台演出，咱们来个军民联欢。"

随后黄教导员对司令员和大队的几个干部说："走，咱们到台前去看精彩的表演。"

"好，去看看老乡的节目。"马本斋说着，带着大队的几个干部，到前面找了个位置坐下来。

报幕员是个活跃精干的小伙子，他用诗一般的语言对大家宣布说："抗日烽火映红天，人民战士斗敌顽，军爱民来民拥军，鱼水深情唱不完。下一个节目，请看官亭村郭大爷和他的孙女郭小玲演唱的河北梆子《水上遇亲人》。"

在热烈的掌声中，只见一位六十多岁的老人和一个十多岁的小姑娘，欢乐地走上舞台。

警卫员小金，碰了马司令一下，说："司令员，这不是小木船上那位老大爷和小女孩吗？"

"不错，是他们，真没想到这位老人还是位老乐观呢。"马本斋敬佩地望着台上这一老一小。

爷儿俩给大家行个鞠躬礼，二话没说，张口唱了起来：

滹沱河呀弯又弯，

曲曲流过大平原，

风狂浪高水流激，

好似野马奔向前。

在今天，

我们爷俩划着船，

紧撒鱼网慢拉线，

突然船舵一声响，

激流把舵冲两半。

小船好似风筝断了线，

直冲下游的两条大船。

小船撞大船，

横祸在眼前，

咳哟哟呀怎么办？

水流激呀船似箭，

千钧一发真危险，

两岸乡亲把心担。

大家正不知怎么办？

忽见一人往河堤上站，

大喊一声向河水里钻，

你要问这好汉是哪个？

他就是回民支队的马司令员。

……

　　高亢、悠扬、动听的河北梆子，就像是一股清泉，流注在每个人的心头。战士们听着这优美的曲调，感人的新词儿，用敬佩的视线默默地在会场里寻找着自己所热爱的司令员。

他们哪里知道，马司令员早已悄悄地离开了会场。现在，他正在司令部里的小油灯下，伏案为明天的行军作战，聚精会神地工作着呢!

第二十四章　打入深南

回民支队命名后不久，党中央派来了军委考察团，对回民支队的工作进行检查帮助。考察团临走的时候，留下了经过长征锻炼的干部郭陆顺同志，任回民支队的政治委员。

这天傍晚，马本斋和郭陆顺去附近村内检查了各大队的情况后，沿着村边的小路往回走。边走边谈：

"郭政委，你这么年轻，可已经是红军的老干部了，你是多大岁数参军的？"马司令员没想到他这一句极平常的问话，却勾起了郭政委对自己悲惨身世的痛苦回忆。

郭陆顺同志的老家在湖南，祖祖辈辈靠租地主的地过活。就在红军北上抗日、进行长征的前三年，他们那里遇到多年不见的大旱，几十天不下雨。他们村的地主笑面虎，驱迫三乡五里的人们到绿竹山上去求雨，而且要用一对童男童女做祭礼。那年他的小妹妹刚刚八岁，被笑面虎选中当童女。那年头当童女就是去送死呀，肚子里要灌上水银！他父母哭得死去活来，跪着向笑面虎苦苦哀求，狠心的地主哪里肯依呢。当时郭陆顺已经是二十岁的小伙子，他咽不下这口气，当天晚上拿着砍柴刀，翻墙跳进了笑面虎的天井，悄悄摸到了笑面虎的窗子下面。那老小子正和他的小老婆躺在床上吸大烟。他三脚两刀打开了窗子跳进屋里,挥刀就向笑面虎砍去。由于他当时心急手慌,没有砍中笑面虎的秃脑袋,只砍中了他的左臂。笑面虎的小老婆吓得狼嚎鬼叫,紧接着外面就有了脚步响。笑面虎乘机从枕头下面抽出手枪,进行抵抗。郭陆顺一看,逃不出去了,拼吧,回身一刀把小老婆的手指头砍掉了三个,正当再举起刀来的时候,笑面虎的枪响了。郭陆顺感到胸部一热,随即一头栽倒在地。笑面虎以为他死了,便指使狗腿子把他抬出去,从后墙陡壁上扔进了滚滚的湘江。他在水中漂了几里路。可巧,那天晚上,正好贺龙、任弼时同志领导的队伍发动了湘江攻势,郭陆顺被红军从江中救上岸来,费了很大劲给他治好了伤。打这以后,郭陆顺就参加了工农红军,随红军爬雪山过草地,最后到了延安。

马本斋被郭政委这不平凡的"从军记"吸引住了,他激动地问:"你参加革命后,家里知道吗?"

"不知道。嗨,他们还以为我真死了呢。"

"那你应该给家里通个信,好让他们高兴高兴啊。"

"不啦,等打败日本帝国主义,全国胜利了,再写信吧。"

郭陆顺同志平静的话语,充满着穷人的恨和爱。马本斋看着眼前这位苦大仇深的红军同志对革命如此忠贞不贰,从内心感到敬佩。经过这次谈心,他和郭陆顺的感情又加深了一步。虽然郭陆顺只有二十八九岁,可是马本斋却开始亲热地叫他"老郭"啦。他望着郭陆顺说:"老郭呀,你的经历不平常,真可以写一本小说啰!"

"老马,要说了不起,还是那些为革命、为祖国出生入死,直至最后献出了自己宝贵生命的人们。"说到这儿,郭政委停了一下,他望着马本斋那张兴奋的脸,语气突然变得沉重起来,"老马,我告诉你件不幸的消息吧!"

"什么不幸的消息？"马本斋急着问。

"你的老战友，在河间回民建国会工作的刘汶同志不幸牺牲啦！"

"什么？他牺牲啦？……"马本斋痛楚地念叨着，轻轻地摘下军帽，望着远方，右手使劲将一根青草揪了下来，半晌没有说话。在革命的道路上，刘汶是他的老同志、老战友，也是最先启发他的阶级觉悟的一位良师益友，此时此刻刘汶那豪放刚直的形象，又展现在他的眼前。马本斋信手扔掉揉烂了的青草，用低沉的声音，像是自言自语，又像是对郭政委发誓："这次我们到深南去开辟根据地，一定要狠狠揍鬼子，为死难烈士们报仇！"

郭陆顺安慰他说："老马，不要过分悲痛，这个仇我们一定要报的。领导上要你去军区开会，估计就是布置去深南的任务。"

第二天吃过早饭，马本斋带着通信员小金到军区开会去了。

四月的华北平原，钻天杨吮吸了一冬一春的雪水雨露，开始发芽、长叶。回民支队的战士们，看到这一棵棵高大挺拔的钻天杨，不觉想起子牙河两岸的垂柳和枣树。几年来，他们一直转战在大平原的青纱帐里，周旋在子牙河的激流险滩，就像矫健的雄鹰在万里晴空飞翔，他们多么眷恋自己家乡的土地！然而，频繁的战斗生活的磨炼，使他们渐渐地把这怀乡之情化作了无穷的力量，激发他们在战火纷飞中更好地战斗、生活。

回民支队与人民群众结下了深厚的情谊，每逢战斗空隙，他们都帮助乡亲干这干那。现在战士们又在帮助房东打扫院子，挑水，推碾子，使得各家各户都是"院内净，水缸满，碾子转"。

侦察排长马铁男正带着全排给老乡修房子，他们心情舒畅，斗志昂扬，边干活边唱歌，气氛十分活跃。他们唱的是回民支队流传的歌谣：

> 月儿照街头，
> 风儿吹树梢，
> 同志们上了房哟，
> 手榴弹插满腰。
> 听呀听——
> 鬼子的汽车呜呜叫，
> 来呀来了十几辆，
> 手榴弹一阵阵响乒乓……
> 月儿偏了西，
> 风儿已平息，
> 同志们走下房哟，
> 汽车躺在道沟里。

这时村子的西南方向跑来了两匹战马。一位战士指着远处说："你们看，司令员回来了！"

马铁男扔掉手里的泥巴高兴地喊着：

"噢！有仗打了！"

接着大伙儿纷纷从房顶上跳下来。战马不一会儿冲到了他们跟前，马本斋纵身下马说：

"铁男，你去通知各个大队长，叫他们把部队带到这里来。"

不一会儿，三个大队的人马以及"回支"直属机关、部队，全部集合在村边的空场上，排成十个方块队，清一色的灰军装，好不气派！马本斋和郭政委交换了一下意见，就跳上了一个土坎对部队开始了动员：

"同志们，这几天没有打仗，大伙儿不是手痒痒，要求打鬼子吗，现在我给大伙儿带来任务了！"马司令员说到这里，看了看郭政委，又看了看战士们的表情。队伍静悄悄的，每个人的脸上，都显出兴奋期待的表情。于是他接着往下说，"军区首长命令我们回民支队开到深南去打鬼子，开辟新的抗日根据地。同志们，我们回民支队是八路军中一支野战部队，正像回民支队歌中所唱的那样：是一把钢刀，哪里敌人最硬，就往哪里砍；哪里鬼子最猖狂，就往哪里杀！"

马本斋简短有力的动员，说到了每个战士的心坎里。霎时间，欢呼声和口号声，此起彼伏，震撼着村庄和原野。

深南地区是日寇盘踞的巢穴，南面是沧（州）石（家庄）公路，西面是京汉铁路，成为联结冀、晋、鲁、豫广大地区的枢纽，日寇侵华战争的战略要地。原在深南地区活动的我军主力部队，于一九四〇年初，由程子华政委率领南下讨伐伪军石友三去了；吕正操司令员率领冀中军区几个团到平汉路西，与我晋东南部队配合讨伐伪军张荫梧和国民党顽固派朱怀冰了。日本侵略军就利用我军南下讨逆之空隙，强迫老百姓抢修沧、石公路，妄图分割、封锁我冀中抗日根据地，致使深南人民的灾难日益深重。日寇在这里运用了"铁壁合围"、"梳篦扫荡"战术，对我和平居民进行集体大屠杀。这一大片富庶之地，被糟蹋得哀鸿遍野、满目疮痍。鬼子驻地铁丝网密密层层，岗哨林立，戒备森严。"抬头见岗楼，低头是公路，无村不戴孝，处处是狼烟！"就是在这种情况下，回民支队这股劲旅，以闪电般的速度，神不知鬼不觉地插入了深南地区。

马本斋和司令部的参谋人员住在深南的康庄。

夜，已很深了，马本斋坐在一张简陋的办公桌前，正在自制的小油灯下，查看着地图和笔记本，研究周围的敌情。他凭着自己从多年戎马生涯中积累起来的经验，把当前敌我双方对垒情况做了分析对比。敌人当时在衡水、深县、深泽驻有兵力三万余人，装备有汽车、火炮，修有坚固的碉堡工事，公路四通八达，电话通信设备也近于现代化，是日寇煞费苦心搞起来的大本营。回民支队则刚进入这个新区，地形地物和民情都不熟。马本斋意识到要想在敌众我寡的形势下把这抗日烽火点燃起来，在战略上必须紧紧地依靠人民群众，使部队深深扎在民众之中；在战术上，不能全靠拼消耗，必须运用机动灵活的游击战术，或诱敌深入，或两面夹击，或声东击西，或夜间偷袭。总之要看准时机，打它个措手不及。这就是马本斋当时的作战指导思想。

五月的阳光，晒着即将收割的麦田，阵阵微风吹来，平原掀起一片金黄色的麦浪。这天下午，在康庄的村外，来了十几个头戴钢盔、背着大枪的鬼子兵，领头的日本军官，手摇膏药旗，杀气腾腾地向村里走过来；路旁有五六个穿黑绸衫，戴黑墨镜的汉奸，弓腰垂手，在迎接鬼子。

"你的，回民支队跑到哪里去了？"领头的鬼子问汉奸。

"报告皇军，回民支队神出鬼没，来如风雨，去如闪电，有天大的本事，也很难找到他们。"

"混蛋！"鬼子一个耳光扇过去。

"是！"汉奸被打得连连鞠躬，接着大家哈哈大笑起来。

这时，那位军官把"鬼子"的钢盔一揠，严肃地问："你们笑什么？"原来这是马铁男根据马司令员的指示，带着侦察排搞侦察训练。

马铁男对战士们说："当年马司令员在练拳院教我们练武术，常给我们讲军中无戏言。他平时教给我们那些军事常识，我们现在都能用上。"说实在的，只要提起马司令员，马铁男的话匣子锁都锁不住。他常常一有机会，就像说书人一样，把马司令员的带兵经验绘声绘色地给大家说上一段。他今天结合侦察排训练的机会，又给大伙儿说开了："咱们回民支队在抗日烽火中诞生，马司令员常说我们既要把'回支'锻炼成一支威震敌胆的猛虎；又要变成一把能插入敌人心脏的钢刀，练就一身好武艺，斗出一身好胆量。咱们眼下来到深南，人生地不熟，就得有勇有谋，光拼消耗不行，咱们得练一手机动灵活的战略战术。"

回民支队的战士们谁都知道，几年来，在党的领导下，跟着司令员还没打过败仗，鬼子再坚固的据点，只要想打，准能把它端掉。同志们都知道马司令员打仗有办法，但他们并不全知道他的办法是从何而来的。他们很想从排长口中多了解一些。其中在任邱入伍的战士小王说："我在任邱老家，就听说过马司令员是个了不起的英雄。人家说他骑着大洋马，腰间插两支驳壳枪，鬼子一听到他的名字，就蹲在屋里不敢出来。我真走运，能在马司令员部下当侦察员。可惜俺知道得太少……"他说到这里，推了推马铁男，"排长同志，你一当兵就跟着司令员，你就给咱讲讲司令员打伏击的故事，让咱见识见识。"

马铁男这时用眼光瞟了大伙儿一眼，然后往地上一坐："好，我就给大伙儿讲一段'马司令员夜摆迷魂阵'的事。"

马铁男平素说话嗓门儿粗，这会儿却把话说得婉转柔和，细声细调。大家听他这么一说，一齐挤了上去。有的坐着，有的蹲着，有的站着，但是每一个人的眼睛连眨也不眨，都静悄悄地望着他。

马铁男咳嗽了两声，清清嗓子，说：

"咱们刚来深南不久，一天夜里，我从村外放哨回来，看到司令员屋里的灯还亮着，便悄悄地往窗户里看了一眼，呵！我们的司令员正在玩小玩具哩。"

"什么小玩具？"小王惊奇地问。

"别打岔，慢慢听我说。"马铁男继续往下说，"不想我的脚步声被司令员听见了，他把我叫了进去。只见桌上摆了一张作战地图，地图旁边有几座用泥捏的鬼子炮楼模型。这回我明白了，这是一个战斗的简单模型；但还是不明白这玩艺儿有啥用，就问司令员鼓弄这玩艺儿干嘛。他乐呵呵地笑了笑，没有说别的话，只说：'你看。'说着他将桌上一根棉线轻轻一拽，两个泥巴捏的鬼子从岗楼里吹胡子瞪眼地溜出来；接着，又把另一根棉线一拉，两个木头做的八路军战士从高粱地里冲出来，两个泥巴小鬼子就掉在一条深沟里了。我一看真有意思极了，就问司令员这是个啥战术，他说，'鬼子'掉在沟里，'魂'，都吓飞了，蒙头转向地当了俘虏，就叫它'迷魂阵战术'吧。"

"迷魂阵战术？"大家惊奇地问。

"对，迷魂阵战术，这迷魂阵战术大家都经历过的。咱们来到深南后，在南花盆打的头一仗，就消灭敌人二百多。司令员那天夜里摆的迷魂阵，就用在这里啦！"

经马铁男这一说，战士们感到原来每打一仗，司令员都要经过深思熟虑的安排，他真不愧是冀中平原一位有勇有谋的战将啊！

这时一个战士激动地说："我说嘛，在司令手下当个兵就是光彩！往人家身边一站，马本斋的兵，多威风！"

"俗话说，强将手下无弱兵，有司令员带咱们打鬼子，咱们怎么能当孬种！当然啰，话还得说回来，咱们要好好地练，人家马司令员那套本事，也不是从天上掉下来的，是刻苦练出来的。我们的司令员很有股心劲，学习很用功，每天记日记。经常都在琢磨打仗的新道道儿。每到一个新区他都亲自观察地形地物，把观察和调查的情况，详细地记在笔记本上，并且还设想了很多打仗的方案。比如，我们驻地离敌人有多大距离，敌人的骑兵来要多长的时间，敌人的快速车队来要多长时间，敌人的步兵来又要多长时间，他都认真地计算过。我们在司令员手下当兵，就得刻苦磨炼。绳可锯木断，水可滴石穿，只要肯苦练，武艺样样全！"

小王听了拍了拍大腿高兴地说：

"对，我们要练出十八般武艺，不仅同鬼子来明的，还要与鬼子来暗的，什么擒拿格斗，夜间偷袭，龙嘴摘须，虎口拔牙，样样不含糊。让敌人好好尝尝我们回民支队的厉害。"

这时，一个老兵吧嗒着旱烟袋说："按说，咱们来深南打仗的次数也不算少了，什么鲁科庄，小羊集，土路口，张谦寺，可都是小据点，打得不过瘾。"

马铁男以他当侦察排长多年的经验说："依我看，老鼠拉木锨——大头儿还在后面呢。咱们好好地训练，听司令员的，没错。"

刚刚吃过晚饭，各大队长来到司令部，马司令员和郭政委招呼大家坐下。马本斋说："都来齐了吧，下面咱们开会。请大家把当前部队的思想情况先说一说。"

停了一会儿，大队长马国忠说："同志们来到这里都嗷嗷叫，希望能大干一场，要杀出回民支队的威风来，给鬼子一个下马威！"

三大队长马永标补充说："我们大队的同志也认为，来到这里时间不短了，只小打小闹的，不过瘾。大家说，既然来了，不能眼睁睁地看着老百姓遭鬼子杀害。特别是鬼子一出来扫荡，大家就摩拳擦掌的，要和鬼子拼个你死我活！"

二大队马永恩比大家还要着急，他把袖子一捋，高喉咙大嗓门儿地说："司令员，你都知道咱们回民支队个个是姓龙属虎的，一天不和鬼子斗，就觉得手痒痒，今晚我既是来汇报情况，也是代表大家来请战。只要司令员一声令下，刀山火海冲他娘的！"

马本斋静静地听着大家的发言，待大家发完言后，他站了起来，一不回答刚才大家提出的问题，二不谈军事部署，却慢条斯理地给大家讲开了故事。他说：从前有一个将军，很有指挥才能，他的部下很勇敢。一次将军率领部下去攻打一个山寨，捉拿山大王，为民除害，但攻了几次都没攻下来。一天，将军骑匹枣红马路过寨门，碰见一位道士打扮的人，拦住他的马头失声痛哭。将军问他哭什么，道士说他为将军难过。将军问他这话怎么讲？道士说，这山大王心狠手辣，什么事都能干得出来；可你的兵呢，只使人可敬而不可爱。可敬者军纪严明，军威雄武；不可爱者则是与百姓不亲，不得民心。恐怕这一仗难取胜呀！将军问他怎么办好，道士认为，倘要取胜，将士本身的勇猛固然重要，但附在将士们身后的民心切不可偏废。将军采纳了道士的意见，命令停止攻山寨，先把部队开到民众之中，同老百姓相亲相近，从而很快了解山寨的情况，做到了知己知彼。果然不久，山大王就束手被擒了。

马本斋说到这里，郭政委接着说："这故事说明一支部队光会打仗还不行，还要学会做群众工作，紧紧地依靠老百姓，使人民群众成为部队的坚强后盾。"

马本斋又接着说："最近我到各大队驻地转了转，确实发现同志们求战心切，但是，光凭一股热情还不够，要充分认识当前的形势。同志们，冈村宁次的梳篦战术，从五月初就开始了，各据点的鬼子和汉奸四处窜动，像拉网一样，企图把深南地区的抗日力量一网打尽。在这种形势下，我们住在老百姓家里，不光要帮助老乡扫院子，挑水，拾柴火，更重要的要向他们宣传抗日道理和打鬼子的新套套，要使每家每户都把抗日的烽火点起来。这样，我们军民合作抱成团，打起仗来就会永远立于不败之地。我们今天不是进山寨门，同山大王斗，而是钻进扫荡圈，展开反扫荡，同帝国主义斗，同这帮杀人魔鬼斗！"

马本斋摊开一张作战地图，接下去对大家说："反'梳篦'战斗就在这康庄开始。我们的口号是：军民团结紧，消灭鬼子兵，纪念红五月！"

会后，回民支队的战士们全都投入宣传群众、组织群众、武装群众的工作，他们的根深深地扎在群众之中。

一九四〇年五月二十九日夜晚，康庄村北头闪出两个人影儿。带班担任村外警戒的金震河问：

"口令！"

"团结！"

金震河一听声音，知道是马司令员又出来查哨了。后面跟的是警卫员小金。马本斋在村外望着安家村鬼子据点露出的微弱灯光，说："这安家村的据点是深县、衡水之间的一根硬鱼刺，我们一定要想办法先把它拔掉。眼前的问题是，还没把敌人的活动规律完全摸透。"

金震河说："现在我就带两个人过去，从据点抓个舌头来！"

"不，'舌头'就在这公路上。"马本斋看了看怀表说："有件事，跟你这中队长说一下。前几天，我找了几个老乡聊了聊打鬼子的事，我从一个姓李的老汉嘴里得知一个很重要的情报。李老汉前段时间，给汉奸抓到安家村据点去打了两个多月的杂厨。他每天起得很早，拂晓前，总听到安家村的鬼子汉奸要和衡水的鬼子通一次电话，如果电话畅通无阻，说明夜里这一带没有八路军活动，敌人就安心继续睡大觉。这几天我琢磨了这样一个道道："来个取之于敌，用之于敌，就是借敌人的电话线，捆住他们的手脚！"

金震河说："那太好啦！可是，这电话线怎么能捆住鬼子呢？"

马本斋又看看表，笑了笑说："现在离拂晓还有一个半钟头。你现在就回去告诉马铁男，叫他拿两根电线，带一只电话耳机来。到时候你就明白了。"

原来康庄是在衡水县的东面，离衡水城只有八九里地，衡水县向西北有一条公路直通敌据点安家村，沿途鬼子拉有电话线。马本斋就是打算利用这条电话线将敌人的手脚捆住。

冀中平原五月的凌晨，似乎还有点寒意。马铁男带着电话线、耳机，按照马本斋的命令，乘着灰蒙蒙的月色钻进了村边的交通沟，然后又爬到公路边儿的电线杆子下面，敏捷地将电线搭在敌人的电线上，用耳机探听敌人的通话情况。电话线一挂，耳机发出了咕咕的声音。不一会儿，鬼子、汉奸果然通起话来了。

"情况的有？"

"报告太君，平安无事。"

"最近八路马本斋的回民支队，活动的有？"

"太君放心，马本斋在沧州地区是只猛虎，可钻到深南就像头掉进陷阱的老牛啰。起风庄那一仗，我们把马本斋的马都炸瘫了，从那以后这一个多月来，他连泡也没有冒过，看来他是不敢再露头了。"

鬼子用命令的口气说："你的小心的干活！"

汉奸连忙收住未说完的话："是! 小心的干活。"

说到这儿,双方关了机子。马铁男听了鬼子汉奸这"精彩"的对话,差点儿笑出声来。他掏出铅笔和笔记本,把敌人通话的时间、内容以及呼唤的号码,都详细地记了下来,回来向马司令员做了汇报。马本斋听后说："你侦察到的情况与李老汉提供的情况是一致的,现在我们可以行动了。铁男,你明天再到交通沟里去,等到拂晓通话前,就将电话线掐断,干漂亮点!"说完他就忙着部署战斗去了。

第二天凌晨,马本斋指挥二大队,用两个连的兵力埋伏在康庄,用另外一个连埋伏在康庄东面的下庄。

由于战士们平时与老百姓的关系都搞得很好,老百姓已经成为不拿枪的抗日力量,他们将战士们掩护在草垛堆里,房顶上,石碾棚里,还有炕底下,部队埋伏得严严实实,没有半点破绽。他们自己呢,还和平时一样,该干什么就干什么,没有半点儿异样。

康庄与下庄相距只有五百多米,中间是个开阔地带,无遮无盖。七点钟,马铁男准时掐断了电话线。衡水与安家村的敌人失去了联系。冈村无法对深南一带实行统一指挥,知道出了事,于是,派出重兵进行拉网扫荡,企图消灭破坏电线的小股游击队。

敌人真好像听从马本斋调动似的,上午十点钟左右,先从安家村据点开出一百个鬼子和二百多名汉奸,直向康庄方向窜犯。鬼子们心虚得很,一离开据点,就疑神疑鬼,草木皆兵,生怕遭到游击队的袭击。所以,还没有进下庄,就又是打枪又是打炮,先搞了一阵火力侦察。下庄村内的石碾棚子的柱子被打断了,房顶被打塌了,水缸被打碎了。霎时间,百十户人家的下庄村成了一片火海。鬼子趁着弥漫的硝烟闯进村子,到处乱捅乱翻,闹腾了半天,也没有发现埋伏在下庄的五中队。

这时，鬼子才调转队伍，朝康庄方向奔去。这正是马本斋司令员所希望的。战士们看到鬼子闯进了马司令员设计的埋伏圈，个个高兴得抿嘴自笑。

一个日本指挥官，挥动着马刀狂叫了两声，鬼子操起刀枪，挺着肚子，十多匹战马在前面开路，咿咿呀呀往康庄村方向冲锋。顿时，黄土路上掀起了层层浓雾般的尘土，沿途村庄传出了一阵阵狗叫鸡飞的嘈杂声！

当鬼子冲到离康庄两百多米远的地方，突然，十多匹战马一阵"咴咴"惨叫，四蹄腾空而起，乱蹦乱蹿，接着"扑哧"一声，四蹄跪在地上不动了。被摔下马来的鬼子，看看马肚子，不知被什么东西戳了一个个血洞，血像山泉一样流了出来。敌人对这骤起的意外情况，有的目瞪口呆，有的惊慌失措，有的被受伤的惊马踩死、踩伤。刚才还杀气腾腾的队伍，现在却成了惊弓之鸟，一下子乱了套。原来，马本斋指挥这场战斗计中有计。鬼子侵占华北平原这几年以来，他们被八路军搞怕了，没有百十人以上不敢动窝。马本斋估计到，这次出来查线、拉网的鬼子兵，肯定是一支大队伍，于是，他预先布置好三中队的四个班，上好刺刀，埋伏在村外的交通沟里，当鬼子的战马跑到他们头顶上时，便给马肚子来了个刺刀见红。鬼子们万万没有想到，还没有进村，锐气就挫伤了一半！眼下马本斋趁鬼子兵还没有醒过味来的时候，立即把手一挥："上！"

早已埋伏在康庄的战士们，个个像下山的猛虎扑向敌人，慌了神的鬼子兵拼命做垂死挣扎。战场上枪声、喊杀声、人叫马嘶，乱作一团。正打得难解难分的时候，金震河带领五中队从下庄包抄过来，四面夹攻，把鬼子团团围住，压在两庄之间，欲进不能，欲退不得。汉奸的人数虽多，但不堪一击，二百多名汉奸早就死的死，伤的伤，活着的也都交了枪。顽固的鬼子兵却杀红了眼，一个个狂叫着与回民支队展开了肉搏战。刀光剑影，短兵相接，几个回合下来，鬼子横七竖八地躺倒了一大片。肉搏战仍在激烈进行，但敌人的阵势已经开始混乱，渐渐支撑不住了。马本斋感到时机已到，便一声令下，事先布置好的第二、第三梯队就冲了上来。他们如钢刀淬了火，猛虎添了翼，进一步紧缩包围圈。鬼子指挥官带领十几个残兵败卒，拼命地往外冲，妄图窜出一条生路。但当他们窜下一个小土包时，马本斋顺手拾起鬼子扔下的一挺机枪，飞速向敌人扫射，一梭子子弹飞过去，像串豆腐一样，又有几个敌人死狗似地倒下来。在战斗接近尾声的时刻，老百姓也拿着铁锹、锄头、菜刀纷纷出村助战，打得敌人鬼哭狼嚎，丧魂落魄。这一场奇袭战的结果，几百个鬼子和汉奸终于得到了他们应有的下场。

战斗胜利结束后，战士们在返回康庄驻地的路上交谈着、议论着。金震河拍着铜小山的肩膀说："嘿！干得带劲，真像把鬼子手脚捆起来打一样！"正说着，司令员从东南面走过来，铜小山扛着得来的一挺轻机枪跑过去，向司令员敬个礼说："司令员，这一仗打得真有板眼，你看！"说着把机枪晃了晃。

马铁男在一旁插嘴说："好玩艺儿还在那儿！"他朝摆在路边的战利品一指："光三八大盖儿就够装备两个连，还有加农炮、掷弹筒、手榴弹，都躺在那里等我们去摆弄哪！"大家听了哈哈大笑。

对于康庄这一仗，敌人到底有什么说法呢？第二天，马本斋司令员得到一份情报，冈村司令部承认："康庄之役，除一人逃出外，其余全部光荣殉职！"是的，他们除了用"武士道"和"大和魂"之类的鬼话来自欺欺人之外，有什么值得夸耀的呢？

另一方面，康庄这一仗，对激发深南人民抗日热情，点燃深南抗日烽火，起了极大的推动作用。它大灭了敌人的气焰，大长了我军的威风！马本斋对同志们说过，为了打好康庄这一仗，他整整半个月没有好好休息过。每当回民支队的老战士们回忆一九四〇年五月三十日康庄战斗时，他们都为马司令员那种紧紧依靠人民群众的革命战略思想和他那卓越的军事才能而深受感动。

康庄战斗是回民支队战史上光荣的一页！

第二十五章　新鲜事儿

放起灯心火，能烧万重山。

深南人民的抗日热潮掀起来了，深南的斗争局面打开了。

当地的群众和地方政府高高兴兴地欢庆胜利。人民怀着对子弟兵的深情厚谊，给回民支队送来了大批的慰问品，其中有膘肥个大的活牛活羊，牛羊角上还挂着大红花呢。在欢乐的秧歌队中，有五六十岁的老大爷，也有六七岁的娃娃们。他们扭呀，唱呀，那个高兴劲儿就甭提了。就在这次慰劳中，还出现了这样一个具有戏剧性的故事。

这次战斗结束后，回民支队的司令部驻扎在李家营。在李家营的西边五里的地方，有个王家庄。王家庄有个王大娘，儿子参军在部队上，老伴儿被日本鬼子杀害了，家中就她一个人。这一天，她听说咱们的部队又打了胜仗，把附近的据点都拿下来了，可以不用再提心吊胆地过日子了。真是天大喜事啊！她为了表达对子弟兵的深情厚谊，把自己精心喂养的正在长膘的一头肥猪，找人给杀了。王大娘从早晨就紧忙乎，直到中午才把这头肥猪拾掇干净，然后挑了几大块五花肉，用红布把猪肉严严实实地盖上，高高兴兴地向回民支队的驻地李家营走去。

马本斋司令员住的房东家，有位李大婶，她有个小孩子，名叫芒种。小芒种光秃秃的小脑袋上，留着一撮小"刘海"，胖胖的小脸蛋儿，一笑还露出小酒窝儿，长得那个淘气相，特别招人喜欢。这天中午，小芒种从外面跑回家来，见马司令员正给他家扫院子，他跑到马司令员身边，拉着他的胳膊调皮地说：

"八路军叔叔，你天天给我家扫院子，也不怕累得慌？"

"我这么大个子，拿这么一把小笤帚，还怕累呀！"说着，把小芒种拉到身边，坐在台阶上问，"芒种，我问你，长大了你干啥？"

"打日本鬼子！"说着，还做了个打枪的姿势。

"好样的！咳，小芒种，你为什么叫芒种呢？"

"俺爹说，芒种是好季节，给俺起了名字叫芒种。"

"你知道芒种是夏天还是冬天？"

"我没学，不知道。"

"叔叔教给你好吗？"

"好，好，叔叔快教给我吧！"小芒种高兴得拍起手来。

"好，叔叔教给你。芒种，是二十四节气中的一个节气，知道了二十四节气，就能更好地种庄稼啦。二十四节气有个歌，背会它，就行啦。我教给你这二十四节气歌好不好？"

"好。"

于是马本斋就数起来：

春雨惊春清谷天，
夏满芒夏暑相连，
秋处露秋寒霜降，
冬雪雪冬小大寒。
每月两节不变更，

最多相差一两天，

上半年来六、二一，

下半年是八、二三。

马本斋唱完问芒种："小芒种，好听吗？"

"好听！"

于是司令员教一句，小芒种念一句。小芒种晃着小脑袋，眨巴着眼，学得那样认真。马本斋教他念了十来遍后，拍着他的小脑瓜儿说："从现在起，你就好好地背，到晚上，你背给我听。要是你背不下来的话，我刮你三下鼻子。"说着，马本斋做了个刮鼻子的动作。

小芒种调皮地说："要是我背会了，就刮你三下鼻子！"

"好，一言为定，你去背吧，叔叔有事去了。"说完，马本斋便回屋去了。

王大娘来到李家庄，打听了好半天才找到了司令部的司务长，一见司务长，话匣子就打开了：

"同志，这二年日本鬼子被咱打得缩在城里，可动不动还要窜出来又烧又抢地糟蹋老百姓。这回干净利索，端了它的鳖窝，咱们不再受小鬼子的气啦！你大娘没别的慰劳咱队伍，这不，把我养的一头小肥猪宰了，特意给司令员送来一点肉。"

司务长先是笑容满面地听着王大娘说话，当他听到把猪肉送给司令员时，立刻变得目瞪口呆了。司务长心想，给回民送猪肉，这可是件新鲜事儿。他琢磨了一会儿，对王大娘说：

"大娘，你的心意我们收下了，猪肉，我们不能收，因为……"

"因为个啥，怎么，还和你大娘见外呀？肉虽少，可是新鲜，这是你大娘的一片心。"

"大娘，不是，是因为……是因为我们有纪律。"

"大娘懂，'不拿群众一针一线'，是吧？"

"对，对……"司务长好像找到了根据。

"对是对，不过今天呀，说啥也得收下，这是我特意给你们司令员送来的，你不收哇，我自己找他去！"王大娘说着就要走。

司务长一听可急了，心想，要是司令员知道给他送猪肉，那还不急眼，非挨批不可。想到这儿，他忙拦住王大娘，说：

"王大娘，这样吧，您在伙房等着，我去给你找司令员，您看好吗？"

王大娘乐得把手一拍说："咳，这还像话。大娘等着，你快去吧！"

司务长离开伙房，一溜小跑，穿过十字路口，绕进一条小胡同，走进了一个用枣树枝编成的大门。他刚进院里，就看到房东李大婶手里提着一个竹篮子，正向马司令员嚷呢：

"你这个大个子兵，可真不实在，大娘可不喜欢你这样的"

司务长见此情景，有点丈二和尚，摸不着头脑，愣住了。

马司令员憨笑着对李大婶说："这件事只好惹您见外啦。"

李大婶见司务长走进院来，像是有了同情者一样，一把拉住司务长，数落起来：

"同志，你们这个大个子兵，住在我家，比我们自己家的人还亲。他天天给我家挑水，扫院子，垫牲口圈，还教孩子识字……"

小芒种在一边忙抢着说："大个子叔叔还教我唱二十四节气歌呢！"

"对，对，还教给我这小子唱二十四节气歌。同志，你说，这大个子兵该有多好哇！这不，今天我特意从瓜地里摘来一篮子甜瓜，想让他尝尝鲜儿，可他说啥也不要，大婶我可真的生气啦！"

马司令员解释说:"这一阵子,敌人在你们这里闹腾得很凶,乡亲们都吃了不少苦。大婶家能落下这么点瓜也不易呀,还是留着自己吃吧。"

李大婶把篮子一拍说:"看你这大个子,还挺会说的。告诉你,瓜再难种,也得让你们吃。你们出生入死地解救了深南老百姓,这是多大的功劳呀!我们就是饿着肚子,送给你们吃,大婶我心里也高兴。"

听到这儿,司务长才明白过来是这么一回事。于是开玩笑地说:"大婶,光干活不吃东西,那还不好哇?"

"你看看,你这个同志,大婶就是不喜欢客气人。同志尝了我们的瓜,我们才高兴!"

司务长又问:"那要是不吃呢?"

"不吃?不吃我就去找你们马司令去,让你们的首长给评评理儿!"李大婶说着,上前就要拉着马本斋往外走。

司务长心想,看来不挑明不行了,于是他叫了声:"司……""令"字还没有出口,就被马本斋一摆手给止住了。

随后马本斋笑着转过脸去对李大婶说:"你就是去找马司令员,他也管不了这件事。'不拿群众一针一线',这是咱八路军的规矩。你说是这个理儿吧?"

"你这个大个子兵呀,可真会说,会说也不行,这一篮子瓜,今儿个一定要你吃了。"说着,李大婶右手将篮子一提,上前对马本斋说:"走,找你们马司令员去,让他给咱们断断!"

司务长在一旁笑得直不起腰来。他竭力控制着自己,对李大婶说:"大婶,您哪儿也别去啦,马司令员远在天边,近在眼前!"

李大婶听司务长这么一说,琢磨了一会儿,"啊"的一声,慌忙松开了手,惊奇地看着眼前这位"大个子兵",不大好意思地说：

"噢，你就是马司令员呀?！"

三个人，你看我，我看你，不约而同地哈哈大笑起来。

笑声未了，司令员问司务长有什么事。司务长难为情地说："有件事，比送甜瓜还难处理，请首长去看看吧。"

马司令员正好要去各大队看看，于是和司务长一同走出了大门。当他们走到大街上时，忽然见一个背着背包的人一闪，躲进一个胡同里。

司令员问："那是谁?"

司务长说："没看清。"

"走，过去看看。"说着，两个人一前一后向那个胡同口大步走去。原来是郭政委的警卫员小刘，背着背包，脸朝着墙，正抹泪呢。

马司令员感到很奇怪，忙把小刘拉到自己身边问："小刘，你怎么啦? 哭什么?"

小刘开始只是哭，不说话。后来经马司令员再三追问，才把原因告诉了马司令员。

马司令员说："你先到我住的地方去，回头咱们再谈。"

打发走了小刘，马司令员和司务长来到伙房。司务长向送猪肉的王大娘介绍说："大娘，这就是我们司令员。"

王大娘一听，高兴地拉着司令员的手说："首长，你们打了那么多大胜仗，为咱百姓们出了气，大娘我没别的慰劳你们，把自己养的一头肥猪杀了，给你送了点儿肉来，那位同志说啥也不收。首长，不收呀，就是看不起你大娘!"

司务长在一旁，听着大娘左一个猪，右一个猪，急得心直蹦。

马司令员听完王大娘的话，想了一下，然后笑容满面地对王大娘说:"大娘,谢谢您老人家!今天呀,我们就不客气了,这猪肉我们就收下啦。"

司务长一听,简直不相信自己的耳朵——回民怎么能要猪肉呢?

然而,肉,真的收下了。马司令员和司务长热情地把王大娘送到村口,临别的时候,马司令员对王大娘说:

"大娘,您放心吧,收下您的礼物,我们天天打胜仗,天天向您报捷!"

"你大娘呀,就是盼着这个呢!"

等王大娘走远之后,马司令员嘱咐司务长说:"你派人把王大娘送的猪肉送到军区医院去,慰劳兄弟部队的伤员们;另外,按市价,立刻把钱送给王大娘。"

司务长在心里闷了半天的谜,这才恍然大悟。"是!"他高兴地向司令员敬了个礼,转身朝村里跑去。

马司令员来到郭政委的住处,见到郭政委就说:"老郭,你为什么让小刘回军区呀?"

郭政委给马司令员倒了一碗开水,往桌子上一放,生气地说:"他违犯了纪律!"

"纪律?什么纪律?我说老郭呀,你不要再瞒我了,我都知道了,你在长征时落下个病根儿,体质不好,小刘给你搞了一点猪肉,让你补养补养身体,这算是违犯了哪家的纪律呀?"

"老马,咱们这是回民支队,我虽然是个汉民,但身在回民支队,就不能破坏回民的风俗,否则,影响不好嘛!"

"老郭呀老郭,咱们都是共产党员,请你不要把这个风俗看得太神秘嘛!不注意不好,太过分了也不好。老郭,你体质不好,需要增加营养,这是革命的需要。牛、羊肉你吃不习惯,还是吃点儿猪肉。一会儿，我让司务长给你送点来，你一定要作为任务把它吃掉。好了，我到各大队去看看。"说完，转身向屋外走去。

郭政委望着马本斋那魁梧的身影，暗暗想道："好同志，真是个好同志，他进步得真快呀！"

第二十六章　本斋回来啦

"马司令员回来啦!"

"本斋大叔回来啦!"

东辛庄的男女老少奔走相告,有的从村东头奔向村西头,有的从村西头跑到村东头。苇塘上的小桥上挤满了人,清真寺的门前站满了人,大街小巷挤满了人,男女老少把队伍围了个水泄不通。白老庭站在村头上,指挥儿童团唱着抗日歌曲,迎接自己的队伍凯旋而归。

回民支队回来了!在这几年中,这支英雄的回民武装,在马本斋的率领下,点燃了深南的抗日烽火,收复了白洋淀周围的大片失地;开辟了无极、藁城抗日根据地,跑遍了整个冀中平原。他们在这抗日战争进入如火如荼的一九四一年夏天,奉上级之命,挥师东进,又回到了他们转战多年的子牙河两岸。

土生土长的战士们,听惯了子牙河的涛声,喝惯了子牙河的流水,今日回到了自己的故乡,那个高兴劲儿就甭提了。他们各自带着战友走进自己的家门,盘腿坐在炕头上,与父母兄弟共享这久别重逢的欢乐。乡亲们端出家制的粉皮炖羊肉来招待自己的子弟兵。

最热闹的就数马司令员的家。他们门口拴着几匹枣红马，大人、小孩把他家三间土坯房的院墙几乎给挤塌了。

马司令员把郭政委带到自己的家。母亲早已在家里做好了迎接的准备。马司令员一进门，就拉着郭政委向母亲介绍：

"娘，这位是郭政委。"

这时，淑芳、玉英都抱着孩子走进屋来。母亲指着淑芳向郭政委说："这是本斋家。"又指着玉英说："这是进坡家。"

郭政委接过孩子边逗边说："大娘，你们家可真是个革命家庭，老大给日本人杀害了，老二老三都在咱回民支队。"

连成婶说："当娘的哪有不想儿的，可是鬼子不让咱想呀！这几年来，河间那个狗山本，可把咱老百姓糟塌苦了。"

郭政委站起身来，说：

"大娘，我们这次回来，就是要收拾这个狗东西！"

连成婶拉着郭政委的手说：

"孩子，你们狠狠地打，给咱老百姓出出气！"

这时，马司令员的女儿接弟、小儿子金树在院子里蹦蹦跳跳地围着大人，郭政委一边逗着孩子玩，一边对连成婶说：

"大娘，部队晚上就出发，儿子刚回来就走，您舍得吗？"

"唉，说实在的，真想让你们多住些日子；可是，一想到鬼子还在子牙河两岸横行霸道，这留你们的心呀，也就想开啦。"

连成婶这简短而朴实的话，使郭政委心中暗自赞叹：真是位好妈妈！

淑芳今天特别高兴，她忙里忙外，一刻也不休息，她把茶壶放在炕桌上，转身又到东厢房炸油香去了。马本斋知道她一个人忙不过来，也随即跟着淑芳到了东厢房。淑芳炸油香监锅，马本斋蹲在锅台下烧火。马本斋一边烧火，一边不住地看着淑芳。淑芳被看得

不好意思,说:

"看啥,不认识啦!"

马本斋加了一把柴,说:"认识,咋不认识,我是看你比过去见瘦了。怎么,身体还好吧?"

一句话问的淑芳心里热乎乎的,她俊秀的脸上,霎时又出现了几年来少见的红晕,羞涩地看了丈夫一眼,故作生气地说:

"你们男的就是心硬,一走就是几年,也不常给家里捎个信儿来,成天家让人提心吊胆的。"

"谁说不常给你捎信儿,大炮、机枪、手榴弹,天天在响,那就是在告诉你,我们又在消灭日寇了,这不就是给你捎信儿了吗?"

淑芳深情地瞟了丈夫一眼,笑道:"可人家咋知道你们消灭了多少鬼子!"

淑芳说着把锅里炸好的油香捞出来,又把几个生的放到锅里说:

"孩子天天喊着想爸爸,总是问我,娘,爸爸怎么还不回来呀?……"说到这里,她的眼圈湿润了。

马本斋很理解她此刻的心情,他忙站起来,手扶着淑芳的肩头温存地说:

"看你,孩子都老大了,你这个当妈妈的倒成了小孩子了。说话流泪,真成了林黛玉了。说着就要去替她抹眼泪。"

"去你的,你知道人家心里多……"

夫妻俩正说着,四岁的儿子小金树跑了进来,嘴里还不住地喊着:"爸爸,我要枪,我要枪!"一头扑进了爸爸怀里。

马本斋爱抚地摸着儿子的头问:"想爸爸吗?"

"想。"

"哪里想?"

"这。"小金树拍着小胸脯说。

淑芳翻了翻锅里的油香,笑着说:

"这一次,你快把这小子带走吧,我可弄不了这个调皮蛋。"

两口子说得正热闹,白老庭叼着小烟袋进来:"嘀,你们这是在唱哪出戏呢,这么热闹。"

马本斋见白老庭来了,忙上前热情招呼:"老庭大伯,你好哇,几年不见,您身子骨儿还是那么硬朗,可真是老当益壮呀!"

白老庭乐呵呵地说:"本斋,要说身体,咱敢和你们年轻人比试比试,我还要等着亲眼看着小鬼子完蛋呢!哈哈哈……"

淑芳拿起一个油香递给白老庭,说:"老庭大伯,尝尝我们炸的油香。"

"好,我先尝一个。"说着,他接过来便大口地吃起来。边吃边说,"本斋,你们这次回来先不走了吧?"

马本斋往灶里加了把柴火,说:"不走了。不把子牙河两岸的鬼子砸趴下,就不离开这儿啦!"

"好!淑芳听到没有?咱们的马司令可发了话了,这一回放心了吧?"白老庭开玩笑地说。

这时,小石燕跑进来,说:"老庭爷爷,妇救会和青抗先的人在找你呢,让你快点去。"

淑芳逗笑地说:"你这个村长,只顾在这吃油香,把小青年们都给丢啦。"

白老庭边往外走边说:"本斋,我先走了,等一会儿我再来,咱爷儿俩得好好地唠唠。这会儿不耽误你们两口子说话了。"

"老庭大伯,一会儿我到你家,还得好好看看咱们的练拳院。"马本斋尊敬地把白老庭送到门口。

"好，大伯我在家等你，如今咱村的青抗先那些小青年们，接了你们的班，天天在那儿练。等练出来就给你们送到队伍上去。"白老庭说着走出了门。

"那可好，咱练拳院铸出来的铁拳头错不了！"

马本斋送走白老庭回来，帮着淑芳把炸好的油香端进了北屋。

这时，司令员的父亲马永长挑了两筐西瓜回到院子，乐呵呵地把瓜放在老椿树下，大声喊道："本斋，快请郭政委来尝尝我种的瓜甜不甜。"

屋里的人都应声跑了出来。马本斋捧着一个又圆又大、沉甸甸的西瓜，用刀"噗"的一声切开，递给了郭政委。自己也拿了一块吃起来："爹，今年这瓜可真甜哪！"

"可不是，满地都是，圆滚滚的！"

马司令员笑了笑，把警卫员小金叫到跟前说："小金，你通知同志们，到我家地里摘瓜吃，让我爹领你们去。"

战士们一听马司令员下了摘瓜的"命令"，一个个活蹦乱跳地往村南头的瓜地跑去，边跑边高兴地喊着："到了家了，到咱们自己家的瓜地里去吃西瓜哟！"他们孩子似的跑到瓜地，吃得可痛快了。

马永长站在地头，望着这些生龙活虎的战士们，乐得合不上嘴，他高兴地喊着："孩子们，你们就放开肚子吃吧！"

这时，金震河抱着一个大西瓜来到铜小山跟前，幽默地说："伙计，咱们来个二一添作五。"

"还有铁男一份。"铜小山指着西瓜说。

金震河在瓜地四周张望着，可是，找了半天也见不到马铁男的人影儿。金震河急问："这家伙到哪里去了，刚才我还看见他的嘛。"

铜小山也琢磨起来，是呵，这家伙跑哪儿去了呢？突然他想起什么，装了个鬼脸：

"你这个中队长脑袋就像西瓜一样实在，人家可能早就牛郎会织女去啰！"

金震河摸着后脑勺儿，恍然大悟地说："这侦察排长，原来又去搞火力侦察去了。"说完，两人哈哈大笑起来。

果然不出所料，今天早上，队伍一进东辛庄，马铁男把侦察排的战士安顿好后，自己就急匆匆地绕过清真寺，走到前街，来到张劳桅家门口。他在门前迟疑了一会儿，鼓起勇气走进院去。

这时，张劳桅宰了只鸡，正在煺毛，马铁男走到他跟前亲切地叫了一声：

"张大爷。"

张劳桅一看："呵，是铁男，屋里坐。早就盼你们回来啦！"

马铁男走进屋，不觉心里一沉，怎么？秀兰呢？

张劳桅给铁男倒了一杯柳叶茶，他看出了马铁男的心思，马上解释说：

"俺秀兰，成天也不着家，这会儿她又领着妇救会忙乎开会的事去了。你等等，她一会儿就会回来。"

正说着，院里响起了脚步声，马铁男听到这熟悉的脚步声，心头一热。这时，只听秀兰在外面问："爹，他来了没有？"

秀兰说着，两步跨到屋里一看，不好意思地笑了。她那带酒窝的脸儿，笑得是那样的甜。马铁男心里热乎乎的。

张劳桅看看这年轻的一对，站起身来说：

"孩子，你俩坐着，我到地里去摘点鲜菜。"说着他手挎篮子走出了屋。

太阳渐渐偏西了，马铁男和秀兰坐在一条长板凳上，金灿灿的阳光，透过窗户，为这平原的土坯房涂上了一层金黄的油彩，烘托在这对久别重逢的恋人的脸上，使他们显得更加红润健美。马铁男和秀兰分别已有三年多了，此时相见，都有千言万语，而一时又无从说起。马铁男想：应该向他说些什么呢？是战斗，是工作，是生活，还是未来的美好的憧憬。

他觉得，这几年跟司令员打了许多大胜仗，捉舌头，摸据点，康庄战斗，这些都应当告诉她；他们支队的"抗战剧社"演的那个青年想参军、家里拴不住的歌剧，也应该讲给秀兰听一听。这时，他又想起了三年前，秀兰送给他的那顶小白帽，忙从衣兜里掏出来递给秀兰：

"秀兰，你看！"

秀兰接过这顶自己曾经连夜一针针一线线精心缝制成的小白帽，深情地端详着，那帽子上面绣的"同心革命"四个字，虽然经过战火硝烟的熏染，但却在她心里放射着更加真挚的爱情的异彩。她轻轻地把叠得很整齐的帽子打开，里面包着一枚纪念章。这是一个半手工、半机械造的纪念章，中间刻有一个手擎红旗、肩背钢枪的八路军战士，下面印有"冀中军区赠"的字样。

"这是你得的？"秀兰注视着纪念章问，"怎么得的？"

这一句话，像把钥匙，一下子打开了马铁男的话匣子，他先是憨厚地笑了笑，然后便滔滔不绝地讲起他得这枚纪念章的经历。

那是在深南作战时，一天，黎明前，我回民支队的一个班，被"日军"的一个小队追击着。这个班边打边撤，"日本兵"死死地咬住不放，最后追到榆科据点的村南。榆科据点的日本兵和汉奸听到枪声，也出来夹攻。这个班被迫钻进了交通沟。

追击的鬼子来到据点下面，大骂起来。正当据点里的汉奸，赶忙恭顺地列队出来迎接时，化装成日本小队长的马铁男，高喊了一声："打！"霎时，枪声大作，不到二十分钟，据点的敌人就全部被消灭了。

马铁男在据点里发现了一批自行车，是鬼子用来装备快速部队的。侦察排自然照收不误。真不错，这些自行车，全部是"僧帽架"，"崛井圈"，"老头胎"，"双飞轮"，"全链套"，一色的正庄货。从此，侦察排便都配备了自行车，如虎添翼。

马司令员为了表彰马铁男这一戏剧性的战斗，授予"侦察英雄"的光荣称号，并奖给这枚纪念章。

秀兰摸着这闪光的纪念章，听着马铁男生动的叙述，美丽的大眼睛闪着激动的泪花，紧紧地依偎在马铁男身边，努努嘴说：

"你进步了，我落后了！"

"傻兰子，你别瞧不起自个儿了。落后还能当上妇救会主任？"

"还不落后？你都戴上纪念章了，可我？"秀兰说着低下了头。

"你怎么啦？"马铁男爱抚地把秀兰搂在怀里，轻声说，"我听说，你和连成婶、老庭大伯在村里组织妇救会、青抗先、儿童团、慰劳、安置抗日军烈属，还做军鞋、缝军装支援我们。"说着，马铁男情不自禁地哼起了一支抗日小调儿：

秋风起，秋风凉，
民族战士上战场。
妹妹在后方，
多缝几件棉衣裳，

帮助哥哥打胜仗,

收复失地保家乡……

马铁男唱到这里停下来,深情地望着秀兰说:

"怎么样,还说你们没有做工作,你们的工作成绩都编成歌儿,连我这个破锣嗓子也会唱啦。"

秀兰的确没有想到,铁男也会唱她们经常唱的这首《妹子支前歌》。她觉得心头热乎乎的,不觉下意识地抚摸着铁男的臂膀,柔声地说:

"想不到你当了几年兵,进步这么快,不光得了奖章,还懂得这么多革命道理,本斋大叔的队伍可真锻炼人。"

就这样,两人倾诉衷肠,话越说越多,情越说越深。时间也就不知不觉地溜跑了。这时,忽然从东头传来"嘀嗒—— 嘀嘀嗒——"的军号声。两人不约而同地站起来,互相以询问的目光对视了一下,随即相跟着跑出院门,朝村东头飞快地跑去。

马本斋带领回民支队回师子牙河两岸以来,在准确掌握敌情的基础上,以机智灵活、迅雷不及掩耳之战术,屡次给敌人以沉重的打击。鬼子在野外查线,他们隐蔽在青纱帐里进行伏击;鬼子进村抢劫,他们下地道打埋伏,出其不意地送鬼子和汉奸回"老家";鬼子的汽车一上公路,他们布的地雷就把它炸得轮子朝天。回民支队犹如蛟龙得水,在人民战争的汪洋大海中自在遨游。山本被马本斋搞得蒙头转向,顾此失彼,于是,不得不下令规定:百人以下的部队,不准出据点大门。但是,山本吃了亏不服输,这些天来,他正绞尽脑汁,寻找办法对付马本斋。

黄昏,河间城的城门早在两个小时前就关闭了。城里行人稀稀落落，只有几个手挎破篮子要饭的小孩儿在沿街乞讨。贴在城墙上的那张悬赏活捉马本斋的告示，经风一吹，像破麻袋片似地飘动着。

在河间城里的西大街，有两座古老的石牌坊。石牌坊的中间，坐落着一所天主教堂，四周围垒着青砖高墙，上层拉着密密层层的铁丝网，那个纪念耶稣受难的"十"字架，经过炮火硝烟的浸蚀，已折落在高高的屋脊上。日军山本联队司令部就在这个天主教堂里。这里有两重大门，第一重大门加岗添哨，卫兵端着上了刺刀的钢枪，如临大敌，神情紧张。山本还命令他的兵在这门前筑起两个像坟堆一样的地堡，地堡的枪眼如同猛兽的血盆大口，等着吞噬过路的人。中国人经过这里都要点头哈腰，不然，轻则拳打脚踢，重则抓进去坐老虎凳，上电刑。

过了两道大门，就是山本的办公室。正面墙上挂着日本太阳旗，太阳旗下面有一条横幅，上面写着："建设大东亚共荣圈。"办公室的南头摆着小圆桌、沙发、茶几；北头桌上摆着一架手摇电话机，旁边有一张转椅。天主教堂窗户本来是不大的，被山本占为司令部后，把原来的窗户挖大了，扩建成比大门还大的玻璃窗户，窗户用黑窗帘掩了一半。这时，只见一个矮墩墩、秃头顶，留着小胡子的家伙，身穿黄呢马裤，白衬衫，左腰挎一把东洋大刀，右腰别着小手枪，好像热锅上的蚂蚁，正在办公室里来回踱步。他就是山本。自从日寇对冀中平原实行重点军事进攻，他的联队侵占河间地区以来，他好像坐在火山口上一样，就没有睡过一个安稳觉。他回想起前几年与马本斋的周旋中，连吃败仗；现在马本斋率领的回民支队又回来了，仅最近的十来天之内，马本斋的部队在沧（州）河（间）的公路上就搞掉了他三十多辆汽车，拔掉了他七八个据点。真是冤家对头。昨天，自认为足智多谋的山本，派人给马本斋送信，企图收买马本斋……

铃……铃……铃……一阵电话铃声打断了山本的冥想，他拿起听筒。

"啊！桥梁的断啦？仓库的也炸啦？！军火汽车的，通通的完了完了的？！"

山本的眼里射出两道凶光，将电话听筒往桌上一摔。"八路，又是马本斋的干活！"说着一屁股跌坐在转椅上，一只胳膊有气无力地支在转椅扶手上，撑住了低垂的头。

随着声响，办公室外头进来一个约莫四十左右的人，他就是汉奸翻译崔丰久。他身穿藏青色的制服，戴着一副黑框眼镜，脸色苍白，慌慌张张跑到山本跟前，轻轻地报告说：

"太君，马本斋的回信啦。"

山本一听马本斋回信了，立刻振作起来，瞪大了两只布满血丝的眼问："信在哪里？"崔丰久将信打开，一字一句地念道：

"……中国有句古语，冤家路窄。有我马本斋，没有山本；有你山本，就没有我马本斋！……"

"南尼？"山本眨巴眨巴眼睛问这是什么意思。

崔丰久边比画边翻译说："这就是说，马本斋的没有，太君的有！"

"臊嘎。"山本满意地点了点头。

崔丰久继续翻译："马本斋的有，你的死啦死啦的。"

山本明白了意思，脸色马上沉了下来，一巴掌打在崔丰久的脸上："你的，良心大大地坏了的，给我滚出去！"

崔丰久挨了一巴掌之后，灰溜溜地往外走，一出山本联防司令部，迎面碰上了哈少甫。

"怎么样？马本斋愿意过来吗？"哈少甫问。

"愿意? 他妈的老子的牙差点被打掉了! 我如今真像老鼠掉进了风箱——两头受气。"崔丰久边骂边摸腮帮子。

哈少甫从对方的表情和动作上, 对刚才发生的事已猜到了几分。便以三分安慰七分嘲弄的口吻说: "我就不相信他马本斋不过来。人再硬也硬不过高官厚禄。俗话说, 千里做官为吃穿嘛。崔兄, 我看马本斋是要过来的。"

崔丰久听到哈少甫故意在奚落他, 心里非常恼火, 说: "人家会过来? 你说得比唱得都好听!"

"容易的买卖赚不了大钱。"

"那你想在皇军面前做一笔大生意, 是不是? 依我看, 你是啄木鸟翻斤头——卖弄花屁股。"崔丰久话中带刺说。

哈少甫核桃仁似的眼珠子一转, 不服气地说: "崔兄, 马本斋过不过来, 事在人为嘛。"哈少甫说完, 神气十足地朝山本办公室走去。

在崔丰久和哈少甫逗嘴的当儿, 山本仍然像庙里的泥判官似地站在办公室里, 那双玻璃球般的眼睛死死盯着一张作战地图, 很明显, 他是在寻找马本斋回民支队的活动范围。这时, 哈少甫小心翼翼地走进屋, 装模作样地搭讪:

"太君, 马本斋的过来了?"

"嗯? 那个的说? "山本的眼睛离开地图, 转向哈少甫。他那一小撮仁丹胡子上下抖了几下, 上前抓住哈少甫的衣襟, 神经质地狂吼道: "马本斋的在哪?"

"不, 不, 我是问马本斋的投降的没有。"哈少甫吓得脸色蜡黄, 手脚哆嗦。

"臊嘎! "山本将哈少甫一推。

"太君! "哈少甫上前对山本说, "那马本斋本来就是平原上一只虎，如今参加了八路，更是长了翅膀。"

"你讲的，实在实在的。"山本心情似乎平静了一些。

"我在皇军面前不敢讲假话。"哈少甫又说，"早年，马本斋是练拳院的人，能飞檐走壁；他的侦察队是他训练出来的，有神出鬼没的能耐。此人不除，后患无穷！"

"马本斋的，是中国人的这个！"山本翘起左拇指，"我山本是日本人的这个！"山本又伸出右拇指。说完，他从抽屉里取出刚才崔丰久送来的马本斋的那封回信，递给哈少甫看。哈少甫看完信，眼珠子眨巴眨巴转了几下，跑到山本跟前神秘地说：

"太君，要征服马本斋，我倒有一计。"

"什么计？你的说！"

哈少甫附在山本耳边嘀咕了几句。

山本听后，两手在胸前一抱，耸肩大笑，说："你的，大大的聪明。马本斋过来的，金票给你大大的！"

哈少甫此时真像条得到主人抚摸的哈巴狗，摇头摆尾，骨软筋酥，甜滋滋地说："太君过奖，过奖。我哈少甫愿为皇军效犬马之劳。"

"好的，你比崔丰久大大的有用，就按你妙计的去办！"

第二十七章　不怕死的回回

夏历七月初四，日头一竿子高了，马本斋的家乡东辛庄来了个卖桃子的。这个人身穿白上衣、黑裤子，肩头上挑着一担鲜桃。他一进村，就吆喝起来：

"鲜桃儿，又大又甜，吃来，吃来，二角一斤。"

东辛庄有句歌谣："破梨烂瓜，辛庄的老家。"人们听到吆喝声，纷纷从家里走出来，特别是村上的小孩跑得更快，不一会儿把卖桃人团团围住。按照东辛庄的风气，凡是外来人进村，孩子们总感到是新鲜事儿，都要前来凑凑热闹。他们想看看外来人与东辛庄人到底有什么不一样。眼下看到这个卖桃人的穿戴和说话的调儿，果然和他们不同。

卖桃人朝围上来的一群孩子扫了一眼，发现站在跟前的都是些赤膊光脊梁的泥猴儿，个个晒得黑不溜秋，明摆着，他们哪里有钱买桃吃呢?!

卖桃人一边张望着，一边又拉着长调儿，吆喝了几声：

"大鲜桃儿，咬一口，甜掉牙。贱卖，贱卖啦。"

这时，淑芳领着女儿接弟，抱着儿子金树走出院门，绕过墙角，来到大街上，向卖桃人这边走来。

卖桃人一眼看出，走过来的这位妇女，是个精明能干、明白事理的妇女。只见她收拾得干净、利落，仪表不俗，举止非凡。她身边的两个孩子也水灵秀气，穿得比较整齐。于是，他立即抓起两个大桃子往小男孩手上塞。

"吃鲜桃儿，小宝贝，叫你娘买呀！"

孩子的娘问：

"多少钱一斤？"

"二角，大嫂，您买多少？"卖桃人尖嘴利舌地回答。

"二斤。"

"二斤少了吧？您家还有老人，大热天，这桃子老人吃最好。"

"娘，桃子买回去给奶奶吃。"小女孩机灵地眨眨眼睛说。

"对，这小姑娘真乖，应该把最好的让给奶奶吃。小孩，你叫什么名儿？"卖桃人问小男孩。

"他叫金树，我叫接弟！"小女孩抢着回答。

"呵，乖孩子，桃子又甜又大，还要买给你爸爸吃呀！"卖桃人进一步试探说。

"他爸爸领大伙儿打小鬼子去了。"站在旁边的一个小孩儿，挺神气地告诉卖桃人。

小金树在怀里握着小拳头，做出要捧鬼子的样子。淑芳怕孩子们说多了碍事，于是忙对孩子说：

"快回家吃桃去吧。"

她说着付了二斤桃子钱，领着接弟和金树离开了卖桃人。

卖桃人目送淑芳走远，收起担子，匆匆地离开了东辛庄。

一九四一年农历七月初五，是东辛庄人民难忘的血腥日子。这天早晨，东方初现曙色，鬼子和皇协军五百多人，从河间、献县、沙河桥三个据点出发，分三路包围了东辛庄。村边站岗的青抗先队员发现有敌情，连忙发出信号；但村里人听到报信的手榴弹声时，全体疏散已来不及了。白老庭紧急指挥群众撤到村外，自己和一部分群众却被敌人圈在村里。

一个鬼子和一个汉奸分别骑着枣红马和白马，领着一群鬼子兵和汉奸队，从西北方向围过来。骑白马的是宪兵队翻译崔丰久，骑枣红马的就是山本。他腰间挂着"王八盒子"和带鞘的战刀。

这是个杀人不眨眼的刽子手。半年前，他在血洗一个村子时，强逼被抓到的老百姓排成行，然后进行残酷刑讯。他对第一个人问道："八路的有？"那人不吭声，他一刀就将那人的头砍下来。随后又拉出第二个人来，仍然不说，山本按住他的头，逼他在第一个人的脖子里喝血；第二个人不从，山本也将他的头砍下来。接着又拉出第三个人，山本给他一把刺刀，逼他挖出死人的眼珠子；那人不从，转身用山本的刺刀，狠狠地向山本刺去；山本一枪把他打死，然后捡起刺刀，亲自挖出三个人的眼睛。他拿着血淋淋的眼珠子威吓群众："谁不说出八路的，就叫他把眼珠子吞下去！"

今天，这个以杀人为乐的魔鬼，又亲自出马到东辛庄来了。一进村，山本和崔丰久就径直向马本斋家闯去。可是他们发现，屋内空无一人，只有屋前羊圈里拴着的一只小羊，咩咩乱叫。山本掏出战刀朝小羊肚子一捅，小羊顿时倒在地上，翻翻眼，再也不动了。几个鬼子兵闯进屋里，用枪托把衣柜锁子砸开，乱捣乱翻，被褥、衣服被扔了一地，还连连喷出大日本的"国骂"——"八格呀噜"不休。接着"叭"的一声，屋外的水缸也给砸碎了，水流了满地。

山本一看，马本斋的母亲转移了，气的额筋胀得像几条蚯蚓，眼珠子都快进出来了。他把崔丰久叫到跟前命令道：

"老百姓的通通地抓到清真寺，我的要严加审问。"

"是，太君！"崔丰久一扬手，带着一群鬼子和汉奸窜出了马本斋家的院子。不一会儿，鬼子和汉奸押着一群没有逃出村去的乡亲，向清真寺走来。乡亲们在刺刀丛里有的怒气满面，有的极度紧张，有的惊恐不安。这时山本站在清真寺大殿的台阶上，眼里冒着凶光。崔丰久站在他跟前点头哈腰，活像鸡吃碎米一样。大殿前的乡亲们向台阶上横眉冷视，人人眼里喷出仇恨的烈焰！

山本看了看站在大殿前的群众，装出一副和善的面孔，皮笑肉不笑地说：

"良民的不用怕，今天有事请大家来商量的！"山本说到这里，向崔丰久一努嘴，"你给他们的说话。"

"是！"崔丰久咯咯地清了两下嗓子，像旧戏演员念韵白似地说：

"回回同胞们，今日皇军到此，一不催粮，二不抓丁，只是告诉你们一个消息。你们大概还不知道，马本斋已归顺了皇军，当了剿匪总司令。今天我崔某陪同山本队长特地来请马老太太进城。"说到这里，他向山本瞟了一眼，接着又说，"都听明白了吗？这是件好事。哪个知道马老太太现在何处，对皇军说一声，大大的有赏。谁知道就说吧，不必害怕。"

山本一呲牙，做了个笑脸，掏出一叠钞票，向空中一晃："呃，你们的看看，说出来马司令的妈妈，金票大大的给！谁的知道，快快的说话！"

敌人的笑脸，蒙蔽不了乡亲们的眼，魔鬼的金票子，打动不了乡亲们的心。回答敌人的，只有仇恨的目光！乡亲们都知道，马老太太现在躲在东南洼地里，可是谁也不说。

崔丰久看到在场的人没有一个开口，急得汗珠子直冒，他从台阶上走下来，咬紧牙齿对群众狠狠地说：

"太君的话你们都听见了吧，谁说出来有赏。你们怎么都不吭气呀？大家要放明白点！"他好像要发怒，但很快又克制住了，"回回同胞们呀，谁也不能和谁过不去，要是知情不报，这就不太好了吧？皇军也是一片好心，请马老太太进城去享受荣华富贵，你们不帮忙，这未免太对不住马老太太了。"

敌人首先把白老庭推了出来。山本揪住白老庭的衣领，大声问道："马本斋的母亲在哪里？"

白老庭坦然自若地站在那里，回答鬼子的仍然是仇恨的目光。山本把白老庭摔在地下，上去踢了一脚，白老庭还是不吭声。山本气急败坏，露出凶恶的本相，用战刀刺他的肩膀，鲜血染红了他的衣服。

山本又厉声喝问："马本斋的母亲在什么地方？"

白老庭坚定地回答说："不知道。我好几年不在家，刚从外面回来。"

崔丰久上前问："从什么地方回来？"

"营口。"

"在营口干什么？"

"扛脚！"

"给谁家扛脚？"

"哈庆生家。"

崔丰久这小子，老家在山东蓬莱，早年在东北上过学，常去大连、营口一带，他很熟悉这家脚行，他父亲就在这家脚行当过管账先生。他听白老庭一说，觉得倒是实话，就在山本耳根咕噜了几句。于是山本放过了白老庭，又转过来问在场的老百姓："你们哪个的知道马老太太的？"

还是没有一个人吭声。

山本无奈，便命令日本小队长，带领鬼子和汉奸们，马上到村里村外彻底搜查。于是，敌人像拉网一样，把东辛庄里里外外又搜刮了一遍，然而，还是找不到马老太太的踪影。

本来，天亮时，马老太太和淑芳都在家中，当她们一听到手榴弹响，淑芳立即招呼婆婆，领着两个孩子往外跑。可是马老太太不愿意躲开，她对儿媳说："你带着孩子快跑吧！我老了，跑不动，拖着我，咱谁也跑不了。我一个老婆子留下来，看他们能把我怎么样？"

"不行！不能让鬼子白白抓去，快走吧！"

"别说啦，你们快跑吧！鬼子要我一条老命就够了，不能搭上全家子，便宜了鬼子。"马老太太坚定地说。

"好！娘要不走，全家都死在一块儿。"淑芳含着泪，抱着金树也在炕头上坐下来。

婆媳正争执不下，白老庭和秀兰来了。白老庭二话没说，便命令秀兰：

"你陪着连成婶到村外去躲躲，村里有我呢！快！"

经过白老庭的一番劝说，马老太太这才改变了主意，由秀兰陪着，同淑芳领着接弟、金树，离开了家。

白老庭送走了马老太太，又回到村里照顾其他乡亲们。刚刚来到村西头，就被鬼子抓住了。

此时，东辛庄枪声四起，火光冲天，人们乱作一团。马老太太和儿媳，一出村就被人群冲散了。秀兰陪着马老太太向东南方向跑去，小金树娘仨被人群卷向村北。刚跑了一段路，几个鬼子就追上来了，小金树跑不动就放声大哭，淑芳只好抱着他跑。鬼子见她不站住，"咣"的一声，子弹从小金树的耳边擦过去。淑芳拉扯着孩子机警地钻进了谷子地。谷子长得有一人多高，人趴在里面，外面一点儿也看不见。娘仨屏住气，紧紧趴在地下，鬼子"唰唰"地从他们藏着的地头跑了过去。

鬼子走远之后，淑芳拖拉着两个孩子穿过马春堂的菜园子，向北面坡城村跑去，终于躲开了鬼子的追捕。

马春堂从小摇辘轳种园子，身体很结实，年轻时能单手举一桶水走路。他的菜园子离村二里地，园子中间有一眼很大的水井，水井上安着两把辘轳。水井东北角有一棵大柳树，井东边有一架葡萄，井周围还有马兰花、黄花菜、小扫帚苗……整个夏天，马春堂都生活在这个菜园子里，上午摇水浇菜，中午在葡萄架下休息，晚上就睡在井边的窝棚里。

今天马春堂和往常一样，正在摇辘轳浇菜园子。忽然看到一个中年妇女抱着一个男孩子向东边跑来。越跑越近，马春堂仔细一看，原来是白大嫂抱着她家的小柱子。马春堂刚要上前招呼，不想后面一群鬼子追上来了。

一个鬼子上下打量着这母子俩，问：

"这小孩，马本斋的儿子的？"

"不是，是我的孩子。"白大嫂使劲搂着小柱子。

"你的马本斋的太太？马本斋的母亲在哪里？快说！"

白大嫂不回答，用愤怒的目光瞪着鬼子和汉奸。

"他妈的，不说把你毙了！"一个汉奸说着举起枪来。

这时，马春堂把辘轳一放，慌忙冲到鬼子面前喊道：

"老总，她的确不是马本斋的媳妇。"

"混蛋！"汉奸瞪了马春堂一眼，接着两个鬼子上前抓住马春堂的衣领，猛力一推，把马春堂推到井里。

鬼子押着白大嫂母子，往清真寺走去。

山本继续在清真寺凶神恶煞般地审问着群众。他举着战刀，对乡亲们吼叫："你们看看，不说，通通死了死了的！"说着从群众中把青抗先队员马维良拉了出来："你说，马老太太的到哪里去了？"

"马老太太早就跟她儿子马本斋的回民支队走啦。"

"胡说，昨天我们的人还看见她在家里。你说她跟队伍到什么地方去了？"崔丰久撕破假面具逼着马维良问。

马维良斜视了崔丰久一眼说："不知道！知道也不告诉你们这些王八蛋！"

崔丰久恼羞成怒，猛力把马维良打倒在地上，抢起皮鞭往马维良身上一阵乱抽，马维良疼得在地上滚来滚去，但他咬紧牙关不哼一声。在场的乡亲们愤怒难忍，一齐拥了上来，鬼子兵用刺刀挡住了他们。

崔丰久叫警备队搬来梯子，靠在墙头上，把马维良从地上拖拉起来绑在梯子上面，从清真寺的水房里提了两大桶水，拿来一把汤瓶（回民清真寺里用的水壶），向他嘴里灌凉水。马维良瞪着双眼，紧闭嘴唇。鬼子又用刺刀猛撬他的嘴，他的牙齿被捅掉几颗，血顺着嘴角往外流。马维良的肚子被凉水灌得鼓了起来，人慢慢昏了过去。崔丰久解下绳子，把马维良摊在地上，用右脚在他肚子上一踹，水从两头冒出来。

过了一会儿，崔丰久又提来一桶凉水，使劲往马维良头上一冲，马维良渐渐苏醒过来。崔丰久又问："你这个土八路，说不说？"马维良爬起来指着崔丰久的鼻子骂："狗汉奸，你要我说出马老太太在什么地方，做梦！"崔丰久掏出手枪，一颗子弹打在马维良的头上，脑浆溅了一地，当场牺牲了。

这时，秀兰正搀扶着马老太太躲在东南洼地里，枪声传来，马老太太心如刀绞，低声对秀兰说："姑娘你听，那些该死的畜生又在作孽了。"

"总有一天，本斋大叔会收拾他们。"秀兰闪着泪花说。

马老太太向村里望了望说："孩子，咱们躲在这里，我心里总是不踏实，还是回去看看吧！"

秀兰说："村里有老庭大伯，你放心吧！"

敌人的子弹没有能够使东辛庄人民屈服，相反地更激起了大家对鬼子汉奸的刻骨仇恨。同马维良一起参加抗日先锋队的马维安，看到伙伴被活活打死，实在忍无可忍，他冲出人群，用尽全身力气，猛地一拳打在崔丰久的脸上。山本狂叫了一声，数把明晃晃的刺刀向马维安刺去。马维安高声骂道："你们这群狗东西，抗日回民没有孬种，老子和你们拼了！"他越说越气，"扑"地把一口鲜血吐在山本的脸上；人面兽心的山本双手举起战刀，劈开了马维安的胸膛。

崔丰久提着马维安血淋淋的心，放在众人面前威胁说："看见了没有，谁敢违抗，也和他一样！"

山本发了疯地狂叫："你们的不说，心的通通的扒开！"

鬼子杀人杀红了眼。山本和崔丰久在大殿前转了几圈，可是人们还是没有一个开口的。山本站在人群前面命令警卫队在地上架起一堆木柴，再铺上一条被子，洒上煤油，然后拉出一个叫哈元庆的回民青年，问：

"马本斋的娘到哪里去了？"

"不知道！"哈元庆挺着胸脯斩钉截铁地说。

"瓦嘎浪？死了死了的！"山本狂叫了一声。

"怎么个死法？"哈元庆冲着山本问。

山本挥着带血的战刀，往浇煤油的棉被一指。哈元庆昂首挺胸走过去，往棉被上一躺，大吼："小子们，来吧！"

鬼子们用颤抖的双手，划着火柴扔在油被上，无情的火舌吞噬着这位钢筋铁骨的汉子！……熊熊烈火燃烧着人们的心，滚滚浓烟像一片乌云在清真寺上空翻卷。圣洁的清真寺到处血迹斑斑！面对着这群杀人成性的两脚兽，面对着这种惨绝人寰的血泪仇，东辛庄的回回们，泪往腹内吞，恨往胸头涌，他们不怯懦，不屈服，不怕死，以英勇的忠贞的气概，维护着崇高的神圣的民族气节！

敌人从清晨一直折腾到下午，连马本斋母亲的影子也没有找到，气得像一群疯狗，在那里嗷嗷叫，打转转。

日头偏西了，躲在村外的东南洼地的最后一批群众也被鬼子押到大殿前来了。乡亲们一眼看到，本斋他娘也在里边，由秀兰搀扶着。场上鸦雀无声，大家暗暗为本斋娘的安全担心，乡亲们巧妙地把马老太太簇拥在人群中间。

崔丰久向人群扫了一眼，掉过头来向山本咬了咬耳朵。山本听完点了点头，说了声："臊嘎！"接着走到王兆喜面前，一手抓住他的胳膊往外拉。崔丰久跟上前去问：

"你姓什么？"

"姓王。"

"叫什么名儿？"

"王兆喜。"

"你不是个回回吧？家住哪儿？"

"家住在东头，回回是我的亲戚。"

"老王呀！"崔丰久把皮鞭在手上轻敲了两下："你今天也碰上了，我想你不愿为这些穷回回子吃挂落！"

"你要我干啥，就只管说吧！"王兆喜连看也不看他们一眼。

"把大家叫来，就是请马老太太进城去。你知道她现在在什么地方？"

"知道！"

"在哪儿？"山本和崔丰久同时急问。

"在马本斋的队伍上！"王兆喜回答。

"你胡说！昨天马本斋的老婆还领着小孩买桃吃来着，怎么会跟马司令走了？你说不说实话？"崔丰久又发疯似的举起皮鞭要往王兆喜身上抽。

"你打死我，也是这个话！"

"他妈的！你这个老混蛋也给我来这一套！"一皮鞭抽过去，打得王兆喜两眼发黑。

马老太太看着老王为掩护自己而受敌人鞭打，感动得老泪横流。她饱含仇恨的两眼直冒火星，使劲要拨开人群向外冲。围住她的老太太们都着了慌，她们使劲拉住她的衣裳，轻声地劝阻道："连成婶子，你不能去！"前面的乡亲们也机警地挡住她。

崔丰久叫鬼子从住家提来一壶滚烫的开水，往王兆喜头上浇；老王运足了全身的力气，猛地抬腿，狠狠地踢了崔丰久一脚，崔丰久没提防，被踢得打了个趔趄，水壶摔在地上。这个狗汉奸气急败坏，冲上来双手卡住老王的脖子，汪汪叫："给我乱棍打死！"顿时，警备队的棍子像雹子一样打在王兆喜的身上。

马老太太再也看不下去，她不忍乡亲为保护自己受难而牺牲。她挤出人群，高声喊道："鬼子、汉奸给我住手！"然后又冲到崔丰久面前，指着他的脸骂道："好狗也知要把三邻护，义马救主人世传，你这禽兽不如的汉奸，死了到阴间，也要扒你的皮！"

崔丰久被骂得哆哆嗦嗦地后退了几步，刚要动怒，忽然又转了念头，那双充血的眼，眨巴了几下，叫警备队停下了棍子。

马老太太不理他，继续骂道："你们这臭鬼子，狗汉奸，有能耐的跟马本斋的回民支队打去，欺负手无寸铁的庄稼汉，算什么本事？！"马老太太越说越激动，她转向乡亲们喊道："老的少的们，这家仇国恨，早晚要报，这笔血债一定要他们偿还！"

崔丰久挥动着鞭子厉声问：

"你，你是谁？"

"我就是你们要'请'的马老太太！"

鬼子和汉奸们被马老太太的突然出现惊呆了，马老太太大无畏的英雄气概，使山本像发疟疾似的全身直打颤，过了一会儿，他才从怔忡状态中清醒过来。他走近马老太太，满脸奸笑，说：

"老太太，生气的不要。你的本斋是大大的英雄，皇军要跟他友好友好的。中国和日本要亲善亲善的，你的明白？"

"我早就明白！"马老太太咬牙切齿地说，"你们这群该死的畜生，杀人的强盗，吃人的魔鬼！"马老太太喘了一口气，上前指着被打得遍体鳞伤的王兆喜大声说，"老的少的们，你们看，这就是鬼子的友好！"然后，又指着被刺刀捅死的马维安，被枪打死的马维良和被火烧死的哈元庆的尸体，向乡亲们大声说道，"老的少的们，你们看，这就是鬼子的亲善！尽管他们用刺刀捅，用枪杀，用火烧，可咱们是有骨气的，是拧不弯的钢刀，杀不绝的回回。咱们要看看这些狗强盗和汉奸们还能横行几天！"

马老太太骂得敌人胆颤心惊，说得乡亲们胸中怒火燃烧。乡亲们个个不顾危险，迎着鬼子的刺刀，拼命向前拥去。山本慌了

神,急忙朝空中放了一枪。人群中起了一阵骚动。山本指着崔丰久怒骂:

"你的八格呀噜! 快快的带马老太太开路! "

"是! "崔丰久摇摇摆摆,跨上台阶去搀扶马老太太。

"滚开! 我自己会走! "马老太太边走边对乡亲们说,"老的少的们,你们放宽心,我知道怎么对付这帮狗强盗! 我单求你们一件事,叫本斋狠狠地打鬼子! "马老太太说完庄严地,从容地走下台阶,挺身向前走去。

这时,秀兰从后面哭喊着直追上去:"大妈,我要跟您一起去! 乡亲们去告诉大叔,要他为大妈报仇! "

崔丰久回身推了秀兰一把:"滚开,你这个臭丫头! "

山本见马老太太已去,回身又向群众号叫:"你们这些回回,良心大大的坏了! "他命令崔丰久道,"清真寺和马本斋家的房子通通地烧掉! "

顿时火光四起,烟雾笼罩着东辛庄,火光映红了半边天。

第二十八章　不只是我一家

冀中平原的七月，夜晚又闷又热。子牙河的水轻轻地流着，岸边的杨柳纹丝不动，暴晒了一天的大地，冒出一股热浪，烘得槐树花散发出一阵阵清香。

驻扎在韩村的回民支队，这天开过晚饭之后，以各大队为单位进行活动。有的做打鬼子汽车的战斗小结，有的进行最近一段时间的战斗评比。马铁男、金震河、铜小山他们则在开游艺晚会。战士们围坐在一棵老槐树下，场上点了十盏马灯。铜小山刚唱完一段河北梆子，忽然从高粱地里窜出一头毛茸茸的"牛"。马铁男领着三个人冲上前去，往"牛"头上狠狠地敲了几棒，"牛"头上的日本钢盔"哐啷"一声掉在地上。接着金震河领着三个人也冲上前去，向"牛"尾巴砍了几刀，麦秸扎的牛尾巴"嘟噜"一下子摔掉了。"牛"应声倒下，扮演牛的"许大个儿"从牛肚里钻出来，嘴里喊着："我死啦死啦的!"这几个滑稽动作，逗得大伙儿都乐坏了，有的笑出了眼泪，有的笑得前仰后合。欢乐的气氛驱走了夏夜的沉闷。

"哈哈！你们真会琢磨我们打鬼子的'牛刀子战术，你们把它编成戏啦!"大家回头一看，是马司令员。马司令员走过来拍了拍马铁男的肩膀说："你们很会动脑子，我们在深南的时候，闹了个

'牛刀子战术'，与鬼子周旋了五十多天，忽而打头，忽而截尾，忽而在中间捅一刀子，闹得鬼子蒙头转向，敲掉他们两千多人。现在你们肩上扛的机关枪，地里推的加农炮，路上跑的给养车，都是大伙儿用牛刀子捅出来的。你们把这次战斗编成小戏，我看是个很好的创造，很生动的战斗小结。我也参加你们的晚会，大家欢迎不欢迎？"

"欢迎！"战士们异口同声回答，会场上爆发出热烈的掌声。

显然司令员是在表扬他们，大家更来劲儿了。马铁男把那顶钢盔用刺刀一挑说："司令员，咱们的牛刀子快要捅出一个兵工厂啦！鬼子的什么轻机枪、重机枪、装甲车、手榴弹、火箭筒，都通通地给咱们回民支队'咪西咪西'的啦！"马铁男边说边比画，又引起了一阵哄堂大笑。笑声中，金震河提议说："同志们，司令员的京戏唱得最好，咱们欢迎他来一段好不好？"

"好！"又一阵掌声响了起来。

"好吧，我就来一段《王佐断臂》吧。"说完，马本斋拿着演京剧的架势唱了起来。他那高亢浑厚的声音把大家都听入迷了。唱完一段，大家还不放过，又热烈地鼓起掌来。

大伙儿正沉浸在一片欢畅之中，警卫员小金跑得上气不接下气，来到司令员跟前报告说：

"司令员，有事叫您回司令部去！"

刚才还活蹦乱跳的人们，一下子鸦雀无声了。司令员向大家一挥手："你们继续游戏！"说完，便和小金一同向司令部走去。

司令部的人们除值班人员以外，都分别到各大队参加活动去了，办公室内静悄悄的，只有院子中间那棵长得枝叶茂密的椿树，在微风中发出"沙沙"的响声。马本斋急步回到司令部，一推门，发现妻子淑芳在里边。只见她两眼含着泪水，呆呆地坐在一条板凳上。马本斋从妻子的神色表情和她那疲劳的样子，断定出了什么事。他给妻子倒了杯开水，问道：

"你怎么来啦？家里出事了？"

淑芳没有立即回答，只是流泪。

"出了什么事？"马本斋焦急地问。

"娘……娘……娘……"

"娘，怎么啦？"

"娘被鬼子抓……抓走了！"淑芳知道丈夫一向孝顺母亲，本不想一来到，就把母亲被捕的消息告诉本斋，怕他受不了，可是现在被丈夫一追问，心都快碎了，再也忍不住了。

今天回民支队的侦察员曾向马本斋报告过，说有一队鬼子开往东辛庄方向，但是具体情况不清楚，现在看来，事情就出在这队鬼子身上。他把茶碗递给妻子说：

"你先喝点水，慢慢把情况详细地讲一讲。"

淑芳接过碗，喝了几口水，就将鬼子如何进庄，如何杀害了马维良、马维安、哈元庆，如何抓走了婆婆，并烧了清真寺和家里的房子，本本末末讲了一遍。最后说："本来秀兰昨天傍晚想来给你报讯，可是鬼子在河东一带封锁得很严，增设了岗哨，摆渡也没了，没法过河。我是天黑以后才过来的。"

马本斋听了淑芳的诉说，心上火烧火燎，觉得周围的一切好像被黑暗和烦闷窒息了。但是，他竭力克制住自己的感情，并没有多说什么，只对妻子说了声："淑芳，你跑了五十多里路，累了，休息吧。"

马本斋安顿妻子休息之后，在司令部的院子里踱来踱去，望着院里那棵枝叶婆娑的老椿树，啊，多么像自己家的那一棵！他触景生情，思绪万千。他爱自己的母亲，因为她是一位英雄的母亲，是一位受同志们和乡亲们尊敬的母亲!他抚摸着微风中沙沙作响的老椿树,想呀,想呀,多么想立刻去到母亲的身旁。

他永远不会忘记,就在家里的那棵老椿树下,母亲怎样教育他要为穷人拉队伍,使自己走上了革命的道路。

他永远不会忘记,就在家里那棵老椿树下,母亲一针一线为回民支队的兄弟们缝补衣裳,赶做军鞋。

他永远不会忘记,在家里那棵老椿树下,母亲一口饭一口水地照料八路军的伤病员……

现在,母亲却落入了敌人的魔爪,一向非常孝顺母亲的马本斋,怎么能不痛如刀绞呢?然而,他强忍住泪水,咬紧牙关,压抑内心的悲痛。他决心化悲痛为力量,誓从侵略强盗手里救出亲爱的母亲,为受苦受难的乡亲报仇雪恨!

这时,郭政委手里拿着一沓信,轻轻地走了过来,打断了马本斋对母亲的思念。

"郭政委,部队都休息了吗?"

"都休息了。"郭政委心情沉重地说,"事情我都知道了,今晚你就别去查哨了。"说完将那沓信揣进口袋里。

马本斋摆摆手,但没有说话。

从见面的第一天起,郭陆顺就对马本斋有个好印象,相处时间越长,越发感到马本斋确实是个好同志,是回民和中华民族的优秀儿男。

他想到,马本斋爱憎分明,斗志昂扬,而且有勇有谋,敢于斗争,善于斗争。汉奸头子周朝贵拿他没有办法;联庄会的地头蛇逃不脱他的掌心;盘踞在河间的山本联队对他闻风丧胆。

他想到,有一次,山本派淮镇回奸马庆来给马本斋送来五百块现洋,企图收买马本斋,要他让出韩村,撤出鬼子控制的范围。

马本斋断然拒绝说："笑话，这不是我退让的问题，而是老子要把你们赶出中国去！"他让马庆来那颗丑恶的脑壳搬了家。

他想到，前不久，山本又派人来游说，叫马本斋把部队带过去，论功行赏，在这边多大的官，到那边也给多大的官。马本斋给山本捎信说："我马本斋与你们日本强盗，不共戴天，势不两立！"

总之，敌人的"枪杆子"、"金票子"、"嘴皮子"，都在这位坚强回族共产党员面前失败了。而今天，敌人又想利用"大孝子"的孝心来软化马本斋的敌忾；但是，敌人卑鄙恶毒的这一手，肯定还是弄巧成拙，徒劳无功。

郭政委想到这里，给马本斋递了一支烟，恳切地安慰说："老马同志，不要难过，党会想办法的。"

马本斋点着烟，长长地吸了两口，坚定地说："郭政委，党对我关心，我很感激。我是个共产党员，从三八年秋入党那天起，就把自己的一切都交给党了。娘被抓走了，儿子照样打鬼子！"

郭政委感动地紧紧握住马本斋的手说："同志，我的好战友！"

停了一会儿，郭政委又说："对啦，老马，他们又给你送信来了。"郭政委说着从口袋里掏出那沓信交给了马本斋。

马本斋把这些信拆开一看，原来，又是日本鬼子从各个据点写给他的劝降书。这些劝降书的措词大同小异，而主题只是一个：要马本斋投降。

有的信威胁说："你若是孝子，就应该为你那风烛残年的母亲着想……"

有的信挑衅道："马本斋，九州十八县，都知道你是个大孝子，你母亲被我们抓了，难道你还不来救吗？"

有的信在谩骂："共产党毁灭宗教，涂炭生灵，马本斋先生你乃是回回优秀之子孙，切勿再与共党共沉沦！"

马本斋看到这里，又好气又好笑，不屑于再看下去，他将这些信往桌上一摔，冷笑了一声：

"哼，我马本斋天生一副硬骨头，要我跪倒在敌人脚下，除非日头从西边出来！"

郭政委接过马本斋的话说：

"山本这一招，只不过是黔驴之技罢了。当年曹操抓走了徐庶的母亲当人质，但是，他捞到了什么呢？在古今中外的兵戎交战中，凡是使用这种卑鄙手段的人，往往是失败最惨的人。"

说着，两人会意地点点头。

这时，小金走到他俩身边说：

"首长，同志们都到司令部来了。"

马本斋、郭政委走出院门一看，大院外面场子上站满了指战员。他们背着枪在夜色中摩拳擦掌。大家看马司令员和郭政委一起出来了，便激动地喊起来：

"司令员你下命令吧，我们要去救马老太太！"

"打进河间去，救出马老太太！"

"活捉狗山本！"

……

"你们嚷什么？"马本斋严峻地命令道，"还不都回去休息！"

"司令员，我的好大哥！"铜小山急步上前，一下扑在马本斋的膝下，"我们求求您，赶快把大妈救出来！"

"司令员，连成婶子不仅是您的好妈妈，也是咱穷回回大家的好妈妈，我们怎能忍心让她遭受敌人的坑害啊！"

回民支队的指战员们个个掉下了热泪。马本斋看到指战员们悲愤激昂的情绪，感到喉咙哽咽，心头涌起滚滚热浪。他把铜小山扶起来，对着大伙儿发出钢铁般的声音：

"同志们，我的好兄弟们！说实话，听到我娘被鬼子抓走，东辛庄的乡亲们被杀害，礼拜寺被烧掉的消息，我心里比任何时候都难过。人世间，哪有儿子不疼自己母亲的！但是，在这中华民族生死存亡的关头，还有什么比抗日大业更重要的呢？共产党人不能被儿女情长蒙住了眼睛。我今天是遇上了不幸，但是遭受着这种不幸和痛苦的人，并非只有我一家，而是有千千万万受苦受难的同胞。蒋介石从不抗日到消极抗日，致使祖国的大片锦绣河山沦陷了，广大地区的老百姓，都和咱们一样不幸啊！"马本斋说到这里，眼睛湿润了，声音嘶哑了。站在院里的指战员们被泪水模糊了双眼，有的低下了头叹息，有的在抹眼泪。

马本斋停了一会儿，走下台阶，来到指战员们中间，继续说："同志们，谁家没有父母，谁家没有兄弟姐妹！"他在队列前慢慢踱着，按了按几个战士的肩膀，又站住往下说，"张永利的母亲被鬼子杀害了，马国喜的父亲被鬼子活活烧死了，孙洪年的哥哥被鬼子的洋狗给咬死了……谁家没有一本血泪账！这阶级仇，民族恨，要凝结在枪口上，刀尖上！现在站在这里的同志有很多是跟我在练拳院打出来的，大家和我都是穷苦回回的子弟。但是我们现在是党领导下的人民武装了，我们的眼睛，要从练拳院扩大到全中国。把家仇国恨记在心里，跟着共产党，一心打日寇，总有一天，我们会把鬼子消灭掉，解救出千千万万受苦受难的母亲！"

马本斋说到这里，叫小金从办公室取来那沓子劝降书，接过手，在空中一扬："你们看，这就是敌人送来的，如果咱们为我娘一个人轻举妄动，那正好上了鬼子的圈套。有党做主，敌人休想动我马本斋半根毫毛，也别想弄到回民支队的一兵一卒。如果，我娘被敌人杀了，虽死犹荣，重如泰山！"

马本斋将手中的一沓劝降书刺啦刺啦几下子，撕成碎片，狠狠摔在地上。一直站在马本斋身边的郭政委听了这番话，心里充满了激情，他跳上台阶，向指战员们大声说道："同志们，听司令员的，大家回去休息吧。"马本斋送走了指战员们和郭政委，抬头一看，快要三更天了。他回到屋子里，见妻子还没有睡，正等着他呢。

马本斋挑亮桌上的小油灯，用试探的口气问："淑芳，娘被抓了，你看该怎么办？"

孙淑芳含着泪水的双眼，直勾勾地望着丈夫，心里有千言万语，但却从何说起呢？她在东辛庄时间不算长，但婆婆那处处为穷人的表现，那正直、纯朴的品德，给了她不可磨灭的印象。她老人家对自己也十分关怀和体贴，婆媳亲如母女。现在婆婆被敌人抓走了，自己恨不得跟随在老人身边，同生死，共患难。按说，丈夫手中有千军万马，只要他一句话，就可以杀进河间，把婆婆解救出来。可是，事情能这么简单，这么痛快吗？日本鬼子可不是豆人纸马。再说，回民支队是共产党领导的队伍，怎么能为婆婆一个人而不顾大局呢！

淑芳想到这里，回答丈夫说："你刚才在院里给同志们讲的话我都听见了，你不用做我的工作。你做得对，鬼子抓娘去当人质事小，你指挥好部队打仗事大。我们要把天底下千千万万像娘这样受苦受难的人救出来！"

马本斋听了妻子的话，炯炯有神的目光更显得明亮了，他为有这样的伴侣而自豪。他说："淑芳，你说得对，这才叫真正的孝顺母亲。我们相信母亲在敌人面前，会坚贞不屈，大义凛然！母亲一定正在期待着我们为了祖国和人民，加倍地杀敌立功！"

话虽这么说，但是，天底下又有谁不爱自己的妈妈呢？常言道，儿子是母亲的心头肉。做儿子的岂能坐视母亲在敌人手里受折磨而无动于衷！何况母亲是那样的慈祥、刚强、贤惠！她不但养育了自己，而且引导自己热爱祖国，热爱受苦受难的老百姓，使自己走上正道。这样一位好妈妈，如今落入了魔掌，危在旦夕，但是一时又无法解救，马本斋心绪烦乱，坐立不宁。他对妻子说了声："你先睡吧，我还要到办公室有些事。"说完，便回到了北屋。此时他再也控制不住悲痛的心情，独自站在窗前，为母亲惨遭不幸，流下了热泪。过了一会儿，他擦掉脸上的泪水，翻开日记本，挥笔疾书起来："……祖国就是我的家，党就是我的母亲，为了他们，我决心献出我的一切！……"

马本斋合上日记本，和往常一样，又去查哨了。当他查完村西的岗哨回来时，发现在四中队住处村北头的柳树下，站着一个人，马本斋上前一看，是铜小山，他的脸上挂满泪痕。

"小山，怎么还不去睡觉？"

"睡不着，你不下命令，我三天三宿也睡不着！"小山呜咽着说。

为什么铜小山对马老太太感情那么深厚呢？

五年前，在东辛庄西北角的一架窝棚里，住着一个骨瘦如柴的青年，他就是铜小山。铜小山的父亲被财主逼得下了关东，一去十五年杳无音信。他的母亲因病无钱医治，死去了。从此，剩下铜小山孤零零一个人，给地主"黑眼狼"当长工。每到年底一结账，扣下吃饭钱，连一件衣服也做不起。铜小山一想：不干活受穷，干活也受穷，越使劲干，财主越肥，我越瘦。去他妈的吧，不干了！

在深秋的一个黑夜，铜小山谁也没告诉，连平时"出散"①给他东西的连成婶也没有招呼一声，就偷偷地跑出了东辛庄，一去两年多没音信。马老太太十分着急，怕他一个人在外面没人管，误入歧途或冻死饿死，就常常托人打听铜小山的下落。

日本鬼打进来的头一年冬天，白老庭从沙河桥赶集回来，到马本斋家报信说："连成婶，我在沙河桥见到了小山，看样子这孩子要饭了！"

"你怎么不劝他回来？"

"我叫他回来，他说没脸见人，他叫我给你老带个好，他说他就是想你。"

"你没问他，以后怎么办？"

"他说，老天爷饿不死瞎家雀。我要拉他回来，可一转眼他就溜走了。"

马老太太不放心地说："他老庭大伯，咱不管他不行啊，你领我找他去！"

第二天，白老庭领着马老太太，来到沙河桥镇上，找了大半天，连个信也没打听着。天黑了，两人找了个小店住下，准备明天继续找。

这天夜里，马老太太没有合一下眼。天还未亮，她就叫起隔壁的白老庭，说："走，咱们到庙里去找一找，说不定他会睡在庙里。"

果然不出马老太太所料，铜小山睡在土地庙的香案下，满脸污垢，衣不遮体，身上盖着两片破麻袋，浑身冻得发紫，两片干裂的嘴唇微微地抖动着，已经说不出话来。

马老太太见了，一阵心酸，落下了眼泪。她赶紧脱下棉袄，给

---

① "出散"，回语，即照顾的意思。

铜小山盖上，亲切地低声叫着：

"小山，你睁睁眼，看看谁来了？"

马老太太摸着铜小山的头，怎么也叫不醒他，她攥着小山的双手，给暖了好大一会儿，他才慢慢地睁开眼睛，呆望了一阵，陡然倒在马老太太的怀里，失声痛哭起来……

马本斋搂着铜小山的肩膀，用手绢给他擦眼泪。

寂静的夜晚，从旷野中传来几声不知名野鸟的啼鸣。夜空中飞驰的云层，时而遮住月光，无边的黑暗吞噬了大地；时而又被疾风吹散，广阔的大地又从阴影中挣扎出来。望着这风云变幻的大自然，他们久久没有说话。过了一会儿，铜小山难过地把头靠在马本斋胸前。马本斋爱抚地劝道：

"小山，你的心情我最了解。但是，受苦受难的不只是你一人，遭到不幸的，也不只是我一家。眼前，这件事，咱们还是要听党的！"

第二十九章　英雄之母

马老太太被捕后，诡计多端的敌人先是把她押到藏桥，以转移人们的视线。第二天，七月初七上午，天阴沉沉的，山本命令将马老太太从藏桥押送到河间。一百多个全副武装的鬼子，分乘在五辆日本军用汽车上，个个鬼子的枪都上了刺刀，枪膛压着子弹，如临大敌。

山本和崔丰久押着马老太太坐在第三辆汽车上，因为怕碰上回民支队埋设的地雷，这辆车同前两辆车始终保持半里路的距离。

马老太太面容憔悴，两眼凝视前方。崔丰久左手端着点心，右手端着水果，鬼头鬼脑地坐在马老太太身边，假惺惺地说：

"老太太，你一天多没吃饭了。人是铁，饭是钢，你老不吃，身子骨儿受不了呀！"

马老太太看也不看，一声不吭，稳稳地坐在那里。车外那熟悉的村庄和那饱尝战火的土地，在她眼前掠过。被硝烟熏烤过的一根树枝，一棵草，都紧紧地系着她的心；几年的血债，几年的仇，一桩桩、一件件浮现在她的眼前。"遭殃军"炸掉了子牙河的堤坝，洪水吞噬了东辛庄和周围几十里穷苦百姓的上千条人命；日本鬼子进了河间，到处烧杀，一夜之间鲜血染红了两条大街，尸体填满了南头坑；东辛庄、果子洼清真寺的阿訇，一个个都被鬼子汉奸抓去活埋了……

天空开始下起了毛毛细雨，前面突然传来隆隆的爆炸声。马老太太侧耳静听着，仿佛是儿子在向她说："娘，儿子相信你在豺狼面前不会屈服；您也放心儿子吧，决不让敌人的诡计得逞。娘，您常给我说，冷了迎风站，饿了挺肚行。您现在也和儿子一样，到火线上，到囚牢里，跟敌人面对面进行战斗了……"

马老太太听着这无声的豪语，欣慰地笑了，笑得是那样的爽朗、安详。

刚才的爆炸声，原来是前两辆车触上了地雷。山本和崔丰久吓得连打冷颤，他们看到满脸微笑的马老太太，不禁倒吸了口凉气。

"你的，前面去看看。"山本命令崔丰久。

崔丰久下了汽车，弯着腰一口气跑到出事地点，只见公路上被地雷炸开了两个大坑，大坑边缘，瘫着两辆炸坏了的日本军用汽车，汽车的旁边横七竖八地抛着二十来具鬼子尸体。崔丰久连忙跑回来向山本报告。

山本吓得心惊肉跳，忙叫工兵前去探雷，沿着汽车路一步一步地仔细察看。汽车跟在徒步的工兵后面，缓缓爬行，比牛车走得还慢。

马老太太看到敌人这副狼狈相，笑得更欢，心里暗说："还有厉害的等着你们呢！"

汽车走了一上午，才走完三十里地，爬进了河间城。

这天，正逢河间赶集，当汽车开到狭窄的南街时，人群骤然拥挤起来。汽车呼啸而过，前面有几个鬼子在开路，他们用脚踢，用枪拨，撵开挡道的人们和做买卖的小摊儿。退避在街道两旁的人，都用关心和惊愕的目光，注视着汽车上的白发老人。

汽车驶过十字街口，拐向西街。载着马老太太的汽车，在第一道石牌坊西边停下，其他两辆汽车，穿过三道石牌坊，开进天主教堂——山本联队司令部。

马老太太被押下了车，敌人把她架进了宪兵队。宪兵队在山本联队司令部的东面，门口没哨兵，但有个杀气腾腾的内卫。凡是重大的政治案件，都由宪兵队处理。任何被逮捕的中国人，只要走进宪兵队的门，就甭想再活着出来。

宪兵队长兼便衣队长伍长古次，是个老奸巨猾的家伙。他在日本国内是道貌岸然的教员，可是来到中国后，双手却沾满了中国人民的鲜血。这次抓马老太太之前，那个装扮成卖桃的汉奸特务，就是他派出去的。

马老太太被"请"到一间摆设雅致的客厅里。餐桌上摆着由回民饭馆做成的丰盛饭菜，还有各种美味的点心和水果。伍长古次从里屋走出来，指着桌上的饭菜，笑容可掬地说："老太太，你的请！"

马老太太冷笑了一声："哼！谁稀罕你们这些臭东西！"她用严厉的言词和鄙视的目光拒绝了那个老狐狸的"款待"。伍长古次向她解释说："这些东西是回回的，您的来到这里，可以大大的享福，不用客气。"

"呸！"马老太太冲着鬼子的脸唾了一口："你们的东西只能喂狗！"她的话像大棒子重重砸在伍长古次的头上，他又羞又恼，咬牙瞪眼，恶狠狠地走出客厅。

就在这天的晚上，宪兵队正式对马老太太开始审讯，地点就是摆宴席的客厅。不过，这一回没有摆着什么酒菜、糕点、水果之类,而是老虎凳、竹签子、大皮鞭等各种刑具。客厅的正面摆开三张桌子。伍长古次坐在中间,崔丰久坐在右侧,左侧是记录官,两边站着四个持枪的鬼子。马老太太坐在他们的对面。

审讯是从盘问家庭情况开始的。伍长古次照例问她姓什么?丈夫叫什么名字?马老太太闭口不答,只是镇定地坐在那里。随后伍长古次问:

"你的儿子几个的?"

"三个!"

"都叫什么名的!"

"都叫'抗日'!"

古次气得眼珠子都快努出来了,屁股像被什么东西扎了一下,蓦地站起来,拉长嗓门儿问:

"老二呢?"

"装糊涂!他就是你们要抓的马本斋!"

伍长古次脸皮抖动了一下,感到审讯已引到正题上来了,缓和了口气竖着大拇指说:

"老太太,你二儿子马本斋是英雄的这个,叫他的过来。"

崔丰久搭讪地做补充:"皇军说,马本斋是个很有才干的人。这次皇军把你请到城里,主要想叫你给马本斋写个信,叫他到这边来。在那边做多大的官,这边也给多大的官,说不定比那边的官还大哪!到那时,你们全家……嘿嘿!享不尽的荣华富贵。我们知道,马本斋是个有名的大孝子,只要你写一封信,他一定会过来的。"

马老太太把头抬得高高地说:

"用不着你啰嗦,我知道你把我抓来是干什么的。我儿子本斋不是为了做什么官,他当过团长,够威风吧,他不要。我儿子对我说了,他哪儿也不去,只有一个心眼,就是跟着共产党、八路军,抗战到底! 你们要他到这边来, 是白日做梦! "

"八路的, 慢慢的, 统统的死了死了的! "伍长古次发疯似的叫起来。

"哎! 马老太太, 你别不识时务了。皇军说, 八路军快完蛋了, 回民支队也是兔子尾巴长不了。你的马本斋在那边可不保险啊! 退一步讲, 纵使共产党一下子还完不了, 可跟着它又有什么好处呀? 共产党共产共妻, 消灭宗教, 最后会把你们这些穷回回斩尽杀绝。人家日本人到中国来, 就是为了帮助咱们消灭共产党。"

马老太太听崔丰久满口喷粪, 呼地站起来指着他的鼻子骂道: "闭了你的狗嘴! 杀人放火的、奸淫抢劫的不是共产党, 正是你们! 东辛庄的清真寺是谁烧的? 我家的房子是谁烧的? 活埋清真寺阿訇是谁干的? 杀死东辛庄十几个青年的又是谁? 都是你们这些披着人皮的豺狼! "马老太太越说越生气, 拍着桌子大声叱骂, "你这条日本人的走狗, 日本人是你的爹, 还是你的娘, 你跟着他们到处乱咬乱吠! "

"八格呀噜! "伍长古次拔出洋刀, 咆哮着威吓马老太太。

崔丰久拿出手绢, 擦了擦脑门儿上的汗珠说: "你这老婆子, 中共党的毒太深了! 我告诉你, 豆子不熟加火煮, 你人心似铁, 我官法如炉。给你好言相劝, 你却如此放肆, 这样下去没你的好处! "

"要杀要剐随你们的便! 我进了你这个阎王殿, 就不指望活着出去! 你们想用花言巧语、高官厚禄来引诱我给儿子写信, 办不到! 死了你们的贼心吧! "

在马老太太严辞训斥下, 伍长古次反而软了下来, 他伸出大拇指说: "老太太, 你是这个, 大大的! "

敌人第一次审讯就这样宣告结束。

伍长古次没有从马老太太口里得到半点需要的东西,十分恼火。他满以为,一个中国农村普普通通的老婆子,用金钱享受一定能收买过来。事与愿违,回答他们的却是一顿臭骂。他和崔丰久一起将情况向主子山本做了汇报,山本听完,眼珠子一转说:

"对付这老婆子就是一个字:熬!你们的懂?"

伍长古次眨巴眨巴眼睛点点头,表示心领神会。接着,山本从档案柜里取出一摞卷宗,对伍长古次和崔丰久说:"你们昨天的宴请,今天的审讯,仅仅是个开场白的。要唱好这台戏,"他指着卷宗说,"就按上面写的,一场一场地演下去。"

第二天,马老太太被送进了河间县伪政府。

妄图征服马老太太的第二招开始了。

上午,一个身穿长衫、头戴礼帽的人来了。他就是河间伪县长孙蓉图。此人有六十岁左右,看上去,一副老学究的派头。孙蓉图在官场上混了多年,深知人情世故,他比崔丰久、哈少甫这些人,无疑更加狡猾阴险。他走进关马老太太的北房子里,彬彬有礼地摘下礼帽,然后把长衫前摆一摆,向老太太来了个九十度的鞠躬:

"马老太太您好!"

马老太太头不抬,眼不睬,坐在潮湿的地上一动不动。

孙蓉图往房子四周扫了一眼,一股闷热和难闻的味道冲鼻而来。他叫来一个女看守,说:

"你们太不像话,大热的天,把窗门都关死,快给我打开!"

女看守没有马上去开窗,口里只说:"这,这……"

孙蓉图装模作样地骂道:"这、这什么?你们这帮混蛋!房里的空气这样污浊,又闷又热,我把你们关在这里试试看!还不给我打开!"

女看守无可奈何,这才去将窗户打开。

孙蓉图对女看守说:"没有你的事了,出去吧!""是!"女看守鞠了个躬,退了出去。

孙蓉图拿了张凳子让马老太太坐下,自我介绍说:"马老太太,鄙人姓孙,名蓉图,在县府任职。"

马老太太把头一扭,轻蔑地说:"听说过,县长老爷!"

"不敢,不敢!鄙人才疏学浅,不堪重任。"孙蓉图点头哈腰,活像个大虾米。

"你来干什么,就直说吧!"马老太太厌恶地说。

孙蓉图又搬了一张凳子坐在马老太太的对面,装出一副拉家常的和善面孔,同马老太太攀谈:

"鄙人此次前来拜访,想与老太太说几句心里话。你我是同时代的人啰,我孙蓉图历来对人推心置腹。俗话说,美不美,家乡水;亲不亲,故乡人嘛!"

"有话尽管说,用不着拐弯抹角的!"

"遇事爽快,佩服,佩服!事情的来由是这样的,眼下国家正需要人才。你的儿子马本斋早年从军任过团座,是千秋骏骥之良驹,万世人伦之师表,也是河间不可多得之人才,可谓文能治国,武能安邦。所以,敬请老太太给令郎修家书一封,请其过来,共谋大事。何如?"

马老太太冷冷一笑:"县长大人,你把我儿子说得都成了神仙啦,他只不过是个攥锄把子出身的人,只会打鬼子、杀汉奸。要他过来恐怕是儿大不由母,难呀!"

"不、不,马司令不一样,他是有名的孝子。您的话,他一向是唯命是从的。如今,只要您给他写个信,他岂有不来之理?自古道,羊有跪乳之恩,鸦有反哺之义。大仁大孝之子,对母亲的教诲是不敢违逆的。"

"儿是我生的，我了解，对的话，他听；这个话，他绝不会听的。"

孙蓉图在屋里踱了几步，慢慢走到她跟前：

"人嘛，总得讲个实际。令郎跟着八路军、共产党，今天河东，明日河西，风餐露宿，忍饥受寒，何苦呢！哎呀，人生一世，草生一春，您老人家年过花甲，马司令又有妻室儿女。人非鳞潜羽翔之物，总得有个归宿吧。我不希望我的乡亲们终日颠沛流离，如果您叫令郎过来，我们将会让他高官任做，骏马任骑，您老人家也能享受富贵荣华，共度人间天伦之乐啰。"

连成婶听了孙蓉图这一番花言巧语，感到这个老汉奸，竟然老虎脖子上挂佛珠——假慈悲。她气得再也坐不住了，站起来说：

"哼！依我看，荣华是草上露，富贵是瓦头霜。孙蓉图，我问你，是谁叫你在我面前卖这狗皮膏药的？"

"不、不，老太太息怒，鄙人一不代表政府，二不代表皇军，三不代表其他任何人。我只不过出于乡里之情，同您老人家叙谈叙谈而已。"

"谁不知道你是河间的铁杆儿汉奸，我们没有什么好谈的！"连成婶说着用手往外一指，"出去！我要休息！"

"好，好，好，您老人家先休息休息。"孙蓉图说着，狼狈地退了出去。

孙蓉图滚蛋以后，伪河间县府秘书孙永锋，还有县政府这个长，那个长，轮番找连成婶"谈话"。他们的调子虽有高低之分，用的语言也不尽一样，但目的只有一个：逼连成婶给马本斋写信，劝他投降。可是，这些人在连成婶面前得到的，却同样是一顿痛骂，一个个都像小鬼捧着炭盆吹火——碰了一鼻子灰。轰走一群狗，又来绿豆蝇。最后山本又指使河间伪警察局长刘永江前来收买连成妺。他把一沓"老头票"送到连成妺面前说："老太太，这是山本队长的一点小意思。"连成妺气愤地把手一扬，将钱打落在地。警察局长火了，他喝吓说："你别不识抬举，八路军、共产党快完了！"

"除非你们杀光了老百姓！"连成妺愤怒地回答。

"你儿子马本斋也走投无路了！"

"既然他无处可逃，你们把他抓过来不就得了吗，何苦还叫我写信！"

"老太太，我们都是乡里乡亲，应该是赤诚相见，不要门户之见，咱们要好好地谈一谈嘛。"

"人和狗从来就说不到一起！"

刘永江气得两个贼眼简直要迸了出来，说："你这老婆子，竟然出口不逊。我也不怪罪你，因为你受赤化太深了。可是，你要知道，姓'阎'的是我刘永江的兄弟，'下油锅'、'烙饼子'、'撒辣椒面'，全不比我的兄弟差！"

"随你的便吧，刘阎王！"连成妺不受利诱，不怕威胁，给"刘阎王"的又是一顿痛骂。

敌人的这一场"以中国人治中国人"的鬼把戏又彻底破产了。

几天来，山本编导的好"戏"，一场一场被连成妺拆了台。此刻，他如同大热天抱火炉，真是又焦躁又难熬。这个奸诈狂妄的日寇联队长，怎么也不理解：一个普普通通的中国老太婆，竟然软硬不吃，如此难以对付。他想，荣华富贵是人类追求的顶峰，除非神仙，谁不对这顶峰顶礼膜拜。可是，对这个老太婆却失去了魔力。难道她是白痴？死亡，是人间最可怕的字眼，尽管男女寿夭总归逃不了一死。可是，自古至今，有哪个不每时每刻在回避死神的降临？

然而，这个倔婆子，为什么竟然视死如归？难道中国那句"忠臣视死无惧色，烈妇临危有笑容"的古话，还真的应在这个乡间老妇的身上？山本在办公室里踱着，想着，在他脑海中结成一个疑团！这个老婆子的确难以理解呀！最后他把视线落在桌子上那摞卷宗上，有气无力地自言自语道："把我的第三招甩出去，看你老太婆又怎么样！"

山本的所谓第三招，就是"以回治回"。他从河间城物色了一个叫佟万成的回民。佟万成五十岁左右，原是个小商人，现在伪县政府当传达员。山本了解到，佟万成的妻子有亲戚在东辛庄，管连成婶叫妗子。在山本看来，中国回民是愚昧无知，又是重感情的民族，"以回治回"是一出压台好戏。

六名荷枪实弹的日本兵，押送着一辆花梡轿车，从伪县政府的大门缓缓驶出，沿着西大街向东走着，穿过十字街，拐向南大街，绕过白塔，又走了一会儿，在一座青砖门楼前停了下来。佟万成夫妇从门楼里急忙跑出来，上前掀开车帘，轻手轻脚地搀扶马老太太下了车。马老太太蔑视着押送她的日本兵，气愤地说："不管你们用什么花招，我就是不给儿子写信，看你们能把我怎么样？"佟万成的妻子将马老太太搀进当院东头的房子。当院的台阶上放着两盆鲜花，很明显，这是专门为马老太太布置的，佟妻顺手给马老太太倒了一杯茶，说：

"妗子，您喝碗茶吧。"

马老太太摇摇头。

佟妻愁容满面地站在连成婶面前长吁短叹。

这时，佟万成端着饭菜进来说："老太太，你用点饭。"

马老太太抬头望了望佟万成，闭上眼睛，一句话也不说。

佟妻含着眼泪说：

"妗子，都六天了，您饭也不吃，水也不喝，这怎么行呀？"

连成婶慢慢地睁开了眼睛说："你们是给他们干事的，我的心你们不明白，我活了这么大年纪了，还怕什么死呀。吃了他们的饭，就是随了他们了。"

"妗子，我明白，可这不是他们的饭，是咱们自己的，是我专门给您老人家做的呀！"

"不，你们是给他们做事的。别说啦，你们也许不会有什么坏心眼儿。可是，你们明白不明白，敌人为什么会把我送到你们家来？"

马老太太的话，说得佟万成不知如何答对。他听着磨棚里黄牛拉磨的声音，心情更加烦闷。他把妻子拉到一边说：

"日本人讲了，一定让她吃饭，活着，写信。从今晚开始，你守着她，陪她老人家好好地睡觉。咱一家的脑袋都押给日本人了，她若有个三长两短，可不是闹着玩的！"

晚上，马老太太一觉醒来，看见桌上放着许多点心、水果，枕头边放着一大沓钞票。她看了看佟万成的妻子，问道：

"万成呢？"

佟万成应声走了进来。马老太太问：

"这些东西是哪儿来的？"

"老太太，您老别疑心，这是乡亲们送来的！"

"不对，赶快给我拿出去。咱们是中国人，不能用日本人的臭东西！"

第二天早上，佟万成的妻子照例又把饭菜端进房子，老太太摇了摇头。佟万成再次向她解释说，饭是自己做的，不是日本人的。但她仍不吃。佟万成夫妻当场给她跪下，老太太还是不吃。

"你们都起来。别怪我说话不好听，咱们是中国人，千万别给日本鬼子当刀使啊！"连成婶怒目瞪着佟万成。

佟万成被瞪得低下头，沉痛地说："老太太，我混这份差事，是为了养家活口啊！我没有做过坏事。我敢向您起誓，您出去以后，我一定摘了这顶回奸帽子。我要是说话不算数，就没有'依玛尼'（回族的信仰），将来叫本斋杀了我。"

"那么，你还得向我起誓，凡是鬼子和汉奸的东西，都不要拿到我这里来。"

"老太太，为主的看得见，我要再拿鬼子的东西到这里来，我就进'多子海'（地狱）。你知道，我看您老人家在鬼子面前这样有骨气，我真羞得要扎到地里去。我给日本人做事，对不起您，对不起乡亲们。"

"好，你们起来吧！"

正说着，河间城西街开茶馆的白家夫妇和果子洼的回回乡亲们前来探望马老太太了。马老太太看到亲人很高兴，对大家说："你们回去给老的少的们捎个信，就说我在这里挺好，不要惦记我。要是遇上咱们支队的人，叫他们告诉本斋，不要为我操心，叫他狠狠打鬼子。只要他们多消灭鬼子，当娘的就高兴。"

马老太太在佟万城家住了两天，来探望她的人很多，有的人认识，有的人不认识，多数是回民，也有汉民。这两天中，山本连续派人来进行劝说和威逼。结果，劝说的人，被马老太太顶回去；送来的东西被马老太太摔出去；威逼的人被马老太太骂回去！

——"以回治回"的诡计又破产了。狗急跳墙，山本不得不亲自出马了。

农历七月十二日，天空中翻卷着一团团黑云，一阵阵大风，吹得地面上尘土飞扬，整个河间城笼罩在山雨欲来的昏暗之中。山本带着叛徒哈少甫，顶着滚滚的尘土，钻进了佟万城家。

走进屋，哈少甫望着躺在床上的马老太太，假装毕恭毕敬地说："大姑，您老人家睁睁眼，我来看您来啦！"

"啊！你是谁……"马老太太憎恶地说。

"大姑，是我，少甫！"

"你离我远一点儿，给我滚开！"

"大姑，这都怪我知道的太晚了，叫您老人家受委屈，我对不起您，也对不起我表哥本斋。哦，我今天陪山本联队长来了，他想跟您老人家谈一谈。"

马老太太斜了山本一眼，转过身去。

"老太太的，想好了吗？快给你儿子写信的！"山本俯身在马老太太的面前说。

马老太太根本不理睬他。

"大姑。"哈少甫眨了眨核桃眼珠子说，"你想开点吧，大皇军在子牙河东打了大胜仗，把回民支队的人打死了不老少，你快叫表哥回来。等到把表哥抓过来，后悔可就晚了。"

"住嘴！想消灭回民支队，想抓马本斋，妄想！你们能抓到他，你们还抓我干什么？你们的鬼话，能骗得了谁？"

"老太太，今天你的不写信，叫你死了死了的！"山本又翻脸号叫起来。

"是呀，大姑，俗话说，好汉不吃眼前亏，大皇军可不是好惹的啊！"哈少甫随声附和。

"我早就知道你们的厉害，你们有本事就去对付马本斋，对付我这个快要死的老太婆算什么东西。告诉你们，我到了河间，就没有想活着回去，想叫我写信办不到！"

"死了死了的，把他抓回监狱！"山本又发疯了。

两个鬼子兵冲进来，要抓老太太。

"慢着，大姑，您再好好地想一想，还是给表哥写信为好。"哈少甫又上前规劝。

"呸！你这个回族的叛徒！出卖祖宗、出卖灵魂的败类。你不配站在我跟前说话，滚！畜牲！"哈少甫被骂得倒退了两步，差点儿摔倒在墙根下。

"八格呀噜！"山本拔出手枪，往桌上"叭"地一摔，"不写，就死了死了的！"

马老太太从容地从床上下来，掠了掠白发，两眼闪着明亮的目光，冲到山本面前，拍着胸膛说：

"来吧，朝我这儿打！"

马老太太绝食七天，滴水未进，身体虽然虚弱，但是，在这凶狠毒辣的敌人面前，她的精神是那样的饱满、刚强，像火山迸发出的岩浆，炽烈，奔放，熠熠生光！泰山可移，英雄母亲的革命意志不可摧；钢刀可折，英雄母亲的民族气节不可屈！山本在这位普通而不凡的中国妇女的高大形象面前，显得十分渺小而愚蠢。他望着、望着，眼前这位老太太霎时好像变成一座崔巍挺拔的山峰，山巅上站着那使他胆战心寒的马本斋，还有千千万万的中国抗日军民！

连成婶——马老太太摘下手上的玉镯，奋力向山本头上砸去，明亮亮的玉镯发出清脆的声响。伟大的母亲，光荣的妈妈，她，倒下了，静静地闭上了慈祥的眼睛……

　　　宁为玉碎洁无瑕，
　　　烽火辉映丹心花，
　　　贤母魂归浩气在，
　　　岂容日寇践中华！

第三十章　回奸难容

敌人使用软硬兼施的"三招"，都彻底地失败了，又将叛徒哈少甫抬了出来。第二天，山本把哈少甫叫到宪兵队。哈少甫一进屋就如同一只癞皮狗，呆呆地站在山本面前。山本鼓着玻璃球似的眼珠说：

"马老太婆信的不写，你出城去见见马本斋，叫他投降的过来！"

几句话，说得哈少甫心惊肉跳，脸色苍白，赶忙向前低声下气地说：

"太君，卑职不才，是否让别人去，马本斋他……"

"不，不，马本斋是你的表哥，你去的最好最好的！"山本瞪了哈少甫两眼，又恶狠狠地说，"不去嘛，哼，哼，你的脑袋小心！"

"现在各村、镇都有游击队的岗哨，我没有那边的路条，出不去呀！"哈少甫翻着一双死鱼眼苦苦哀求。

"哈先生，你别忘了，你是河间的混客，这里的，那里的，什么地方你不能去的？"山本这口气既有讥笑哈少甫这个浪荡公子之意，又带有几分夸奖的味道，弄得哈少甫哭笑不得。

"马本斋最痛恨开小差的。我，我要是见了他，我还活得了？"哈少甫战战兢兢地说。

山本在屋子里转了一圈，回过头来给哈少甫打气：

"怕什么！马本斋的母亲还在我们手里，他还敢把你怎么样的？你穿得阔气一点儿，大摇大摆直闯回民支队司令部。马本斋见你的打扮，是要考虑考虑的。"

哈少甫一听这话，像是泄了气的皮球又鼓了起来，便长了长精神，可是毕竟没有鼓足气，还是蔫乎蔫乎的：

"好吧，我就搭上这条小命，为皇军效劳吧。"说罢，揣着忐忑不安的心情，出了宪兵队，无精打采地朝西大街走去。

哈少甫一出东大街，来到东关戏园子前面，突然有人把他一把拉住：

"甫弟，今日尊容难观，莫非有愁肠之事？"

哈少甫一看是崔丰久，便狠狠将手一甩："马不知自己脸长，牛不知自己角弯。你崔大翻译还不知道自己玩了一套移祸东吴的把戏，让我替你背黑锅。"

崔丰久托了托鼻梁上的墨镜，然后，把他拉在墙角一边狡猾地问：

"甫弟，这话可从何讲起？"

"你别装蒜了，半个月之前，演'收徐庶'这场戏你最积极，最活跃，抓马本斋的娘你又是拐又是骗，说的比唱的都动听。可事到如今，你却溜之大吉，由山本联队长出面，把我一个人往马本斋那边推！"

崔丰久一听哈哈大笑："甫弟，你这话倒说到点子上了。想当初，演这出戏是你献的计策嘛，至于戏怎么收场，还是要靠老弟你。说到我本人，那是麻袋片做龙袍——不是那块料。山本联队长叫你亲自去见马本斋，那是对你的器重嘛！"

"你少来这一套！"哈少甫气呼呼地抬腿就要走。

"哈少甫，你回来！有要事相告！"崔丰久用命令的口气招呼哈少甫。

哈少甫听到"有要事相告"，只得停住脚步。崔丰久跑上前去，看了看四周，然后说：

"走，到我家去！"

此时，哈少甫心里像揣着一窝小兔子，真是百爪抓心呀。他六神无主地跟着崔丰久朝他家走去。走着，走着，他害怕起来。一会儿，山本那副残暴的凶相在逼着他："这次劝降的失败，要你脑袋的！"一会儿，马老太太那威武不屈、宁折不弯的形象出现在他眼前。一会儿又好像从街上跑过一群人来，指着他的鼻子骂："哈少甫，你这个可恨的回奸逼死了连成婶，看你有什么好下场！"走了一会儿，马本斋那双严峻的目光又出现在他脑际，他不由得打了个寒噤。这回崔丰久半道把自己叫去，又耍什么把戏呢？

"到家了，请！"崔丰久一声招呼，哈少甫从恍惚中清醒过来。他点着头说："好，好。"

这是一套别致的四合院，东、西厢房配正南屋，正南屋前是会客厅。客厅里摆着茶几、沙发、八仙桌，铺着淡红色地毯。院子里摆着形形色色的盆花，院子的当中还有两棵枣树。院前院后收拾得干干净净。哈少甫生在河间，长在河间，算是个见过世面的了，可是像崔翻译这套漂亮的宅院，他还是第一次见到。心想：这个蓬莱棒子还真有两手，在河间混上头面人物的住宅了。看看人家，想想自己，今天像个被人任意捏弄的泥人似的，不觉懊丧起来。

崔丰久从正屋里左手端出一盏带玻璃罩的灯，右手提了一根长家伙，往茶几上一放：

"甫弟，先过过瘾。"

哈少甫看到这套鸦片烟具，立刻产生条件反射，醉鬼似的往沙发上一躺，禁不住直打哈欠，嘴巴和鼻子像漏了底的水壶，口水、鼻涕直往下淌。

崔丰久划着火柴，将烟灯点着。哈少甫顺手拿过乌黑闪亮的烟枪往嘴里一塞，用鼻子"嘘嘘"地闻了闻大烟的香味儿。崔丰久一边往烟斗上挑烟泡，一边说：

"甫弟，我崔某今日把你请到家里谈谈心。你明白，在日本人手下做事，你我都有难言之隐呀！"

哈少甫这会儿，只顾躺在沙发上拼命地抽着大烟，满堂芬芳的大烟味儿，熏得他晕晕乎乎。他并没有完全听懂崔丰久的意思，口里只是重复着"是、是、是，对、对、对"这些简单的词儿。等到几个烟泡抽下肚，精神头就上来了。他一骨碌从沙发上爬起来说：

"崔兄，三两烟土四两命，烟灯面前无外人。你有什么事，尽管吩咐吧！"

崔丰久推了推眼镜说："甫弟，今天请你到寒舍一坐，有些话，想和你叙谈叙谈，咱们已不是什么萍水相逢的过路客，而是相处了几年的老朋友了。你我在日本人里头混饭吃，顿顿听人的碗碟响，的确有失祖宗体面。我这个人从小在关外读书，对日本人的了解要比你深一些，日本人做事一向是不见棺材不掉泪的。山本联队长这次叫你去见马本斋，岂不是把你当羔羊往虎口里送吗？"

哈少甫听了"羔羊"、"虎口"、"马本斋"这些字眼，浑身直打颤颤。他哭丧着脸说：

"本人也有同感。我哈少甫对皇军算是够忠诚、够可以的了。可是，我给他们干的那些事，到头来还是他妈的老公公背儿媳妇过河——费力不讨好。这次万万没想到，山本硬逼着我往火坑跳，我该怎么办呀？"

崔丰久感到哈少甫已经上钩，便说："我倒有一计。"

"什么计？"哈少甫以恳求的目光望着崔丰久。

崔丰久并没立即回答哈少甫的话，走到他的卧室，从五斗橱里取出一个用花手帕包的东西交给哈少甫：

"你看看这个。"

哈少甫打开手帕一看，不觉愣住了："玉镯子？！"

"对！这是为你专开的一张特殊通行证！"崔丰久自鸣得意，习惯地推了推眼镜。

哈少甫一眼看出，这只玉镯子就是马本斋母亲右手戴的那个；她左手那个昨天取出砸山本的时候已打碎了。可是，他哪里知道，昨天晚上八点钟左右，山本派崔丰久去佟万成家处理马老太太的遗体时，这个崔阎王乘无人之机，硬把这个完好的玉镯子从马老太太手腕上捋了下来，为敲哈少甫的竹杠事先做了安排。

崔丰久看出哈少甫对这个玉镯子产生了兴趣，便拿过那只玉镯子在手上晃了晃，然后以关切的口吻对哈少甫说：

"我的哈参谋，三年前，你投奔马本斋，参加了回民支队。据说，人家马本斋起初还把你当个人，你识文断字，让你当了个参谋。平时你犯了他们的军纪，马本斋也是对你从宽发落，教而不诛！这些话，不会错吧？"

"崔兄，你别提这些了，我哈少甫找错了门子，走错了路子，拜错了把子。老子生来就爱风流，哪能受他们那种张口'三大纪律'闭口'八项注意'的窝囊气！"哈少甫看了看茶几上的鸦片烟灯和烟枪，"八路军那边不准抽这个，老子就受不了！"

崔丰久站起来在客厅里来回踱了几步，他本想趁这个机会，把哈少甫叛变回民支队的老底全部抖搂出来，但这未免使哈少甫脸上挂不住，于是他又把话拉到马本斋身上：

"我还听说，前段时间，马本斋还给你捎过信儿，准备叫你到东辛庄去见他。你当了逃兵，他们说要枪毙你，马本斋不同意这种做法。这就说明，你在他马本斋心里还占有特殊位置，起码可以说，他对你做到仁至义尽了吧？！这次你去见他，他也不会把你怎么样的。"

崔丰久这些话，像定心丸一样，说得哈少甫恍恍惚惚。可是，他知道，马本斋最恨那些给日本人跑腿的中国人，能饶过自己吗？他越想越吃不准，哭丧着脸说：

"崔兄，马本斋的娘又没有写信，这次叫我去见他，怎么应付啊？况且，他的娘已死了……"

"哈参谋，亏你还当过参谋！马本斋在交河县，他娘在河间，才一夜工夫，他怎么晓得他娘已死了？"崔丰久说到这里又将玉镯子一晃："你带上这个，比什么家书都管用！"

一句话，提醒了哈少甫，心想，这回我小命有救了，把这个拿去，见到马本斋就说他娘叫我去见他。想罢，便眉开眼笑地说：

"崔兄，你真会为小弟着想，好，妙。我把这个玉镯子带上，今天就动身去交河县见马本斋。"说着就伸手要拿玉镯子，崔丰久把他一按：

"慢着，你准备出几个？"

"什么几个？"

"钱呀！"

哈少甫这才恍然大悟，原来，这个崔阎王拿了这只玉镯子想做一笔大买卖。他心里骂道：崔阎王，你真是祖坟上烧粪纸，缺德又冒烟儿！但转念又一想，管他妈的呢，钱就钱吧，保全小命要紧！于

386

是，眨着核桃仁似的小眼睛问：

"多大的价？"

"按宝兴首饰店打得价，这只镯子少说也得三十块大洋。但是，你我也不是外人，常言说，一争两丑，一让两有。老弟你给这个数就行了。"崔丰久边说边用两个手指和五个手指做了个比势，随即又补充说，"要是手头没带现大洋，按黑市价码折成钞票也凑合。"

"好，就照你说的。"哈少甫明知吃了哑巴亏，但为了拿到玉镯，只好假装大方，拍拍胸脯，然后从口袋掏出一沓钞票："崔兄，先拿这些，欠下的零头，等我回来再付。如果到时还不了你的钱，我把我那个臭娘儿们卖了补上！"说着哈少甫就去拿玉镯子。谁知，他一伸手又被崔丰久挡住了：

"别急，其实，钱财如粪土，仁义值千金。这玉镯子要你这点钱，和白送给你差不多。剩下的那些钱，你就别挂在心上了。不过有件事望老弟……"

"什么事？"

"听说东关戏园子唱梆子的'小黄莺'，是你的表妹，我崔某想与她交个朋友，求老弟给搭一条线……"

哈少甫听后，眼珠子一转："这个好说。俺表妹'小黄莺'，在戏园子初露头角，你崔大翻译就如此抬举，她哪儿有不高攀之理！再说，你这个家这样阔气，她应该捷足先登啊！我回来就跟我表妹唠唠这事。"哈少甫好话说尽，他已打定主意，只要玉镯子早点儿到手，什么都可以答应。

"够朋友！"崔丰久这才把玉镯子交给了哈少甫。

当天中午，哈少甫身穿海棠蓝缎大褂，头戴古铜色的小礼帽，脚蹬春风呢的千层底鞋，配上一双洋线袜子。他对着镜子上下左右反复打量，不觉顾影自怜。随后将镯子用花手帕小心地包好，塞进口袋。于是急急忙忙出了南门，直奔交河县而去。

这段时间正是冀中平原阴晴不定的季节，有时早晨出太阳，中午却下起倾盆大雨。哈少甫刚出河间城，城东边就响起了闷雷，翻滚的云层像一张黑网向大地撒下来。哈少甫看了看天气，不觉有些慌乱，想到马本斋是一个抗日英雄汉，自己在他心目中却是一名可耻的小汉奸，要是他向我要亲妈，那可怎么办？也许他会把我关起来，说不定还把我宰了。……他想着，深一脚浅一脚往前走，心里就像天空中一团团乌云在翻滚。突然，一个长尾巴落地雷"轰隆"一声在他头顶炸开了，吓得他心惊胆战，差一点儿摔倒。接着，又是一阵闪电雷鸣，瓢泼大雨铺天盖地下起来了。大雨点子打在哈少甫的脸上，不大一会儿，他就成了一条落水狗，夹着尾巴消失在狂风暴雨中。

在哈少甫冒雨赶路的时候，驻在交河县万家寨的马本斋司令员，正在与郭陆顺政委研究作战方案。郭政委了解到这些天来，回民支队的战士们，要求杀进河间、救出马老太太的呼声越来越强烈。军区首长也多次指示，要看准战机，拔掉河间这个据点。此刻，郭政委说："马司令员，这回是不是可以下命令子，把部队开到河间去，把老太太救出来？"

"不，我们还有更重要的战斗任务，我相信我母亲不会在敌人面前屈服。现在敌人正向我们解放区的深（县）、武（强）、饶（阳）、安（平）大举进攻，疯狂扫荡。为了打击敌人的嚣张气焰，我的意见，先把交河城这股顽敌吃掉。马上就派马铁男同志带几个人到交河城、东流堡一带去侦察一下，把敌情摸准后咱们再做出作战计划。"

"对，我同意你的意见。不过，攻河间，救出马老太太，这个方案也得及早地做出来。我们应该看到，因为敌人向我解放区大举进攻，上级才命令我回支切断敌人的后路，拔掉河间、献县、交河等几个大据点。但是，在这些据点中，河间又是一个大头，只要先把河间拿下来，把山本逮住，其他几个据点就好办了。"

"对！擒贼先擒王。咱们先研究一下，要周密地计划好。"马本斋的话刚说完，警卫员小金进屋报告：

"报告首长，哈少甫来了。"

马本斋一听，就猜到了哈少甫的来意，稍微沉思一下说："把他带进来！"

"是！"

"老马，你先和他谈谈，情况复杂，我先去招呼部队，有事回头再研究。"郭政委说着走出司令部办公室。

一会儿工夫，小金把哈少甫带了进来。哈少甫见了马本斋，开头精神很紧张，但一瞧马本斋的脸色宛若平常，一颗悬着的心便落了下来。他嘻嘻一笑，点头哈腰地问：

"表哥，我姑和我表嫂她们都好哇？"

马本斋把这个叛徒从上到下打量了一番，看他虽是衣冠楚楚，但全身上下被雨浇得湿漉漉的，真像个从臭水坑里刚打捞起来的死瘟鸡。他强压住心头怒火，说：

"这些日子战斗紧张，天天打鬼子，没有顾得上回家，家里情况我不了解。不过，我想她们错不了，听说老乡们照顾得挺周到。何况，有你这位贤表弟的关照，她们还会错到哪里去嘛。"马本斋说到这里，回头向小金说，"小金，你告诉马铁男，给我们这位客人准备点'好吃的'，另外再弄套干净衣服，你看他全身都湿透了，跟条落水狗一样。"马本斋说完，哈哈大笑了两声。

小金出去之后，屋里只剩下马本斋和哈少甫两个人。哈少甫看了看周围，凑到马本斋跟前挤眉弄眼故作姿态地说：

"山本真孬种，把大姑请去了，要同你讲和。"

"噢，有这回事，他提出什么条件呢？"马本斋问。

哈少甫扳着手指头说："一，从今以后，你不打他，他不打你；二，大姑大嫂们可以进河间享受荣华富贵；三，保证给你三个县的剿共司令。"

"只有三个县哪？"马本斋轻蔑地反问一句。

哈少甫自以为马本斋有上钩之意，越说胆子越大，又靠在马本斋的耳边说：

"依我之见，在这'司令如牛毛，主任遍天下'的世道，只要你把这支硬邦邦的回民支队带过去，恐怕整个河北省剿共总司令就是表哥你的了。到那时呀，哈哈，那些大大小小的司令还不都得归你调遣。"

"我要是不过去呢？"

"那就前途不堪设想了。表哥，事到如今，你的心眼不能再那么死，脑袋该开条缝儿了。你不为你自己前途着想，也得为我大姑的性命担忧啊！"

"住嘴！"马本斋把桌子一拍，"你这个狗东西！"

随着马本斋的怒吼，门外呼啦一声，闯进了马铁男和小金，他俩抓住哈少甫的胳膊就往后拧。

马本斋命令说："替我'送客'！"

哈少甫浑身哆哆嗦嗦像筛糠，哀声求饶说：

"表哥，你不能呀，是大姑叫我来的呀！"说着，他从口袋里掏出一个玉镯子，"你看看这个！"

马本斋听罢心里一震，伸手夺过玉镯子仔细观察。玉镯子的确是他母亲的。

哈少甫见马本斋沉吟起来，以为捞到了救命稻草，连忙说：

"这不假吧？"

"你是从哪里得到的？"马本斋严厉地问。

"大姑亲手交给我的，她老人家叫我来劝你。她病重思亲，肝肠痛断，把我叫到跟前，摘下她的玉镯子，要我前来劝你过去。这父母之恩重如泰山，表兄乃是大孝之人，今日我提着小脑袋来见你，为了什么？你不为你自己前途着想，也得为你母亲、我的好大姑想想。"哈少甫说到这里，声泪俱下。

"如此看来，慈母之言我是不好违抗了。"马本斋把捏在手里的玉镯子反反复复地端详着，然后态度缓和地说，"你为什么早不把这玉镯子拿出来？你知道，我这个人喜欢直来直去，有话讲个痛快。你说，我这样过去保险吗？"

哈少甫见有希望，劲头上来了：

"保险，保险，表兄威震四方，小小河间能奈你何？况且，有小弟保驾，万无一失！"

马本斋将玉镯子装在口袋里说：

"好吧，既然是我母亲叫你来的，我就得走一趟。"马本斋边说边掏出手枪，扳动了机头。哈少甫看到马本斋这个动作，惊恐地后退了两步。马本斋上前两步，右手提着手枪对哈少甫说：

"走吧，我的哈参谋。"

哈少甫听马本斋的口气，看他脸上的表情，已明白是怎么一回事了，扑通一声跪在地上：

"表哥，你……你……"

马本斋用劲将哈少甫推出门外，怒喝道："你哈少甫想在我马本斋面前耍鬼把戏，要我过去当汉奸，你他妈的找错了门！"

哈少甫疯了似的，猛回头抱住马本斋的腿哭喊："表哥……表哥……表哥……"

"谁是你的表哥！"马本斋一脚把他撂了出去。

"马司令员，您不能呀，我求求您，您不能这样呀！"哈少甫吓得魂不附体，腿脚发软，声嘶力竭地叫喊："你不能呀，不能呀！"

"你背叛祖国，危害人民，破坏抗日，你死有余辜！"说着"砰"的一枪，这个可耻的民族败类"哎哟"了一声，倒在地下。

当天，回民支队的广大指战员，知道马司令员亲自除掉了哈少甫这条毒蛇，个个拍手称快。

马老太太死后，山本非常紧张，知道回民支队不会轻易饶过他。他好像热锅上的蚂蚁，心情烦躁地在办公室里踱来踱去。最后，他决定将马老太太的遗体送回东辛庄。

此时，只见他伸出一只毛茸茸的右手，按了一下警铃。不一会儿，崔丰久应声献媚地跑了进来，他怀着忐忑不安的心情问：

"队长，您有何吩咐！"

"去把马老太太送回东辛庄！"

崔丰久一听傻了眼，半天才吐出几个字：

"她，她，她不是已死了吗？"

山本瞟了崔丰久一眼，用厌恶的语气责备道：

"你们都是群废物！你的军人的不是。人死了，也要搞个缓兵之计。你不把她送走，马本斋的回民支队就会从天而降，对我们皇军大大的不利，你的明白？"

"对！队长高见，队长高见，那谁去呢？"

"你！"

"我！？"

"对，活的是你抓来的，死了也得你送回去！"

崔丰久慑于山本的压力，就带了一排人的兵力，心惊胆战地将马老太太的遗体偷偷地运到河间城南。他们正走着，发现月色下来了一群人。

崔丰久一见事情不妙，将马老太太的遗体抛在城南，一窝蜂地跑了。

来的这群人，正是东辛庄的乡亲们，他们得到马老太太牺牲的消息后，凑了十几人到佟万城家来偷运马老太太的遗体。现在正好碰上，他们怀着沉痛的心情，将老人家的遗体连夜运回东辛庄，安葬在村北的土地上。

过了几天，警卫员小金拿着一摞报纸，眼睛含着泪花送到马本斋跟前说：

"司令员您看！"

马本斋拿起一张《冀中导报》，只见上面印着：

"马老太太凛然殉国！"
"英雄马母，壮烈牺牲！"

延安《解放日报》发表了消息和马老太太的英雄事迹：

"气壮山河，回民队长之母，英勇殉国！"
"民族英雄马母精神不死！"

马本斋，以一种崇敬的心情，摘下军帽，默默地把这张报纸看完。

母亲——平凡的母亲，她在敌人面前宁死不屈，绝食七天，于农历七月十四日英勇牺牲。

连成婶、尊敬的马老太太，与敌人英勇斗争的事迹，随着冀中平原的枪声，很快传遍了整个解放区。

马老太太那大无畏的革命精神，那崇高的民族气节，成为鼓舞抗日军民对敌斗争的力量！

"为马老太太复仇，为死难的同胞复仇"的声浪激励着战士们的心。他们高举战斗的红旗，手握杀敌的刀枪，更加勇敢地驰骋在华北平原上。

第三十一章　滴水穿石

　　月亮钻进云层里,平原上一片朦胧。东南风摇曳着狭长的高粱叶子,发出沙沙的声响。沉睡了的河套里,偶尔传来几声蛙鸣,给原野的秋夜,更增加了宁静的气氛。

　　一阵急促的马蹄声冲破了夜晚的静谧,在迷蒙的夜色中,两匹骏马飞也似的奔跑在青纱帐的小路上。

　　跑在前面的高头大马上,骑坐着一位身材魁梧的军人,他就是威震敌胆的冀中回民支队司令员马本斋。

　　此刻,他心中非常兴奋,不时地抚摸着身上挎着的图囊,因为这次他去军区汇报工作,从吕司令员那里要了一本朝思暮想的书——《论持久战》。

　　为这本书,他可真花费了不少的心思呢。过去他有过一本《论持久战》,是郭政委送给他的。自从他得到那本书,有空就学,真是爱不释手。他的文件和笔记本,每次行军打仗,都专门由文书小刘背在身上,唯独那本《论持久战》,马本斋从得到手那一天起就装在自己的图囊里,随身背带。

　　"司令员,你身上背的图囊可真是宝囊呀!"平时同志总是对他开玩笑说。

而马本斋每次也总是这样回答："我的图囊比宝囊还珍贵，是金不换！"

可是，就在一次高庄突围战斗中，马司令员的"宝囊"却丢掉了！

那是在一九四二年的五月，日本帝国主义为了消灭我华北抗日有生力量，发动了"五一"大扫荡，实行杀光、烧光、抢光的"三光"政策。当时日寇的侵略气焰非常嚣张，抗日形势一时处于低潮。就在这种情况下，马本斋带领着回民支队，就像《西游记》里的孙悟空，钻进了铁扇公主的肚子，在日寇多少万人的包围中穿插活动。

六月二日晚上十点钟，回民支队来到了偏僻的高庄。它是一个不到百户人家的小村落，要想隐蔽一支大部队是不容易的。但是，在马本斋的周密布置和群众的掩护下，战士们个个就像是鱼潜水底，不露形迹。敌人做梦也没有想到，在这个小小的村庄内，竟然隐蔽着几千雄兵。

高庄的周围是起伏错落的沙丘地，北面有一条大车路，村南有一条大公路，西面几里路之外是铁路。

日本帝国主义为了围剿回民支队是下了很大本钱的。夜深了，公路上停着成串的汽车，每辆汽车的车灯全部开着，束束灯光把大片平原照得像白天一样。在西面的铁路上，不断的奔驰着装甲车；大车路上，敌伪的流动哨往来巡逻。但是，敌人万万没有料到，就在他们的鼻子底下潜藏着平原猛虎——回民支队。

"粉碎敌人的铁壁合围，突围出去就是胜利！"马本斋站在一个破墙头里面对郭政委说。

郭政委看着村外密如蚁群的敌人说："是呀，不过，在重兵的包围之下，突围的时机一定要掌握好。"

"对，我已经考虑过，只要到凌晨三时，敌人还发现不了咱们，咱们的突围时机就成熟了，因为那时敌人经过一夜毫无所得的巡逻，自然开始麻痹了。"

　　时间在一分一秒地消逝着。平时，指战员们捞到休息的机会，总感到时间过得太快，可是今晚却觉得像蜗牛爬一样缓慢。郭政委掏出怀表看了看，对身边的马本斋说："现在是凌晨两点四十分。"就在这时候，在村北大车路上巡逻的一班日本兵，拖着疲惫的双腿，嘴里咕噜着："进村咪西咪西的！"向村里走来。

　　侦察排长马铁男跑来对马本斋说："司令员，怎么办？敌人一个班眼看就要进村了。"

　　马本斋沉思了一下说："放他们进来，你去布置一下，由侦察连的同志们完成这个任务。不能放枪，尽量全部抓活的。万一需要放枪，那么，枪声就是我们整个支队向西突围的信号！"

　　"是，我马上去传达布置。"马铁男转身走了。

　　十二个鬼子大摇大摆地向村里走来，他们刚刚走进街口，突然从胡同里蹿出二十多条人影，猛地扑向这些不速之客。鬼子被这出其不意的情况惊呆了，当他们醒过味儿的时候，已经被牢牢地捆住了手脚。但是，其中有一个非常狡猾的鬼子，在挣扎中扣响了他身上的三八大盖儿，枪声划破了黎明前的沉寂。

　　"枪声就是突围命令！"各大队按着马本斋的事先布置，像洪水巨浪般勇猛地向铁路西冲去。

　　马本斋跟在部队的最后边，当他刚刚冲到村边的时候，凶恶的敌人已经发现了这支神出鬼没的部队，便从四面八方开始向高庄猛烈地炮击。一颗炮弹打来，正好落在马本斋十多米的地方，他手疾眼快，一个箭步跃到郭政委身边，猛地把郭政委推倒，趴在了他的身上，炮弹爆炸了，一块大弹片从马本斋的背上穿过。警卫员小金迅速跑过来，扶住他的双肩喊道：

"司令员！司令员！……"

郭政委也翻身坐起来，扶住马本斋：

"老马，你怎么样？"

这时马本斋抖了抖被震得麻木的身体，笑着说：

"没事，我的身上穿着避弹衣，子弹打过来也会拐弯的。"说着，他摸着自己的后背，脸色突然一沉，喊道，"糟糕，我的图囊怎么没有了？"

小金往司令员的背后一看，只见图囊背带儿还挂在身上。他向周围瞧瞧，发现不远的地方，燃烧着一小堆火，烧的正是那个被炮弹皮崩出去的图囊。小金乐呵呵地说：

"司令员，是图囊救了你一命呀！"

马本斋凝视着冒烟的图囊，摇了摇头。

打这以后，马本斋总是千方百计地想再找一本《论持久战》。每次到军区开会，他都要到政治部、司令部去要这本书。吕司令员知道这件事后，便把自己保存的《论持久战》送给了他。

马本斋捧着《论持久战》高兴得不知说什么好，只是望着吕司令员笑。

小金见司令员高兴得像个孩子，悄悄对吕司令员的警卫员说："高庄突围时，我们马司令员的那本书被烧掉了。我说，司令员，是图囊救了你一命呀！当时他只摇了摇头，没说话。现在我才明白，他把书看得比自己的命还重要呢！"

马本斋和小金纵马回到驻地，马本斋对身后的小金说：

"早点儿休息吧，明天还要行军。"

"是！"小金答应了一声，然后去端来洗脸水，放在屋角的凳子上，关切地说："司令员，你也早点儿休息吧，今天晚上你就别学了。"

"我马上就睡觉。"马本斋看着走出屋去的小金笑着说，"小鬼！"

洗脸水就放在屋角，但是马本斋顾不得洗一洗满身的尘土，踅到桌边，拨亮那盏随身多年的小油灯，坐下来，习惯地看看自己粘在桌面上的那首郑板桥的《竹石》：

咬定青山不放松，
立根原在破岩中；
千磨万击还坚劲，
任尔东西南北风。

马本斋取出《论持久战》，又取出毛笔、砚台，一边磨墨，一边看起书来。看了一会儿，他打开《战斗札记》本，认真地写道：

……歼灭战是我军战胜敌人的基本作战方针和传统的战法，目的就是保存自己，消灭敌人。

警卫员小金一觉醒来，发现司令员住的北屋还亮着灯。于是，轻轻走进屋里，原来司令员根本没有休息，还在小油灯下埋头写字呢。

小金赶忙给马本斋倒了一杯开水，走到桌旁轻声说：

"司令员，现在都深夜两点钟啦，您还不休息？"

马本斋站起身来，把毛笔往桌子上一放，伸了个懒腰，爽快地说："好，不看了，也不写了，睡觉。"

小金看司令员去洗脸，寻思他洗完脸，就要睡觉了，这才放心地走出屋去。

马本斋洗完脸，精神更足了，他又坐下来，继续看书。读完

"消耗战，歼灭战"这一节，又打开《战斗札记》本写了起来：

……歼灭战可以使敌人士气沮丧，军心不振；使我士气高涨，军心振奋。……

小金回到自己的屋子里，躺在炕上，翻来覆去睡不着，心里总觉得不踏实。因为他深知马司令员的老习惯，不管是行军打仗有多累，夜里总要亲自去查铺、查哨；回来不管时间有多晚，还总要看书学习，还要用毛笔写日记。小金想到这儿，再也躺不住了，便一骨碌从炕上爬起身来，又透过窗户往北屋看了看，果然不出所料，那里依然灯光通明，马司令员孜孜攻读的身影，端端正正地映在窗纸上。

小金又赶忙起来，走进北屋，含着几分委屈，怏怏不乐地说：

"司令员，我对你有意见！"

马本斋抬起头，抱歉地对小金说：

"好哇，说说看。"

"你说明天还要行军，让我早休息，可是你自己却开夜车，这样下去，就是铁人也受不了呀！"

"咱们八路军比钢铁还硬，没关系，垮不了。"

"垮不了，垮不了，你再不睡觉，我就去找郭政委！"

马本斋走到小金身边，拍拍他的肩膀说："小金，你坐下，我先给你讲个故事。"

小金一听要给他讲故事，这位年仅十八岁的战士，就又忘了劝司令员休息的事，真的坐下了。

马本斋坐在小金的身旁，想了想说："古时候，有个著名的书法家叫王羲之，他经常因为练字废寝忘食。有一次，他在书房里专心致志地练字，该吃饭了他都不知道。小儿子送来了他最爱吃的蒜泥和馒头，几次催他吃饭，他连头都不抬，继续挥笔练他的字。小儿子只好去叫妈妈来劝父亲吃饭。王夫人来到书房，只见王羲之手里拿着一块沾了墨汁的馒头正往嘴里送，弄的满嘴黑乎乎的。原来王羲之在吃馒头时，眼睛看的是字，脑子里想的也是字，所以错把墨汁当蒜泥吃了。王夫人见他这样，哈哈大笑起来。王夫人的笑声没有使王羲之醒悟过来，他还是一面练字，一面夸王夫人今天做的蒜泥好香呢！"

小金听完这个故事，笑得前俯后仰，眼泪都乐出来了。

马本斋说："王羲之吃墨，看来可笑，但咱们认真想一想，却又感到可敬。吃墨，说明了他孜孜不倦，勤学苦练，达到了神痴入迷的程度。我们作为八路军战士，没有'吃墨'的精神，不从战争中学习战争，怎么能战胜比我们力量强大的日本帝国主义呢？！"他思索了一下，接着说，"尤其像我这个人，从小种地，要饭，做小买卖，又在旧军队中干了些年，现在虽说经过党的培养教育，军事上懂得了一些战法，被敌人吹为天上的神仙；其实，天上哪有什么神仙呢。要说有，也在咱们神州大地上，那就是在平原上打地道战的游击队，打人民战争的老百姓，打歼灭战的八路军。我马本斋只是依附在抗日军民中间，沾了一点'仙气'罢了。但是，对付目前的日本侵略者，深深感到自己的学习还很不够。在这种情况下，多么需要滴水穿石的学习精神啊！"

小金听了司令员这一番话，深受感动。他望着司令员那已熬得发了红的眼睛，说："司令员，你说得太好了，你读书我不反对，可是休息也很重要呀，苏联有列，列……"

"列宁！"

"对，列宁说，不会休息的人，就不会工作。"

马本斋哈哈大笑起来："小鬼，你学习的不错呀！好吧，接受你的批评，休息，睡觉。"说着，他把桌子上的《论持久战》和笔记本合起来，解开上衣的扣子，笑吟吟地说，"你说得对，听你的，睡觉，这回你该放心了吧?！"

　　小金兴奋地回到自己的屋里，但是还不放心，又透过窗子望望北屋，果然北屋的灯光灭了。他高兴地钻进了被窝，含着微笑睡着了。

　　可是，小金哪里想得到，马本斋用棉被当窗帘，把窗子挡了个严严实实，在昏黄的小油灯下，又聚精会神地学习起来。

第三十二章　巧设连环

　　秋雨淅淅沥沥地一连下了几天，这天早上才开始放晴。天空中，那铅灰色的云层，像是滚动着的浓烟，被东南风一吹，一块块，一团团，向西北方向散去。被浓云遮盖了几天的阳光，好像深深地吐了一口气，以加倍的热量投射在大地上，使雨后的平原，活像个蒸笼，又热又闷，简直让人透不过气来。

　　一九四二年的华北战场，也如同这热腾腾的大地。英勇的八路军在华北敌后战场全面出击，取得了伟大的胜利。敌人大为震动，惊呼："对华北应有再认识。"他们从正面战场抽调了大量兵力回师华北，疯狂推行"强化治安"。日寇侵略军华北总司令冈村宁次多次叫嚷："欲确保华北，必确保冀中。"敌人在平、津、保、沧地区，实行分区蚕食扫荡。同时强行组织保甲，实行所谓"军事、政治、经济三位一体的总力战"，企图全面肃清冀中平原抗日根据地的八路军、游击队。为了打破敌人的部署，回民支队根据军区的指示，像一把钢刀插进了子牙河东的青（县）、沧（州）、交（河）一带。

　　这天，马本斋和五中队长金震河坐在万家寨村头的一棵大柳树下交谈起来。他们从军事训练谈到群众纪律，从生活谈到学习，最后，马本斋关心地问：

"当前战斗比较多，你们中队的同志们情绪怎么样？"

"战士们的情绪都很高，就是一些新入伍的同志对行军、打仗的紧张生活还不习惯。"

马本斋风趣地说："我们回民支队是橡皮肚子，飞毛腿，铁脚板，就是凭这三套本领，定能取得反扫荡的胜利。新战士嘛，就靠你们这些老兵来带啰。"

这时，警卫员小金从村里跑来报告，说是马排长回来了，在司令部里等着向马本斋汇报。

马本斋回到司令部，一进门，看见马铁男正拿着大蒲扇使劲扇着，满脸挂着汗水。

"你这个家伙，光扇扇不解决问题，这里有盆有水，为什么不洗洗？"说着，马本斋把一盆水端到马铁男面前，"洗吧，马上就凉快。"

马铁男洗完脸，马本斋又给他倒了一杯凉白开。看着马铁男一饮而尽，笑着说："好了，谈谈你侦察的情况吧。"

"根据首长的指示，我们对交河城和东流堡都进行了侦察，和司令员掌握的情况基本上相符。交河城有守敌一千三百多人，其中鬼子四百，汉奸九百。东流堡有守敌一百五十多人，鬼子五十，汉奸一百多。东流堡这个镇子，是交河城这一带主要交通运输线上的一个兵站基地。交河城日寇联队长星野，是刚从东北调来的；东流堡的日寇中队长雄尾是星野的老部下，关系很密切。情况大致就是这样。"

马本斋听完报告，说："看来我们这次围点打援的决心可以下啦！"

"是呀，司令员，火候到了，该揭锅了！"马铁男使劲地扇着大蒲扇说。

经过一番详细地调查和周密地布置，马本斋决定，设伏地点选在交河城和东流堡之间的望江店附近。那里一马平川，是一片望不到尽头的豆子地。

对于选择这片设伏地点，一大队长和二大队长与马司令员还发生了一场争执呢。他们说，利用高粱、玉米这天然的大屏障，才是设伏消灭敌人的好地形。为什么要选这片无遮无掩的矮豆子地呢？

马本斋问："你们说，敌人出来扫荡，在平原上最怕什么地形？"

一大队长说："那当然是能藏住人的高粱地和玉米地了。"

"如果我们埋伏在被认为藏不住人的豆秸地里，那敌人将会怎么想呢？"

二大队长说："只要我们隐蔽得好，敌人路过这里肯定会麻痹大意，想不到这里会埋伏着千军万马。"

"对呀，我们就是要利用敌人的麻痹大意，出其不意地消灭敌人。你们说，为什么不可以选这样的地形呢？"

"唉呀，原来奥妙在这里！"

马本斋选择在这片矮豆子地里埋伏兵力，是从实践中得出来的经验。他指着地图解释说：

"这次围困东流堡，把兵力埋伏在这样一个地形里，是为了要给交河派来的敌人援兵造成错觉。我们把敌人的大兵力从坚固的据点里吸引出来，诱其就范，使敌人长处消弱，短处暴露，造成我战役外线的速决进攻战，胜利也就在咱们的把握之中了。"

经马本斋这么一讲，大队长们进一步领会了作战意图。他们满怀胜利的信心，走出司令部，进行作战部署去了。

第二天拂晓前，担任佯攻的三大队五中队，开始在东流堡打响了第一枪。金震河带领着战士们突入镇内，与守敌展开了激烈的战斗。来势猛如决了口的洪水，势不可挡。

遭到突然袭击的日寇中队长雄尾着了慌，他一面拼死地抵抗，一面给他交河城的上司星野打电话求援：

“喂，喂，我是雄尾，回民支队的大部队，攻打东流堡，快来救援！”

“你顶住，狠狠的顶住，我马上派援兵去！”星野号叫着放下电话，刚要传令派兵，突然，翻译刁继祖慌慌张张地跑进屋来，弯着腰向星野报告说：“不，不，不好啦！”

“你的，什么的大惊小怪，慢慢地说。”

“马本斋的回民支队来攻打咱们交河城啦！”

星野噘起小胡子训斥道：“什么？你的胡说八道，马本斋不在这里的，在东流堡的。”

刁继祖眨眨眼睛，困惑不解地说：“奇怪，这真他妈的城隍庙娘娘有喜——不知怀的什么鬼胎？”

他的话音未落，城南关忽然枪声大作。

原来，为了不使交河城派出的援敌超过我伏击部队的人数，造成我部队不易速决全歼敌人的局面，马本斋又派出了三大队的二中队，在交河城南关进行袭扰，给星野造成交河城也受到围攻的错觉，使星野不敢倾巢而出，去援救雄尾。

星野听着激烈的枪声，如同热锅上的蚂蚁，在屋里走来走去，大皮靴踩着花砖地发出“咔咔”的响声。他想来想去，想出一个两全之策，可是恰恰上了马本斋的圈套。他对刁继祖说：

“这个马本斋的胃口大大的，吃到我的头上来了！你的，告诉小村中队长，让他带六百人去支援东流堡，其余的九百人留下跟我的守城。"

上午八点多钟，小村带领着六百多名鬼子和汉奸，耀武扬威地出了交河城西门，向东流堡赶去。

小村是个很狡猾的家伙，一路上，他谨慎小心，尤其是走到青纱帐茂密的地方，总是先派出骑兵去侦察，然后才带着大队人马前进。

九时许，小村带着队伍来到了回民支队设伏的望江店附近的豆子地段。

他勒住马，看着这一望无际的豆秸地出神。

翻译刁继祖看出了小村的心思，用马鞭子指着豆秸地说："中队长，八路军一贯是凭借青纱帐如鱼得水，像这片矮矮的豆秸地，量他马本斋也不敢在这里设伏。"

小村白了刁继祖一眼，说："臊嘎，你的军事的不懂，八路军狡猾狡猾的，什么都可以干出来的，我的不上当的。"他回头对骑兵们说："你们前面的侦察，要仔细观察，可疑的目标大大的不能放过。"

二十多匹高头大马和一批汉奸，如同一群狼，一溜烟顺着黄土大道向前奔去，蹚起的黄土像是滚滚的浓烟遮天蔽日，疯狂至极。

豆秸在秋风里波浪起伏，原野显得空旷、幽静。秋虫在豆秸丛里，不倦地"咝咝咝"地唱着。

马本斋带领着一大队和二大队，巧妙地埋伏在豆秸地里，一个个紧握手中枪，屏住呼吸，紧贴地皮趴着，眼睛盯着黄土大道，那情景就像是蛟龙潜在海底，又像是猛虎准备扑食似的。

"咔咔，咔咔……"敌人来到回民支队的伏击圈边上，一个个勒住战马，坐在马鞍子上，四处瞭望。

一个日本军官说："仔细地观察，统统地看好，回民支队大大的狡猾，上当的不要！"

汉奸们擦着汗水七嘴八舌地议论着：

"矮矮的豆秸，哪能藏得住大部队呀！"

"他马本斋胆子再大，也不敢在这种地形设伏！"

"要在这里设伏，岂不是和尚庙里借梳子——走错门了！"

敌人只是在大道上胡喊乱叫了一阵，没有迈进密密麻麻的豆子地里去搜索，便放心地回头向小村发了个安全信号。小村这才放松勒紧的马缰绳，满脸杀气地把指挥刀向前一指：

"继续前进！"

这支队伍排成一字长蛇阵，又向前蠕动了。

马本斋伏在浓密的豆秸底下，轻轻掏出怀表一看，时针正好指着九时二十五分。

小村的长蛇队毫无顾虑地行进着，当他们全部进入了回民支队伏击圈时，马本斋一声令下，回民支队如同神兵天降，霎时，枪声震天，杀声四起，战斗的暴风雨猛烈地席卷而来。

根据事先的战斗部署，一大队长带领两个中队从南面压了过来；二大队长带领两个中队从西面压了过来；马本斋亲自带领着两个中队从北面压了过来。三路大军，就像是三股强烈的旋风向敌人发起了冲击。在马本斋的统一指挥下，南路的斩头，西路的断尾，北路的从左右两翼向敌人主力纵队猛冲，把敌人拦腰截断。短兵相接，与敌人展开了激烈搏斗。

受到突然袭击的敌人，丧魂落魄，手脚失措，乱作一团。被截为数段的散兵，前队见不着后队，后队见不着中军，六百余敌人失去了统一指挥，就像森林大火中的野兽，丧失了张牙舞爪的凶威，只顾四处奔命。战斗顺利地进行着，敌人大部分就地被歼。

其中有一百多敌人，在凶狠狡猾的小村带领下，从东北角上窜出，直向望江店逃去，企图窜进村子，以房屋为依托进行顽抗。

小村边跑边喊："快快的，快快的，占领村庄，顶住回民支队！"

鬼子和汉奸们呼哧呼哧地喘着粗气，拼命向望江店奔跑着。

望江店里静悄悄的，只有那些自由自在的雄鸡和母鸡在村边上东叼叼，西挠挠，寻找食物。偶尔有一两条狗跑出村来"汪、汪、汪"叫几声，又跑开了。

小村带着一群丧家犬，好容易跑到望江店的村口。他回头看了看，见豆稞地已被远远地抛在后面，一颗受惊的心才稍稍平静了下来。他对那些跑得上气不接下气的残兵败卒说：

"马本斋军事才能的不高，他的，要是在望江店设下埋伏，我们的统统的都去见神武天皇啦！"

小村说着正要进村，突然从村边的交通沟里像冰雹似的飞出了密集的手榴弹，立足未稳的这群惊鸟困兽，立刻应声倒下了三十多个，其余的跟着小村又拼命奔跑起来。

铜小山和战士们趴在交通沟的边沿上，稳稳当当地向逃敌射击着，敌人倒下一个又一个，一路上又扔下了不少尸体。铜小山见残敌已经远逃，命令停止射击。小老虎似的战士们喊着：

"排长，咱们还不追上去？"

"追上去把他们全部干掉！"

"排长，快下命令吧！"

"你们喊什么？"铜小山严肃地说，"这是马司令员的命令，只许我们在这里打伏击，不准追击敌人，现在我们的任务已经完成了。"说着，他往前一指说："走，把阵地前敌人的枪支都捡起来。"

战士们再不吭声了，大家跳出交通沟，跑到阵地上捡了一批敌人"送"来的胜利品。

小村带领着侥幸逃出来的残余队伍，又往东跑出了十多里路。五十多个鬼子和汉奸，瘸着腿，喘着粗气，实在是走不动了，看看后面已没有追兵，枪声也听不见了，就像接到了一道无声的命令，齐刷刷地一屁股都坐在路边，个个半死不活的，再也不想往前走了。小村趁机点点数，总算还剩下五十二个。他沉吟了一下，说：

"五分钟的过去，快快的起来，我们绕路回城！"

任凭小村怎么说，这五十多号人，屁股上就像是抹上了糨糊，被粘在了地上，没有一个动弹的。小村气得拔出王八盒子威胁说：

"再不起来，我的枪毙你们的！"尽管小村喊着，号着，坐在地上的鬼子和伪军仍然一动不动。他们心里都明白，小村是不敢开枪的，因为枪声一响，等于给回民支队报信儿。

小村看了看表，十分钟过去了，他急得团团转，忽然，心生一计，大惊失色说：

"不好，回民支队追来啦！"说完，他扭头就跑。这个办法还真灵，五十多个鬼子和汉奸，屁股一下子像按上了弹簧，"呼"的一声，跳得老高，跟着小村又跑了起来。

豆秸地的伏击战结束后，回民支队的战士们，怀着胜利的喜悦打扫了战场。

排长铜小山噘着嘴，来到马本斋面前，敬了个礼，报告说：

"报告司令员，望江店的伏击战，我们打完了，只消灭了五十一名敌人。"

马本斋拍拍铜小山的肩膀笑着说："好哇，你们排任务完成得很好！"

"好什么？跑了五十多个敌人，小村也漏网了；要是许我们追击，一个也跑不了！"

"小山，你别着急嘛，饭是要一口一口地吃哟。"

"还吃啥？黄花菜都凉了，人家小村早就溜到东流堡去了！"

"东流堡他可不敢去。"马本斋胸有成竹地说。

果然不出所料，小村带着败兵往东窜了一阵，在距东流堡十五里路的地方停了下来。

鬼子和汉奸们七嘴八舌地对小村说：

"中队长，快到东流堡了，咱们快走吧！"

"到了东流堡就安全了，不要再休息啦！"

"谢天谢地，咱们可算逃出来了！"

小村的小眼睛眨巴着，心里在打主意。他想了一会儿说：

"东流堡的我们不去，回民支队的攻打东流堡，战况我们的不知道，不能冒失，再也不能上马本斋的圈套。我们顺着清凉河河套绕回交河城！"

清凉河原来是一条季节性河流，每年的夏季雨水大时就有水，过了雨季就干涸了。由于多年的泥沙沉积，河床增高，现在满河套是一片好庄稼地，顺着河套中间的青纱帐小路，可以绕到交河城。

小村带领着败兵，顺着河套小路向前走着。小路两边长着簇簇丛丛的高粱，狭长的小路就像是条走不到尽头的胡同。鬼子和汉奸们擦着满脸的汗水，心里那条紧绷绷的弦松下来，他们走在这条小"胡同"里，好像是装进了保险柜，又发闷，又放心。

鬼子和汉奸们垂头丧气地向前走着，各自想着自己的心事。有个汉奸横挎着大枪，边走边用帽子扇风，自宽自慰地嘟哝着：

"昨晚老子做了个梦，梦见九宫娘娘下凡，这说明我大难不死，必有后福呀！"

另一个汉奸捂着被打掉了耳朵的伤口说：

"你别他妈的高兴得太早，老子今天被敲掉了一个耳朵，说不定过一会儿，让你小子骑驴会判官——马上见鬼！"

"你这个小子，尽说丧气话，咱哥儿俩有啥过不去的，回到交河城老子请你喝二两。"

"好嘞，红口白牙，一言为定！"

鬼子和汉奸你一言我一语地说着，深一脚浅一脚地走着，个个拖着疼痛麻木的双腿，真想立刻躺下睡它一觉。

就在这时，突然，高粱地里传来一声断喝："缴枪不杀！我们是回民支队！"

这突如其来的怒吼，如同晴天霹雳，把敌人给吓瘫了，尤其是那三十多名汉奸就像从噩梦中惊醒一样，慌乱中，身不由己，一个个丢下枪，跪在地上求饶了。

那十几个日本鬼子狗急跳墙，还在负隅顽抗，但是，疲兵残卒不堪一击，没有挣扎几分钟，就死的死，伤的伤，战斗很快就结束了。

当打扫战场时，发现少了小村，活不见人，死不见尸。

金震河对战士们说："赶快四处搜查，不要让这条恶狼跑掉！"

金震河的话音未落，就听一个战士喊道："中队长，这小子在这里哪！"

大家应声跑过去一看，在一个小土沟里，小村跪在里面，正敞胸露腹，露出黑乎乎的连胸毛，双手握着马刀，准备剖腹自杀。金震河举起盒子，"叭"就是一枪，小村手中的马刀"当啷"一声掉在了地上，两个战士上前把他捆了起来。

五中队押着一串俘虏，在返回驻地的路上，兴冲冲地议论着：

"这一仗打得真过瘾！起初让咱们五中队去围东流堡，围了一阵子，又把咱们搬到这干河套里来，还担心这一仗捞不上打了呢。"

"让咱们来这儿，就有来这儿的用处。这就叫棋高一着，你是跳马，还是飞象、拱卒、上士？着着棋路都事先给摆好了。"

"那可真是，小鬼子这回可被马司令员给'将'死了！"

一个老战士叼着旱烟袋，说起顺口溜：

"话说马司令巧设连环计，大环那个套小环，小环这个扣大环，一环接一环，环环紧相连，套得敌人团团转，打得敌人傻了眼，末了，给它来个一锅端！欲知如何消灭交河城鬼星野，且听下回咱再谈，咱再谈。"

"嗬！你都把这一仗编成书啦！"身边的战士乐呵呵地说。

"要说书呀，那还多着呢！"老战士晃了晃旱烟袋说，"光咱马司令'十六字诀'的故事，就可以说它个三天三夜！"

"十六字诀？"一个新战士好奇地问。

"告诉你，小鬼，'十六字诀'是咱们马司令员在历次战斗中总结出来的。这十六个字就是：'地形要认，敌情要准，决心要稳，打仗要狠。'"

出了河套，五中队追上了自己的大部队，汇集在浩浩荡荡的队伍里。在队伍的最前面，大个子许江水高高举着冀中军区第三次政治工作会议赠给回民支队的一面红光闪闪的旗子。上面写着：

"打不烂，拖不垮，攻无不克的铁军！"

战士们扛着枪，迈着整齐威武的步伐前进着，洪亮的歌声响彻了平川：

我们是三纵队的突击军，
抗日烽火把我们铸成钢骨铁筋，
什么地方日寇最疯狂，
我们就向那里胜利挺进！

第三十三章　在落鸦村的时候

马老太太的殉国，激起了华北军民的更大义愤，回民支队和八路军兄弟部队并肩战斗，声东击西，山本联队疲于奔命，损兵折将。经过半年多的拉锯战，终于消灭了河间的山本联队，解放了沧州的交河城。于是，军区决定调这支铁军，去冀豫交界地开辟新区。

马本斋率领全体将士告别了熟悉的乡土，日夜兼程，经过河北省的南皮、东光，山东省的乐陵，沿马颊河南下，长途跋涉，于一九四二年十月到了冀、鲁、豫边区的中心——范县、冠县、濮阳县一带。

一九四三年的鲁西北，已经连续三年大旱，赤地千里，颗粒未收。三年来，不见雪雨，灼人的热风无情地刮着，就像天空下火一样，烤得人们心烦意乱，仰天哀叹。往常的鲁西北，秋季时分，放眼望去，无边无际的青纱帐，有如水天相连、微波荡漾的绿色大海。而眼下，这块黄河泥沙冲积的大平原上，却是望不到边的龟裂土地，一片荒凉。那一块块干裂不规则的豆腐块似的田陇，绽开七长八短的缝隙，就像是张开无数干瘪、焦躁的大嘴，在哀喊："渴呀！渴呀！"这一带的人们为此流传着一支悲歌："皇天下火不下雨，土地爷爷也渴死，呼天唤地都不灵，荒村旷野都是尸！"

野菜挖尽了，树皮剥光了。老百姓没有饭吃，军队给养也成了问题。就在这种情况下，回民支队，这支英雄的铁流，转战到鲁西北，一面打击日本侵略者，一面坚持和当地的广大人民相依为命，共度这艰苦的岁月。

这天下午，回民支队来到了山东冠县的落鸦村。马铁男安顿好侦察排之后，就匆匆忙忙来到了司令部。他一进院，见小金正在补衣服，便凑到小金跟前，向西屋努了努嘴，问道："他在屋里吗？"

小金知道是问马司令员，便头也不抬地�’着嘴说："你还不知他的老习惯，到一个新地方，不检查完部队，是不回司令部来的。"

马铁男看着小金手里补的衣服说："咳，司令员的衣服你怎么给补了，他一向是自己补衣服的呀。"

马铁男这句话，触动了小金的一肚子气，他嘀嘀咕咕地发泄开了：

"还说呢，我这是抓空偷着给他补的。现在咱们活动在灾区，每人每顿饭只能喝两小碗稀粥，司令员不但和咱们战士一样，还经常把自己两碗稀粥送给房东吃。你看他最近瘦得那个样子。昨天，在老河庄，炊事员老薛好容易给他蒸了三个窝窝头，打算每顿饭给他贴补一个，结果一下都让他要过去给老乡了。今天上午行军，在路上，我看他有两次，身体晃晃悠悠的，好像发晕了。我赶快去扶他，他笑着说，'没事，我这是走着路打个盹儿。'这样下去，司令员的身体非垮了不可！你这个侦察排长，可倒好，也不帮助我为老首长想想办法！"小金说着，一面继续笨拙地补起衣服来。

马铁男听完小金的话，用胳膊肘轻轻地碰了小金一下，挑逗地说：

"小金，看你说的，只许你疼司令员，不许我们疼司令员呀。你看！"说着，他把手里的挎包在小金眼前一晃，"这是我们排送给司令员的！"

正说着，从房东家的东屋传来一阵孩子的啼哭声：

"妈妈——，妈妈——，我要妈妈——"声音是那样的微弱，是那样的凄惨。院子里静静的，只有那火一样的旱风，不时地卷起一团团细细的黄土，在院子中间打几个旋儿，又消失了。

小金望着东屋，长出了一口气："唉！"接着又补起衣服来。这时，院里又静了下来。过了一会儿，小金抬头问身边的马铁男：

"马排长，你拿的是啥，要送给司令员？"

"暂时保密，等司令员来了再公开。"

"嗬，你可真不愧是侦察排长，守口如瓶。"说到这儿，小金好像是想起什么似的又问，"马排长，今儿上午行军，司令员为啥专门让你们排和六中队在路上多休息了半个小时呀？"

马铁男笑了笑说："甭提了，这是件很不光彩的事。昨天晚饭时，每人只发了半斤黑豆，夜里，同志们又猛喝了不少的凉水。不料，今天上午行军的时候，都泻起肚来了，这个喊报告，那个也喊报告，一个个跑到野地里蹲着就站不起来了。这时候，司令员走过来批评我说：'你这个马铁男，咋整的，这样不关心战士还行？你不知道吃豆子不能喝凉水吗？好啦，你们原地休息半个小时，不然会把战士累垮的，到了目的地，每个人都吃点药。'这就是那不光彩的半个小时的来历……"马铁男还想继续往下说，忽然听到院门"吱呀"响了一声，回头一看，是马司令员回来了。马铁男向小金吐了一下舌头，做了个鬼脸，停住了话音。

马铁男站起身来，向马本斋敬了个礼。就在他举手敬礼的一刹那，他发现马本斋和半个月之前，真是大不一样了。他那方形的脸盘很消瘦，颧骨突出，那双炯炯有神的眼睛也有些深陷了。马铁男看着自己的首长，不觉心头发酸，说不出话来。

马本斋见马铁男来了，说："怪不得刚才我到你们排，你不在，原来到这儿来了。同志们吃过药，看来好多了。铁男，无事不登三宝殿，有事吧？"虽然由于生活的艰苦，战斗的频繁，工作的忙碌，使他消瘦了；但是，这位回民支队的领导人，精力还是那样充沛，说话还是那样宏亮、幽默、乐观。

马铁男不好意思地说："司令员，我来给你提意见来啦，欢迎不？"

"你这个家伙，又要捣什么鬼，有什么事就往外端嘛。"

"刚才我听小金说，你最近吃得很少，把饭省下来给了别人，你不爱惜自己的身体，可我们还需要你这个司令员领兵打仗呢！你看你，越来越瘦了……"马铁男说到这，嗓子眼像是堵上了一团棉花，说不下去了。

马本斋亲昵地捶了马铁男一拳头："你这个家伙，说话也像刚出窑的瓦盆，一套一套的啦。"说着，他把马铁男拉到身边，席地坐在屋门前的台阶上，"放心吧！我垮不了，现在鲁西北灾荒严重，我们就应当勒紧腰带，和人民患难与共。眼下吃苦的时候，应当朝前看，展望远景；享受的时候，应当往后看，别忘本。作为一个共产党员，一个革命战士，应当这样做，懂吗，伙计！"

马铁男点点头说："司令员，我完全同意你的说法，不过，一天两天可以，时间长了你身体吃不消呀。灾荒连年，谁知道要到什么时候才能转好呢？"

马本斋望着烈日炎炎的晴空说："《老子》书中有这样一句名言，'祸兮福所倚，福兮祸所伏'。这句话的意思是说，灾祸跟着的是幸福，幸福隐藏着灾祸。这包含着朴素的辩证法思想，启发我们要辩证地看问题，在一定条件下，坏的东西可以引出好的结果，好的东西也可以引出坏的结果。拿目前情况来说，灾年过去就是丰年，你说对吗，铁男？"

"嘿嘿嘿……"马铁男的大嗓门笑出了声，"司令员，你这才叫会说话呢，我没意见了。"说着，他把小挎包送到马本斋面前："这是我们全排托我给您送来的，司令员您就收下吧！"

马本斋看着眼前这个粗壮汉子的神秘表情，不由得笑了：

"你这个马铁男，又打什么'埋伏'？"马本斋说着，顺手接过小挎包，打开一看，他那满面笑容立刻消失了。马本斋看着小挎包里的东西，又看看马铁男，那张消瘦的脸变得那样的严肃。

这时，从东屋里又传来了那孩子的凄惨哭声：

"妈妈——，妈妈——，我要妈妈——！"

"唉！"小金望着东屋，又长长地叹了一口气。

又是一阵热风吹来，卷着当院的黄尘和碎草，像是暗淡的火苗一样，闪了几闪，又被吹走了。院内一片寂静。

马本斋望着小挎包里的东西说："铁男同志，你怎么也带头违反起群众纪律来啦？"

"司令员，这是我们全排在行军休息时，给你挖的一点马齿菜。"马铁男声调低沉地说，"难道挖野菜，也算是违反群众纪律吗？"

"对，在这艰难困苦的时候，挖野菜也是一种与群众争饭吃的错误行为。我们再苦，再难，再饿，也要挺住，把一切可以吃的，用的，喝的，都要让给群众。吃蜜不忘黄连苦，富时不忘穷时难。咱们应当事事处处都想着群众利益呀！"马本斋见马铁男低着头，沉默不语，又安慰说，"好了，等一会儿你去了解一下，看哪家老乡

419

最困难，就把这包野菜送给他。还有，铁男同志，前几天在消灭齐子修、温大可的战斗中，抓了很多俘虏，现在动员得怎么样啦？"

马铁男粗声粗气地说："好说歹说才动员走了三百多名，还有一百多人不想走。他们说，在回民支队当俘虏还能混上碗稀粥喝，回去连碗稀粥也喝不上了。尤其是有一名叫王进才的俘虏，他这是第三次被俘了，那家伙油腔滑调的，说啥也不走。他说，我已经缴过几次枪了，换碗粥喝还不行？……"

"妈妈——，妈妈——，我要妈妈——！"这悲惨、凄凉的哭声，又打断了他们的谈话。

"唉！"小金又叹了口气。

马本斋望着东屋，好半天才把视线收回来，问小金："房东这孩子怎么啦？"

小金红着眼圈说："东屋里只有一位老奶奶带着一个五岁的孩子。孩子的妈妈，昨天夜里在野外上吊死了……"

"上吊死了，为什么？"马铁男惊异地问。

"因为家里没有吃的，孩子的妈妈为了少一口人吃饭，省下来让孩子能糊口活下去，她一狠心就上了吊。她的婆婆去收尸，尸体已不见了，真是生不见人，死不见尸。"

"妈妈——，妈妈——，我要妈妈呀——"这凄惨的哭声，揪着他们的心。

马本斋顺手拿起装着马齿菜的挎包，来到了东屋，见炕上只铺着半张破苇席。六十多岁的老奶奶，坐在炕上搂着枯瘦如柴的孩子；孩子紧紧闭着小眼睛，嘴里还不住的喃喃喊着："妈妈——，我想妈妈。"

马本斋把野菜轻轻放在炕上，说："大娘，让您老人家吃苦了。这点野菜，就算是我们对您老人家一点心意，请收下吧！"

老太太睁着无神的眼睛，有气无力地说："八路军可真是菩萨军呀，有点野菜也想着咱老百姓。唉，你们也不好过呀！"

马本斋含着热泪，接过老太太搂着的孩子，抱在怀里，晃动着身体，哄着孩子说："好孩子，不哭了，叔叔给你点好吃的。"说着顺手一摸兜，掏出一小块又黑又苦的豆饼来，递到孩子的小手里。瘦小的孩子，拿着豆饼，一小口一小口地像吃糖块一样，香甜地啃起来。

老太太带着哭腔说："这孩子命可真苦哇，他娘走了，这日子可怎么过呀？！"

"大娘，您别上愁，我们马上想办法，让乡亲们都能喝上粥……"

当天晚上，马本斋把各大队的干部们召集到司令部里来开会。人到齐之后，他说：

"同志们，今天晚上把大家找来，要研究的问题只有一个，就是如何解决老百姓吃饭的问题。当然，在解决这个问题的同时，还不能忘记我们的主要任务——打日寇。大家可以开动脑筋，想想办法。好了，大家发言吧。"

一根根旱烟袋发出"吱吱"的声音，灰白色的烟雾充满了整个房间。

二大队长说："我们大队经过调查研究，这一带据点的地主家都藏有大批粮食，若是把它弄过来，可以解决很大的困难。"

"我们大队也想到了这个办法。"三大队长说，"不过这一带据点较密，征收地主粮食就会惊动敌人，这是一个大障碍。"

一大队长说："依我看，先消灭敌人，拔掉据点，再征收粮食，这样又稳当，又牢靠。"

经过一番讨论，最后马本斋说："同志们，鲁西北连续三年颗粒不收，许多老百姓倾家荡产，卖儿卖女。这里的群众不是勒紧腰带支援我们，而是忍着饥饿和死亡的痛苦，供养我们子弟兵。目睹群众的悲惨情景，加上部队本身的艰苦战斗生活，战士们的情绪自然而然多少受到影响。这就需要我们干部们，首先要做好战士的政治思想工作，要像郭政委那样，善于做耐心细致的思想工作。我们的郭政委，在陈庄战斗中，英勇地献出了自己的宝贵生命。临终前，他还一再嘱咐我们，千万不要放松政治思想工作。"说到这儿，马本斋难过地停了一会儿，才接着说下去，"鲁西北全区的党政军民吃饭困难，怎么办？我们是撤离这个地区，还是和当地群众生死与共，坚持斗争，设法渡过困难，夺取抗日战争的最后胜利？我们的回答——坚决与人民生死与共！刚才为解决粮食问题，大家提了很多好办法。现在我提个双管齐下的办法，大家看看如何？……"

正说着，马铁男满头大汗地喊了声报告，走进屋来。马本斋绕过桌子，给他倒了一碗水，然后问："侦察的情况怎么样？"

马铁男喝完水，抹着嘴角说："经过侦察，冠县南面有三个据点，这三个据点的位置列成个品字形，村名分别叫黑庄、白庄、黄庄。这三个村子里都有几户大地主。在这个品字形的中间，还有一个小村，名叫中间寨。现在敌人也极度缺粮，尤其是汉奸，饿得够呛。他们经常是，发现哪个村庄灶筒里冒烟，就到那个村去抢吃的。目前敌人的战斗力很差。"

"同志们，侦察排给我们送来了很好的情报，很有价值。我讲的双管齐下，意思就是弄粮食和拔据点同时进行。刚才大家都听到了，敌人发现哪个村冒烟，就到那个村去抢吃的；现在我们就利用敌人饿狗寻食的规律，给他们来个'冒烟阵'。明天拂晓，我带五中队到中间寨去升火冒烟，引敌人出来抢'饭'，一大队负责攻占黑庄，二大队负责攻占白庄，三大队负责攻占黄庄。我们把敌人包围在品字形中间，把他们吃掉后，各村地主的粮食不就到手了吗！大家看看，这个办法怎么样？"

又经过一番仔细研究和周密布置，直到深夜才散会。

满屋的旱烟雾还没有散净，苦辣苦辣的烟叶味还在洋溢。

马本斋伏在小油灯下，又继续写他那坚持数年的日记。

办公桌上的马蹄表在"嘀嘀嗒嗒"地响着，时针已经指在一点钟上。他写着写着，突然感到一阵头晕，他赶紧闭上眼睛，伏在桌子上，静静休息了一下。可是肚子里还不时地发出"咕噜、咕噜"的声响，他又紧了紧腰带，忍受着饥饿。一会儿，他昏昏沉沉的，好像回到家乡，见到了久别的母亲，那股高兴劲就甭提了。母亲忙着给他蒸了一锅黄澄澄的玉米面窝窝头，还炒了一大盆萝卜丝。马本斋靠着母亲坐在热炕头上，狼吞虎咽地吃着，边吃边对母亲说："娘，您这窝窝头真比洋白面还香。娘，这几年没有见到您，可把我想坏啦……"

"妈妈——，妈妈——，我想妈妈——！"夜深人静，这凄惨的哭声，把昏沉中的马本斋惊醒过来。小金端着一碗开水走进了屋，说：

"司令员，你忙了一天，王医生给的药你还没吃呢！现在没事了，吃了吧。"

"妈妈——，我想妈妈——！"

"咚咚咚"，一阵敲门声，从门外传来了一个女人微弱的声音："孩子，我的孩子，别哭了，妈妈又回来啦，快开门吧！"

小金闻听，吓了一跳，站在那里发呆。

"妈妈，我想你，快回家来吧！"

"咚咚咚",又是一阵敲门声,"妈妈没死,我又回来了,让奶奶快来开门吧!"

东屋的老太太显然被吓怕了,声音颤抖着向门外喊道:

"孩子他妈,我知道你死得冤屈呀!你这是舍不了自己的孩子,半夜三更的来显灵啦!孩子他妈,你快走吧,明天我带孩子给你去烧纸!"

"妈妈呀——,我要妈妈——!"

"娘,我没有死,开开门,我向你老人家说明白!"

"孩子,你快走吧,半夜三更的,别吓唬我们这一老一小啦!"

"娘,你开开门就知道了。"说着,她又"咚咚咚"地敲了三下门。

马本斋对身边的小金说:"这是怎么一回事呀?走,我们看看去!"他说着就往外走,小金摸着枪紧紧跟在后面。

马本斋来到街门前,问:"你是谁?"

"我是孩子他妈呀!"

马本斋应声开了街门,只见月光下站着一个面黄肌瘦、头发散乱的女人。

马本斋说:"你别怕,我们是八路军,有什么事情先到我们屋里来说吧,免得东屋的大娘害怕。"

女人跟着马本斋到了西屋,小金给她倒了一碗热水。

坐定之后,马本斋和蔼地问:"听东屋的大娘说,你……"

女人喝了一口水,含着热泪用微弱的声音慢慢地讲述起来。

原来,她上吊没有多久,就被一大队三中队的战士们发现救了下来。她被送到驻扎在牛家庄的卫生队,经过抢救,很快地苏醒了。因为她身体太虚弱,医生给她输液吃药,又让她静养了一天,才基本恢复过来。因想孩子心切，连夜从医院偷跑了回来。

马本斋听着这位大嫂的诉说，不住地点头。他知道，这段时间回民支队救下很多灾民，听说三中队救活了一个大嫂，想不到就是她。

小金松了一口气说："这可好了，孩子总算把娘盼回来了。"

正说着，东屋的老大娘领着孩子走进屋来。娘儿仨一见面，抱头痛哭。

马本斋和小金也被这娘儿仨的悲欢离合感动得落下了泪。

大嫂擦着眼泪说："听说救我的队伍叫回民支队，还听说他们的长官叫马司令。"

老大娘赶忙说："孩子，赶明儿快去打听打听，哪位是马司令，重重谢谢他们的恩德。"

大嫂的眼睛亮起来了，她望了望马本斋，又望了望小金，问："同志，你们是哪部分的？也是回民支队的吧？哪位是马司令，你们一定会知道。"

马本斋感到内疚而激动。他说："大娘、大嫂，马司令还没有为乡亲们弄到粮食，眼看着你们挨饿，他说，他还没脸见你们。"

大娘含着眼泪说："同志说哪儿的话呀！他手下的队伍救了我一家人的命，感恩还感不过来哩。"

正说着，金震河喊了一声报告，走了进来，他一进屋便说：

"马司令员……"

老大娘没等金震河说下去，上前一把拉住马本斋的手，成串的眼泪淌了下来：

"你、你、你就是马司令！？"

第二天早晨，天还没有亮，早起的鸟就开始在村边那些被剥光了皮的树林子里活跃起来，它们一会儿跳上树梢，一会儿又跳下树权，没有秩序地歌唱着。太阳，像是一个磨盘大的火球，慢慢从东方的地平线上爬出来。虽然早晨是一天当中最凉快的时辰，但是，在这干旱无雨的荒年，一大早儿，就闷得人喘不过气来。

落鸦村的乡亲们今天似乎有些反常，他们好像忘掉了荒年的饥饿，忘掉了苦难的生活，村里到处是紧张繁忙的景象。马本斋巧摆"冒烟阵"的战斗，自拂晓在中间寨打响之后，乡亲们兴奋得谁也睡不着觉，家家都起个大早，忙着支前。"嘎啦嘎啦"的打绳声，"吱咀吱咀"的小车声，伴着男女老少的欢笑声，响成一片，整个落鸦村沸腾了。

"轰隆隆……"

"嗒嗒嗒……"

炮声和机枪声不住地传来。

一位老大爷边修理小车，边和乡亲们说："你们听，炮声多响，机关枪声有多脆，咱回民支队正在和狗日的鬼子干呢！"

一位小伙子打趣说："大爷，您就加劲儿修车吧，等枪声一停，就赶紧到白、黑、黄庄的大地主家去推粮食。这一回呀，让你撑破肚皮！"

"那还用你说，回民支队的马司令员早就和咱们村长说好了，枪声一停就去拉粮食。咱们这是水盆里抓鱼——十拿九稳啦！"

一位老太太插嘴说："这八路军真是天兵天将，处处为咱百姓们分心，他们又打鬼子又放粮，你说够多仁义。"

"大娘，你算是说对啦，不是有那么一支歌吗：'军队和老百姓，咱们是一家人！'……"说着说着，那个年轻人唱了起来。

太阳爬上了树梢头。这时，远处的枪声渐渐停了下来。乡亲们的议论也渐渐停止了，他们有的推起小车，有的扛起扁担，有的背起箩筐，准备出发。忽然不知谁喊了一声：

"你们看，村外跑来一匹马！"

工夫不大，骑马的人跑进了村，乡亲们认出，他是马司令的警卫员小金。

小金来到街上，翻身下马，大声向乡亲们喊道："老乡们，敌人的三个据点拿下来啦！咱们落鸦村的乡亲们，到白庄去分地主的粮食。时间不早了，快去吧！"

乡亲们听到这振奋人心的好消息，就像是七月的河水，后浪推前浪，一齐向白庄涌去。

小金望着欢乐的人群走远后，来到了卫生队，进门就喊："王医生，王医生！"

女军医王回春走了出来，问："小金，什么事呀？"

"王医生，你快去帮我做工作吧。司令员在战斗中，有两次都要晕倒了，他的脖子疼得都不能扭头；可是，他怎么也不休息，战斗刚一结束，他又帮着老乡们分粮食去了。"

王医生着急地说："咱们的司令员哪样都好，唯独不爱惜自己的身体，真让人没办法。走，咱们把他拉回来，非把他锁在屋里让他休息不可。"说着，两人向村外走去。他俩还没有走出村，就见远处有十多匹战马奔驰而来。

小金拉了王医生一把："王医生，别走了，你看，马司令员回来了。"

王医生看着远处的马群说："我怎么看不出哪个是马司令员呢？"

小金指着说："你看，骑着那匹枣红马的就是。"

"要是看骑马的那个精神劲儿，那种气魄，司令员哪里像是有病的人呀！"王医生看着越来越近的马群，感慨不已。

"司令员每天夜里睡下之后，我都发现他总是皱着眉头，紧闭着双眼，一看就让人觉得他非常难受，好像有什么不知名的病在折磨着他。每当看到这情景，我难过极啦，心里在说，司令员呀司令员，你就好好休息几天吧。看他那个难受的样子，我估计第二天一定起不来床了；可是，每次都想错了，第二天他照样起得很早，和战士们一块去出操。真是个铁人呀！"小金正向王医生说着，马本斋和其他几个同志纵马来到了村头。马本斋利落地翻身跳下马来，看到王医生便说：

"王医生，这次战斗，咱只费了几把柴火，冒了点儿烟，一点儿没有伤亡。你们这卫生队快失业了，哈哈哈……"

王医生也被逗笑了。她笑罢，对马本斋说：

"司令员，战士们是太平无事了，可是有一个最大的病号，他不遵守纪律。"

"谁？你说出来，咱们好好帮助帮助他。"

王医生微笑着说："司令员，我说出来，你可一定要帮忙呀！"

"那当然啰！"

"司令员，就是您。自从到鲁西北后，您的身体一天比一天差了。您需要很好的休息治疗，再拖下去，身体就垮了！"王医生极力平静地说。

"垮了？不会的。我有个体会，对待身体也应当像对待困难一样。宝剑锋从磨炼出，梅花香自苦寒来。我们身体也应当经得起任何艰难困苦、疾病灾祸的磨练，生命才能放出更大的热，发出更多的光。王医生，从你们的医学角度来看，是不是这么回事？"

王医生点了点头："司令员，您的话倒也在理，不过，我还是建议您按时吃药，注意休息，不要过度疲劳，最好还是集中时间休息几天为好。"

428

说话间，他们来到了司令部门前，马本斋停住了脚，对身边的小金说："小金，你把我马背上那口袋粮食，立即送给咱们房东。顺便到伙房拿两个糠菜团，咱们路上吃！"

"是。"

马本斋又对仍然站在自己身边的王医生说："王医生，我马上还得去军区开会，等我回来，咱再继续讨论这个问题好吗？"

王回春面对这样一位坚强的领导，还有什么好说的呢，只好顺从地点点头。

小金回到马本斋面前，问："司令员，还有别的事吗？"

"没了，咱们走吧。王医生，回来见！"说着，两个人飞身上马，向东方飞奔而去。

王医生久久地望着那远去的枣红马，在那无边无际的平原上，就像是一团燃烧着的烈火，那团火，逐渐融进了东方的朝霞之中，好像把彩云点燃起来，满天的云朵是那样的火红。

第三十四章　永远出征的战士

一九四四年的春天来到了冀鲁豫边区，大地上，仍然覆盖着一层薄薄的残雪，河面上还凝结着坚实的寒冰。但寒冰下面的激流，已经开始推动那压在河床上面的坚冰了！

抗日的人民就像春天，就像激流，日本帝国主义就像是即将解冻的残雪寒冰，横行不了几天了。烽火连天的抗日战争，已经接近春风吹拂、冰消雪融的时节。

就在胜利即将到来之时，回民支队司令员马本斋同志却在河南的濮阳县病倒了！

这天早晨，战士们从各个驻地陆陆续续地来到了杨小屯村南头一个院落前。他们脸上浮现出悲痛的神情。大家都不说话，只是用眼神来表达自己内心的感情。他们是来看望已生了重病的司令员的。王回春医生对战士们说："同志们，你们的心情我是非常了解的，但是，不行啊，司令员卧床已经有半个月了，身体很虚弱，大家要进去看他，会影响他的休养的。"

"王医生，抗战七年来，我们天天和司令员在一起，从来没有分开过。这十五天没有见到司令员，就像过了十五年一样！"大个子兵许江水说到这里，眼圈红了。稍停片刻，接着说，"王医生，如果怕我们人多进去会影响司令员的休息，能不能让我们派几名代表进去看看？"

许江水的请求引起了大家的共鸣：

"对，派代表。"

"我去！"

"让我去！"

"应该让我去！"

"……"

"嘘——"，王医生向战士们做了个小声说话的手势，"同志们，派代表也是不可能的，因为大家都想去。我告诉你们，司令员的病很快就会好的。好了之后，就又和同志们一起打仗、行军、出操了！"

王医生正在给战士们做工作，这时政委大步向这边走来，他还没有走到近前，就知道是怎么回事了。于是用和蔼的目光看了看大家说："同志们，你们想念司令员，司令员也想念你们呀！为了让他尽快地恢复健康，我们就暂时不看，这样司令员好得更快。你们说好不好？"

"好。"

"同志们，赶快回自己的大队去，一会儿还有重要的任务向大家传达。"

经过政委的说服，战士们才依依不舍地离开了司令部，分别向自己的大队走去。

王医生望着离去的战士，对政委说："这些小伙子真难对付，幸亏政委给我解了围。"

司令部住的是个四合院，马本斋就住在北屋。他的病是在脖子后窝长了个黄豆大的小疮，中医叫作"砍头疮"。这是一种毒性极大的疗毒，患者疼痛难忍。王医生给司令开刀已经三天了。三天来，司令员一直处在昏迷状态。护士小杨同志始终守护在马本斋病床前，她望着司令员那张消瘦的脸，回想起那天开刀时的情景。

由于战斗频繁，伤员增多，医药消耗很大，回民支队的医疗条件相当困难，麻药已经用完一个星期了。敌人又封锁得很紧，药物补充不上。手术前，王医生征求马司令员的意见说："司令员，必须把疮割掉，但没有麻药，是不是就再等……"

"医生同志，不要再等了。治病也和打仗一样，这个'碉堡'攻不下来，我的身体就好不了，既然你们决定了，就大胆动手术吧。"

"司令员同志，没有麻药，可是疼得厉害呀，怕您吃不住！"

"没关系，当年华佗给关云长刮骨疗肌，也没有什么麻醉药，可是人家一边开刀，一边下棋，就像没有那么回事一样。难道我一个共产党员还不如他一个封建时代的将军吗？你们就开刀吧！"

医生和护士们被马本斋这种坚强的性格深深打动，大大增强了治疗的信心……

小杨想到这里，又看了看仍在昏迷中的司令员，心情十分难过，不觉掉下泪来。这时，她听到院里有脚步声，轻轻起身走到屋门口一看，原来是王医生陪着刘政委走进院来。

刘政委走到院子的中间，停住了脚步，轻声问王医生：

"司令员的病情到底怎么样？"

王医生摇了摇头，几次张口要说，但总是又把话咽了回去。她悲痛地背过脸去，避开了政委的视线。

护士小杨走过来说："政委，司令员的病情很重，最近几天炊事员老薛做的饭菜，他一口都吃不下，只喝了点蛋汤。唉！"

小杨说到这里，望望北屋的窗口，久久没有说话。直到一阵带着稀疏雪片的春风吹来，她才从北屋的窗口收回视线，忧愁地问："王医生，司令员的病，难道……"说到这儿，她哽咽起来，说不下去了。

王医生难过地说："作为一个医生，最大的幸福就是给患者治好病，最大的痛苦就是碰到复杂的病情，眼看病人受折磨而无能为力。现在虽说给司令员开了刀，但疮毒已经扩散，毒性归内，转化为急性肺炎。医书上说：'毒气归内，十有九瘁！'……"

清风不懂话，却做传话人。王医生低沉而缓慢的话语，被寒风送进窗户传到了北屋，刚从昏迷中苏醒过来的马本斋，正巧听到了王医生说的话，不由心头一震。他不相信自己会被这个小小的疮疖征服，这是不可能的！他想下床去院子里找王医生问个明白。可是，他立刻克制了自己的冲动，冷静了下来。他考虑到，一切事物不能违背科学，医生的话是有科学根据的。是的，一个革命战士，在与病魔的斗争中，同样应当经受得住考验啊！

"走，到屋里去看看司令员，如果他醒过来，还有一个非常重要的好消息要向他报告呢！"刘政委边说边向北屋走去。

王医生与小杨护士相跟着进了北屋。

马本斋听到有人进屋，挣扎着要坐起来，痛得他满身大汗，还是坐不起来。他用微弱的声音说了声："是政委吧？"

刘政委、王医生一听，司令员醒过来了，都很高兴，快步走到病床前，激动地看着司令员。

王医生兴奋地说："司令员，您可醒过来啦！"

"是呀，可把我们急坏啦！"小杨护士说。

马本斋微笑地说："急啥呀，我到马克思那里去报到，他说，你的任务还没有完成呢，怎么就来啦？我一听，又回来啦！"

三个人被司令员的笑话儿给逗乐了，但是，他们的笑眼里却闪着难以抑制的泪花。他们知道，司令员为了宽慰同志们，自己在忍受着多么巨大的痛苦。他是在强打精神啊！司令员同志的精神越好，他们越是感到难过。可是在病人面前，无论如何是不能流露难过的样子的。这种滋味，使人更加不好受。

刘政委对马本斋说："老马！有封电报。"

"请你念给我听听吧。"马本斋知道自己坐不起来，无可奈何地提出要求。

"是从延安发来的。"

"什么，延安？"马本斋感到无比振奋，又想立刻坐起来。

"是的，是毛主席发来的。"

"毛主席！"马本斋没等刘政委开始念电文，一使劲，竟坐了起来。他伸着手说："老刘，请让我自己仔细看看这封电报。"

他用颤抖的双手，捧着那封不平常的电报，断断续续地读着电文，电文的大意是：

> 冀中回民支队马本斋同志：
>
> 　党中央问候你和全体指战员。
>
> 　　你们以大智大勇，驰骋于华北平原，取得卓著之战绩。为了消灭西北五马①犯匪，总部决定，命你部速来延安，接受重任。……

马本斋轻声地反复阅读了三遍，在他那消瘦了的暗黄色的脸上，出现了近半个月来没有见过的红润和笑容。他喘息着，吃力地、一字一句地对站在他身边的政委说："老刘，党中央的电报，对咱们鼓励太大了。我们要坚决执行命令，尽快出发。可是动员的重担，要落在你一个人的身上了。"

---

　① 五马：即宁夏马鸿逵、马鸿滨，青海马步芳、马步青，甘肃马骐。

434

政委说:"老马请你安心养病。关于动员工作,我已经做了布置,今天下午就开大会。"

"我多么想和同志们一起去延安呀,可是我……"

"首长不要着急,慢慢治疗,会好起来的,好了会到延安的。"王医生安慰着马司令员。

"是的,我相信我会好起来的。"马本斋明知自己已得了不治之症,但为了不刺激同志们的情绪,仍然满面笑容地说:"病好之后,我们就去延安,到党中央、毛主席的身边去!"

王医生听着马本斋的话,心都碎了,她转过脸去,偷偷地抹着眼泪。王医生这细小的动作,并不引人注意,但却没有逃过马本斋的眼睛。

"王医生,你怎么抹起眼泪来了?"

女军医急忙抹净眼泪,转过脸来苦笑着说:"我,我没有哭。"

"那就好!咱们当兵的有个规矩,只准笑,不准哭。等我好了,咱们一起去延安好吗?"

"好,好,我一定和首长一块去!"王医生的嗓子眼儿里就像是堵上了什么东西,哽咽着说。

马本斋又转向政委:"老刘,真对不起呀,部队工作的重担都压在你一个人的肩上了……"

"老马,你现在的任务是养病,至于工作,你就不要去多想了。"

"是呀,这种话本来不该说,可是自从郭政委在陈庄战斗中牺牲后,你既做分区的政治工作,又分担回支的政治工作,担子的确是太重了。希望你一定要保重身体,如果再把你累倒了,咱们的部队可就没有主心骨啦!"

"放心吧，老马。我会把工作安排好的，你看还有什么要说的吗？"

"别的没有什么了，请转告同志们一声：我病快好了，过些天，带他们打仗不成问题，请大家不要惦记着我。动员工作正等着你，快忙去吧。我这里有医生护士，一切请你放心。"

"好吧，我走啦。"政委嘴里说着要走，可是双脚还是稳稳地站在马本斋身边，久久不愿离去。直到马本斋再三催促，他才怀着依依惜别的心情离开了北屋。

此刻，在东屋里，马本斋的妻子孙淑芳领着两个孩子正在暗暗地哭泣，因为刚才她隔着窗户听到了王医生向政委的汇报。这个坚强的妇女，很少掉泪。一九四一年的夏天，他带着孩子住在献县西边的团堤村，突然被鬼子包围了。因为她留的是短发，所以乡亲们主动地把她围在人群的中间，并且给她戴上了一顶草帽，将短发遮掩起来。没想到狡猾的鬼子，拨开人群，用刺刀挨个挑掉每个人头上的草帽。当挑掉孙淑芳的草帽，发现她是短发时，鬼子狞笑着说："你的，是土八路，还是妇救会的干活？"她昂首挺胸毫无惧色，并且义正词严地说："我是中国人！"人面兽心的鬼子兵用带钉子的皮鞋踢她，用鞭子抽她，用钳子夹她的手指头……打得她遍体鳞伤，惨不忍睹。乡亲们一个个都低下头，流下了悲愤的热泪。她自己却没有落泪，没有悲伤，没有吭一声。可是现在，她忍不住了。因为这个正在同死神进行最后战斗的人，是自己的亲人，而且不是一个普通的亲人，他是同自己血肉相连，心灵相通，患难相依，爱憎相同，可亲可爱的丈夫啊！难道就此永别了吗？天真的孩子看到妈妈在流泪，小金树便扑到妈妈怀里喊着："妈妈，妈妈，你怎么哭啦，是谁欺负你啦？"

"没有，孩子，没有人欺负妈妈！"

"那你为什么哭呀？"

"妈妈没有哭，你看！"她说着，急忙擦干了眼泪，她不愿意伤孩子们的心。

还是女孩接弟懂些事，她拉着妈妈的手说："妈妈，您别哭了，我要去看爸爸，我要去看爸爸！"

小金树一听，也高兴起来："我也去看爸爸！"

淑芳早就想到北屋去看望自己的丈夫了。但刚才她听到政委在和他说话，就没有过去。这会儿，她看到政委走了，才对孩子们说："见了爸爸不许吵闹，要乖，要听话，好吗？"

"好的。"

"我不闹。"

妈妈领着两个孩子，出了东屋向北屋走去。当她走进外间时，听到里屋静悄悄的，心想，他又睡着了？便停下脚步小声对孩子们说："爸爸累了，睡觉了，咱们回去吧，等爸爸醒了咱们再来。"

姑娘同意了，可是小子却不干，他跳着脚说："我要看爸爸嘛！我要看爸爸嘛！"

"谁在外边淘气呢？是小金树吧？"马本斋在里屋轻声呼唤着孩子。

小金树一听爸爸没有睡觉，拉着妈妈就进了里屋。

马本斋半坐在床上，张开那干裂的嘴唇，笑嘻嘻地说："嗬，我的小八路来了！"说着把两个孩子拉到身边，看看这个，又看看那个。他抚摸着孩子的头，问女孩儿："接弟，你将来长大了干什么呀？"

"我长大了做军鞋慰问八路军叔叔！"

"真懂事。"他又转过脸问男孩，"小金树，长大了要干什么呀？"

"我长大了当八路军打鬼子！"小金树说着做了个放机枪的姿势，嘴里还"嘟嘟"起来。

"好样的！"马本斋看着天真可爱的孩子，慈祥地说："不过你们长大了，就没有日本鬼子可打啰。"

"那打谁呀？"小金树天真地问。

"谁来侵略咱们，就打谁呗。"

"要是没人来呢？"接弟眨了眨大眼睛问爸爸。

"那你们就……"他蓦地意识到"你们"二字用得不当，于是改口说，"那咱们就在工厂里做工，在地里种田，在边疆巡逻，保卫祖国。"他说到这儿，稍稍停了停，又问孩子，"爸爸教你们的《抗日将士出征歌》，会唱了吗？"

"会唱啦。"接弟爽快地回答。

"我也会唱。"小金树望了姐姐一眼，表示不甘落后。

"好孩子，现在我喊一二，咱们一起唱好吗？"

"好！"两个孩子同时回答。

马本斋喘喘气，轻轻喊"一——二"，爷儿仨齐声唱起来：

全国动刀兵，一齐来出征，

毛主席在延安指挥百万兵，

领导全国齐抗战，

他是人民大救星！

红日照征程，敌后出奇兵，

朱总司令抗日救国打先锋，

德高望重人人敬，

他是革命老英雄！

遵照主席令，战斗在重庆，

周副主席深入虎穴最英勇，

坚持抗战反投降，

赤胆忠心为人民。

淑芳看着这情景，眼泪不由得又顺着面颊滚落下来。她为了避开本斋的视线，偷偷地把脸转过去，想尽量不让本斋看出她的哀伤。

马本斋还以为妻子并不知道自己病情的严重程度，也竭力忍受着巨大的病痛，和孩子一起唱歌。可是，一阵窒息性的咳嗽，使他再也唱不下去了。

淑芳赶忙擦干泪，俯在床前，问："怎么啦？怎么啦？你感觉怎么样？"

马本斋喘了口气，说："没关系，没关系。孩子们，咱们再唱一支歌吧！"

淑芳给马本斋往上拉了拉被子，说："你累了，该休息了。"回头又对孩子们说，"爸爸累了，让爸爸好好休息，待会儿再来和爸爸一起唱歌好吗？"

小金树仍然不愿离开爸爸。马本斋睡在床上半侧着身子，拉着小金树的手说：

"爸爸那天教给你的那两个字会写了吗？"

"会了！"小金树说着，拿起爸爸放在床边的铅笔和纸，歪歪扭扭地写了"中国"两个字。

马本斋满意地微笑说："孩子，记住，咱们的祖国就叫中国，你长大后，要爱中国……"

淑芳深情地望着丈夫,好像看到他胸中在波涛翻滚。她回过身子对孩子说:"爸爸太累了,让爸爸好好休息吧。"说完拉着孩子匆匆向外面走去。

小金树不愿走,喊着:"爸爸还要教我写字呢!"

晚上八点钟,回民支队就要出发去延安了。动员大会正在进行着。战士们听说司令员不能一起来,情绪很不平静。他们不愿意离开和自己战斗多年的老首长,都想等司令员的病好之后,再一起西进。此刻,他们多么想见见多日不见的司令员呀。

病床上的马本斋也是翻来覆去,思绪不宁。战士们和自己出生入死,在枪林弹雨中共同战斗了七年。这七年,他们为了打败日本侵略者,不惜赴汤蹈火,冲锋陷阵,把个人的生死安危置之度外。这些兵是多么可爱啊!我的病,看来是很难治好了,这次的分别可能会成为永别。想到这里,他再也躺不住了,焦急地敲着床头桌上的杯子。守候在外屋的王医生,闻声立即走进屋来:

"司令员,您需要什么?"

"王医生,扶着我,到会场去一趟。"

"什么?到会场去?"

"对,去看看战士们!"

"您现在的任务是养病,不能起床。"

"我有要紧的事呀!"

"有要紧的事也不行,这是支队党委的决定。"

马本斋柔声恳求说:"王医生,你知道,我和战士们有二十多天没有见面了,我是多么想他们啊!战士们今晚八点就要出发了,我不见他们一面,心里总是不踏实。"

"可是您的身体不行呀!"

"正是因为我的身体不行，我才要见见我的战士们。王医生，请你去请示一下政委，就说我坚决请求见一见战士们。"

在马本斋的恳切要求下，支队党委只得让马本斋坐担架到会场上来为战士们送行。

当抬着马本斋的担架出现在台上时，战士们轰动起来，他们热烈鼓掌，欢呼，跳跃，有的还流下了热泪。

马本斋坐在担架上，亲切地向战士们频频招手。他向在队伍前列的马铁男、金震河招了招手，他俩急忙跑上台来。

马本斋说："你俩把我扶起来，我向同志们讲几句话。"

马铁男犹豫地说："司令员，您的身体行吗？就坐着讲吧。"

"你这个马铁男，今天怎么也婆婆妈妈起来了。快，把我扶起来！"

马铁男和金震河，只好小心轻轻地把马本斋搀扶起来。马本斋正了正自己的军帽，又拉了拉军服，扶着马铁男和金震河的有力胳臂，使出全身的力气，站定身躯，然后喘乎乎地说："同志们，你们好！"

"首——长——好！"整个会场齐声高喊，接着又是一阵经久不息的热烈掌声。

"同志们，你们马上就要动身去革命圣地延安了，到党中央、毛主席身边去了。这是多么的光荣，多么的幸福！不过听说，有不少同志，还不想立即去，说要和我一起走。当然啰，同志们想我，我也想念同志们。但是，这不是一次普通的行动，这是执行党中央、毛主席的命令，任何个人感情都必须扔掉，因为你们不是跟着我马本斋个人干革命，而是要跟着党，跟着毛主席！"马本斋说着，胸部感到剧烈地创痛，汗水湿透了他的内衣，他以极大的毅力忍受着，轻轻喘了口气，继续说，"这一次去延安，我们和兄弟部队编成一个教导旅，旅长就是杨得志同志。我们一定要听从杨得志同志的指挥，与兄弟部队搞好团结。同志们，你们前面走，我很快就会赶上你们的！同志们，咱延安见好不好？"

"好——！"又是一阵雷鸣般的掌声。

战士们常说，马司令待我们像亲兄弟一样。的确，马本斋同志真正做到了"官兵一致"，既是战士们所崇敬的首长，又是战士们的亲密朋友。他那豪爽的胸怀，他那开朗的性格，他那通俗而幽默的语言，使回民支队的全体指战员都深深地热爱着他。

夜深了，小杨护士照料马本斋吃过药打过针，扶着他躺好，刚转身要走，又不放心地转回身来嘱咐道：

"司令员，现在已经是夜里十一点钟，你今天可够累的了，现在的任务就是睡觉！"

马本斋笑着说："好吧，小杨同志，我坚决服从命令，一定好好睡，养好病好去延安见毛主席。"

"见毛主席？我在《冀中导报》见过毛主席的像。马司令员，你说，我要是到了延安，能见到毛主席吗？"小杨那双水汪汪的大眼睛看着司令员，有些天真地问。

"能，一定能。我能见，你也能见，咱们八路军的指战员们都能见。"

"咳呀，司令员，那可太好了。"小杨快乐得差点跳起来。可是，当她想到马司令员的严重病情，眼睛又湿润了。

小杨是一九四一年回民支队打到白洋淀时，在一次激烈的战斗中，从一间燃着熊熊烈火的茅屋中，被马本斋亲自救出来的。当时，她才十四岁，由于父母都被鬼子杀害了，马本斋就批准她参加了回民支队，留在卫生队当了护士。这次部队去延安，党委决定把她留下，和王医生一起护理马司令员。

马本斋见小杨突然沉默了，便问："小杨，怎么不笑啦？"

"我、我、我怕影响您的休息。时间不早了，您该休息了。"

"小杨呀，睡早了我也睡不着，这是我的老毛病，你还不知道吗？再说，咱们谈的问题，还没有谈完呢。"

"司令员，您的枕头是不是低点？我再给您垫高点，这样就舒服了。"她说着，把马本斋的枕头往高里垫了垫，"好吧，司令员，再和您谈五分钟。"

"你这个小鬼，时间观念还挺强。小杨，我问你，如果你到了延安，毛主席问我们回民支队的情况，你怎么说呀？"

"我就说，咱们回民支队打了很多胜仗，消灭了很多鬼子！"

"光这两句话可不够哩。"马本斋微笑着说。

"那还要说什么呀？"

"还要向毛主席汇报我们回民支队的成长壮大过程，汇报我们的思想，汇报我们的优缺点。"他稍停了一会儿，又说，"尤其是像我这样的人，酸、甜、苦、辣都经历过。我回想了一下，难道有哪一个革命者，当他走向革命的第一天，就会立刻找到一条完全正确、一帆风顺的道路，而不必经历种种挫折、失败乃至迷误吗？自从我找到了共产党，这才是我生命的真正开始！小杨，我现在有病，身体不好，更应当抓紧时间把我那本《战斗札记》早日写完。"

"司令员同志，我知道您的《战斗札记》写了很长时间，需要继续写。可是，您现在需要休息，明天再写吧。"

"好哩，小杨同志，听你的，我马上休息，你也该去休息了。"

小杨走了，屋里静得一点儿声音都没有。马本斋躺在床上，胸部阵阵作痛。但是，他想的不是如何解除病痛，而是抓紧时间写他的《战斗札记》。他挣扎着披上一件军大衣，咬着牙，用双臂使劲撑起沉重的身体，半坐在床上，从枕头下面取出笔记本，拧开钢笔，吃力地写起来。

他明白自己已经没有多少时间了，只有忍着病痛，继续记录下自己的心血，留给后人。他，就像以往在战场上带领着千军万马、争分夺秒地迅速消灭敌人一样，在与病魔与死亡争夺时间！是呀，共产党员为了实现共产主义事业，只要一息尚存，斗争不容稍懈。

他写着，写着，艰难地写着。每写一个字，就像在攻击一个顽固的碉堡；每写一句话，就像在走着一段险阻的路程。额头上滴滴的汗珠，滚落在纸上，浸湿了那密密麻麻的字句。

风，呼啸奋发的狂飙，席卷着苍茫的大地；水，排山倒海的江涛，以磅磅礴礴的气势，而奔泻万里。他是狂飙，他是江涛！他，铁骨铮铮、赤胆丹心的马本斋，是永远奔驰沙场上的战士！

三百六十五个黎明，各有各的斑斓晨曦，各有各的风雨。

一九四四年二月七日的黎明，刺骨的寒风，搅彻长空。王医生和小杨一大早，端着药，拿着针，走进北屋。她们轻轻推开屋门，蹑手蹑脚地走到马本斋床前。只见他半坐在床上，背靠着墙，《战斗札记》本摊在他的腿上，右手还紧紧握着那支黑杆儿钢笔，闭着双眼，神态安详，似乎劳累了一夜，正在静静睡着。

小杨小声呼唤："司令员。"

王医生也叫了声："司令员。"

但马本斋没有反应。

霎时间，惊天雷，动地风，从她们的心头滚过，她们明白了，惊慌了。

小杨手中的药盘子"叭"的一声掉在地上，哭喊着："马司令员，你可不能离开我们呀！……"

大雪飘飘，洒落在黄河两岸；寒风冽冽，吹遍了冀鲁豫平原。中华民族的英雄，我党的优秀党员马本斋同志，就这样半坐在床上，战斗到最后一息！

一九四四年三月初，回民支队行至陕西省的米脂县，部队被集合到一个大祠堂内，杨得志司令员站在台上严肃而沉痛地对战士们宣布："同志们，中国人民的好儿子，中国共产党的优秀党员，回民支队全体同志所爱戴的优秀指挥员马本斋同志，他……"

没等杨得志司令员宣布完，战士们明白了，他们再也压抑不住冲击胸口的悲痛，失声痛哭起来。

杨得志司令员，擦干自己脸上的泪水，高声向战士们说："同志们，马本斋同志的死，比泰山还重。他像莽莽昆仑巍然屹立，他像滚滚江河奔流不息，他是我党我军的骄傲。如果有人问，我们应当做什么样的革命战士？历史会响亮地告诉我们：好好学习我们所热爱的马本斋司令员！马本斋同志虽然离开了我们，但是，死，决不是他战斗的终止；他的革命精神将永远是鼓舞我们前进的力量；他，永远是出征的战士！"

为了悼念这位回族武装的领导人，战士们一起举枪，向空中鸣放三枪。

这枪声，好似震撼天地的进军战鼓，如同高昂的冲锋号角，战士们和着枪声宣誓："继续完成马本斋司令员未竟的事业，驱倭寇，除汉奸，保卫延安，保卫党中央，保卫毛主席！"

声威震人寰，功勋著世间。

马本斋同志的一生，是为人民奋斗的一生，他英雄的名字和他的光荣事迹，将永远载入中华民族的光辉史册！

深深怀念您，马本斋烈士！您的生命，

因您忠诚于祖国而永世长存；

深深怀念您，马本斋烈士！您的英名，
因您对革命赤胆忠心而永垂千古！……

一九七八年一月——十月初稿于北京

一九七九年二月——四月修改于本斋村

一九八〇年十月三稿于北京翠微路

附　　录

一

马本斋司令员于一九四四年二月七日逝世后，革命圣地延安从党中央领导同志到各界人士，对马本斋将军表示了深切的怀念和沉痛的哀思！

毛泽东主席挥笔奋书：

"马本斋同志不死！"

周恩来副主席郑重题词：

"民族英雄，吾党战士！"

朱德总司令挥泪亲撰挽联：

"壮志难移，汉回各族模范；

大节不死，母子两代英雄！"

党中央并立即决定,在延安召开大会,隆重追悼马本斋同志。大会仪式完全尊重回族礼仪。陕甘宁边区政府林伯渠主席主持大会。叶剑英总参谋长在大会上讲话,高度地赞扬了马本斋将军的光荣斗争经历和卓绝的军事指挥才能。他说:"在伟大的抗日战争中,马本斋同志坚决率领他组织起来的部队与八路军合作,并进入党内为党奋斗,一直到心脏停止跳动……马同志的死讯虽然给我们带来了沉痛,但这个时期我们听到敌后无数可歌可泣的事迹,也极令人兴奋,证明马本斋精神不死。他实不愧为一个模范军人,一个优秀共产党员!"

在追悼大会上,陕甘宁边区"回协"和清真寺敬献挽联悼念马本斋将军:"以大智大勇,率吾族健儿,驰骋冀中平原,坚强如磐石,矫健若游龙,百战声名寒寇胆;能不屈不挠,为共产党保持最光荣称号,骂贼负高堂,从军有介弟,一门英烈照寰区。"

二

马本斋同志逝世后,安葬在他曾经战斗过的鲁西莘县回民大镇张鲁集。当地人民怀着对这位民族英雄的崇敬心情,献出十亩土地,为马本斋同志修建了一座坟墓。墓地周围栽满了苍松翠柏和红荆白杨。

中华人民共和国成立后,为了表彰马本斋烈士的英烈功勋,党中央决定将河北省献县东辛庄命名为"本斋回族自治乡"(后改为"本斋公社本斋大队")。党中央又于一九五四年做出决定,将马本斋烈士的遗体由张鲁集迁至河北省石家庄华北军区烈士陵园安葬。

三

马本斋同志逝世后,回民支队在杨得志同志率领下,从冀鲁

448

豫的范县、冠县、濮阳县地区出发，一路向西急行军开赴延安。在磁县、安阳之间冲破了敌人的封锁线，顺利地通过了平汉路。经过林县、壶关、长治，沿丹河南下，到高平后又北上进入太岳区的沁源县、绵上县一带。当时，这支上万人的大部队，浩浩荡荡行进于敌人后方是很少见的。他们所到之处，人民群众热烈欢迎，敌人闻风丧胆。

部队在太岳区沁源县、绵上县一带进行了充分地休整后，于三月中旬出发，经过两天的急行军，越过了终年积雪的绵山，又经过晋中平原、晋绥地区，于三月下旬渡过黄河，穿过陕西省的米脂、绥德，到达了党中央所在地——延安，受到了朱德总司令的亲切检阅。

党中央原拟调回民支队开赴陇东地区去消灭盘踞甘、青、宁地区，鱼肉汉回各族人民的土皇帝马步芳、马鸿逵等回族败类，因马本斋同志不幸逝世，便改变了原定计划，留在陕北。

为了发展这支民族武装，党中央陆续从回民支队抽调一百多名干部，分别到中央党校、抗大总校、抗大第七分校以及鲁迅艺术学院等单位去学习。部队则随杨得志同志进驻甘泉县，合编为教一旅，投入了轰轰烈烈的陕北大生产运动。回民支队背着钢枪，扛着镢头，开进了山区袁庄沟，在河沟两岸搭起炉灶，用棉被支起帐篷，立即投入开荒鏖战。经过一个多月的时间，平均每人开荒十九亩，每个连队垦荒种植的土地，都在两千亩左右。回民支队还组织了畜牧班、蔬菜班、基建班、烧炭组、合作社、饭馆、铁匠炉、造酒厂等。当年秋收后，不仅粮食、副食完全自给，还向边区交了大批的余粮。战士们住在自己打的冬暖夏凉的窑洞里，享受着亲手换来的劳动成果，感到无比的自豪。

在这丰衣足食的日子里，回民支队的广大指战员更加怀念他们的马本斋司令员。他们用白桦树建造了一座小巧别致的亭子，取名为"本斋亭"，用以寄托哀思。亭子两旁写有一副对联："率大军，抗日寒，冀鲁豫河山增色；奉教义，承母志，伊斯兰健儿典型。"

一九四五年八月十五日晚上，日本帝国主义投降的消息传到了袁庄沟。回民支队的战士们像潮水一样涌出窑洞，点燃桦树皮做火把，摘下山丹丹做红星，成群地跑上山头，把各个山头照得通红。大家互相拥抱，齐声高呼："万岁！我们胜利了！胜利了，万岁！"通宵达旦，欢声不息。在持续不断的欢呼声中，战士们来到了"本斋亭"，他们默默地摘下军帽，肃立致哀：人生有尽，精神永存。在这胜利的时刻，敬爱的马司令员，现在您也一定在和我们一起欢呼伟大的胜利吧！

四

回民支队这支民族武装，从一九三七年"七七事变"之后创立起，到一九四五年"八一五"日寇投降止，整整八年的时间，是紧紧和马本斋这个英雄的名字联系在一起的。这支部队在党的领导下，完成了它的抗日历史使命后，又投入了伟大的解放战争，指战员们从延安分赴东北、华北、西北等各个战场。有的地区以他们为骨干，又组织了新的回民支队。随着解放战争形势的迅速发展，各战场上的回民支队就与各野战军合并改编了。

回民支队的成长和发展，充分体现了中国共产党民族政策的伟大。回族的英雄儿女，在抗日战争和解放战争中做出了巨大的牺牲，建立了丰功伟绩，这是回族人民的光荣和骄傲，也是整个中华民族的光荣和骄傲。回民支队，这支鲜艳夺目的民族之花，在我国革命战争史上，永放光芒。

后　　记

当我们决心要把民族英雄马本斋的事迹写成书的时候，感到无比的光荣，同时，也觉得这项工作是很艰巨的。

马本斋是中国共产党的优秀党员，是一位受到党的培育和倚重，受到人民大众爱戴的群众领袖。他的英雄事迹，一直在人民群众中广为传颂。每当人们，特别是"回民支队"的老战士们回忆起马本斋，他们都寄予深切的怀念。但是，多年来，对于他的生平事迹，大多是口头传说，有一些文字记载，其材料也是零零碎碎。为此，在写《马本斋》时，我们想力求比较系统地、生动地记叙英雄的一生。

在写作过程中，我们遵循几条原则，做了大胆的尝试，愿意提出来求教于读者，特别是革命老前辈们。

一、在写作之前和写作的过程中，我们不断搜集和查阅了许多有关马本斋和回民支队的历史资料；曾到北京、天津、石家庄、沧州、马本斋的故乡本斋村（原东辛庄）等地，走访了当年在回民支队战斗和工作过的老同志；还访问了马本斋的胞弟马进坡、女儿马国志、侄女马国风等同志。他们回忆了大量生动的事迹和故事，提供了较为准确的第一手素材，给了我很大的帮助。更有利的是，本书作者之一马国超同志是马本斋烈士之子，他多年来，通过家庭和父亲生前的老战友、老部下，搜集和积累了许多宝贵的资料，这给我们写作提供了很大的方便。

二、此书我们是力求按传记文学体写作的。在写作中，凡是在过去的宣传中有争议之处，或是遵照历史的本来面貌加以肯定，或是回避。马本斋烈士战斗的一生，经历过的事情相当多，打过几百次仗，书中未能一一叙述，我们只选择了这三十四个章节，想以此表现出英雄的几个重要阶段的思想品质和战斗姿态。

另外，在事实的基础上，对某些细节，根据人物的性格和情节的发展需要，进行了合理的想象和集中概括，以求达到生动、感人的艺术效果。

三、书中涉及一些活着的人，一般来说，我们只用其人之事，不用其人之名。但对已经去世的人物，则用了真名。

四、本书有些章节中写了一些敌人内部的活动情况，这些资料的来源是通过当年侦察员、地下工作者提供的材料，还有俘虏的口供，以及当时的报导和传说加以适当安排的。在人物传记文学中，如何恰如其分地反映敌人的内部情况，我做了初步的尝试。

此书之所以能顺利地完成，是由于得到了有关部门的同志，特别是回民支队老战士的大力支持的缘故，他们分别帮助提供了口述和文字材料。

在写作过程中，华北军区烈士陵园、民族画报社、河北省献县文化馆、河北省河间县文化馆、中国青年出版社《红旗飘飘》编辑室、中国伊斯兰教协会等单位，也提供了宝贵的文字图片资料和给予大力的支持，在此一并表示衷心的感谢。

由于我们的思想水平低，艺术实践少，缺点、错误在所难免，希望读者提出宝贵的批评意见。

作者

一九八〇年十月